Christina Lauren

Sweet Filthy Boy – Weil du mir gehörst

Roman

Aus dem Amerikanischen von
Mette Friedrichs

mtb

MIRA® TASCHENBUCH
Band 25889
1. Auflage: Dezember 2015

MIRA® TASCHENBÜCHER
erscheinen in der HarperCollins Germany GmbH,
Valentinskamp 24, 20354 Hamburg
Geschäftsführer: Thomas Beckmann

Konzeption/Reihengestaltung: fredebold&partner GmbH, Köln
Umschlaggestaltung: pecher und soiron, Köln
Redaktion: Maya Gause
Titelabbildung: Simon & Schuster, New York;
Getty Images, München/STOCK4B Creative
Autorenfoto: © Harlequin Enterprises S.A., Schweiz
Satz: GGP Media GmbH, Pößneck
Druck und Bindearbeiten: CPI books GmbH, Leck – Germany
Printed in Germany
Dieses Buch wurde auf FSC®-zertifiziertem Papier gedruckt.
ISBN 978-3-95649-252-5

www.mira-taschenbuch.de

EINS

Mia

Der Tag, an dem wir offiziell unser Collegezeugnis in Empfang nehmen, ist in keinster Weise so, wie er in Filmen dargestellt wird. Ich werfe meine Mütze in die Luft und sie segelt wieder runter und fällt jemandem auf die Stirn. Dem Hauptredner weht das Manuskript davon, und er beschließt zu improvisieren: Er lässt eine durch und durch uninspirierte Ansprache an die College-Absolventen vom Stapel, in der es darum geht, begangene Fehler in Bausteine für eine bessere Zukunft zu verwandeln, und gibt anschließend noch ein paar peinliche Geschichten über seine jüngste Scheidung zum Besten. Im Film sieht keiner jemals so aus, als würde er in seiner Polyester-Robe gleich einem Hitzeschlag erliegen …

Ich würde jemandem viel Geld dafür bezahlen, damit er alle Bilder verbrennt, die heute von mir gemacht wurden. Aber trotzdem gelingt es diesem Tag irgendwie, perfekt zu sein.

Denn, Scheiße noch mal, wir haben es *geschafft*.

Nach dem Mittagessen stehen wir vor dem Restaurant, und Lorelei – oder „Lola“ für die einigen wenigen, die es in ihren engeren Freundeskreis geschafft haben – holt die Schlüssel aus ihrer Handtasche und wedelt mit ihnen feierlich vor mir herum. Ihr Dad küsst sie auf die Stirn und versucht so zu tun, als hätte er *nicht* leicht feuchte Augen. Harlows gesamte Familie versammelt sich um sie, und alle umarmen sich und versuchen, sich zu übertönen, erleben noch einmal die wichtigsten Momente – als Harlow die Bühne betreten und ihren College-Abschluss in Empfang genommen hat –, bevor sie mich dicht an sich heranziehen und meine fünfzehn Sekunden des Ruhmes aufbereiten. Als sie mich loslassen, lächle ich, sehe ihnen zu, wie sie ihre netten, vertrauten Rituale zum Abschluss bringen.

Ruf an, sobald ihr gut angekommen seid.

Benutz deine Kreditkarte, Harlow. Nein, die American Ex-

press. Schon in Ordnung, Liebes, das ist dein Geschenk zum Collegeabschluss.

Ich hab dich lieb, Lola. Fahr vorsichtig.

Wir reißen uns die erdrückenden Roben vom Leib und lassen uns in Lolas alten, schrottigen Chevy fallen. Eingehüllt in eine Wolke aus Abgasen und ausgelassenen Schreien nach Musik, Alk und dem ganzen Wahnsinn, der uns an diesem Wochenende erwartet, entfliehen wir San Diego.

Harlow öffnet die Playlist, die sie für den Trip zusammengestellt hat. Britney Spears, das war unser erstes Konzert mit acht. Der vollkommen unpassende 50-Cent-Song – aus irgendwelchen Gründen hatte unsere Klasse damals beschlossen, ihn als Eröffnungssong bei unserem Ehemaligentreffen von der Junior High zu spielen. Die basslastige Hair-Metal-Hymne, von der Lola felsenfest überzeugt ist, dass es sich dabei um den besten Song über Sex aller Zeiten handelt, und um die fünfzig weitere Songs, die unsere gemeinsame Vergangenheit ausmachen. Harlow dreht die Musik so laut auf, dass wir alle mitsingen bzw. mitschreien können, während heiße, trockene Luft durch alle vier Fenster hineinströmt.

Lola schiebt sich ihr langes dunkles Haar aus dem Nacken und reicht mir ein Gummiband, damit ich ihr einen Zopf machen kann.

„Gott, warum ist es nur so verdammt heiß?“, ruft sie vom Fahrersitz aus.

„Weil wir mit hundert Stundenkilometern in einem Chevy durch die Hitze brettern, der aus den späten Achtzigern stammt und keine Klimaanlage hat“, erwidert Harlow und wedelt sich mit einem Programmzettel der Abschlussfeier Luft zu. „Warum haben wir noch mal nicht einfach meinen Wagen genommen?“

„Weil er nach Selbstbräuner und fragwürdigen Entscheidungen riecht?“, entgegne ich und quietsche laut auf, als sie sich vom Vordersitz aus auf mich stürzen will.

„Wir fahren mit meinem Wagen“, erinnert Lola sie und stellt dafür Eminem leiser, „weil du deinen fast um einen Telefonmas-

ten gewickelt hast, um irgendeinem Insekt auf deinem Sitz zu entkommen. Ich hab wirklich kein sonderlich großes Vertrauen in deine Fähigkeiten hinterm Steuer."

„Es war eine Spinne", entgegnet Harlow. „Eine riesige. Mit Scheren."

„Eine Spinne mit Scheren?"

„Ich wäre fast gestorben, Lola."

„Ja, das wärst du. Bei einem schweren Autounfall."

Nachdem ich mit Lolas Haar fertig bin, lehne ich mich zurück – und habe das Gefühl, als wäre ich seit einer ganzen Woche das erste Mal wieder in der Lage, tief durchzuatmen und mit meinen zwei liebsten Menschen auf der Welt gemeinsam zu lachen. Die Hitze hat meinem Körper jegliche Energie geraubt, aber es fühlt sich gut an, einfach loszulassen, die Augen zu schließen und mit dem Sitz zu verschmelzen, während der Wind durch mein Haar wirbelt, zu laut, als dass ich auch nur denken könnte. Drei fantastische Sommerwochen liegen noch vor mir, bis ich auf die andere Seite des Kontinents umziehe, und zum ersten Mal seit Ewigkeiten gibt es absolut *nichts*, was ich tun muss.

„Nett, dass deine Familie zum Mittagessen geblieben ist", sagt Lola in dem für sie typischen ruhigen, ironischen Tonfall und sieht mich durch den Rückspiegel an.

„Hm." Ich zucke die Schultern, lehne mich vor, um in meiner Handtasche nach einem Kaugummi oder einem Bonbon zu kramen, oder was immer mich lange genug beschäftigen wird, um nicht zu versuchen, den frühen Abgang meiner Eltern von der Feier heute zu rechtfertigen.

Harlow dreht den Kopf zu mir um. „Ich dachte, sie hatten vor, mit uns allen Mittagessen zu gehen?"

„Anscheinend nicht", sage ich nur.

Sie rutscht in ihrem Sitz herum, dreht sich so weit zu mir um, wie sie kann, ohne sich abzuschnallen. „Also, was hat David gesagt, bevor sie gegangen sind?"

Ich sehe blinzelnd zur Seite, starre auf die vorbeirauschende flache Landschaft. Harlow würde es nie in den Sinn kommen, ihren Vater – oder auch nur Lolas Vater – beim Vornamen zu

nennen. Aber seit ich mich erinnern kann, ist mein Vater für sie einfach nur „David" – so verächtlich ausgesprochen wie nur möglich. „Er sagte, dass er stolz auf mich ist und mich liebt. Und das es ihm leidtut, dass er mir das nicht oft sagt."

In der Stille, die darauf folgt, kann ich ihre Überraschung förmlich spüren. Harlow ist nur dann still, wenn sie überrascht oder angepisst ist.

„Und", füge ich hinzu, obwohl ich weiß, dass ich diesbezüglich eigentlich meine Klappe halten sollte, „jetzt könne ich ja eine richtige Karriere verfolgen und mich bedeutsam in die Gesellschaft einbringen."

Beschwör jetzt keinen Ärger herauf, Mia, denke ich.

„Du meine Güte", sagt sie. „Als würde es ihm Spaß machen, genau den Punkt zu treffen, wo es am meisten wehtut. Den Namen dieses Mannes kann man nicht ohne das Wort Arschloch buchstabieren."

Das bringt uns alle zum Lachen, und wir scheinen uns einig zu sein, dass wir das Thema wechseln sollten, denn mal im Ernst: Was gäbe es dazu noch zu sagen? Mein Dad *ist* auf eine gewisse Weise ein Arsch und setzt immer seine eigene Meinung durch. Selbst wenn es um die wichtigsten Entscheidungen in meinem Leben geht, ändert sich nichts an dieser Tatsache.

Es gibt nur wenig Verkehr, und die Stadt steigt aus der flachen Erde empor: ein Wirrwarr aus Lichtern, die grell im Abendlicht leuchten. Mit jedem Kilometer wird die Luft kühler, und ich spüre, wie die Energie in uns zurückkehrt, als Harlow sich aufrechter hinsetzt und eine neue Playlist für unser letztes Stück der Strecke anstellt. Auf dem Rücksitz wackle ich mit dem Hintern, tanze, singe den eingängigen, wummernden Popsong mit.

„Sind meine Mädels bereit, ein bisschen die Sau rauszulassen?", fragt Harlow und klappt den Sonnenschutz auf der Beifahrerseite runter, um sich in dem winzigen, gesplitterten Spiegel zu mustern und Lipgloss aufzulegen.

„Nö." Lola biegt in die East Flamingo Road ein. Direkt dahinter breitet sich leuchtend der Strip aus: ein Teppich aus Lichtern und dröhnenden Hupen rollt sich vor uns aus. „Aber für

dich kipp ich widerliche Shots runter und tanze mit zweifellos nicht gerade nüchternen Männern."

Ich nicke, schlinge meine Arme von hinten um Harlow und drücke sie. Sie tut so, als würde sie ersticken, legt aber eine Hand auf meine, so dass ich nicht weg kann. Niemand wehrt Umarmungen weniger überzeugend ab als Harlow.

„Ich liebe euch Psychos", sage ich, und auch wenn bei jedem anderen sich die Worte im Wind verlieren würden, während Straßenstaub in den Wagen weht, beugt Harlow sich vor, um meine Hand zu küssen und Lola sieht kurz grinsend zu mir rüber. Es ist, als wären sie darauf programmiert, mein ständiges Schweigen zu ignorieren, es dafür aber auch immer *wenn* ich spreche – selbst im größten Chaos – mitzukriegen.

„Du musst mir was versprechen, Mia", sagt Lola. „Hör mir zu, ja?"

„Das beinhaltet aber nicht, dass ich abhauen und ein Showgirl werden soll, oder?"

„Leider nicht."

Seit Monaten haben wir diesen Trip geplant – ein letzter Rausch, bevor das Erwachsenenleben und die Verantwortung uns einholen. Ich bin bereit für was immer sie mir zu sagen hat. Ich recke meinen Hals, atme tief durch, tue so, als würde ich meine Fingerknöchel knacken lassen. „Sehr schade. Du hast ja keine Ahnung, wie gut ich an der Stange tanzen kann! Aber okay, schieß los."

„Lass San Diego heute Abend hinter dir", sagt sie. „Mach dir keine Gedanken um deinen Dad oder welches Fangirl Luke dieses Wochenende knallen könnte."

Mein Magen dreht sich leicht, als sie meinen Ex erwähnt, auch wenn Luke und ich uns vor beinahe zwei Jahren ohne großen Streit getrennt haben. Es ist nur eben so, dass er mein Erster gewesen ist und ich seine Erste, und dass wir uns alles gegenseitig beigebracht haben. Es kommt mir vor, als müsste ich für seinen gegenwärtigen Eroberungsfeldzug Lizenzgebühren verlangen.

„Denk nicht daran, dass du für Boston packen musst", fährt Lola fort. „Denk an nichts außer an die Tatsache, dass wir das College hinter uns haben – das *College*, Mia! Wir haben's ge-

schafft. Pack einfach alles andere in eine unsichtbare Kiste und gib ihr einen so heftigen Stoß, dass sie unter dem unsichtbaren Bett verschwindet."

„Mir gefällt dieses Gequatsche über Stoßen und Betten", sagt Harlow.

Unter anderen Umständen hätte mich das zum Lachen gebracht. Aber so wenig das auch beabsichtig gewesen sein mag, hat Lola mit dem Stichwort „Boston" das winzige Fenster eines angstfreien Raumes verdunkelt, den ich zuvor irgendwie ausfindig gemacht hatte. Nun ist mir noch unbehaglicher zumute als bei dem frühen Abgang meines Dads bei der größten Feierlichkeit in meinem Leben, oder bei dem Gedanken an Luke und seine neu entdeckten Talente als Schlampe. Ich verspüre eine ansteigende Welle der Panik, was die Zukunft angeht, und jetzt, wo wir unseren Abschluss in der Tasche haben, lässt sich das nicht mehr ignorieren. Jedes Mal, wenn ich daran denke, was demnächst auf mich zukommt, krempelt sich mir der Magen um, fängt an zu brennen, verkohlt. Dieses Gefühl taucht in letzter Zeit so häufig auf, dass ich langsam den Eindruck habe, ich sollte ihm einen Namen geben.

In drei Wochen gehe ich nach Boston, ausgerechnet zur Business School, um BWL zu studieren, und damit bin ich dann von meinen Kindheitsträumen weiter entfernt, als ich es mir je hätte vorstellen können. Ich werde genügend Zeit haben, um mir eine Wohnung und einen Job zu suchen, mit dem ich meine monatlichen Rechnungen bezahlen kann, und ab Herbst werde ich dann eine ganze Reihe an Seminaren belegen und endlich tun, was mein Vater immer wollte – einer von diesen vielen Businessmenschen werden, die Businesssachen erledigen. Er zahlt sogar freiwillig für meine Wohnung. „Zwei Zimmer", hat er großmütig betont. „Damit deine Mutter, ich und die Jungs dich besuchen können."

„Mia?", unterbricht Lola meine Gedanken.

„Okay", sage ich und nicke. Seit wann eigentlich bin ich diejenige von uns dreien mit der riesigen Last auf den Schultern? Lolas Vater ist Kriegsveteran. Harlows Eltern sind ständig in Hollywood. Ich bin nur das Mädchen von La Jolla, das früher getanzt hat. „Ich stoße sie unter das unsichtbare Bett."

Die Worte laut auszusprechen, scheint ihnen mehr Gewicht zu geben. „Ich packe sie gemeinsam mit Harlows gruseligem Sexspielzeug in die Kiste."

Harlow wirft mir zwinkernd einen Kuss zu und Lola nickt entschieden.

Keiner von uns kennt sich so gut mit Stress und Verantwortung aus wie Lola. Und wenn sie für ein Wochenende alles hinter sich lassen kann, dann kann ich das auch.

Wir fahren vor dem Hotel vor, und Lola und ich stolpern aus dem Wagen, in der Hand unsere schlichten Seesäcke. Wir sehen aus, als kämen wir gerade aus einem Wüstensturm. Ich fühle mich dreckig und eklig. Nur Harlow wirkt so, als würde sie hierher gehören: Sie klettert aus dem alten Chevy, als würde sie eine glänzend schwarze Limousine verlassen und schafft es dabei sogar irgendwie, gut auszusehen. Dann zieht sie lässig ihren glänzenden Koffer hinter sich her.

Als wir oben sind, fehlen uns allen die Worte, selbst Harlow – sie schweigt eindeutig vor Erstaunen. Es gibt auf diesem Stockwerk nur wenige Zimmer, und unsere Sky Suite ist gigantisch.

Harlows Vater, ein gefragter Kameramann, hat uns die Suite als Abschlussgeschenk gebucht. Wir hatten gedacht, dass wir ein Standard-Vegas-Hotelzimmer mit den kleinen Standard-Shampoofläschchen bekommen würden – und vielleicht wären wir dann so verrückt, die Minibar zu Lasten seiner Kreditkarte zu plündern. Snickers und Mini-Wodka-Flaschen für alle!

Das hier hatten wir nicht erwartet. Im Eingangsbereich (es gibt einen *Eingangsbereich*) steht ein dekadenter Obstkorb und eine Champagnerflasche mit einer Nachricht. Darin steht, dass uns auf Kurzwahl ein Butler zur Verfügung steht und eine Masseurin, die aufs Zimmer kommt, wenn wir sie brauchen, und dass Harlows Vater gerne alles bezahlt, was wir beim Zimmerservice bestellen.

Wenn Alexander Vega nicht der Vater meiner besten Freundin und glücklich verheiratet wäre, dann würde ich ihm vielleicht zum Dank Sex anbieten.

Das sollte ich Harlow gegenüber besser nicht erwähnen.

Ich bin es noch von früher gewohnt, halbnackt vor Hunderten von Menschen auf einer Bühne zu stehen, wo ich so tue, als wäre ich jemand anders. Deshalb fühle ich mich selbst mit der langen, gezackten Narbe auf meinem Bein wesentlich wohler in einem der Kleider, die Harlow für uns ausgesucht hat, als Lola. Sie will ihres noch nicht mal anprobieren.

„Das ist dein Abschlussgeschenk“, sagt Harlow. „Wie würdest du dich fühlen, wenn ich das Tagebuch ablehnen würde, das du mir besorgt hast?“

Lola, wirft lachend ein Kissen quer durchs Zimmer nach ihr. „Wenn ich dich gebeten hätte, die Seiten rauszureißen und sie in ein Kleid zu verwandeln, das kaum deinen Arsch bedeckt – ja, dann hättest du in der Tat alles Recht der Welt, mein Geschenk auszuschlagen.“

Ich ziehe an dem Saum meines Kleides und muss Lola nun doch insgeheim zustimmen. Wär es doch nur einen Tick länger! Ich zeige nur noch selten so viel Bein.

„Mia trägt ihres“, entgegnet Harlow, woraufhin ich laut aufstöhne.

„Mia ist in hautengen Engteilern großgeworden, sie würde problemlos in eine Handtasche passen und hat die Figur einer Gazelle“, argumentiert Lola. „Außerdem seh ich mit Sicherheit ihre Vagina, wenn ich ein bisschen genauer hingucke. Da ich zehn Zentimeter größer bin als sie, sieht man in diesem Kleid praktisch meinen Geburtskanal.“

„Du bist so stur.“

„Du bist so nuttig.“

Ich stehe am Fenster, höre sie diskutieren und beobachte zufrieden, wie Fußgänger den Strip entlangschlendern und – zumindest vom fünfundvierzigsten Stockwerk aus betrachtet – eine Spur aus bunten Tüpfelchen bilden. Keine Ahnung, warum sich Lola immer noch dagegen wehrt. Wir wissen alle, dass es nur eine Frage der Zeit ist, bis sie nachgibt: Harlow, die alte Nervensäge, bekommt letztlich immer ihren Willen. Lola ähnelt ihr in gewisser Weise, ist aber ein bisschen subtiler als Harlow mit ihrer direkten Art.

Lola stöhnt, gesteht dann aber, wie erwartet, ihre Niederlage ein. Sie ist schlau genug zu wissen, dass sie auf verlorenem Posten kämpft, und ein paar Minuten später schlüpft sie in Kleid und Schuhe, und wir machen uns auf den Weg nach unten.

Es ist ein langer Tag gewesen. Wir haben mit dem College abgeschlossen, uns den Staub und die Sorgen ums echte Leben von den Körpern gewaschen, und Harlow findet es großartig, immer mehr Shots zu bestellen. Noch großartiger findet sie es, allen anderen dabei zuzusehen, wie sie sie austrinken.

Gegen einundzwanzig Uhr dreißig beschließe ich, dass unser Level an Betrunkenheit ausreicht; wir bringen die paar Worte, die wir überhaupt von uns geben, nur lallend hervor, aber zumindest können wir noch laufen. Es ist Ewigkeiten her, dass ich Lola und Harlow so lachen gesehen habe: Lolas Wange ruht auf ihren verschränkten Armen, und ihre Schultern beben vor Gelächter; Harlow hat den Kopf zurückgeworfen, und ihr Kichern breitet sich über die stampfende Musik aus und schwebt über die Bar hinweg.

Und es ist in diesem Moment, als sie ihren Kopf so nach hinten gelegt hat, dass ich dem Blick eines Mannes am anderen Ende des überfüllten Raumes begegne. Ich kann seine Gesichtszüge in der dunklen Bar nicht genau ausmachen, aber er muss ein paar Jahre älter als wir sein und ist groß, mit hellbraunem Haar und dunklen Brauen über leuchtenden, schelmischen Augen. Er beobachtet uns und lächelt, als hätte er kein Bedürfnis, bei unserem Spaß mitzumischen, als würde er ihn nur aus der Ferne genießen wollen. Zwei andere Männer stehen neben ihm, sagen etwas und zeigen in eine entfernte Ecke, aber er sieht nicht weg, als unsere Blicke sich begegnen. Wenn überhaupt, dann wird sein Lächeln noch breiter.

Ich kann ebenfalls nicht wegsehen, und das ist ein absolut verwirrendes Gefühl – denn normalerweise bin ich sehr gut im Wegsehen, wenn es um Fremde geht. Mein Herz hüpft in meiner Brust herum, erinnert mich daran, dass ich eigentlich schüchtern bin und schlägt vielleicht vor, dass ich mich stattdessen besser auf meinen Drink konzentrieren sollte. Ich bin nicht gut im

Blickkontakt. Für gewöhnlich bin ich auch nicht gut im Smalltalk. Tatsächlich sind die einzigen Muskeln, die ich nicht richtig zu beherrschen scheine, die, die man für eine lockere Unterhaltung braucht.

Aber aus irgendeinem Grund – schieben wir es mal auf den Alkohol – formen meine Lippen, ohne dass ich den Blick von diesem heißen Typen auf der anderen Seite der Bar wende, problemlos das Wort: „Hi."

Er sagt es zurück, bevor er die eine Seite der Unterlippe zwischen die Zähne nimmt, und *wow*: Das sollte er jeden Tag tun und zu jedem Menschen, dem er begegnet, und zwar für den Rest seines Lebens! Er hat so ein Grübchen, und ich versichere mir selbst, dass mir das nur das Spiel aus Licht und Schatten vorgaukelt, denn Teufel nochmal – nie im Leben kann etwas so Simples dermaßen anbetungswürdig sein.

Ich spüre, dass etwas Merkwürdiges in meinem Inneren geschieht, und frage mich, ob Leute das meinen, wenn sie sagen, dass sie dahinschmelzen, denn ganz sicher fühle ich mich alles andere als hart und stabil. In der näheren Umgebung unterhalb meiner Taille spüre ich ein unverkennbares Flattern, und Grundgütiger, wenn ich mich schon so fühle, wenn er mich nur anlächelt, was würde wohl geschehen …

Harlow packt meinen Arm, bevor ich den Gedanken zu Ende denken kann, zerrt mich von meiner genauen Studie seines Gesichts weg und in die Menge der Leiber, die sich hin und her wiegen und schlangenförmig zu den sexy Rhythmen bewegen, die aus den Lautsprechern dröhnen. Ein solcher Typ ist weit, *weit* von meiner Komfortzone entfernt, weshalb ich mein Verlangen, loszumarschieren und nach ihm zu suchen, in meine unsichtbare Kiste stecke, und gemeinsam mit allem anderen unter das Bett schiebe.

Wir müssen uns erst langsam an Vegas gewöhnen: Nach dem Tanzen und Trinken kehren wir gegen Mitternacht in unser Zimmer zurück, alle drei erschöpft von der Abschlussfeier im Sonnenlicht, von der stickig heißen Fahrt und von dem Alko-

hol, den wir in unseren Körper gekippt haben, ohne ordentlich zu essen.

Auch wenn unsere Suite mehr Platz hat, als wir brauchen, und auch wenn es zwei Schlafzimmer gibt, stapeln wir uns doch alle in einem Bett. Meine Freundinnen schlafen innerhalb weniger Minuten ein, und Harlow beginnt mit ihrem vertrauten Dauerschlafgemurmel. Lola ist wie immer beinahe erschreckend ruhig und stumm. Sie vergräbt sich für gewöhnlich so tief unter der Bettdecke, dass ich mich früher jedes Mal, wenn wir zusammen bei ihr oder mir übernachtet haben, gefragt habe, ob sie irgendwie in die Matratze verschwindet. Manchmal überlege ich in solchen Situationen, ob ich ihren Puls überprüfen sollte.

Auf der anderen Seite des Flurs tobt eine Party.

Der heftige Bass der Musik bringt die Lampen über mir zum Wackeln. Männerstimmen poltern durch den leeren Flur, der die Zimmer voneinander trennt; sie brüllen und lachen durcheinander, schreien „Whoop“ und stoßen Männerlaute aus. Ein Ball schlägt irgendwo in der Ferne gegen die Wand, und auch wenn ich in dem Mix nur ein paar wenige Stimmen heraushören kann, machen sie so viel Lärm, dass die Suite gegenüber voll mit einer ganzen Horde betrunkener Jungs sein muss, die ein Wochenende in Vegas durchfeiern.

Um zwei Uhr nachts hat sich daran nichts geändert: Ich starre noch immer an die Decke und werde irgendwie zunehmend gleichzeitig wacher und schläfriger. Als es drei Uhr schlägt, bin ich so verärgert, dass ich kein Problem mehr damit habe, Vegas' größte Spielverderberin zu sein – schließlich will ich vor unseren Spa-Terminen am Morgen wenigstens noch ein paar Stunden Schlaf bekommen.

Ich schlüpfe aus dem Bett, leise, damit ich meine Freundinnen nicht aufwecke – bis ich über die Absurdität des Ganzen lachen muss. Wenn die beiden trotz des Höllenlärms auf der anderen Seite des Flurs schlafen können, dann werden sie auch dann noch schlafen, wenn ich leise über den Teppichboden tappe, mir einen Zimmerschlüssel schnappe und aus unserer Suite schlüpfe.

Ich klopfe mit der Faust gegen die Tür und warte, bebend vor Wut. Der Lärm lässt kaum einmal nach, und ich bin mir nicht sicher, ob ich laut genug klopfen kann, damit sie mich überhaupt hören. Mit erhobenen Fäusten versuche ich es noch mal. Ich will nicht diese Person sein, die sich in Vegas darüber beschwert, dass andere ihren Spaß haben – aber als Nächstes würde ich sonst den Sicherheitsdienst des Hotels rufen.

Diesmal wird die Musik leiser, und auf den Fliesen vor der Tür sind Schritte zu hören.

Vielleicht habe ich einen älteren, sonnengebleichten Treuhandfonds-Trottel an der Tür erwartet oder eine Horde von Investmentbankern mittleren Alters, die für ein ausschweifendes Wochenende hierhergekommen sind. Oder einen Raum voller Verbindungstypen, die aus dem Bauchnabel einer Stripperin ihre Shots trinken. Ganz sicher habe ich nicht ihn erwartet, den Kerl vom anderen Ende der Bar.

Ich habe nicht erwartet, dass er obenrum nackt ist und seine schwarzen Boxershorts so tief auf seinem gebräunten Bauch hängen, dass ich weiter unten die weiche Spur an Haaren sehe.

Ich habe nicht erwartet, dass er lächelt, als er mich sieht, und ganz sicher habe ich nicht diesen Akzent erwartet, als er sagt: „Ich kenne dich."

„Tust du nicht", erwidere ich mit sicherer Stimme, wenn auch ein bisschen atemlos. Ich stottere nicht mehr vor Freunden oder Familienangehörigen, und nur noch selten vor Fremden, wenn ich mich in deren Gegenwart wohl fühle. Aber in diesem Augenblick brennt mein Gesicht vor Hitze, meine Arme und Beine kribbeln vor Gänsehaut, weshalb ich keine Ahnung habe, wie ich es deuten soll, dass mein Satz vollkommen stotterfrei herausgekommen ist.

Sein Lächeln wird noch breiter, falls das überhaupt möglich ist, und er errötet etwas, sein Grübchen drängt sich in den Vordergrund, und er öffnet die Tür ein bisschen weiter, kommt einen Schritt auf mich zu. Er sieht noch besser aus, als ich es aus der Ferne gedacht habe, und füllt den ganzen Türrahmen. Seine Präsenz ist so groß, dass ich einen Schritt zurücktrete, als hätte

mich jemand geschubst. Er ist die Lässigkeit in Person, was seine Haltung, den Blickkontakt und sein strahlendes Lächeln angeht, als er sich vorbeugt und mich spielerisch mustert.

Als Künstlerin habe ich diese Magie schon mal erlebt. Er mag vielleicht wie jedes andere menschliche Wesen aussehen, aber er hat diese nicht erklärbare Eigenschaft, die jedes Augenpaar zwingt, ihm auf der Bühne zu folgen, egal, wie klein seine Rolle ist. Es ist mehr als Charisma; es ist ein Magnetismus, der nicht erlernt oder eingeübt werden kann. Ich bin nur einen halben Meter von ihm entfernt … Und habe nicht die geringste Chance.

„Doch, ich kenne dich", sagt er und legt leicht den Kopf schief. „Wir haben uns vorhin getroffen. Wir sind nur noch nicht dazu gekommen, uns einander vorzustellen." Mein Hirn versucht verzweifelt, seinen Akzent einzuordnen, bevor es mir schlagartig klar wird: Er ist Franzose. Das Arschloch ist Franzose. Sein Akzent ist allerdings nur schwach: weich und mild. Anstatt alle Worte ineinander verknäult von sich zu geben, zieht er sie auseinander, bietet sie vorsichtig einzeln an.

Ich kneife die Augen zusammen, zwinge mich, ihm ins Gesicht zu sehen. Was nicht leicht ist. Seine Brust ist glatt und gebräunt und er hat die perfektesten Nippel, die ich je gesehen habe, klein und flach. Er ist muskulös und groß genug, um ihn wie ein Pferd zu reiten. Ich kann die Wärme spüren, die von seiner Haut ausgeht. Und um das alles noch zu toppen, trägt er nichts am Leib als seine Unterhose und das scheint ihm vollkommen egal zu sein.

„Ihr Jungs seid irrsinnig laut", sage ich, als mir wieder die Stunden voller Lärm einfallen, die mich eigentlich hierhergebracht haben. „Ich glaube, du hast mir am anderen Ende eines vollen Raums besser gefallen als am anderen Ende dieses Flurs."

„Aber von Angesicht zu Angesicht ist schon am besten, oder?" Seine Stimme verursacht Gänsehaut auf meinen Armen. Als ich nicht antworte, dreht er sich um und sieht über seine Schulter, dann wieder zu mir. „Es tut mir leid, dass wir so laut sind. Ich werde Finn die Schuld geben. Er ist Kanadier, also wirst

du sicher verstehen, dass er ein Wilder ist. Und Oliver ist Australier. Ebenfalls schrecklich unzivilisiert."

„Ein Kanadier, ein Australier und ein Franzose verwüsten ein Hotelzimmer?", frage ich und kämpfe wider besseren Wissens gegen ein Lächeln an. Ich versuche mich daran zu erinnern, ob man sich wehren soll oder nicht, wenn man in Treibsand fällt, denn genau so fühlt sich das hier an. Als würde ich versinken, von etwas verschlungen werden, das größer ist als ich.

„Hört sich an wie der Anfang eines Witzes", stimmt er nickend zu. Seine grünen Augen funkeln, und er hat recht: Von Angesicht zu Angesicht ist unendlich besser als durch eine Wand oder quer durch einen dunklen, vollen Raum hinweg. „Komm doch einfach rein."

Nichts hat sich jemals zugleich so gefährlich und so verführerisch angehört. Sein Blick fällt auf meinen Mund, verweilt dort, bevor er meinen Körper scannt. Entgegen dem, was er gerade angeboten hat, tritt er vollständig in den Flur hinaus, und die Tür fällt hinter ihm zu. Jetzt gibt es nur noch ihn und mich und seine nackte Brust und seine ... *wow* ... starken Beine und die Möglichkeit eines alles andere in den Schatten stellenden, spontanen Flur-Quickies.

Warte. Was?

Und jetzt fällt mir auf, dass ich selbst nur meine winzige Schlafshorts anhabe und ein dazu passendes Tanktop mit vielen kleinen Schweinchen darauf. Ich bin mir plötzlich des gleißenden Lichts im Flur bewusst und spüre, wie meine Finger hinab wandern, instinktiv den Stoff nach unten ziehen, um meine Narbe zu überdecken.

Normalerweise bin ich ganz zufrieden mit meinem Körper – ich bin eine Frau, deshalb gibt es natürlich ein paar Kleinigkeiten, die ich gerne ändern würde –, aber bei meiner Narbe ist das was anderes. Es geht nicht nur darum, wie sie aussieht – auch wenn, seien wir mal ehrlich, Harlow noch immer am ganzen Körper vor Mitgefühl erschauert, wenn sie sie zu sehen bekommt –, sondern was wofür sie steht: der Verlust meines Stipendiums an der Joffrey Academy of Dance, dem Ende meines Traums.

Aber die Art, wie er mich anguckt, vermittelt mir das Gefühl, nackt zu sein – auf gute Weise nackt –, und unter dem Baumwollstoff meines Tops werden meine Nippel hart.

Er bemerkt das und kommt noch einen Schritt näher. Ich spüre seine Wärme, rieche den Duft seiner Seife, und bin mir plötzlich sicher, dass er hundertprozentig *nicht* auf mein Bein schaut. Es wirkt, als würde er die Narbe noch nicht mal *sehen*, oder, falls er es doch tut, als ob ihm das Gesamtbild so gut gefällt, dass er ignoriert, was sie über mich aussagt. Sie zeugt von einem Trauma, zeugt von Schmerz. Aber seine Augen sagen nur *ja* und *bitte* und *Schalk*. Und dass er gerne mehr sehen würde.

Das schüchterne Mädchen in mir verschränkt die Arme vor der Brust, versucht mich in die Sicherheit meines Hotelzimmers zurückzuziehen. Aber sein Blick nagelt mich an Ort und Stelle fest.

„Ich war mir nicht sicher, ob ich dich wiedersehen würde." Seine Stimme ist härter geworden, deutet die schmutzigen Sachen an, die ich ihn an meinem Hals knurren hören möchte. Mein Puls trommelt hektisch, dröhnend. Ich frage mich, ob er das sehen kann. „Ich hab nach dir gesucht."

Er hat nach mir gesucht.

Ich bin überrascht, dass meine Stimme so klar und deutlich klingt, als ich sage: „Wir sind kurz nachdem ich dich gesehen habe gegangen."

Seine Zunge lugt hervor, und er betrachtet meinen Mund. „Warum kommst du nicht ... mit rein?" In diesen sechs Wörtern sind so viele unausgesprochene Versprechen versteckt. Es fühlt sich an, als wäre er ein Fremder, der mir die köstlichsten Süßigkeiten der Welt anbietet.

„Ich gehe jetzt schlafen", bringe ich schließlich hervor und hebe die Hand, damit er nicht noch dichter an mich herantritt. „Und ihr Jungs seid jetzt etwas leiser, oder ich schicke euch Harlow rüber. Und wenn das nichts nützt, dann weck ich Lola, und am Schluss wirst du ihr dafür danken, wenn sie dich blutend und zusammengeschlagen zurücklässt."

Er lacht. „Du gefällst mir wirklich gut."

„Gute Nacht." Ich drehe mich um, gehe auf alles anderes als festen Beinen zu unserer Tür zurück.

„Ich bin Ansel."

Ohne ihn weiter zu beachten, schiebe ich den Schlüssel ins Schloss.

„Warte! Ich will nur deinen Namen."

Ich sehe über meine Schulter. Er lächelt noch immer. Ernsthaft, als ich in der dritten Klasse war, hatte ein Junge Grübchen, und dabei hab ich mich nicht so gefühlt. *Dieser* Junge hier sollte dagegen ein Warnschild um den Hals tragen.

„Halt die Klappe, und ich sag ihn dir morgen."

Er tritt noch einen Schritt auf mich zu, die nackten Füße auf dem Teppich, und sein Blick folgt mir den Flur entlang. „Bedeutet das, dass wir ein Date haben?"

„Nein."

„Und du willst mir wirklich nicht deinen Namen verraten? Bitte."

„Morgen."

„Dann nenne ich dich halt *cerise*."

Ich gebe ein „Geht in Ordnung" von mir, während ich in mein Zimmer gehe. Er könnte mich gerade „die Verklemmte" oder „die Prüde" oder „Schweinchenpyjama" getauft haben.

Aber irgendwie lässt mich die Art, wie er die zwei Silben geschnurrt hat, an etwas vollkommen anderes denken.

Als ich zurück in mein Bett klettere, sehe ich es auf meinem Handy nach. *Cerise* bedeutet „Kirsche". Natürlich tut es das. Ich bin mir nicht sicher, wie ich das finde, denn etwas sagt mir, dass er sich dabei nicht auf die Farbe meines Nagellacks bezogen hat.

Die Mädels schlafen beide. Ich nicht. Selbst nachdem der Lärm auf der anderen Seite des Flurs aufgehört hat und es vollkommen still ist in unserer Suite, bin ich noch heiß und errötet und wünsche mir, ich hätte den Mumm gehabt, etwas länger im Flur zu bleiben.

ZWEI

Harlow bestellt Pommes, bevor sie sich ihren Schnaps ins Bier kippt und es auf Ex trinkt.

Sie wischt sich mit dem Arm über den Mund und sieht zu mir herüber. Anscheinend starre ich sie mit offenem Mund an, denn sie fragt: „Was? Bin ich dir nicht stilvoll genug?"

Ich zucke die Achseln, rühre mit dem Strohhalm durch das Eis in meinem Glas. Nach einer morgendlichen Massage, einem Verwöhnprogramm fürs Gesicht und einem Nachmittag am Pool, dem ein paar Cocktails folgten, sind wir alle drei inzwischen ein bisschen mehr als beschwipst. Abgesehen davon hat Harlow selbst dann noch Klasse, wenn sie ein Bier mit Schnaps runterkippt. Selbst wenn sie in ein Bällebad in der Kinderecke von McDonalds springen würde, sähe sie danach immer noch cool aus.

„Ach, was soll's?", erwidere ich. „Wir haben noch unser ganzes Leben lang Zeit, uns zu benehmen – aber nur das eine Wochenende in Vegas."

Sie hört mir schweigend zu, denkt kurz über meine Worte nach, nickt dann mit Nachdruck und macht dem Kellner ein Zeichen. „Für mich bitte noch zwei Shots und eine dieser Monstrositäten, die sie trinkt." Sie zeigt zu Lola hinüber, die gerade vom Rand eines abscheulichen Bechers mit LED-Beleuchtung die Sahne ableckt.

Der Kellner runzelt die Stirn, schüttelt dann den Kopf und sagt: „Zwei Shot Whiskey und eine *Slut On A Trampoline*, kommt sofort."

Harlow wirft mir einen gespielt schockierten Blick zu, aber ich komme nicht dazu, darauf zu reagieren, weil sich in der überfüllten Bar plötzlich jemand von hinten an mich herandrängt. Große Hände packen meine Hüften. „Da bist du ja", flüstert jemand dicht und heiß an meinem Ohr.

Erstaunt drehe ich mich um – und weiche mit einem leisen Aufschrei zurück.

Ansel.

Mein Ohr fühlt sich warm und feucht an, aber als ich Ansel ins Gesicht blicke, sehe ich das gleiche amüsierte Funkeln in seinen Augen wie letzte Nacht. Vermutlich gehört er zu diesen Typen, die einen peinlichen Robotertanz hinlegen, nur um dich zum Lachen zu bringen, oder die deine Nasenspitze ablecken, sich für ein Lächeln zum Idioten machen. Mit Sicherheit würde er, wenn ich mit ihm auf dem Boden raufen würde, mich gewinnen lassen. Und es auch noch die ganze Zeit genießen.

„Zu dicht?", fragt er. „Ich wollte es mal auf die verführerische, dennoch subtile Tour versuchen."

„Ich bin nicht sicher, ob es noch dichter gegangen wäre", bemerke ich und versuche, ein Lächeln zu unterdrücken. Ich reibe mein Ohr. „Du warst ja geradezu in meinem Kopf."

„Er würde einen schrecklichen Ninja abgeben", meint einer der Typen, die neben ihm stehen, und zwinkert mir zu.

„Oliver, Finn", sagt Ansel und zeigt erst auf einen großen Kerl mit zerzaustem braunem Haar, Bartstoppeln, strahlend blauen Augen hinter dicken Brillengläsern, dann auf den anderen, den, der sich eingemischt hat, mit kurzgeschnittenem braunem Haar, dunklen, wie von hinten beleuchteten Augen und einem frechen Grinsen, das festgewachsen zu sein scheint. Ansel sieht wieder zurück zu mir. „Und, Gentlemen, das ist *cerise*. Ich warte immer noch auf ihren richtigen Namen." Er lehnt sich leicht zu mir vor. „Sie muss ihn mir ja irgendwann sagen."

„Ich bin Mia", sage ich ohne großes Brimborium.

Sein Blick wandert über mein Gesicht, bleibt an meinen Lippen hängen. Genau so würde er mich ansehen, wenn wir uns gleich küssen würden, doch dafür steht er zu weit weg. Er beugt sich noch weiter vor, und es ist, als würde man zusehen, wie ein Flugzeug ewig lang nur wenige Meter über dem Boden schwebt.

„Es ist schön, dem Männergebrüll von letzter Nacht Gesichter zuordnen zu können", sage ich, um die heftige sexuelle Spannung zwischen uns zu durchbrechen, und wende mich Oliver und Finn zu, dann zeige ich auf meine Freundinnen,

die mit großen Augen neben mir stehen. „Das sind Lorelei und Harlow."

Meine Freundinnen schütteln den Jungs die Hand, bleiben aber verdächtig still. Normalerweise bin ich nicht gerade diejenige, die in einer solchen Situation Typen kennenlernt. Normalerweise bin ich diejenige, die Harlow davon abhält, nach nur wenigen Minuten des Kennenlernens mit einem Typen Sex auf dem Tisch zu haben, während Lola sich mit dem Gedanken trägt, jeden Kerl zusammenzuschlagen, der es wagt, auch nur mit uns zu sprechen. Vielleicht sind die beiden so erstaunt, dass sie nicht wissen, wie sie reagieren sollen.

„Habt ihr nach uns gesucht?", frage ich.

Ansel zuckt die Schultern. „Möglich, dass wir in ein paar Kneipen waren, nur so, um mal zu gucken."

Hinter ihm hebt Oliver – der mit der Brille – sieben Finger hoch, und ich lache. „Ein paar?"

„Nicht mehr als drei", sagt Ansel und zwinkert mir zu.

Direkt hinter ihm bewegt sich etwas oder jemand, und noch bevor ich etwas sagen kann, tritt Finn einen Schritt vor und versucht, Ansels Hosen runterzuziehen. Ansel zuckt nicht mal mit der Wimper. „Was trinkst du?", fragt er stattdessen und greift nach seinem Hosenbund, ohne auch nur ein bisschen überrascht oder verärgert auszusehen.

Als ob ich nicht grade seine graue Boxer Shorts sehen könnte.

Als ob ich nicht genau auf die Stelle starren würde, wo im Baumwollstoff die unverkennbare Wölbung sein dürfte.

Solche Sachen machen Jungs also?

„Schön, dich wieder in Unterwäsche zu sehen", sage ich und versuche, ein Grinsen zu unterdrücken.

„Beinahe", korrigiert er. „Zumindest bleiben meine Hosen diesmal oben."

Ich sehe nach unten und wünschte, ich könnte noch einen Blick auf seine durchtrainierten Beine ergattern. „Darüber ließe sich streiten."

„Letztes Mal, als Finn das gemacht hat, blieben sie nicht oben. Ich hab diese Woche seine Bestzeit auf dem Rad geknackt, und

seitdem versucht er, sich an mir zu rächen." Er hält inne, hebt die Augenbrauen und scheint erst jetzt zu begreifen, was ich gesagt habe. „Flirtest du gerade mit mir?"

„Nein." Weil er mir nun seine gesamte Aufmerksamkeit zuwendet, muss ich schlucken. „Vielleicht?"

„Vielleicht sollte dein Kleid nach oben wandern, wenn meine Hosen nach unten rutschen", flüstert er, und *noch nie* hat sich ein Satz so schmutzig angehört. „Damit wir die gleichen Ausgangsvoraussetzungen haben."

„Sie ist viel zu heiß für dich", sagt Finn hinter ihm. Ansel dreht sich halb um, legt Finn eine Hand aufs Gesicht und schiebt ihn weg. Er nickt in Richtung meines Drinks, fragt stumm, was in meinem mittlerweile leeren Glas gewesen ist.

Ich starre ihn an, spüre die merkwürdige Wärme der Vertrautheit sich in mir ausbreiten. So also fühlt es sich an, wenn die Chemie stimmt. Auch wenn ich so was schon mal mit anderen Tänzern gespürt habe – diese Art der Chemie ist anders. Normalerweise löst sich so eine Chemie in Luft auf, sobald man von der Bühne abtritt oder man eben wieder in der Realität ankommt. Hier, mit Ansel, kommt es mir vor, als könnten wir mit der Energie, die zwischen uns herrscht, riesige Batterien auffüllen.

Er nimmt mein Glas und sagt: „Bin gleich zurück", bevor er zu Lola guckt, die sich von der Gruppe gelöst hat, einen Schritt auf uns zugeht. Sie beäugt ihn wie ein Habicht, mustert ihn mit vor der Brust verschränkten Armen und einem unübersehbaren Strenge-Mutter-Ausdruck im Gesicht. „Mit einem Drink", sagt er freundlich zu ihr. „Überteuerter, verwässerter Alkohol, vermutlich mit irgendwelchem fragwürdigem Obst. Nichts Witziges, versprochen. Möchtest du mitkommen?"

„Nein, aber ich behalt dich im Auge", sagt sie.

Er lächelt sie so charmant wie nur möglich an und dreht sich dann wieder zu mir um. „Willst du irgendwas Bestimmtes?"

„Ich lass mich überraschen", erwidere ich.

Ein paar Minuten später kehrt Ansel mit einem frischen Glas zurück, das mit Eis und Limetten und einer klaren Flüssigkeit gefüllt ist. „Gin Tonic, richtig?"

„Ich hatte eigentlich erwartet, du würdest mir etwas Abenteuerlicheres bringen. Etwas in einer Ananas oder mit Wunderkerze."

„Ich hab an deinem Glas gerochen", sagt er achselzuckend. „Ich wollte, dass du nicht deinen Drink änderst. Außerdem" – er zeigt meinen Körper hinunter – „hast du dieses 20er-Jahre-Flapper-Ding am Laufen mit diesem kurzen Kleid und den" – er malt mit dem Zeigefinger vor meinem Kopf einen Kreis in die Luft – „glänzenden schwarzen Haaren und dem geraden Pony. Und diese roten Lippen. Ich sehe dich an und denke ‚Gin'." Er hält inne, kratzt sich am Kinn und fügt hinzu: „Ehrlich gesagt sehe ich dich an und denke …"

Lachend hebe ich eine Hand. „Ich hab keine Ahnung, was ich mit dir anstellen soll."

„Ich hätte da ein paar Vorschläge."

„Mit Sicherheit."

„Möchtest du sie hören?", fragt er und grinst unverfroren.

Ich atme tief durch, um mich zu beruhigen. Eins steht fest: Der hier ist *mehr* als eine Nummer zu groß für mich. „Wie wäre es, wenn du mir erst ein bisschen was über euch Jungs erzählst. Lebt ihr alle in den USA?"

„Nein. Wir haben uns vor ein paar Jahren bei einem Freiwilligenprogramm kennengelernt, bei dem du mit dem Rad von einer Stadt in die andere fährst und unterwegs Häuser für einkommensschwache Menschen baust. Wir sind nach der Uni los und haben uns von Florida bis nach Arizona durchgearbeitet."

Ich sehe ihn mir jetzt etwas genauer an. Bisher habe ich mir keinen Gedanken darauf verschwendet, wer er ist oder was er tut, aber das hier ist sehr viel interessanter als eine Gruppe bescheuerter Ausländer, die ihr Geld in einer Suite in Vegas auf den Kopf haut. Und von Bundesstaat zu Bundesstaat zu radeln, erklärt definitiv die muskulösen Oberschenkel. „Das entspricht so gar nicht dem, was ich zu hören erwartet habe."

„Vier von uns haben sich damals ziemlich doll angefreundet. Finn, Oliver, ich und Perry. Und dieses Jahr haben wir also eine

Wiedersehenstour gemacht – allerdings nur von Austin nach Las Vegas. Wir sind inzwischen ja alte Männer."

Ich sehe mich nach dem Vierten im Bunde um und hebe vielsagend eine Augenbraue, aber Ansel zuckt die Schultern. „Diesmal nur wir drei."

„Hört sich unglaublich an."

Er nippt an seinem Drink, nickt. „Es *war* unglaublich. Mir graut es schon davor, am Dienstag nach Hause zu fliegen."

„Wo genau ist Zuhause? In Frankreich?"

Er grinst. „Ja."

„Nach Hause nach Frankreich. Wie langweilig", sage ich trocken.

„Du solltest mit mir nach Paris fliegen."

„*Ha.* Okay."

Er mustert mich lange. „Ich meine es ernst."

„Oh, da bin ich mir sicher."

Er nippt wieder an seinem Drink, die Augenbrauen nach oben gezogen. „Gut möglich, dass du die allerschönste Frau bist, die ich je gesehen habe. Ich vermute, du bist auch die schlauste." Er lehnt sich leicht vor, flüstert: „Kannst du jonglieren?"

Lachend erwidere ich: „Nein."

„Wie schade." Er summt vor sich hin, lächelt meinen Mund an. „Tja, ich muss noch für sechs Monate oder so in Frankreich leben. Du würdest dort eine Weile mit mir bleiben müssen, bevor wir ein Haus in den USA kaufen können. Und währenddessen könnte ich es dir beibringen."

„Ich kenn noch nicht mal deinen Nachnamen", sage ich und lache jetzt lauter. „Es ist noch ein wenig zu früh, um über Jonglierunterricht und Zusammenleben zu reden."

„Ich heiße Guillaume mit Nachnamen. Mein Vater ist Franzose, meine Mutter Amerikanerin."

„*Ji* – was?", wiederhole ich, über den Akzent stolpernd. „Ich weiß ja nicht mal, wie man das buchstabiert." Mit gerunzelter Stirn rolle ich den Namen ein paarmal in meinem Kopf hin und her. „Ehrlich gesagt weiß ich noch nicht mal, mit welchem Buchstaben er beginnt."

„Du wirst lernen müssen, ihn zu buchstabieren", sagt er, und sein Grübchen wird sichtbar. „Schließlich musst du auf deinen Schecks mit deinem neuen Namen unterschreiben können."

Letztlich muss ich den Blick von ihm abwenden. Ich brauche eine Pause von seinem Grinsen und diesem Flirt-Level, das mich in höchste Alarmbereitschaft versetzt. Aber als ich nach rechts sehe, bemerke ich, dass meine Freundinnen ganz in unserer Nähe stehen und uns mit weit aufgerissenen Augen anstarren.

„Was?", frage ich und werfe Lola einen Reagier-nicht-über-Blick zu.

Sie wendet sich an Ansel: „Du hast sie zum Reden gebracht."

Ich kann ihren Schock geradezu spüren – und ich will nicht von ihm vereinnahmt werden. Wenn ich zu viel darüber nachdenke, wie entspannt ich mich in Ansels Gegenwart fühle, dann geht es garantiert nach hinten los, und ich breche in Panik aus.

„Diese hier?", sagt er und zeigt mit dem Daumen auf mich. „Die hört nicht auf zu plappern, oder?"

Harlow und Lola lachen, aber es ist ein *Yeah-du-bist-verrückt*-Lachen, und Lola zieht mich leicht zur Seite, legt mir eine Hand auf die Schulter. „Du."

„Ich was?"

„Du erlebst gerade einen Instalove-Moment", zischt sie. „Ich fass es nicht. Hast du dein Höschen noch an?" Sie beugt sich theatralisch hinunter, als wollte sie es überprüfen.

„Wir haben uns gestern Abend kennengelernt", flüstere ich, während ich sie wieder hochziehe. Sie muss dringend leiser sprechen, denn auch wenn wir uns ein paar Schritte von den anderen entfernt haben, befinden wir uns doch immer noch in ihrer Nähe. Und alle drei Männer lauschen ungeniert unserer Unterhaltung.

„Du hast ihn getroffen und uns nichts davon erzählt?"

„Du meine Güte, Mutti. Wir hatten heute Morgen einiges auf der Agenda, und ich hab es vergessen, okay? Die Jungs haben letzte Nacht auf der anderen Seite des Flurs gefeiert. Du hättest sie auch gehört, wenn du nicht genügend Wodka intus gehabt

hättest, um ein Pferd umzubringen. Ich bin rübergegangen und hab sie gebeten, etwas leiser zu sein."

„Wobei wir uns da nicht das erste Mal begegnet sind", wirft Ansel über meine Schulter hinweg ein. „Wir sind uns vorher schon begegnet."

„Sind wir nicht", zische ich und flehe ihn mit meinem Blick an, die Klappe zu halten. Er kennt Lolas Beschützerinstinkt nicht – aber ich.

„Allerdings war es das erste Mal, dass sie Ansel in Unterhosen gesehen hat", fügt Finn hilfreicherweise hinzu. „Er hat sie aufs Zimmer gebeten."

Lolas Augenbrauen verschwinden unter ihrem Haaransatz. „Oh mein Gott. Bin ich blau? Was ist in diesem Zeug drin?", fragt sie und glotzt in ihren unerträglich blinkenden Becher.

„Ach, hör auf", sage ich zu ihr, zunehmend irritiert. „Ich bin ja nicht mitgegangen auf sein Zimmer. Und ich hab die Zuckerstange dieses hinreißenden Fremden nicht probiert, auch wenn ich das wirklich gern getan hätte, denn hallo, sie ihn dir doch mal an", füge ich hinzu, damit sie noch ein bisschen mehr ausflippt. „Du solltest ihn mal mit nacktem Oberkörper sehen."

Ansel wippt auf seinen Fersen vor und zurück, nippt an seinem Drink. „Macht bitte weiter, tut so, als wäre ich nicht hier. Das ist fantastisch."

Endlich scheint Lola – zum Glück – nicht mehr auf das Thema beharren zu wollen. Wir kehren zurück in den kleinen Halbkreis, den die Jungs gebildet haben, und trinken unsere Cocktails in betretenem Schweigen.

Entweder bemerkt Ansel nicht, wie peinlich die Situation ist, oder es ist ihm egal. „Also, was feiert ihr dieses Wochenende?", fragt er.

Dabei spricht er diese Worte weniger aus, als dass er sie gurren würde, mit einem süßen Flunsch, als würde er kleine Küsse durch die Luft schicken. Niemals zuvor habe ich dermaßen ein Verlangen verspürt, mit den Fingern den Mund von jemandem zu berühren. Während Harlow erklärt, warum wir in Vegas sind, schreckliche Shots trinken und die nuttigsten Kleider der Welt

tragen, wandert mein Blick über sein Kinn, seine Wangen. Von Nahem kann ich erkennen, dass er perfekte Haut hat. Sie ist nicht nur makellos, sondern glatt und eben. Auf der Bühne würde er nicht angerührt werden. Kein Puder, kein Lippenstift. Seine Nase ist gerade, die Augen haben genau den richtigen Abstand voneinander und sind beinahe einschüchternd grün. Vermutlich könnte ich die Farbe selbst in den hintersten Reihen eines Theaters erkennen. Unmöglich kann er so perfekt sein, wie es scheint.

„Was machst du, wenn du nicht Rad fährst oder jonglierst?", frage ich, und alle drehen sich gleichzeitig zu mir um. Ich spüre, wie mein Puls in meinem Hals explodiert, zwinge mich aber, Ansel weiter unverwandt anzusehen, während ich auf seine Antwort warte.

Er stützt seine Ellbogen auf dem Tresen neben sich ab und hält mich mit seinem aufmerksamen Blick in seinem Bann. „Ich bin Anwalt."

Alle meine Fantasien lösen sich sofort in Luft auf. Mein Dad würde begeistert sein zu erfahren, dass ich mit einem Anwalt flirte. „Oh."

Sein Lachen ist rau. „Tut mir leid, wenn ich dich enttäusche."

„Ich hab noch nie einen Anwalt kennen gelernt, der nicht alt und notgeil ist", gebe ich zu und registriere Harlows und Lolas Blicke, die sich in mein Profil bohren. Inzwischen weiß ich, dass sie gerade die Worte zählen, die ich in den letzten zehn Minuten von mir gegeben habe. Schließlich bin ich dabei, meinen persönlichen Rekord zu brechen.

„Hilft es, wenn ich sage, dass ich für eine Non-Profit-Organisation arbeite?"

„Nicht sonderlich."

„Gut. In diesem Fall sollte ich dir die Wahrheit sagen: Ich arbeite für die größte, skrupelloseste Firma in ganz Paris. Ich habe echt ein schreckliches Arbeitspensum. Deshalb solltest du mich nach Paris begleiten. Ich hätte gern einen Grund, warum ich früh von der Arbeit heimkommen sollte."

Ich versuche, unbeeindruckt zu wirken, aber er beobachtet mich genau. Ich kann sein Lächeln geradezu spüren. Es beginnt

als ein kleines Ziehen um seine Mundwinkel herum und wächst, je länger ich so tue als ob. „Also, jetzt hab ich dir von mir erzählt – was ist mit dir? Wo kommst du her, *cerise*?"

„Ich hab dir gesagt, wie ich heiße. Du musst mich nicht länger so nennen."

„Was, wenn ich das möchte?"

Es ist wirklich schwer, sich zu konzentrieren, wenn er so lächelt. „Ich bin mir nicht sicher, ob ich dir tatsächlich sagen soll, wo ich herkomme. Vertrau nie einem Fremden und so."

„Ich kann dir meinen Ausweis zeigen. Würde das helfen?"

„Vielleicht."

„Wir könnten meine Mom anrufen", sagt er und greift in seine Gesäßtasche, um sein Handy hervorzuziehen. „Sie ist Amerikanerin, ihr würdet euch großartig verstehen. Sie sagt mir die ganze Zeit, was für ein süßer Junge ich bin. Das hör ich echt ziemlich häufig."

„Da bin ich mir sicher", erwidere ich. Mal im Ernst, ich glaube, er würde mich wirklich seine Mutter anrufen lassen. „Ich bin aus Kalifornien."

„Einfach nur Kalifornien? Ich bin zwar kein Amerikaner, aber ich hab gehört, das soll ein ziemlich großer Bundesstaat sein."

Ich sehe ihn aus schmalen Augen an, bevor ich schließlich hinzufüge: „San Diego."

Er grinst, als hätte er etwas gewonnen, als hätte ich diesen winzigen Schnipsel an Information in glänzendes, buntes Geschenkpapier gewickelt und ihm in den Schoß gelegt. „Ah. Und was machst du da, in San Diego? Deine Freundin sagt, ihr feiert gerade euren Abschluss. Was steht als Nächstes an?"

„Äh … BWL. Boston University", sage ich und frage mich, ob diese Antwort jemals aufhören wird, sich in meinen Ohren so steif und hölzern anzuhören, als würde ich sie aus einem Drehbuch ablesen.

Anscheinend klingt es für ihn genauso, denn zum ersten Mal verschwindet sein Lächeln. „Das hätte ich nicht gedacht."

Ich sehe zum Tresen hinüber und kippe, ohne Nachzuden-

ken, meinen Drink auf Ex runter. Der Alkohol brennt, aber ich fühle die Hitze in meine Glieder sickern. Die Worte, die ich sagen will, blubbern hinten in meiner Kehle hoch. „Ich hab früher getanzt. Ballett."

Es ist das erste Mal, dass ich das zu jemandem sage.

Seine Augenbrauen schnellen in die Höhe, sein Blick wandert erst über mein Gesicht, dann meinen Körper hinunter. „Das dagegen kann ich sehen."

Harlow schielt zu mir herüber, dann sieht sie Ansel an. „Ihr zwei seid einfach zu verdammt *nett.*"

„Es ist ekelhaft", stimmt Finn leise zu. Ihre Blicke begegnen sich und bleiben ineinander verhakt. Sie scheinen sich stumm gegenseitig abzuschätzen, als wären sie im selben Team – sie gegen uns – und würden herausfinden wollen, wer seinen Freund am besten blamieren kann. Und in diesem Augenblick weiß ich, dass Harlow in ungefähr neunzig Minuten Finn rückwärts reiten wird, wie ein Cowgirl, auf irgendeinem Fußboden. Lola fängt meinen Blick auf – wir denken beide dasselbe.

Wie vorherzusehen war, hebt Harlow ihr Schnapsglas in Finns Richtung. Dabei läuft ein Großteil der Flüssigkeit über, ergießt sich auf ihrer Haut. Als die echte Lady, die sie ist, beugt sie sich vor, fährt sich mit der Zunge über den Handrücken, bevor sie zu niemand Besonderem sagt: „Vermutlich werde ich ihn heute Nacht ficken."

Finn lächelt, lehnt sich zu ihr hinüber und flüstert ihr etwas ins Ohr. Keine Ahnung, was er gerade gesagt hat, aber ich habe Harlow noch nie so erröten gesehen. Sie fängt an, mit ihren Ohrringen zu spielen. Lorelei neben mir stöhnt auf.

Wenn Harlow dir in die Augen sieht, während sie ihre Ohrringe abnimmt, wirst du entweder gefickt oder getötet. Als Finn lächelt, erkenne ich, dass er diese Regel bereits begriffen hat und weiß, dass er einen Sieg nach Hause fahren wird.

„Harlow", warne ich.

Schließlich erträgt Lola die bedeutungsschwangeren Gespräche nicht mehr und packt Harlow an der Hand, zerrt sie vom Stuhl hoch. „Gedankenaustausch auf der Damentoilette."

„Warum nennt er mich ‚Kirsche'?" Blinzelnd sehe ich zu meinem Abbild im Spiegel auf. „Denkt er, ich bin noch Jungfrau?"

„Ich bin mir ziemlich sicher, er meint deinen Blow-Job-Mund", sagt Harlow augenzwinkernd. „Und falls ich darf, würde ich dir gerne vorschlagen, dass du diesen französischen Jungen heute vögelst wie ein Vorschlaghammer. Ist sein Akzent nicht das Heißeste, das du je gehört hast?"

Lorelei schüttelt bereits den Kopf. „Ich glaube nicht, dass wir Mia zu einem One-Night-Stand überreden sollten."

Ich höre auf, mein Lipgloss aufzutragen und presse die Lippen zusammen. „Was soll das heißen?" Ich habe nicht vorgehabt, einen One-Night-Stand mit Ansel zu haben. Ich habe vorgehabt, ihn den ganzen Abend über anzustarren und dann allein ins Bett zu gehen, wo ich mich meinen Fantasien hingeben kann, dass ich jemand anderes bin und er mir zeigt, wie heiß Sex auf dem Hotelflur sein kann. Aber kaum hat Lola das gesagt, spüre ich ein rebellisches Ziehen zwischen meinen Rippen.

Harlow mustert mich einen Moment lang. „Ich glaube, sie hat recht. Du bist ein bisschen schwer zu befriedigen", erklärt sie.

„Im Ernst, Harlow?", fragte ich. „Sowas kannst du wirklich ohne mit der Wimper zu zucken sagen?"

Lolas Augen sind ähnlich ungläubig weit aufgerissen, als sie sich mir zuwendet. „Das hab ich *nicht* gemeint."

„Oh, ich bin definitiv überhaupt nicht zu befriedigen", gibt Harlow zu. „Ich liebe es nur, Männern dabei zuzusehen, wie sie es versuchen. Aber Mia braucht zwei Wochen, bevor sie mit einem Mann plaudert, ohne vor Scham in Ohnmacht zu fallen."

„Heute Abend nicht", murmelt Lola.

Ich stecke meinen Lipgloss wieder in meine Handtasche und werfe Harlow einen Blick zu. „Vielleicht lasse ich mir gerne Zeit und ignoriere das merkwürdige Verlangen, das manche Leute nach pausenloser Unterhaltung haben. *Du* bist diejenige, die gern ihr Ding durchzieht, und das ist okay. Ich kritisier das nicht."

„Also", fährt Harlow fort, als hätte ich nichts gesagt. „Ansel ist hinreißend, und der Art nach zu urteilen, wie er dich anstarrt,

bin ich mir ziemlich sicher, dass du nicht viel mit ihm reden – oder ihn überreden – musst."

Lorelei seufzt. „Er scheint ja echt nett zu sein, und dass sie sich beide toll finden, ist unübersehbar. Aber was passiert dann?" Sie schiebt ihren ganzen Kram zurück in ihre Handtasche, lehnt sich dann mit dem Rücken gegen den Waschtisch und sieht uns beide an. „Er lebt in Frankreich, sie zieht nach Boston, was nur unwesentlich näher an Frankreich dran ist als San Diego. Wenn du mit Ansel Sex hast", sagt sie zu mir, „wird es eine ordentliche Missionarstellung mit wahnsinnig viel Gequatsche und Weichzeichner-Blickkontakt sein. Das ist kein One-Night-Stand-Sex."

„Ihr beide macht mich echt fertig", erwidere ich.

„Dann kann sie doch einfach auf Doggystyle bestehen – was ist das Problem?", fragt Harlow verdutzt.

Da ich für diese Unterhaltung eindeutig nicht benötigt werde, dränge ich mich an ihnen vorbei, zurück in die Bar, und lasse sie ohne mich entscheiden, wie der Rest meines Abends verlaufen wird.

Anfangs ist es, als würden unsere Freunde metaphorisch gesprochen in den Hintergrund rücken, da sie auch unverkrampfter (oder betrunkener) werden, und ihr Lachen sagt mir, dass sie nicht mehr jeden Satz verfolgen, den wir von uns geben. Irgendwann gehen sie zu den Blackjack-Tischen, die direkt draußen vor der Bar stehen, und lassen uns miteinander allein – natürlich nicht ohne bedeutsame *Sei-vorsichtig*-Blicke in meine Richtung und *Drängel-nicht*-Blicke in Ansels Richtung zu werfen.

Er trinkt seinen Drink aus und stellt das leere Glas auf dem Tresen ab. „Was hat dir am Tanzen am meisten gefallen?"

Ich fühle mich mutig, ob wegen des Gins oder wegen Ansel, ist mir egal. Ich nehme seine Hand und ziehe ihn hoch. Er steht von seinem Barhocker auf und folgt mir.

„Mich darin zu verlieren", sage ich und lehne mich an ihn. „Jemand anderes zu sein." *Auf diese Weise konnte ich so tun, als*

wäre ich eine andere Person. In ihrem Körper konnte ich Sachen machen, die ich vielleicht mit meinem nicht tun würde, wenn ich nur lange genug darüber nachdachte. Wie zum Beispiel, Ansel einen dunklen Flur hinunterzuziehen – was, auch wenn ich vielleicht erst tief Luft holen und bis zehn zählen musste … ich jetzt tatsächlich tue.

Ansel summt leise vor sich hin, und ich presse meine Lippen aufeinander, liebe es, wie sich bei diesem Geräusch meine Lungen zusammenziehen. Meine Beine und meine Lungen und mein Verstand scheinen alle gleichzeitig ihre Funktion eingestellt zu haben – ist das möglich?

„Du könntest so tun, als wäre *das* hier eine Bühne", sagt er leise und stemmt seine Hand neben meinem Kopf gegen die Wand. „Du könntest so tun, als wärst du jemand anderes. Du könntest so tun, als wärst du das Mädchen, das mich hierher führt und mich küsst."

Ich schlucke, überlege mir genau eine Antwort, bevor ich sage: „Wer wärest *du* dann heute Nacht?"

„Der Typ, der das Mädchen bekommt, das er will, und der zu Hause keine offenen Baustellen hat."

Er sieht nicht zur Seite, also habe ich das Gefühl, ich dürfte das auch nicht, selbst wenn meine Knie fast unter mir nachgeben. Er könnte mich genau in diesem Augenblick küssen, und es wäre nicht überstürzt.

„Warum *hast* du mich denn hierher gebracht? Weg von den anderen?", fragt er. Sein Lächeln verblasst.

Ich sehe an ihm vorbei zum Club, wo es kaum heller ist als hier.

Als ich nicht antworte, duckt er sich leicht, um mir in die Augen zu sehen. „Stelle ich zu viele Fragen?"

„Ich brauche immer eine Weile, um einen Satz rauszubringen", erwidere ich. „Es liegt nicht an dir."

„Nein, nein. Los, lüg mich an." Er kommt näher, und sein Lächeln kehrt zurück, bringt mein Herz fast zum Stillstand. „Lass mir den Glauben, *ich* würde dich sprachlos machen, wenn wir unter uns sind."

Und trotzdem wartet er darauf, dass ich die für mich richtigen Worte für eine Antwort finde. Doch die Wahrheit ist: Auch wenn mir ein riesiger Fundus an Worten zur Verfügung stünde, weiß ich nicht, ob meine Erklärungen irgendeinen Sinn ergäben – warum ich ihn hierher gebracht habe, fern von der Sicherheit, die mir meine Freundinnen geben, die immer in der Lage sind, meine Gesichtsausdrücke in Sätze zu übersetzen, oder die zumindest für mich das Thema wechseln, wenn nötig.

Nein, ich bin nicht nervös oder verängstigt. Ich weiß nur nicht, wie ich in die Rolle schlüpfen soll, die ich gerne spielen möchte: flirtend, offen, mutig. Mit Ansel kommt es mir vor, als würde mein Herzschlag den seinen jagen. Ich möchte meine Fingerabdrücke auf seinem Hals und seinen Lippen hinterlassen, will an seiner Haut saugen, herausfinden, ob sie so warm ist, wie sie aussieht, will feststellen, ob ich mag, was er getrunken hat, indem ich es auf seiner Zunge schmecke. Ich will mit ihm eine vollständige Unterhaltung führen, bei der ich kein einziges Wort vorhersehen oder darum ringen muss, und dann will ich Ansel mit auf mein Zimmer nehmen und gar nicht mehr sprechen.

„Frag mich noch mal", sage ich.

Er runzelt kurz die Stirn, dann begreift er. „Warum hat du mich hierhergebracht?"

Dieses Mal denke ich keine einzige Sekunde nach, bevor ich antworte. „Ich möchte heute Nacht ein anderes Leben leben."

Seine Lippen wölben sich ein bisschen vor, während er nachdenkt, und ich kann nicht anders als sie anzustarren. „Mit mir, *cerise*?"

Ich nicke. „Ich weiß übrigens, was das bedeutet. Es bedeutet Kirsche. Du Perverser."

Seine Augen glänzen amüsiert. „Richtig: Kirsche."

„Und mit Sicherheit hast du dir schon gedacht, dass ich keine Jungfrau mehr bin."

Er schüttelt den Mund. „Hast du dir mal deinen Mund angeguckt? Ich hab noch nie so rote und volle Lippen gesehen."

Unwillkürlich nehme ich meine Unterlippe in den Mund, sauge daran.

Sein Blick wird schwer, und er beugt sich noch etwas vor. „Ich mag es, wenn du das tust, ich will auch mal."

Meine Stimme zittert nervös, als ich flüstere: „Es sind nur Lippen."

„Es sind nicht *nur Lippen*. Und bitte", sagt er und er ist so nah, dass ich sein Aftershave riechen kann. Es duftet nach frischer Luft, grün und klar und beruhigend zugleich, etwas, das ich noch nie an einem Mann gerochen habe. „Du trägst roten Lippenstift, damit Männer deinen Mund nicht bemerken? Mit Sicherheit weißt du, was ein Mund wie dieser in unseren Träumen so alles anstellt."

Ich schließe nicht die Augen, als er sich gegen mich lehnt und meine Unterlippe zwischen seine Lippen nimmt; er hingegen schon. Seine Augenlider fallen zu, und jeder meiner Sinne nimmt den rauen Laut wahr, den er von sich gibt: Ich kann Ansel schmecken, fühlen, hören, sehe, wie er an mir erschauert.

Er fährt mit seiner Zunge über meine Lippe, saugt sanft und zieht sich dann zurück. Eigentlich war das kein Kuss, denke ich. Mehr ein kosten. Und offensichtlich stimmt er mir zu. „Du schmeckst nicht nach Kirsche."

„Wie schmecke ich denn?"

Er zuckt leicht die Schultern, schürzt nachdenklich die Lippen. „Mir fällt kein gutes Wort dafür ein. Süß. Wie eine Frau, aber auch wie ein Mädchen."

Seine eine Hand liegt noch immer neben meinem Kopf, aber die andere spielt jetzt mit dem Saum meines Cardigans. Mir wird bewusst, dass ich den Schritt wagen muss, wenn ich ein anderes Leben leben will, dass ich nicht auf Zehenspitzen am Rand der Klippen entlangtapsen kann. Ich muss springen. Ich muss mir klar werden, welche Art Mädchen genau das machen würde, was ich mit ihm machen will, und dann so tun, als wäre ich sie. *Sie* ist diejenige auf der Bühne. Mia sieht nur vom Zuschauerraum aus zu.

Ich führe seine Finger zum Saum meines Kleids, dann darunter.

Sein Blick ruht nicht mehr auf meinen Mund; wir sehen einander direkt in die Augen, als ich seine Finger zur Innenseite meines Oberschenkels lenke. Es kommt mir hier so abgeschieden vor – dunkel und ruhig –, aber ganz aus der Nähe dröhnen die Geräusche der Bar zu uns herüber, betrunkene Stimmen, ein wummernden Popsong. Wir stehen hier verborgen vor den Blicken der anderen Gäste, doch jeder könnte uns finden, wenn er wollte. Ohne, dass ich ihn noch groß dränge, schiebt Ansel einen Finger unter den Stoff meines Höschens. Ich schließe unwillkürlich die Augen, und mein Kopf fällt nach hinten, gegen die Wand, als er ihn sanft vor und zurück über meine empfindsamste Stelle gleiten lässt.

Was habe ich bloß getan? Warum? Widersprüchliche Reaktionen übermannen mich. Ich will, dass er mich berührt – *Gott, ich will, dass er mich berührt* –, aber ich habe auch tierische Angst. Seit Luke bin ich mit zwei Typen zusammen gewesen, und mit beiden ist es immer nur sehr gemächlich zur Sache gegangen: Küssen und das übliche Prozedere des Von-Oben-bis-Unten-Befummelns. In Ansels Nähe bin ich nichts als ein kleines Häuflein Verlangen.

„Ich bin mir nicht sicher, wer von uns beiden überraschter ist, dass du das gerade gemacht hast“, sagt er, bevor er meinen Hals küsst. „Du oder ich.“

Er nimmt seinen Finger weg, kehrt aber sofort wieder zurück, jetzt in einem besseren Winkel, und diesmal lässt er seine gesamte Hand vorne über mein Höschen gleiten. Mir stockt der Atem, als er mich sanft mit zwei Fingern streichelt. Er ist vorsichtig, aber selbstsicher, souverän.

„*Toutes ces choses que j'ai envie de te faire …*“

Ich unterdrücke ein Stöhnen, flüstere: „Was hast du gerade gesagt?“

„Ich denke nur an all die Sachen, die ich mit dir anstellen will.“ Er küsst mein Kinn. „Willst du, dass ich aufhöre?“

„Nein“, sage ich und ersticke fast an der aufsteigenden Panik.

„Ja." Er hält abrupt inne, und ich vermisse sofort den Rhythmus seiner breiten Fingerspitzen. „Nein. Nicht aufhören."

Mit einem heiseren Lachen beugt er sich vor, um erneut meinen Hals zu küssen, und ich schließe unwillkürlich die Lider, als er beginnt, sich wieder zu bewegen.

Ich brauche ewig, um die Augen zu öffnen; mir dröhnt der Schädel. Mein ganzer Körper schmerzt. Ich stemme mir die Hände flach an den Kopf, als ob ich ihn so zusammenhalten könnte. Er *muss* nur noch aus Einzelteilen bestehen. Nur so lässt sich der Schmerz erklären.

Im Zimmer ist es dunkel, trotzdem ist mir irgendwie bewusst, dass hinter den schweren Hotelvorhängen draußen grell die Vegas-Sommer-Sonne scheint.

Selbst wenn ich eine Woche lang nur schlafen würde, würde ich noch zwei weitere brauchen.

Die Nacht kehrt in kleinen, chaotischen Erinnerungsfetzen zu mir zurück. Saufen. Ansel. Ihn den Flur hinunterzerren, seine Zunge auf meiner spüren. Und dann: reden. So viel reden. Erinnerungsflashs von nackter Haut, sich bewegende Körper. Meine Glieder fühlen sich wie Wackelpudding an – Nachwirkungen einer Nacht voller Orgasmen, einer nach dem anderen.

Ich verziehe das Gesicht, Übelkeit überkommt mich.

Jede Bewegung ist eine Qual. Ich fühle mich zerschunden und ausgelaugt, und dieser Zustand ist verwirrend genug, dass ich es nicht sofort bemerke: Ich bin nackt, vollkommen nackt. Und allein. Ich habe Druckstellen an den Rippen, am Hals, meinen Oberarmen. Als es mir endlich gelingt, mich aufzusetzen, bemerke ich, dass ein Großteil der Bettwäsche auf dem Boden liegt, während die Matratze unter mir blank ist, als wäre ich einmal aus dem Chaos hochgehoben und dann hier abgelegt worden.

Neben meiner nackten Hüfte liegt ein Stück Papier, sorgsam in der Mitte zusammengefaltet. Die Handschrift ist ordentlich und irgendwie sofort als ausländisch zu erkennen. Meine Hand zittert, als ich die Nachricht überfliege.

Mia,
ich habe versucht, Dich zu wecken, aber nachdem mir das nicht gelang, beschloss ich, Dir Deinen Schlaf zu lassen. Schätze, davon hatten wir höchstens zwei Stunden. Ich gehe jetzt duschen und dann runter frühstücken, in das Restaurant gegenüber den Fahrstühlen. Such mich dort bitte.
Ansel

Ich beginne zu zittern und kann nicht mehr damit aufhören. Das liegt nicht nur an dem in mir wütenden Kater oder an der Erkenntnis, dass ich mit einem Fremden eine Nacht verbracht habe und mich kaum noch an etwas davon erinnern kann. Es liegt nicht nur am Zustand des Zimmers: Eine Lampe ist kaputt, der Spiegel mit Hunderten von Fingerabdrücken beschmiert, der Boden mit Klamotten und Kissen und – *Gott sei Dank* – Kondomtütchen bedeckt. Es liegt nicht an dem Schamgefühl bezüglich des dunklen Flecks auf dem Teppich, vermutlich von irgendwas zu Trinken. Es liegt nicht an den Blutergüssen, die ich auf meinen Rippen sehe, oder an dem anhaltenden sehnenden Schmerz zwischen meinen Beinen.

Ich zittere, weil ich an meinem linken Ringfinger einen schmalen goldenen Ring trage.

DREI

Ich zittere, weil WAS ZUM TEUFEL HAT DAS ZU BEDEUTEN DASS ICH EINEN RING TRAGE DER WIE EIN EHERING AUSSIEHT UND WARUM KANN ICH MICH NICHT DARAN ERINNERN WAS WIR GETAN HABEN? Das Einzige, woran ich mich erinnere, nachdem ich Ansel letzte Nacht den Flur hinuntergezogen habe, ist an mehr Alkohol – wesentlich mehr – und an Flirten.

Bilder einer schnellen Limo-Fahrt.

Harlow brüllt aus dem Fenster und Ansel grinst breit.

Ich glaube, ich erinnere mich daran, dass ich Lola und Oliver knutschen gesehen habe und an das Knallen eines Blitzlichtes und wie ich Ansel den Flur hinunterziehe und an Sex. Eine Menge Sex.

Ich hechte zum Badezimmer und entledige mich meines Mageninhaltes. Der Alkohol, der dabei hochkommt, schmeckt säuerlich. Er schmeckt nach Scham und hundert schlechten Ideen, die meine Kehle hinuntergeflossen sind.

Ich putze mir mit zittriger Hand die Zähne, während ich meinem Spiegelbild den bösesten Blick zuwerfe, den ich draufhabe. Ich sehe scheiße aus und habe ungefähr siebzehn Knutschflecken an Hals und Brust, und wenn ich ehrlich bin, dann sieht mein Mund aus, als hätte ich letzte Nacht ziemlich lang an einem Schwanz gelutscht.

Gierig trinke ich Wasser aus dem Hahn, dann haste ich zurück ins Schlafzimmer, zerre mir ein Hemd aus der ersten Tasche, über die ich stolpere. Ich kann kaum gehen, breche auf dem Boden zusammen, nachdem ich dreißig Sekunden lang nach meinem Handy gesucht habe, Als ich es am anderen Ende des Raums sehe, stolper-krieche ich dort hin, nur um festzustellen, dass es tot ist und ich keine Ahnung habe, wo das Ladegerät ist. Eine Wange auf den Boden gedrückt, gebe ich auf. Irgendwann wird jemand kommen und meinen Leichnam finden. Oder?

Ich hoffe wirklich, dass ich in ein paar Jahren über diese Story lachen kann.

„Harlow?", rufe ich und zucke bei dem rauen Klang meiner Stimme zusammen, bei dem Geruch nach Putzmittel und abgestandenem Wasser, der von dem Teppich so nah an meinem Gesicht ausgeht. „Lola?"

Aber in der riesigen Suite ist es vollkommen still. Wo sind die beiden bloß letzte Nacht gelandet? Ob es ihnen gutgeht? Ach du Scheiße, sind sie vielleicht auch verheiratet?

Ich bin mir beinahe sicher, dass ich gleich wieder kotzen muss.

Ich zwinge mich, durch die Nase ein- und durch den Mund auszuatmen, und mir wird etwas klarer im Kopf, gerade genug, um aufzustehen, mir ein Glas Leitungswasser zu holen. Nicht den ganzen teuren Raum vollzukotzen, für den Harlows Vater bezahlt.

Ich schlinge einen Energieriegel und eine Banane runter, die ich in dem Mini-Kühlschrank finde, und dann trinke ich eine Dose Ginger Ale in nicht viel mehr als zwei Schlucken. Niemals werde ich wieder genug Flüssigkeit in meinen Körper bekommen, das spüre ich.

Unter der Dusche rubble ich meine schmerzende Haut ab, rasiere und wasche mich mit zitternden, verkaterten Händen.

Mia, du bist ein Wrack. Deshalb taugst du nicht zum Trinken.

Das Schlimmste ist nicht, wie schrecklich ich mich fühle oder was für ein Chaos ich angerichtet habe.

Das Schlimmste ist, dass ich mich genauso sehr nach *ihm* auf die Suche machen will wie nach Harlow und Lola.

Das Schlimmste ist dieses winzige Knäuel der Beklemmung, das ich bei dem Gedanken daran empfinde, dass bereits Montag ist und wir heute abreisen werden.

Nein, das Schlimmste ist, dass ich ein Idiot bin.

Während ich mich im Schlafzimmer abtrockne und eine Jeans und ein Tanktop anziehe, sehe ich zu seinem Zettel hinüber, den ich auf die Matratze gelegt habe. Seine ordentliche, schräge Handschrift blickt Richtung Zimmerdecke, und ein dünner Faden der Erinnerung drängt sich durch meine Gedanken, eine

Erinnerung an meine flache Hand auf Ansels bekleideter Brust, wie ich ihn aus dem Badezimmer dränge und mich auf den Klodeckel setze, mit einem Blatt Papier und einem Kugelschreiber in der Hand. Um einen Brief zu schreiben? Ich glaube … an mich.

Aber ich kann ihn nirgendwo finden; nicht unter dem gigantischen Lakenhaufen auf dem Fußboden, nicht zwischen den verschobenen Sofakissen im Wohnzimmer, nicht im Badezimmer oder irgendwo sonst in der chaotischen Suite. Aber er *muss* hier sein. Der einzige Brief, den ich mir zuvor geschrieben habe, hat mich durch die härteste Zeit meines Lebens geführt hat.

Wenn es einen Brief von letzter Nacht gibt, dann muss ich ihn finden.

Nach der übelkeits- und furchterregendsten Fahrstuhlfahrt in der Geschichte der Menschheit bin ich endlich unten. Die Jungs entdecke ich in einer Nische auf der anderen Seite des Restaurants, Harlow und Lola allerdings nicht. Die drei diskutieren auf eine Weise miteinander, wie sie es ständig zu tun scheinen, wobei es sich vermutlich nur um eine männliche Version von kuscheln handelt. Sie brüllen und gestikulieren und sehen verzweifelt aus und lachen dann. Keiner von ihnen wirkt, als würde er sich von einer krassen Verbrechertour erholen, und ich spüre, wie sich meine Schultern ein klitzekleines bisschen entspannen, weil ich mir ziemlich sicher bin, dass Harlow und Lorelei, wo immer sie sich befinden, nicht in Gefahr sind.

Wie zur Salzsäule erstarrt, bleibe ich in der Nähe des Eingangs stehen und ignoriere die kecke Kellnerin, die mich wieder und wieder fragt, ob ich einen Tisch für eine Person benötige. Meine Kopfschmerzen kehren zurück, und hoffentlich werden meine Füße irgendwann anfangen, sich zu bewegen, denn dann wird auch die Kellnerin weggehen.

Ansel sieht auf, entdeckt mich, und sein Lächeln verschwindet für einen Moment, bevor es von etwas sehr viel Süßerem ersetzt wird: glückliche Erleichterung. Er zeigt alle seine Karten, legt sie einfach so bloß.

Finn und Oliver drehen sich halb um, blicken über ihre Schultern und sehen mich, Finn sagt etwas, das ich nicht hören kann, bevor er mit dem Fingerknöchel zweimal auf den Tisch klopft und seinen Stuhl wegschiebt.

Ansel bleibt sitzen, während seine zwei Freunde auf mich zukommen.

„W-w-o“, setze ich an, halte dann inne, drücke die Schultern durch und sage: „Wo sind Harlow und Lola?“

Oliver weist mit seinem Kinn in Richtung Fahrstühle, den Flur hinunter. „Schlafnodrdusn.“

Mit zusammengekniffenen Augen starre ich den Australier an, „Hä?“

„Sie schlafen“, übersetzt Finn lachend. „Vielleicht duschen sie auch. Ich sag ihnen, dass du unten bist.“

Abwartend hebe ich die Augenbrauen. Gibt es vielleicht noch irgendwelche Neuigkeiten, die sie mit mir mitteilen wollen?

„Und?“, frage ich und sehe sie abwechselnd an.

Finn runzelt die Stirn. „Und …?“

„Haben wir alle geheiratet?“, frage ich und erwarte, dass er sagt: *Nein, war nur ein Scherz. Wir haben diese teuren Goldringe beim Blackjack gewonnen!*

Aber Finn nickt, auch wenn er wesentlich weniger beunruhigt zu sein scheint als ich. „Yep. Aber mach dir keine Sorgen, wir bringen das wieder in Ordnung.“ Er sieht zurück zum Tisch und wirft Ansel einen vielsagenden Blick zu.

„*In Ordnung?*“, wiederhole ich, und … *Oh mein Gott, fühlt sich so ein Herzinfarkt an?*

Sich wieder zu mir umdrehend, hebt Finn eine Hand, legt sie auf meine Schulter und sieht mich mit übertriebenem Mitgefühl an. Als ich an ihm vorbei zu Ansel schaue, sehe ich, dass seine Augen … *die meines Ehemanns?* … belustigt funkeln.

„Weißt du, was ein Brony ist?“

Ich sehe wieder zu Finn, nicht sicher, ob ich ihn richtig verstanden habe. „Ein – *was*?“

„Ein Brony“, wiederholt er. „Das ist ein Typ, der gerne *My Little Pony* und solche Mädchensachen sieht.“

„Ja, okay.“ *Was zum …?*

Er lehnt sich vor, beugt die Knie, so dass er sich auf Augenhöhe mit mir befindet. „Ich frage dich das nicht, weil der Mann, den du gestern im Suff geheiratet hast, ein Brony ist, sondern weil er es fantastisch findet, dass es Bronys gibt.“

„Ich bin mir nicht sicher, ob ich dir folgen kann“, flüstere ich. Bin ich immer noch betrunken? Ist er es? Wo um Himmels Willen bin ich heute Morgen hineingeraten?

„Er hat auch mal tatsächlich in Jell-o gebadet, weil ihn jemand dazu rausgefordert hat und er neugierig war“, sagt Finn zu mir. „Er liebt es, Weinflaschen mit nur einem Schuh und einer Wand zu öffnen. Und als wir in Albuquerque kein Geld mehr hatten und das Restaurant keine Kreditkarten akzeptieren wollte, hat er für unser Abendessen bezahlt, indem er nebenan in diesem runtergekommenen kleinen Stripclub getanzt hat.“

„Ich brauche einen Kaffee, bevor ich auch nur irgendetwas von dem verstehe, was du da sagst“, erwidere ich.

Finn geht nicht darauf ein. „Er hat an dem Abend siebenhundert Dollar verdient, aber das ist nicht der Punkt.“

„Okay?“ Ich sehe wieder zu Ansel hinüber. Er lacht sich kaputt.

„Der Punkt ist, dass du all das im Kopf haben solltest, wenn du mit ihm sprichst. Der Punkt ist, dass Ansel sich in alles, was er sieht, ein bisschen verliebt.“ Als er das sagt, wird mir aus unerklärlichen Gründen etwas eng um die Brust. „Genau das liebe ich an dem Kerl, aber sein ganzes Leben basiert letztlich …“ Er sieht zu Oliver hinüber, bittet ihn stumm um Hilfe.

Oliver nimmt einen Zahnstocher aus dem Mund. „Märglükvestan?“, sagt er, bevor er den Zahnstocher wieder hineinschiebt.

„Mehr auf Glück als auf Verstand.“ Finn tätschelt meine Schulter, als hätten wir damit alles geklärt – als ob diese Unterhaltung irgendeinen beschissenen Sinn ergeben würde –, und geht an mir vorbei. Oliver nickt kurz, ernst. Neonlicht spiegelt sich in seinen Brillengläsern, und ich schaue rasch zur Seite, frage mich, ob Kotzen eine gute Alternative zu dem Gespräch

sein könnte, das mir ansonsten gleich bevorsteht. Wovon reden sie überhaupt? Ich kann mich kaum noch erinnern, wie man einen Fuß vor den anderen setzt, geschweige denn weiß ich, wie ich mit dem Gedanken umgehen soll, dass ich möglicherweise rechtmäßig mit einem Kerl verheiratet bin, der alles am Leben liebt, inklusive „Bronys".

Mit einem nervösen Zucken in der Bauchregion schlüpfe ich zwischen zwei Tischen hindurch und gehe zu der Nische hinüber, von der aus Ansel mich anlächelt. Wie viele Minuten wir auch getrennt gewesen sind – oder wie lange ich auch bewusstlos gewesen bin –, in der Zeit habe ich auf jeden Fall vergessen, welchen Effekt seine Nähe auf mich hat. Meine Nervenenden scheinen sich an die Oberfläche meiner Haut emporzudrängen, in freudiger Erwartung seiner Hände.

„Guten Morgen", sagt er. Seine Stimme ist heiser und schleppend. Er hat dunkle Ringe unter den Augen, und seine Haut wirkt ein bisschen blass. In Anbetracht der Tatsache, dass er bereits deutlich länger auf ist als ich, lässt mich sein Anblick nicht sonderlich zuversichtlich sein, dass es mir in ein paar Stunden besser geht.

„Guten Morgen." Ich bleibe vor der Tischkante stehen, nicht sicher, ob ich bereit bin, mich hinzusetzen. „Worüber hat Finn gesprochen?"

Mit einer Handbewegung wischt er das Thema beiseite, legt es ad acta. „Ich hab gesehen, dass du kommst, und dir einen Orangensaft und dieses Gebräu bestellt, das ihr Amerikaner gerne Kaffee nennt."

„Danke." Ich setze mich – und halte kurz die Luft an, weil es zwischen meinen Beinen pulsierend schmerzt und die Erinnerung an unsere wilde – vielleicht etwas raue – Nacht wie eine dritte Person mit am Tisch sitzt. Ich zucke am ganzen Körper zusammen, und Ansel bemerkt es. Was eine lustige Kettenreaktion in Gang setzt. Er wird rot, und sein Blick fällt auf die Flecken auf meinem Hals und meinem Dekolletee. Ich versuche, meine Kehle mit zitternden Händen zu verbergen, wünschte, ich hätte einen Rollkragenpulli in die Wüste, in den Sommer

mitgenommen – was absurd ist –, und er bricht in Gelächter aus. Stöhnend lasse ich meinen Kopf auf meine verschränkten Arme auf dem Tisch sinken. Nie wieder werde ich auch nur einen Schluck Alkohol trinken.

„Was die Bisspuren angeht …“, setzt er an.

„Ja.“

„Du hast mich ständig gebeten, dich zu beißen.“

„Habe ich das?“

„Du warst ziemlich konkret“, sagt er grinsend. „Und da ich ein Gentleman bin, bin ich dem nur *allzu gerne* nachgekommen.“

„Oh.“

„Anscheinend hatten wir eine wilde Nacht.“

Ich hebe den Kopf, danke der Kellnerin, als sie ein Kaffeekännchen vor mich stellt. „Die Einzelheiten kehren langsam zurück.“

Und das tun sie, endlich: Wie wir lachend das Hotelzimmer stürmten und gleich hinter der Tür auf den Travertinboden stürzten. Er rollte mich herum, um spielerisch nach Kratzern zu sehen, küsste meinen Hals, meinen Rücken, die Rückseite meiner Oberschenkel. Mit Fingern und Zähnen zog er mich aus, küsste Worte in meine Haut. Wesentlich weniger stilvoll zog ich ihn aus: ungeduldig riss ich ihm praktisch die Klamotten vom Leib.

Als ich aufsehe und seinem Blick begegne, reibt er sich den Nacken, lächelt mich entschuldigend an. „Falls mein Zustand heute ein Hinweis darauf ist, dann, äh … haben wir uns gehörig Zeit gelassen.“

Ich spüre zugleich mein Gesicht heiß werden und mein Herz in meinen Magen sacken. Nicht zum ersten Mal bekomme ich diese Art von Feedback zu hören. „Es tut mir leid, dass mein Körper in gewisser Weise … hart zu befriedigen ist. Luke hat meistens eine Ewigkeit gebraucht, um mich dort hinzubringen, und anfangs habe ich auch einfach so getan, als würde ich kommen, damit er nicht Eindruck bekam, er hätte versagt.“

Oh mein Gott, habe ich das wirklich gerade laut ausgesprochen?

Ansel kraust die Nase – und sieht hinreißend verwirrt aus. „Was? Du bist doch kein Roboter, manchmal braucht es seine Zeit. Ich habe es ziemlich genossen, herauszufinden, wie ich dir Lust bereiten kann." Er verzieht das Gesicht leicht entschuldigend. „Ich fürchte, derjenige, der Ewigkeiten gebraucht hat, war ich. Ich hatte ziemlich viel getrunken. Außerdem ... wir wollten beide nach jedem Mal mehr ... Ich fühle mich, als hätte ich Tausende Sit-ups gemacht."

Und kaum dass er das gesagt hat, weiß ich, dass er recht hat. Selbst jetzt noch fühlt sich mein Körper an wie ein Instrument, das letzte Nacht über Stunden hinweg auf wunderbare Weise gespielt worden ist, und mein Wunsch scheint in Erfüllung gegangen zu sein: Letzte Nacht *hatte* ich ein anderes Leben. Ich hatte das Leben einer Frau mit einem wilden, aufmerksamen Liebhaber. Abgesehen von meinem Kater fühle ich mich gut: gedehnt, durchtrainiert und so dermaßen befriedigt, dass ich es bis in die Knochen und noch in den hintersten Ecken meines Gehirns spüren kann.

Ich erinnere mich, später auf das Sofa im Wohnzimmer getragen worden zu sein, wo Ansel zu Ende brachte, was er im Flur unten begonnen hatte. Das Gefühl seiner Hände, als er mein Höschen zur Seite schob, mit den Fingerspitzen über meine empfindsame, erhitzte Haut rieb, vor und zurück.

„Du bist so weich", hatte er während eines Kusses gesagt. „Du bist weich und feucht, und ich fürchte ein bisschen, ich könnte zu wild für diesen kleinen, süßen Körper sein." Seine Hand zitterte, und er zwang sich, es etwas langsamer anzugehen, indem er mir mein Höschen ganz auszog und es dann auf den Boden warf. „Als erstes sorge ich dafür, dass du dich gut fühlst. Denn wenn ich erst mal in dir drin bin, werde ich mich verlieren, das weiß ich." Er lachte, kitzelte mich an der Hüfte, knabberte an meinem Kinn, während seine Hand über meinen Bauch glitt und zurück zwischen meine Beine. „Sag mir, wenn es sich gut anfühlt."

Ich sagte es ihm beinahe noch im selben Augenblick, als er seine Finger gegen meine Klit drückte, sie vor und zurück glei-

ten ließ, bis ich zu zittern und zu betteln begann und nach seiner Hose griff. Ich schob sie unbeholfen hinunter, ohne sie zu öffnen, wollte nur den schweren Puls seines Schwanzes in meiner Hand spüren, sonst nichts.

Ich erschauere, als mein Körper sich an diesen ersten Orgasmus erinnert und wie Ansel nicht nachließ, mir einen weiteren abrang, bis ich ihn wegschob und vom Sofa rollte, ihn in den Mund nahm.

Aber ich erinnere mich nicht daran, wie das geendet hat. Ich glaube, er kam. Plötzlich überkommt mich Panik. „Im Wohnzimmer, hast du …?"

Seine Augen weiten sich kurz, bevor sie leicht amüsiert dreinblicken. „Was glaubst du?"

Diesmal ist es an mir, die Nase zu kräuseln. „Ich denke, ja?"

Er lehnt sich vor, stützt das Kinn auf eine Faust. „Woran erinnerst du dich?"

Oh, wie durchtrieben.

„Du weißt, was passiert ist."

„Vielleicht habe ich es vergessen? Vielleicht will ich, dass du es mir erzählst?"

Ich schließe die Augen und erinnere mich daran, wie sich der Teppich an meinen nackten Knien angefühlt hat, wie ich anfangs Mühe hatte, mich an das Gefühl zu gewöhnen, dass er mich völlig ausfüllte, erinnere mich an seine Hände in meinem Haar, wie seine Schenkel unter meinen Handflächen gebebt haben.

Als ich aufsehe und er mich noch immer beobachtet, erinnere ich mich minutiös daran, wie sein Gesicht ausgesehen hat, als er das erste Mal an meiner Zunge gekommen ist.

Ich greife nach meiner Kaffeetasse, hebe sie an meine Lippen und nehme einen glühendheißen Schluck.

Und dann erinnere ich mich daran, dass ich ins Schlafzimmer getragen wurde, erinnere mich, wie Ansel jeden Zentimeter meines Körpers wild küsste und leckte, wie er saugte und biss. Ich erinnere mich, dass wir vom Bett auf den Boden kugelten, erinnere mich, dass eine Lampe hinunterfiel. Ich erinnere mich, dass ich ihm, Stunden später, dabei zugesehen habe, wie er sich

ein Kondom überzog, wie sein nackter Oberkörper über mir aufragte. Ich glaube, ich habe noch nie so nach etwas gegiert wie danach, sein Gewicht auf mir zu spüren. Er war perfekt: glitt vorsichtig hinein, obwohl wir so betrunken waren, knallte mich mit kleinen, perfekten Stößen, bis ich unter ihm schwitzte und bebte. Ich erinnere mich an das Stöhnen, das er von sich gab, als er kurz vorm Orgasmus war, und wie er mich umdrehte, meinen Bauch flach auf die Matratze drückte, seine entblößten Zähne in meinem Hals grub und einen von so vielen Knutschflecken hinterließ.

Ansel beobachtet mich noch immer über den Tisch hinweg, und ein kleines, wissendes Lächeln formt sich um seine Lippen. „Und? Hab ich?"

Ich öffne den Mund, um etwas zu sagen, aber dem frechen Ausdruck in seinen Augen zufolge erinnern wir uns beide vielleicht gerade daran, wie er mich hoch an die Wand drückte und wieder grob in mich hineinstieß. Wo sind wir da gewesen, als er mich an die Wand gedrückt hat? Ich erinnere mich, wie hart der Sex gewesen ist, wie ein Gemälde ein paar Meter entfernt wackelte, während er mir sagte, wie gut ich mich anfühlte. Ich erinnere mich an das Geräusch, als ein Glas umfiel und in der Nähe des Tresens zerbrach, wie der Schweiß seiner Anstrengungen über meine Brüste lief. Ich erinnere mich an sein Gesicht, an seine Hand, die flach gegen den Spiegel hinter mir gestemmt war.

Aber nein, das war ein anderes Mal.

Himmel, wie oft haben wir bloß Sex gehabt?

Ich hebe unwillkürlich eine Augenbraue. „Wow."

Er pustet über seinen Becher; der Dampf steigt kräuselnd vor ihm auf. „Hmm?"

„Ja, ich glaube, du hast es … *genossen*. Wir müssen es wahnsinnig oft gemacht haben."

„Welches Mal hat dir am besten gefallen? Im Wohnzimmer oder auf dem Bett oder auf dem Fußboden oder an der Wand oder am Spiegel oder am Tresen oder auf dem Boden?"

„Schhhh", flüsterte ich und hebe meine Tasse an, um einen

Schluck Kaffee zu trinken. Ich lächle in meine Tasse. „Du bist schräg."

„Ich glaube, ich brauche einen Gips für meinen Penis."

Ich huste und lache gleichzeitig, so sehr, dass mir fast der heiße Kaffee durch die Nase kommt.

Aber als ich meine Serviette an meinen Mund hebe und mein Lachen und mein Getränk hinunterschlucke, verschwindet Ansels Lächeln. Er starrt auf meine Hand.

Scheiße, Scheiße, Scheiße.

Ich trage noch immer den Ring. Ich kann seine Hand, die jetzt unterm Tisch liegt, nicht sehen, und der verrückte Sex, den wir letzte Nacht hatten, ist hiermit offiziell die geringste meiner Sorgen. Wir haben noch nicht angefangen, über das eigentliche Thema zu sprechen: wie wir die Nachwirkungen dieser betrunkenen Nacht loswerden können. Wie wir es wieder *in Ordnung* bringen. Es reicht nicht aus, erleichtert zu sein, dass wir Kondome benutzt haben, und uns etwas unbeholfen zu verabschieden. Ein wilder One-Night-Stand verpflichtet dich rechtlich zu nichts ... es sei denn, du bist so bescheuert, auch noch zu heiraten.

Warum hab ich bloß den Ring nicht abgenommen, sobald ich ihn bemerkt habe?

„I...ich ...", beginne ich, und er schaut mir ins Gesicht. „Ich wollte ihn nicht abnehmen und verlieren. Falls er echt sein sollte oder ... jemandem gehört."

„Er gehört dir", sagt er.

Ich sehe zur Seite, blicke auf den Tisch und bemerke dort zwei weitere Eheringe, zwischen den Salz- und Pfefferstreuern. Zwei Ringe für Männer. Gehört einer davon ihm? *Oh Gott.*

Ich beginne, meinen abzuziehen, aber Ansel packt quer über den Tisch meine Hand, sodass ich innehalte, und dann hebt er seine andere Hand, an dem ebenfalls ein Ring prangt. „Du musst dich nicht schämen. Ich wollte meinen auch nicht verlieren."

Das ist zu abgefahren. Ich meine, viel zu abgefahren für mich. Es fühlt sich an, als würde ich von einem gewaltigen Sog hinuntergezogen werden: Als mir klar wird, dass wir wirklich

verheiratet sind, es sich nicht einfach nur um einen Witz handelt, überkommt mich schlagartig die Panik. Er lebt in Frankreich, ich ziehe in ein paar Wochen um. Wir haben einen ganz schönen Schlamassel angerichtet. Und ... oh mein Gott, ich kann das doch nicht wollen. Bin ich verrückt? Und wie viel kostet es, aus dieser Situation wieder rauszukommen?

Ich schiebe mich vom Tisch weg, brauche Luft, brauche meine Freunde.

„Was werden alle deswegen machen?", frage ich „Die anderen?" Als ob ich klarstellen müsste, wen ich meine.

Er wischt sich mit der Hand übers Gesicht und sieht über seine Schulter, als ob seine Kumpels noch da sein könnten. Dann dreht er sich wieder zu mir um. „Ich glaube, sie treffen sich um eins in der Lobby. Und dann schätze ich, dass ihr Mädels vorhabt, heimzufahren."

Heim. Ich stöhne auf. Drei Wochen zu Hause bei meiner Familie wohnen, wo selbst das niedliche Geschnattere der Jungs, die Xbox spielen, nicht den Spielverderber namens mein Vater übertönen können. Und dann stöhne ich erneut auf: mein Vater. Was, wenn er von dem hier erfährt? Wird er mir dann immer noch dabei helfen, meine Wohnung in Boston zu bezahlen?

Ich hasse es, von ihm abhängig zu sein. Ich hasse es, irgendwas zu tun, dass dieses vorfreudige kleine Lächeln hervorruft, das er aufsetzt, wenn er mir sagen will, dass ich Mist gebaut habe. Und ebenso hasse ich es, dass ich vielleicht gleich kotzen werde. Meine Hände fühlen sich klamm an und auf meiner Stirn bricht kalter Schweiß aus. Ich sollte Lola und Harlow suchen gehen. Ich sollte wirklich gehen.

„Ich sollte vermutlich zu den Mädels gehen und mich fertig machen, bevor wir ..." Ich zeige vage in Richtung Fahrstühle und stehe auf, spüre die Übelkeit jetzt aus vollkommen anderen Gründen in mir aufsteigen.

„Mia", sagt er und nimmt meine Hand. Er zieht einen dicken Briefumschlag aus seiner Tasche, sieht zu mir auf. „Ich hab noch etwas, das ich dir geben muss."

Er hält einen Brief in der Hand.

VIER

Nach dem Unfall hatte ich im Krankenhaus kaum geweint, weil ich weiterhin davon überzeugt war, dass es sich um einen schrecklichen Traum handeln musste. Es ging um ein anderes Mädchen, nicht um mich, die ich eine Woche vor meinem Highschool-Abschluss mit dem Fahrrad die Kreuzung University und Lincoln überquert hatte. Jemand anderes war von einem Wagen erwischt worden, der bei Rot weitergefahren war. Eine andere Mia hatte sich das Schambein zertrümmert und das Bein so heftig gebrochen, dass ein Knochen durch die Haut ihres Oberschenkels stach.

Während der ersten Tage war ich wie betäubt, stand unter Schock; der Schmerz wurde durch einen fortwährenden Fluss an Medikamenten unterdrückt. Aber selbst durch den Nebelschleier war ich mir sicher, dass es sich um ein Versehen handelte. Ich war eine Ballerina. Ich war gerade erst von der Joffrey School of Ballet akzeptiert worden. Selbst wenn sich der Raum mit den Schluchzern meiner Mutter anfüllte, während der Arzt ihr das Ausmaß meiner Verletzungen beschrieb, weinte ich nicht, denn es ging dabei ja nicht um mich. Er irrte sich, meine Krankenakte war vertauscht worden; er redete über jemand anderen. Mein Bruch war nur minimal. Vielleicht hatte ich mir das Knie verstaucht. Innerhalb der nächsten Minuten würden sie kommen und alles aufklären. Das mussten sie.

Aber sie kamen nicht, und dann wurde ich eines Morgens entlassen und musste der Realität eines Lebens ohne Tanzen ins Gesicht sehen … Es gab nicht genügend Morphin in der Welt, um mich von der Wahrheit abzuschirmen. Mein linkes Bein war ruiniert – und mit ihm die Zukunft, auf die ich mein ganzes Leben lang hingearbeitet hatte –, das Stottern, gegen das ich die meiste Zeit meiner Kindheit über angekämpft hatte, war zurückgekehrt. Und mein Vater – der mehr Zeit damit verbracht hatte, zu recherchieren, mit welcher Wahrscheinlichkeit meine Tanzkarriere Geld einbringen würde, als zu meinen Proben zu

kommen – war daheim und tat so, als würde er all das nicht heimlich bejubeln.

Sechs Monate lang sprach ich kaum ein Wort. Ich tat, was ich tun musste: Ich machte weiter. Ich heilte von außen, während Lola und Harlow auf mich aufpassten, mich nie behandelten, als würde ich von einem falschen Lächeln und Nähten zusammengehalten werden.

Ansel führt mich in den gleichen Winkel, in den ich ihn gestern gezogen habe. Es ist deutlich weniger bedrohlich an diesem Morgen, weniger privat, aber das bemerke ich kaum. Mein Blick bohrt sich in den Umschlag, den er mir in die Hand gedrückt hat. Er hat keine Ahnung, welche Bedeutung der für mich hat, dass ich das letzte Mal einen Brief an mich an dem Tag geschrieben habe, an dem ich beschloss, wieder zu reden, an dem ich mir sagte, dass es in Ordnung war, die Dinge zu betrauern, die ich verloren hatte, dass es aber an der Zeit war, weiterzumachen. Ich setzte mich hin, schrieb all die Dinge auf, die ich mich nicht traute, laut und deutlich zu äußern, begann mein neues Leben zu akzeptieren. Anstatt nach Chicago zu ziehen, wie ich es immer vorgehabt hatte, schrieb ich mich an der UC San Diego ein und tat endlich etwas, das mein Vater als wertvoll erachtete: Ich schloss mit Auszeichnung das College ab und bewarb mich bei den angesehensten Business Schools des Landes. Am Ende konnte ich zwischen den Programmen sogar wählen. Ich fragte mich immer, ob ich unbewusst versuchte, so weit weg wie möglich zu kommen, sowohl von ihm als auch von dem Unfall.

Der Umschlag sieht verknittert und gebraucht aus, mit einem Knick an der Stelle, wo er zusammengefaltet gewesen ist – vermutlich hat Ansel ihn öfters aus seiner Tasche gezogen – und er erinnert mich so sehr an den Brief, den ich über die Jahre wieder und wieder gelesen habe, dass ich kurz das Gefühl eines Déjàvus habe. Etwas wurde am Rand darüber geschüttet, auf der anderen Seite ist der Abdruck meines Lippenstifts zu sehen, aber die Lasche ist unversehrt, perfekt verschlossen; sie steht an den Rändern kein bisschen ab. Er hat nicht versucht, den Umschlag

zu öffnen, auch wenn, seinem nervösen Gesichtsausdruck nach zu urteilen, er ganz sicher darüber nachgedacht hat.

„Du hast gesagt, ich soll ihn dir heute geben“, sagt er leise. „Ich habe ihn nicht gelesen.“

Der dicke Umschlag fühlt sich mächtig an in meiner Hand; schwer und vollgepackt mit gefühlten hundert Seiten. Aber als ich ihn aufreiße und nachsehe, stelle ich fest, dass das einzig und allein daran liegt, dass meine Handschrift so groß und schief und betrunken ist, dass ich nur ungefähr zwanzig Wörter auf jedes kleine Blatt Hotelbriefpapier bekommen habe. Ich habe etwas daraufgeschüttet, und ein paar Seiten sind leicht zerrissen, als hätte ich Mühe gehabt, sie ordentlich zusammenzufalten, es dann aufgegeben und sie alle in einem chaotischen Haufen hineingestopft.

Ansel sieht mir zu, wie ich sie sortiere und zu lesen beginne. Ich kann seine Neugier geradezu fühlen, dort, wo sein Blick auf mein Gesicht geheftet ist.

Liebe Mia selbst – Miaselbst – Ichselbst, beginnt er. Ich unterdrücke ein Grinsen. Ich erinnere mich bruchstückehaft an diesen Augenblick, wie ich auf dem Toilettendeckel gesessen und mich bemüht habe, mich auf Papier und Kugelschreiber zu konzentrieren.

du sitzt auf dem Klo und schreibst einen Brief an dich selbst, den du später lesen sollst, weil du betrunken genug bist, um zu wissen, dass du morgen einiges vergessen hast, aber nicht so betrunken, dass du nicht schreiben kannst. – Aber ich kenne dich, denn du bist Ich, und wir wissen beide, dass du keinen Alkohol verträgst und alles, was geschieht, vergisst, wenn du Gin getrunken hast. Lass mich dir also sagen: er ist ansel –

du hast ihn geküsst
er hat nach zitrone und scotch geschmeckt
du hast seine hand in dein höschen gesteckt
und dann habt ihr stundenlang geredet. – ja, du hast geredet –ich habe geredet – wir haben geredet – wir haben

ihm alles über den Unfall erzählt und ~~unser bein~~ ~~dein bein~~ mein bein –

Das hatte ich vergessen. Ich sehe zu Ansel hoch, und eine prickelnde Röte steigt unterhalb meiner Wangen auf. Auch meine Lippen erröten, das spüre ich, und er bemerkt es, sein Blick fährt beruhigend über sie hinweg.

„Ich war dermaßen betrunken, als ich das geschrieben habe", flüstere ich.

Er nickt mir nur zu, und nickt dann in Richtung Papier, als wollte er nicht, dass ich unterbrochen werde, nicht mal von mir selbst.

du hast ihm erzählt dass du es hasst zu sprechen aber es liebst dich zu bewegen

du hast ihm alles erzählt über das tanzen vor dem unfall und das danach nichtmehrtanzen

du hast ihm erzählt wie es sich angefühlt hat unter dem heißen motor gefangen zu sein

du hast ihm von den zwei jahren physiotherapie erzählt und dass du versucht hast danach „nur so aus Spaß" zu tanzen

du hast ihm von luke erzählt und wie er dir erzählt hat dass er das gefühl hat die alte Mia wäre unter dem laster gestorben

du hast ihm von dad erzählt und dass du dir sicher bist dass er aus den süßen kindern broc und jeff totale vollidioten machen wird

du hast ihm erzählt wie sehr du dich vor dem herbst und deinem umzug nach Boston fürchtest

du hast tatsächlich gesagt „ich möchte mein ganzes leben so sehr lieben wie ich diese Nacht liebe" und er hat nicht darüber gelacht wie bescheuert du dich angehört hast

und hier ist das merkwürdigste von allem

bist du bereit

Ich schließe die Augen, schwanke ein bisschen. Ich bin nicht bereit. Denn diese Erinnerung kehrt in meine Gedanken zurück, der Sieg, die Dringlichkeit, die Erleichterung. Ich bin nicht bereit, mich daran zu erinnern, wie sicher ich mich bei ihm gefühlt habe, und wie angenehm er im Umgang gewesen ist. Ich bin nicht bereit, mir klar zu machen, dass er Zeuge von etwas gewesen ist, dass keiner in meinem Leben je zuvor zu hören bekommen hat. Ich atme tief ein und sehe wieder hinunter auf das Blatt.

du hast nicht gestottert· du hast GEPLAPPERT·

Ich begegne Ansels Blick, nachdem ich das gelesen habe, als ob ich eine Bestätigung suchte, aber er weiß nicht, was in dem Brief steht. Seine Augen werden groß, als er meinen Gesichtsausdruck zu lesen versucht, er kann sich kaum zurückhalten und etwas sagen. Erinnert er sich an alles, was ich ihm erzählt habe?

und deswegen hast du ihm einen antrag gemacht, und er hat ziemlich schnell ja gesagt mit diesem betrunkenen lächeln als wäre es die beste idee die er je gehört hat denn natürlich sollten wir heiraten! Jetzt bist du auf dem weg dorthin aber ich wollte das nicht als erstes schreiben denn du erinnerst dich vielleicht nicht mehr daran· sei kein Trottel· er ist vielleicht der netteste mensch den du je kennengelernt hast·
kuss und umarmung
Miaselbst

ps – du hattest noch keinen sex mit ihm – aber du möchtest gern – Sehr gern – Bitte hab sex mit ihm

pps – du hast ihn gerade gefragt ob ihr welchen haben würdet und er hat gesagt „das werden wir sehen“ :/

Mit zitternden Händen falte ich die Blätter so ordentlich zusammen wie möglich und stecke sie wieder in den Umschlag. Mein Herz fühlt sich an, als hätte es sich verdoppelt, hätte sich vielleicht mit einem anderen, neueren Herzen zusammengeschlos-

sen, das auf Panik steht. Der doppelte Schlag hüpft und vibriert in meiner Brust.

„Also?", fragt er. „Du weißt, ich sterbe vor Neugier."

„Ich hab das geschrieben, bevor wir ..." Ich hebe meine linke Hand, zeige den schlichten Goldring. „Das letzte Mal, dass ich mir einen Brief geschrieben habe ...", beginne ich, aber er nickt bereits. Ich habe das Gefühl, als würde ich unter dem Gewicht von all dem hier durchdrehen.

„Ich weiß."

„Und ich hab dir einen Antrag gemacht?" Ich schätze, was mich wirklich überrascht, ist, dass es überhaupt einen Antrag gegeben hat. Es ging nicht nur um betrunkenes Herumstolpern. Ich erinnere mich an sein Necken in der Nacht zuvor, dass ich mit ihm nach Frankreich gehen soll, aber das hier benötigte einen Entschluss, eine Planung. Ein Auto zu besorgen, eine Adresse anzugeben. Wir mussten Papiere unterschreiben und bezahlen und Ringe aussuchen, dann unseren Schwur so zusammenhängend wiedergeben, dass es jemanden davon überzeugte, dass wir nicht voll bis zur Oberkante Unterlippe waren. Von Letzterem bin ich tatsächlich etwas beeindruckt.

Er nickt wieder, lächelt.

„Und du hast Ja gesagt?"

Er legt den Kopf leicht zur Seite, kräuselt die Lippen. „Natürlich hab ich das."

„Aber du warst dir nicht mal sicher, dass du mit mir Sex haben wolltest?"

Er schüttelt bereits den Kopf. „Mal im Ernst. Ich wollte mit dir Sex haben, seit ich dich das erste Mal gesehen habe, vor zwei Nächten. Aber letzte Nacht waren wir echt betrunken. Ich wollte nicht ..." Er sieht zur Seite, den Flur hinunter. „Du bist weggegangen, um dir selbst einen Brief zu schreiben, weil du dir Sorgen gemacht hast, du könntest vergessen, dass du mich um deine Hand gebeten hast. Und das hast du tatsächlich." Er hebt die Augenbrauen, wartet auf mein Anerkennen, dass er ein wichtiges Argument vorgebracht hat. Ich nicke. „Aber wir sind zurück zum Hotel, und du warst so wunderschön, und du ..."

Er atmet zitternd aus. „Du *wolltest* es." Er beugt sich vor, küsst mich langsam. „*Ich* wollte es."

Ich trete von einem Bein aufs andere. Ich wünschte, ich wüsste, wie ich den Blick von seinem Gesicht wenden soll.

„Wir hatten wirklich Sex, Mia. Wir hatten stundenlang Sex, und es war der beste, intensivste Sex meines Lebens. Siehst du? Es gibt immer noch Details, an die du dich nicht erinnerst."

Ich erinnere mich vielleicht nicht an jede Berührung, aber mein Körper tut das ganz sicher. Ich spüre seine Fingerspitzen wie Tattoos, überall auf meiner Haut. Sie sind in den Kratzern und blauen Flecken, die ich sehen kann, und sie sind auch unsichtbar: das Echo seiner Finger in meinem Mund, wie sie über meine Beine fahren, in mich hineinstoßen.

Aber so berauschend die Erinnerungen auch sind – nichts davon ist das, worüber ich unbedingt reden will. Ich will wissen, woran er sich vor der Hochzeit, vor dem Sex erinnert, als ich mein Leben vor ihm ausgebreitet habe. Dass ich mit einem wildfremden Typ Sex habe, ist untypisch für mich, aber nicht unvorstellbar. Wirklich monumental für mich ist, dass ich mich so sehr geöffnet habe. Mit Luke habe ich nie über diese Dinge gesprochen.

„Anscheinend habe ich dir gestern ganz schön viel erzählt", sage ich und sauge dann meine Unterlippe ein, bearbeite sie mit meinen Zähnen. Sie fühlt sich immer noch zerschunden an, und kleine stimulierende Erinnerungsflashs an seine Zähne und seine Zunge und seine Finger kommen hoch.

Er bleibt stumm, aber sein Blick wandert über mein Gesicht, als würde er darauf warten, dass ich etwas begreife, was er schon vor Stunden begriffen hat.

„Ich hab dir von Luke erzählt? Von meiner Familie?"

Er nickt.

„Und ich hab dir von meinem Bein erzählt?"

„Ich hab dein Bein *gesehen*", erinnert er mich leise.

Natürlich hat er das. Er wird die Narbe gesehen haben, die von meiner Hüfte bis zu meinem Knie reicht, und die winzigen, einer Ameisenstraße gleichenden Narben von den Klammern entlang der langen silbernen Spalte.

„Zitterst du deshalb so?“, fragt er. „Weil ich dein nacktes Bein gesehen habe? Weil ich es berührt habe?“

Er weiß, dass es nicht daran liegt. Das Lächeln, das sich um seinen Mund formt, sagt mir, dass er mein Geheimnis kennt und gerade nur angibt. Er erinnert sich an alles, inklusive seiner einzigartigen Leistung: er hat Mia zum *Plappern* gebracht!

„Vermutlich lag es am Gin“, sage ich.

„Ich glaube, es lag an mir.“

„Ich war echt ziemlich betrunken. Schätze, ich hab einfach vergessen, nervös zu sein.“

Seine Lippen sind so nah, dass ich ihren Schatten auf meinem Kinn spüre. „Es lag an mir, *cerise*. Du stotterst heute Morgen immer noch nicht.“

Ich drücke mich gegen die Wand, brauche Abstand. Es ist nicht nur, dass ich überrascht bin, wie flüssig ich mit ihm sprechen kann. Es ist das berauschende Gewicht seiner Aufmerksamkeit, mein Verlagen danach, seine Hände und seinen Mund auf mir zu spüren. Es sind die fortwährenden Kopfschmerzen und die Erkenntnis, dass ich verheiratet bin. Egal was passiert, ich muss mit all dem klarkommen, und trotzdem möchte ich nichts lieber tun, als ins Bett zurückzuklettern.

„Es ist komisch für mich, dass ich dir alles erzählt habe und nichts über dich weiß.“

„Dafür haben wir noch genügend Zeit“, sagt er und leckt sich mit der Zunge über die Lippen. „Bis der Tod uns scheidet, sogar.“

Er macht wohl Witze. Ich lache, erleichtert, dass wir endlich spielerischer miteinander umgehen können. „Ich kann nicht mit dir verheiratet bleiben, Ansel.“

„Aber eigentlich“, flüstert er, „kannst du das.“ Er drückt vorsichtig seinen Mund auf meinen Mundwinkel, kostet mit der Zunge meine Lippen.

Mein Herz zieht sich zusammen, und ich erstarre. „Was?“

„Ich möchte mein ganzes Leben so sehr lieben, wie ich diese Nacht liebe“, zitiert er.

Mein Herz sinkt hinab, zerschmilzt in meinen Bauch

„Ich weiß, wie sich das anhört“, fügt er rasch an, „und ich bin nicht verrückt. Aber du hast mich schwören lassen, dass ich dich daran hindere, verrücktzuspielen.“ Er schüttelt langsam den Kopf. „Und weil ich es versprochen habe: Ich kann einer Annullierung nicht zustimmen. Zumindest nicht, bis im Herbst dein erstes Semester beginnt. Ich habe es versprochen.“

Ich lehne mich zurück und begegne seinem Blick, bevor er sich wieder vorbeugt, seinen Mund für meinen öffnet. Insgeheim weiß ich, ich sollte misstrauischer bezüglich dieser ganzen Situation sein, aber seine Wirkung auf mich hat nicht nachgelassen, trotz des Katers nicht und der alarmierenden Realität dessen, was wir getan haben.

Er saugt an meinen Lippen, zieht sie in seinen Mund, bevor er mir seine Zunge gibt, die nach Orangensaft und Wasser und Weintrauben schmeckt. Seine Hände umfassen meine Hüften, und er beugt sich weiter vor, küsst mich tiefer, stimuliert mich mit einem grollenden Stöhnen. „Lass uns wieder nach oben gehen“, sagt er. „Lass mich dich wieder spüren.“

„Mia!“ Harlows Stimme schneidet durch den abgestandenen Zigarettengeruch im Flur. „Heilige Scheiße, wir suchen dich schon den ganzen Morgen über! Ich hab schon angefangen, mir Sorgen zu machen, du könntest in der Gosse oder so gelandet sein.“

Lorelei und Harlow joggen beide den Flur herunter, und Harlow bleibt vor uns stehen, beugt sich vor und stützt die Hände auf den Knien ab. „Okay, kein Laufen.“ Sie stöhnt auf. „Ich glaube, ich muss reihern.“

Wir warten alle, suchen unruhig die Umgebung nach einer Schüssel oder einem Handtuch oder einem nahegelegen Ausgang ab. Schließlich richtet sie sich auf, schüttelt den Kopf. „Falscher Alarm.“

Ein Vorhang des Schweigens senkt sich zwischen uns, als Lola und Harlow uns beide unsicher mustern.

„Bist du in Ordnung, Mia?“, fragt Lola.

Ansels Berührung und sein Vorschlag, dass wir verheiratet bleiben sollen, meine Kopfschmerzen und mein rebellierender

Magen – das alles bringt mich dazu, dass ich mich am liebsten auf den Boden legen und zu einer kleinen Kugel des Wahnsinns zusammenknäueln will. Es ist mir sogar egal, wie eklig der Teppich ist. „Nichts, dass ein bisschen Sterben nicht lösen könnte."

„Können wir sie kurz entführen?", fragt Harlow Ansel, und ihr Tonfall überrascht mich. Harlow fragt nie – wirklich niemals –, bevor sie sich etwas nimmt.

Er nickt, aber bevor ich mich wegbewegen kann, lässt er seine Hand über meinen Arm gleiten und berührt den Ring an meinem Finger. Er sagt kein Wort; es ist nur diese winzige Berührung, die mich bittet, die Stadt nicht zu verlassen, ohne vorher mit ihm zu reden.

Lola führt mich den Flur hinunter zur Lobby, wo in einer ruhigen Ecke eine Ansammlung riesiger Sessel steht. Wir lassen uns auf das teure Veloursleder fallen, geben uns eine Weile unserem verkaterten Zustand hin.

„Also", sage ich.

„Also", erwidern sie einstimmig.

„Was zum Teufel ist letzte Nacht passiert?", frage ich. „Warum hat niemand gesagt, ‚Wow, wir sollten vielleicht nicht alle heiraten'?"

„Argh", sagt Harlow. „Ich weiß, wir hätten mehr Stil haben sollen."

„Ich werde die Schuld den siebenhundert Kurzen geben, die wir getrunken haben", sagt Lola.

„Ich werde die Schuld Finns beeindruckendem Schwanz geben." Harlow trinkt einen Schluck aus einer Wasserflasche, während Lola und ich aufstöhnen. „Nein, ernsthaft", sagt Harlow. „Und der Junge fährt auf so einige Dinger ab, ich kann euch sagen. Er ist ein herumkommandierendes kleines Stück Scheiße."

„Annullierung", erinnert Lola sie. „Du kannst ihn immer noch poppen, wenn du Single bist."

Harlow reibt sich das Gesicht. „Richtig."

„Und was ist mit Ansel passiert?", fragt Lola.

„Anscheinend so einiges.“ Unwillkürlich streiche ich mit dem Finger über meine Unterlippe. „Ich weiß nicht so genau, ob wir überhaupt geschlafen haben. Leider erinnere ich mich nicht mehr an alles, aber ich bin mir ziemlich sicher, dass wir alles gemacht haben.“

„Anal?“, fragt Harlow in ehrfürchtigem Flüsterton.

„Nein! Oh Gott. Leg zehn Dollar in den Nuttentopf“, sage ich zu ihr. „Du bist so ein Freak.“

„Ich wette, der Franzose hat's hinbekommen“, sagt Harlow. „Du siehst aus, als wärst du ordentlich geknallt worden.“

Erinnerungen steigen wie Rauch vor mir auf, zarte Schwaden in der Luft.

Das scharfe Aufeinanderprallen seiner Zähne, als ich über seine Eichel geleckt habe.

Meine Hand ausgebreitet auf dem großen Spiegel, die Hitze seines Atems auf meinem Nacken, kurz bevor er sich hineingeschoben hat.

Seine flüsternde Stimme. *Laisse-toi aller, jouis pour moi. Komm für mich.*

Ich drücke meine Handballen gegen meine Augen, zwinge mich in die Gegenwart zurück. „Was ist zwischen dir und Oliver gelaufen?“, wende ich mich Lola zu.

Sie zuckt die Schultern. „Ehrlich gesagt ... Wir hatten die Kirche kaum verlassen, da sind wir beide schon wieder langsam nüchtern geworden. Harlow war in deren Suite und gab alle möglichen Geräusche von sich. In unserer warst du mit Ansel.“

„Äh, entschuldige“, murmle ich.

„Wir sind einfach die ganze Nacht den Strip langgelaufen und haben uns unterhalten.“

„Wirklich?“, fragt Harlow erstaunt. „Aber er ist sowas von heiß. Und er hat dieses Aussie-Ding am Laufen. Ich würde gern mal hören, wie er sagt: ‚Leck meinen Schwanz‘.“

„Weitere fünf Dollar in den Nuttentopf“, sagt Lola.

„Wie hast du auch nur ein einziges Wort von dem verstanden, was er sagt?“, frage ich lachend.

„Ja, und es wird noch schlimmer, wenn er betrunken ist", gibt sie zu und lehnt dann ihren Kopf gegen den riesigen Sessel. „Er ist schon ziemlich toll. Es ist komisch, Mädels. Wusstet ihr, dass er gerade einen Comic-Buchladen aufmacht? Von uns dreien bin wirklich ich diejenige, die ihn mit aller Macht hätte vögeln sollen. Ich meine, er ist echt heiß und groß und schrecklich tollpatschig, was, wie ihr wisst, total mein Fall ist. Aber während wir auf die Limo gewartet haben, die uns nach der Zeremonie abholen sollte, waren wir schon dabei, unsere Annullierung durchzusprechen."

Das fühlt sich ein bisschen surreal an. Ich hatte ein Wochenende mit Sonnenbaden, Trinken, Tanzen und Beste-Freundinnen-Ritualen erwartet. Ganz sicher nicht, den großartigsten Sex meines Lebens zu haben und verheiratet aufzuwachen. Gedankenverloren spiele ich mit dem Ring an meinem Finger und sehe mich dann um – ich bin die einzige von uns dreien, die tatsächlich einen trägt.

Harlow bemerkt es auch. „Wir treffen uns mit den Jungs um ein Uhr, um gemeinsam zur Kirche zu gehen wegen der *Annullierungen.*" Ihre Stimme klingt bedeutungsschwanger, scharf, als wüsste sie bereits, dass bei mir Gefühle im Spiel sind.

„Okay", sage ich.

Ich bemerke, dass Lola mich mustert. „Das klang nicht wie ‚okay'", meint sie.

„Was hat Ansel im Flur zu dir gesagt?", fragt Harlow. Ihr Missfallen ist so heftig, als würde eine weitere Person zwischen uns sitzen. Sie starrt mich mit düsterem Blick an, die Arme vor der Brust verschränkt. „Er hat dich geküsst. Er sollte dich heute eigentlich nicht küssen. Wir sollten alle leicht entsetzt sein und dann damit beginnen, die witzigen Details der Damals-als-wir-alle-in-Vegas-geheiratet-haben-Geschichte zusammenzusetzen, die wir in den kommenden dreißig Jahren miteinander teilen werden. Da gibt es keine Zärtlichkeit oder Küsse, Mia. Nur verkaterte Stimmung und Bedauern."

„Ähm ...?", erwidere ich und kratze mich an der Schläfe. Ich weiß, dass Harlow bei der Erwähnung von Gefühlen in einer

Situation wie dieser mit dem Fuß aufstampfen wird, aber ich habe sie. Ich mag ihn.

Ich mag auch die Art, wie er mich ansieht, mag es, meinen Mund mit seinem verschmelzen zu lassen. Ich will mich daran erinnern, wie er sich anhört, wenn er mich hart vögelt, und ob er auf Französisch oder auf Englisch flucht, wenn er kommt. Ich will wieder in der Bar neben ihm auf einer der Sofas sitzen und diesmal *ihn* die ganze Zeit reden lassen.

Merkwürdigerweise glaube ich, dass wir eine größere Chance hätten, all das ein bisschen auszuprobieren, wenn wir letzte Nacht nicht geheiratet hätten.

„Himmel, Mia", sagt Harlow leise. „Ich liebe dich, aber du bringst mich gleich um."

Ich ignoriere ihren Druck auf mich, laut zu antworten. Keine Ahnung, wie Lola auf meine Entscheidungsschwierigkeiten reagieren wird. Sie ist mehr der Leben-und-Leben-lassen-Typ als Harlow und liegt bezüglich ihres Verhältnisses zu lockerem Sex auf der Skala irgendwo zwischen Harlow und mir. Aus diesem Grund, und weil niemand von uns jemals zuvor mit einem Mann aus einem fremden Land eine Spontanhochzeit erlebt hat – das muss wirklich irgendwann eine lustige Geschichte sein –, wird Lola vermutlich etwas weniger ausfallend in ihrer Reaktion sein, also richte ich mich mit meiner Antwort an sie.

„Er sagt, dass wir verheiratet bleiben sollen." So. Das müsste ein ganz anständiger Versuch gewesen sein.

Schweigen.

„Ich *wusste* es", flüstert Harlow schließlich.

Lola bleibt auffällig stumm.

„Bevor wir es gemacht haben, hab ich mir selbst einen Brief geschrieben", erkläre ich, weil ich sehr vorsichtig vorgehen will. Wenn es irgendjemanden gibt, der nur mein Bestes will, dann diese zwei Mädels. Aber ich weiß nicht, ob es ihre Gefühle verletzen wird, wenn sie erfahren, wie ungewöhnlich sicher ich mich mit Ansel fühle.

„Und?", hakt Harlow nach. „Mia, das ist gigantisch. Hättest du uns das nicht *zuerst* sagen können?"

„Ich weiß, ich weiß“, sage ich, in meinen Sessel zurücksinkend. „Und ich schätze, ich hab ihm so ungefähr meine ganze Lebensgeschichte erzählt.“ Sie wissen beide, wie bedeutsam das ist, deshalb sagen sie nichts dazu, sondern warten, bis ich fertig bin. „Ich muss *stundenlang* geredet haben. Ich hab nicht gestottert, nichts zensiert“, sage ich.

„Du hast wirklich verdammt lange geredet.“ Lola sieht beeindruckt aus.

Harlow kneift die Augen zusammen. „Du denkst doch nicht ernsthaft darüber nach, verheiratet zu bleiben“, sagt sie. „Nicht mit einem Fremden, den du letzte Nacht in Vegas kennengelernt hast, und der mehr als achttausend Kilometer entfernt wohnt.“

„Tja, wie könnte sich das nicht fragwürdig anhören, wenn du es so formulierst?“

„Wie soll ich es denn deiner Meinung nach sonst formulieren, Mia?“, schreit sie. „Hast du völlig den Verstand verloren?“

Habe ich das? Ja, vollkommen. „Ich glaube, ich brauche einfach noch etwas Zeit“, erwidere ich stattdessen.

Harlow steht abrupt auf, sieht sich um, als wäre vielleicht irgendjemand in der Lobby, der ihr dabei helfen könnte, ihre beste Freundin davon zu überzeugen, dass sie nicht mehr alle Tassen im Schrank hat. Lola, die mir gegenüber sitzt, mustert nur mit zusammengekniffenen Augen mein Gesicht. „Bist du dir sicher?“, fragt sie.

Ich lache hustend. „Ich bin mir über gar nichts sicher.“

„Aber du weißt, dass du es nicht jetzt sofort annullieren willst?“

„Er sagt, er wird einer Annullierung heute sowieso nicht zustimmen, weil er mir versprochen hat, das nicht zu tun.“

Ihre Augenbrauen verschwinden unter ihrem Pony, und sie lehnte sich erstaunt in ihrem Sessel zurück. „Er hat es dir *versprochen*?“

„Das behauptet er jedenfalls. Er sagt, ich hätte es ihn schwören lassen.“

„Das ist das bescheuertste …“, hebt Harlow an, aber Lola unterbricht sie.

„Also, damit hat der Kerl gerade ein paar Punkte bei mir gewonnen." Sie sieht zur Seite und legt beruhigend eine Hand auf Harlows Arm. „Lass uns gehen, Süße. Mia, wir sind bald wieder zurück, um zu packen und nach Hause zu fahren, okay?"

„Willst du mich verarschen? Wir …", beginnt Harlow, aber Lola bringt sie mit einem Blick zum Schweigen. „Na schön."

In der Ferne und durch ein paar Glastüren hindurch sehe ich Oliver und Finn, die in der Nähe des Taxistands auf meine Freundinnen warten. Ansel ist nicht dabei.

„Okay, viel Glück beim Unverheiratet-Werden", sage ich mit einem schwachen Lächeln.

„Du kannst von Glück sagen, dass ich dich liebe", ruft mir Harlow über die Schulter zu. Ihr haselnussbraunes Haar fliegt hinter ihr her, als Lola sie davonzieht. „Sonst würde ich dich umbringen."

Die Lobby wirkt zu ruhig, nachdem sie gegangen sind, und ich frage mich, ob Ansel aus einer dunklen Ecke herüberschaut, sieht, dass ich nicht mitgegangen bin. Aber er ist nicht in der Lobby. Ich habe keine Ahnung, wo er ist. Er ist der einzige Grund, warum ich hier geblieben bin, Selbst wenn ich seine Nummer hätte – ich habe mein Handy nicht dabei. Selbst wenn ich mein Handy dabei hätte, wüsste ich nicht, wo ich mein Ladegerät liegengelassen habe. Mein betrunkenes Ich muss definitiv besser auf ihre Sachen aufpassen.

Also mache ich das Einzige, was mir einfällt: Ich begebe mich auf den Weg nach oben ins Hotelzimmer, um erneut zu duschen, meine Sachen zu packen und zu versuchen, dieses Kuddelmuddel irgendwie zu kapieren.

Einen Schritt in den Raum, und Erinnerungsfetzen der Nacht scheinen überall aufzuflimmern. Ich schließe die Augen, um tiefer einzutauchen, hungrig nach weiteren Details.

Seine Hände auf meinem Hintern, meinen Brüsten, meinen Hüften. Sein schweres Reiben an meinem Innenschenkel. Sein Mund, der an meinem Hals saugt, mir einen Knutschfleck verpasst.

Meine Gedanken werden durch ein leises Klopfen an der Tür unterbrochen.

Natürlich ist es Ansel. Er sieht frisch geduscht aus und genauso hin- und hergerissen, wie ich mich fühle. Er geht an mir vorbei ins Zimmer und setzt sich auf die Bettkante.

Dort stützt er seine Ellbogen auf den Knien ab und blickt durch Haarsträhnen, die ihm vor die Augen fallen, zu mir auf. Selbst so, wenn seine Augen nur zum Teil zu sehen sind, sind sie so ausdrucksstark, dass ich Gänsehaut auf den Armen bekomme.

Ohne Umschweife sagt er: „Ich finde, du solltest den Sommer über mit mir nach Frankreich kommen."

Es gibt tausend Dinge, die ich sagen könnte, um auf die Absurdität seines Angebots einzugehen. Erstens kenne ich ihn nicht. Außerdem spreche ich kein Französisch. Flugtickets sind unglaublich teuer, und wo soll ich wohnen? Was würde ich den ganzen Sommer über tun, wenn ich mit einem Fremden in Frankreich lebe?

„Ich ziehe in ein paar Wochen nach Boston."

Aber er schüttelt schon den Kopf. „Du musst dort nicht vor Anfang August hinziehen."

Unwillkürlich hebe ich die Augenbrauen. Anscheinend habe ich ihm *jedes kleinste Detail* aus meinem Leben erzählt. Ich bin mir nicht sicher, ob ich beeindruckt sein soll, weil er sich an all das erinnert, oder ob ich Schuldgefühle haben soll, dass ich ihm so viel zugemutet habe. Ich lege den Kopf schief, warte. Die meisten Mädchen würden an dieser Stelle etwas sagen. Ein wunderbarer Mann bietet etwas ziemlich Fantastisches an, und ich warte einfach ab, was er sonst noch zu sagen hat.

Er leckt sich über die Lippen, scheint kein Problem damit zu haben, dass er mir nichts gesagt hat, worauf ich sofort antworten müsste. „Hör mir einfach zu. Du kannst bei mir wohnen. Ich habe einen guten Job, ich kann es mir leisten, dich einen Sommer lang aufzunehmen und durchzufüttern. Ich arbeite unglaublich viel, das stimmt. Aber du könntest einfach …" Er sieht weg, zu Boden. „Du könntest die Stadt genießen. Paris ist eine wunder-

schöne Stadt, *cerise*. Es gibt unendlich viele Sachen zu machen. Du hast ein paar echt harte Jahre hinter dir, und vielleicht würde es dich glücklich machen, einen ruhigen Sommer in Frankreich zu verbringen." Er sieht wieder zu mir auf und fügt leise hinzu: „Mit mir."

Ich gehe zum Bett hinüber und setze mich, allerdings so, dass zwischen uns reichlich Abstand ist. Dass der Zimmerservice bereits die Laken gewechselt und unser Chaos beseitigt hat, macht es leichter, so zu tun, als wäre letzte Nacht jemand anderem passiert.

„Wir kennen uns beide kaum, das stimmt", sagt er. „Aber ich sehe, wie unentschieden du bist, was Boston angeht. Du ziehst dorthin, um von deinem Vater wegzukommen. Du ziehst dorthin, um weiterzumachen. Vielleicht musst du einfach mal auf die Pause-Taste drücken und *atmen*. Hast du das in den vier Jahren seit deinem Unfall auch nur ein einziges Mal gemacht?"

Ich will, dass er weiterspricht, denn ich habe beschlossen, dass ich, auch wenn ich ihn noch nicht gut genug kenne, um verliebt in ihn zu sein, doch bereits seine Stimme liebe. Ich liebe das volle mahagonifarbene Timbre, die sich kräuselnden Vokale und verführerischen Konsonanten. Seine Stimme tanzt. Nichts in dieser Stimme klingt jemals rau oder scharf.

Aber sobald ich das denke, weiß ich, dass es nicht stimmt. Ich erinnere mich, wie fordernd er sich letzte Nacht angehört hat:

Leg deine Hände an die Wand.

Ich kann es kaum erwarten, dass du kommst, cerise.

Zeig mir, wie sehr es dir gefällt, mich auf deiner Zunge zu spüren.

Ich habe keine Antwort auf sein Angebot, also gebe ich keine. Wortlos klettere ich zum Kopfkissen hoch und lege mich erschöpft auf den Rücken. Er kommt zu mir, legt seine Schulter neben meine, bis ich mich an ihn kuschle, mit meinen Händen über seine Brust und durch sein Haar fahre. Sein Körper löst eine Muskel-Erinnerung in mir aus: Wie weit ich mich strecken muss, um meine Arme um ihn zu legen, wie er sich an meinen Handflächen anfühlt. Ich drücke meine Nase an den Muskel-

strang zwischen seinem Hals und seiner Schulter, atme seinen sauberen Geruch ein: Hotelseife und ein Hauch von Ozean, der sich seinen Weg bahnt.

Ansel dreht sich so um, dass er mich ansehen kann, und küsst meinen Hals, mein Kinn, meine Lippen – nur einmal, aber er verweilt dort mit offenen Augen. Seine Hände gleiten meinen Rücken hinunter, über die Rundung meines Hinterns zu meinen Oberschenkeln und tiefer, zu meinem Knie, das er über seine Hüfte zieht, so dass wir an- und ineinander liegen. Zwischen meinen Beinen kann ich spüren, wie sehr ich ihn will. Ich kann auch ihn spüren, wie er größer und fordernder wird. Doch anstatt es irgendwo hinführen zu lassen, schlafen wir ein.

Als ich aufwache, liegt auf dem leeren Kissen ein kleines Stück Papier. Er hat mir seine Nummer aufgeschrieben und das Versprechen, dass er da ist, sobald ich ihn brauche.

Aber er ist weg.

Ich frage mich, wie viele tausende Fahrten von Vegas nach Kalifornien so gewesen sind: Heißer Wind pfeift durch ein runtergekommenes Auto, verkaterte Frauen, Bedauern hängt in der Luft wie ein einziger leerer Akkord, der während der gesamten Fahrt erklingt.

„Ich muss was Fettiges essen", stöhnt Harlow, und Lola biegt vom Freeway ab auf Denny's Parkplatz.

Bei gegrilltem Käse und Pommes sagt Harlow: „Ich kapiere nicht, warum du den Annullierungsprozess nicht einfach begonnen hast, während wir da waren." Sie dippt eine Pommes in den Ketchup und lässt sie dann auf ihren Teller fallen. Sie sieht aus, als wäre ihr ein bisschen übel. „Jetzt musst du dorthin zurückfahren oder diesen komplizierten Prozess außerhalb des Bundesstaates durchlaufen. Erzähl mir jedes Detail, damit ich dich endlich nicht mehr ohrfeigen will."

Rein objektiv ist Ansel einfach nur großartig, und der Sex war eindeutig nicht von dieser Welt. Aber sie weiß, dass ich nicht so minderbemittelt bin, dass guter Sex für mich ausreichen würde, um so eine übereilte Entscheidung zu treffen. Es

läuft also letzten Endes auf den Brief hinaus. Ich habe nie ein Tagebuch gehabt. Ich habe Harlow kaum geschrieben, als sie im Ausland war, um ihren Vater am Set zu besuchen. Aber den anderen, Nach-dem-Unfall-Brief habe ich so oft gelesen, dass das Papier fragil wurde wie ein getrocknetes Blütenblatt. Die Schrift ist beinahe nicht mehr zu erkennen. Einen Brief zu schreiben ist für mich eine merkwürdige, heilige Beschäftigung, und auch wenn ich mir nicht sicher bin, ob das unbedingt gut ist, gestehe ich dem Brief das Gewicht zu, das ich ihm geben wollte, als ich ihn schrieb.

„Was wirst du tun?“, fragt Lola, als ich ihnen jedes kleines Detail von jener Nacht erzählt habe, an das ich mich erinnern kann.

Ich zucke die Schultern. „Die Zeit bis September damit verbringen, zu verstehen, warum ich diesen Menschen heiraten wollte. Und dann vermutlich eine Annullierung einleiten.“

FÜNF

Lola lädt mich vor meiner Haustür ab. Meine kleinen Brüder spielen im Familienzimmer X-Box, und mein Dad reicht mir ein Glas Weißwein, als ich auf die Veranda trete.

„Auf unsere brillante Tochter", sagt er und hebt sein eigenes Glas. Er lächelt mich huldvoll an, bevor er Mom zu sich heranzieht. Der Sonnenuntergang hinter ihm schafft eine schöne Hintergrundbeleuchtung. Diese Szene würde er, da bin ich mir sicher, unglaublich gern auf einem gerahmten Bild sehen. „Ich vermute, dass dein letztes wildes Wochenende grandios war, und als dein Vater will ich kein einziges Wort darüber hören." Er lächelt über diesen kleinen Witz, und ich würde ihn vermutlich auch witzig finden, wenn unsere gemeinsame Vergangenheit nicht so leidvoll wäre. „Möge deine Zukunft von nun an aus nichts weiterem bestehen als aus Konzentration und Erfolg."

Ich stoße halbherzig mit ihm an und bemerke, wie er mich von oben bis unten mustert. Ich habe zwei Mal geduscht, sehe in meinem schwarzen T-Shirt und den abgewetzten Jeans jedoch immer noch aus wie der Tod auf Latschen. Sein Blick wandert über meinen Mund, meinen Hals hinunter, wo ich versucht habe, die Bissmale und Knutschflecken mit einem grauen Jersey-Schal zu kaschieren. Dads Lächeln verwandelt sich rasch in einen Ausdruck der Verachtung, aber meinen Ehering scheint er noch nicht bemerkt zu haben. Vorsichtig schiebe ich meine linke Hand in die Hosentasche, um sie vor ihm zu verbergen.

Er stellt sein Glas auf die Outdoor-Theke und tritt einen Schritt von Mom weg. „Frauen, die beruflich erfolgreich sind, benehmen sich wie *Ladies*", presst er zwischen zusammengebissenen Zähnen hervor, und ich verspüre einen merkwürdigen Kitzel der Befriedigung, weil ich weiß, wie sehr er diesen Moment genießt. Ich war während der letzten vier Jahre nichts anderes als verantwortungsbewusst und ehrgeizig, was es ihm beinahe unmöglich gemacht hat, mich ständig zu kritisieren. Aber

jetzt ist er wieder in seinem Element; mein Vater fühlt sich sehr viel wohler, wenn er einen beleidigt, als wenn er einen lobt.

„Wir sind nach Vegas gefahren, um unseren Abschluss zu feiern, Dad. Nicht, um Nutten zu werden.“ *Nein, Mia, du hast nur einen Wildfremden geheiratet.*

„Du musst dringend erwachsener werden, damit du dir deine Zulassung an die BU wirklich verdienst. So sehr mir auch die Vorstellung missfallen hat, dass du für den Rest deines Lebens eine Tänzerin sein könntest, habe ich zumindest deinen Ehrgeiz bewundert. Jetzt, wo du gerade deinen Collegeabschluss in der Tasche hast, kommst du nach Hause und siehst aus, als hättest du …“

Er schüttelt den Kopf. „Ich weiß noch nicht mal, was du alles angestellt hast. Kein Mann will jemals für ein Flittchen arbeiten, das mit zerschundenen Lippen und Knutschflecken zur Arbeit kommt und nach altem Schnaps stinkt. Bring endlich Ordnung in dein Leben, Mia! Reiß dich zusammen, Mia! Benimm dich endlich, Mia!“

Mom japst geschockt auf und starrt ihn an, als wolle sie Einspruch gegen seine absurde Tirade erheben wollen. Aber ihre Energie schwindet, als er sie herausfordernd ansieht. Er stürmt nach drinnen, seinen Mimosa lässt er zurück. Mom bleibt bei mir und sagt nur: „Oh, Liebes.“

„Nicht, Mom. Es geht mir gut.“

Ich möchte nicht, dass sie für mich Partei ergreifen muss. Ich werde bald von hier weggehen, und das Leben ist für sie so viel leichter, wenn sie im Team David mitspielt. Sie wirft mir einen zerknirschten Blick zu, bevor sie Dad ins Haus folgt.

Die Schiebeglastür schließt mit einem Knall, und dennoch kann ich meinen Vater hören. *Wird sie jemals dazulernen? Sie wird diese Chance wegwerfen und mich noch ins Grab bringen.*

Ich lasse den Blick über Mutters perfekten Garten schweifen – makelloser Rasen, üppige Blumenbeete, tadellos weißer Zaun – und komme mir darin wie ein hässliches Unkraut vor. Ich habe mich hier immer etwas fehl am Platz gefühlt, und irgendwie wiegt dieses Gefühl jetzt sogar noch schwerer.

Der Discovery Outpost im San Diego Zoo ist kein sonderlicher Publikumsmagnet. Aber hinter dem Reptilienhaus, am Wegeforth Bowl mit seinen Shows vorbei, gibt es einen Bereich, in dem geradezu Ruhe herrscht, selbst wenn der Zoo gerade von Touristen überrannt wird. Suche die Stille im Chaos – das ist immer meine Lieblingsmetapher gewesen. Und hier ist der Ort, an dem ich am besten denken kann.

Dienstag, am frühen Nachmittag, schlüpfe ich an den Touristen und den Familien mit ihren grünen, vom Zoo-Plastikbuggys vorbei durch den Eingang und biege links ab, am Flamingo-Gehege vorbei in Richtung meines Verstecks. Ich muss darüber nachdenken, was ich für Boston alles einpacken möchte, und ob ich es so organisieren kann, dass ich schon nächste Woche umziehe, statt erst ist drei Wochen.

Ich muss darüber nachdenken, welchen Job ich mir an Land ziehen will: in einem Café oder einer Bar, in einer Bäckerei, einem Laden. Oder als eine Art kaufmännische Assistentin. Vielleicht als Tänzerin in einem Nachtclub, nur um meinem Vater über die Entfernung hinweg den Stinkefinger zu zeigen. Mein Verstand drängt mit aller Macht den unwillkürlichen Gedanken weg, als Tanzlehrerin zu arbeiten. Ich gehe um eine Biegung und steuere auf meine Lieblingsbank zu, setze mich und atme tief aus.

Ich *muss* ganz sicher nicht darüber nachdenken, dass Ansel heute irgendwann nach Paris zurückfliegen könnte.

„Du hast recht“, ertönt eine tiefe, vertraue Stimme. „Dieser Teil des Zoos ist richtiggehend verlassen.“

Ich traue meinen Ohren nicht. Ich öffne die Augen und sehe Ansel heranschlendern, direkt auf mich zu. Er lässt sich auf der Bank nieder und streckt seinen Arm aus, so dass er hinter mir liegt. Die Finger seiner rechten Hand umfassen meine Schulter.

Ich bin sprachlos.

Das ist ein vertrautes Gefühl, aber diesmal bin ich es aus vollkommen unvertrauten Gründen. Ich bin vor Schock sprachlos, nicht vor Verklemmtheit.

„W-w“, beginne ich und schließe fest die Augen.

Er wartet geduldig; seine Fingerspitzen gleiten warm und weich über meine Haut.

„Was machst du hier? Woher weißt du …“

„Du hast mir erzählt, dass du zum Nachdenken hierher kommst. Du hast gesagt, du liebst diesen Teil des Zoos, und ich muss zugeben“, er sieht sich um, „dass ich das nicht verstehen kann. Hier gibt es fast nichts als Steine und schlafende Eidechsen. Aber ich bin vor … ungefähr einer Stunde hergekommen?“ Er legt den Kopf schief und lächelt warm, so als wäre er kein furchteinflößender Stalker. „Und ich bin hier, weil ich nicht von dir getrennt sein kann, Mia. Du bist meine Frau.“

Meine Augen müssen sich vor Entsetzen geweitet haben, denn er bricht in ein lautes Lachen aus, zieht seinen Arm zurück, so dass er sich vorbeugen und seine Ellbogen auf den Schenkeln abstützen kann. „Tut mir leid. Das war nicht besonders nett. Ich bin in San Diego, weil ich heute Abend von hier aus zurückfliege. Oliver trifft sich mit dem Architekten, der seinen Laden umbauen soll, und es ist das letzte Mal, dass wir uns in nächster Zeit sehen. Wir sind gestern Abend zusammen hergefahren, und heute bin ich in den Zoo gekommen, weil ich gehofft habe, dass du dich wirklich ständig zum Denken hierhin zurückziehst. Und um vielleicht selbst ein wenig nachzudenken“, fügt er hinzu, sieht zu mir herüber und lächelt nett. „Ehrlich, ich hab nur einen Scherz gemacht.“

„Du bist trotzdem hergekommen, um nach mir zu suchen“, erinnere ich ihn und rücke ein kleines bisschen weg.

Er langt in seine Gesäßtasche und reicht mir ein zusammengefaltetes Blatt Papier. Ich öffne es: Es ist eine Kopie unserer Heiratsurkunde. „Du besitzt keine Kopie. Du wusstest glaube ich noch nicht mal, wie man meinen Nachnamen buchstabiert. Ich hätte dich angerufen, aber auch wenn ich schlau genug war, dir meine Telefonnummer zu hinterlassen, hab ich zu spät bemerkt, dass ich deine nicht habe.“

Ich komme mir vor wie ein totales Arschloch. Er hat tatsächlich einige Mühen auf sich genommen, damit ich die Urkunde

bekomme, und ich war noch nicht mal in der Lage, ihm meine Nummer zu simsen.

„Danke“, sage ich leise.

„Gern geschehen.“

Ich rücke wieder etwas dichter an ihn heran, lege ihm eine Hand auf den Arm, und als das Adrenalin in meinem Blut langsam abebbt, merke ich, wie unverschämt froh ich darüber bin, ihn zu sehen. „Aber, warte mal, Oliver eröffnet einen Laden in San Diego?“ Mit Sicherheit weiß Lola nicht, dass sein Laden in unserer *Heimatstadt* sein wird.

Ansel nickt, während er meine Hand hochhebt, sie küsst. „Er zieht in ein paar Wochen hierher. So oder so, ich wollte nur sicherstellen, dass du das hast, bevor du umziehst.“ Er nickt in Richtung des Dokuments, das ich umklammert halte, und steht dann auf. „Ich wollte es dir nicht nach Hause schicken, weil dann noch dein Vater den Umschlag öffnet.“ Ich schlucke heftig, erstaunt, wie gut er mitgedacht hat. „Jetzt gehe ich besser zurück ins Hotel und entspann mich noch ein bisschen. Ich hab einen langen Flug vor mir.“

„Um wieviel Uhr geht dein Flieger?“

Er sieht zur Seite, runzelt beim Nachdenken die Stirn. „So um elf?“

Bevor ich überprüfen kann, ob er noch seinen Ring trägt, schiebt er seine Hände in die Hosentaschen. Dann blickt er auf meine Hände und sieht, dass ich meinen noch trage. „Wir können im September alles organisieren.“

„Okay“, sage ich nickend.

Er beugt sich hinunter, küsst mich auf den Scheitel und flüstert: „Ich werde bis ungefähr acht Uhr im Hilton Bayfront sein. Ich habe für dich ein Ticket nach Paris gekauft mit offenem Rückflug.“ Er steht auf, zuckt die Schultern und grinst mich breit an, während mein Kinnlade zu Boden donnert. „Tja, ich bin nun mal ein Optimist. Oder verrückt. Hängt davon ab, wen du fragst.“

Vielleicht ist er ja wirklich verrückt, aber sein Hintern sieht verdammt gut aus, als er so davonspaziert.

Während ich noch für eine Weile in meinem Eidechsen- und Stein-Schutzraum sitze, überlege ich, nach Hause zu gehen – und verwerfe den Gedanken gleich wieder. Ich überlege, zu Lola zu gehen und mit ihr und Greg zu Abend zu essen, aber mit Sicherheit hat sie ihrem Vater bereits eine umfangreiche Zusammenfassung unseres Wochenend-Wahnsinns geliefert. Zweifellos lacht er sich gerade einen Ast, und ich will eigentlich nicht die Spielverderberin sein, die gefühlsduselig wird. Ich überlege, zu Harlow nach La Jolla zu fahren, aber auch wenn es sich toll anhört, am Strand ein wenig das Gehirn auszuschalten, würde die ehrliche Liebe und die intensive Aufmerksamkeit des gesamten Vega-Clans einen zu starken Kontrast zu der Schrägheit meiner eigenen Familie bieten.

Also fahre ich nach Downtown.

Ansel öffnet die Tür, und ein riesiges Lächeln breitet sich auf seinem Gesicht auf, was langsam wieder verschwindet, als er sieht, dass ich mit leeren Händen komme, ohne Koffer. Nichts als meine kleine Umhängetasche über der Brust.

„Ich kann nicht mit dir nach Frankreich fliegen", sage ich und sehe ihn mit großen Augen an. Mein Puls trommelt in meinem Hals. „Aber ich will auch nicht nach Hause gehen."

Er tritt zur Seite, um mich hereinzulassen, und ich stelle meine Tasche auf dem Boden ab, drehe mich zu ihm um. Eigentlich gibt es nur einen Grund, warum ich hier bin, in seinem Hotelzimmer, und ich glaube, das wissen wir beide. Es ist leicht, so zu tun, als wäre man eine Geliebte wie in einem Film, als würde man für eine letzte gemeinsame Nacht ins Hotel kommen. Ich muss mich nicht anstrengen, mutig zu sein, wenn es so dermaßen sicher ist, dass er bald geht. Es wird langsam so etwas wie ein Spiel. Ein Theaterstück. Eine Rolle.

Zwar weiß ich nicht, welche Mia gerade Besitz von meinem Körper ergriffen hat, aber ich will mich nur noch genau so fühlen – so, wie ich mich in der Nähe dieses Typen fühle. Ich muss nur einen Schritt auf ihn zugehen, und er kommt mir auf der Hälfte des Weges entgegen, fährt mit beiden Händen durch mein

Haar und bedeckt meinen Mund mit seinem. Nach dem Meer duftet er und irgendwie grün und mein Geruch hängt noch immer in seinen Klamotten.

Sein Geschmack, *oh*. Ich will, dass er mich so ausfüllt, dass sich jeder andere Gedanke in der Hitze auflöst. Ich will seinen Mund überall, will, dass er mich so saugt, wie er es gerade tut. Ich liebe es, wie er meine Lippen liebt, wie gut – nach nur einer gemeinsamen Nacht – seine Hände bereits meine Haut kennen.

Rückwärts schiebt er mich zum Bett, Lippen und Zunge und Zähne auf meinen Wangen und meinem Mund, meinem Kinn. Ich falle nach hinten, als meine Kniekehlen gegen das Bett stoßen.

Er berührt den Saum meines Kleids und zieht es mir entschlossen über den Kopf, dann greift er hinter mich und befreit mich mit einem winzigen Fingerschnipsen von meinem BH. Er gibt mir das Gefühl, als wäre ich etwas, das man enthüllen will, in dessen Anblick man schwelgen möchte. Ich bin die Belohnung am Ende seines Magietricks, nackt unter dem samtigen Cape. Ansels Blick fährt über meine Haut, und ich sehe seine Ungeduld: sein Shirt fliegt durch den Raum, seine Finger fummeln an seinem Gürtel herum, seine Zunge fährt suchend hervor, um mich zu schmecken.

Dann gibt Ansel es auf, sich auszuziehen, kniet sich stattdessen zwischen meine Schenkel auf den Boden, spreizt mich, küsst mich durch den Stoff meines Höschens. Er knabbert und zieht, saugt und leckt ungeduldig, bevor er mein letztes Kleidungsstück meine Beine hinunterzieht.

Ich japse auf, als er sich vorlehnt und meine empfindsamste Haut in langen, langsamen Zügen leckt. Sein Atem fühlt sich wie kleine Feuersalven an, wo er meine Klit küsst, mein Schambein, meinen Bauch. Ich erhebe mich, stützte mich auf meine Hände, um ihm zuzusehen.

„Sag mir, was du brauchst“, raunt er an meiner Hüfte.

Bei diesen Worten erinnere ich mich schwach daran, dass er mich mit seinen Händen und seinem Körper zum Orgasmus gebracht hat, aber nicht mit seinem Mund. Ich spüre seinen

Wunsch, das zu schaffen, und frage mich, wie lange er es versucht hat, bevor ich ungeduldig wurde und ihn zu mir hochgezogen habe.

Ehrlich gesagt weiß ich nicht, was ich brauche. Oralsex ist schon immer nur ein Haltepunkt auf dem Weg woandershin gewesen. Ein Weg, um mich feucht zu machen, um meinen Körper anzuknipsen. Nie etwas, dass so lange getan wurde, bis ich bebte und schwitzte und fluchte.

„Sss...Saug", sage ich aufs Geratewohl.

Er öffnet den Mund, saugt kurz auf perfekte Weise an mir und dann zu sehr. „Nicht so doll." Ich schließe die Augen, kratze meinen gesamten Mut zusammen, um es ihm zu sagen. „Tu so, als wäre es meine Lippe."

Das ist genau die Anweisung, die er gebraucht hat, und ich lasse mich ohne länger nachzudenken nach hinten auf die Matratze fallen, meine Beine spreizen sich weiter, und dabei wird er wild. Seine Handflächen fest auf die Innenseiten meiner Schenkel gelegt, um meine Beine offen zu halten, presst er Laute in mich hinein und sie vibrieren durch mich hindurch.

Eine seiner Hände verlässt mich, und ich spüre, wie er sich bewegt, spüre die veränderte Haltung seines Arms. Als ich mich auf einen Ellbogen stütze und nach unten sehe, bemerke ich, dass er sich selbst berührt, den Blick fiebrig auf mich gerichtet.

„Lass mich", sage ich zu ihm. „Ich will dich auch schmecken."

Keine Ahnung, woher diese Worte kommen; ich bin jetzt nicht mehr ganz ich selbst. Vielleicht bin ich mit ihm nie ganz ich selbst. Er nickt, hält aber nicht inne mit der Bewegung seiner Hand. Ich liebe es. Ich liebe es, dass es nicht merkwürdig oder tabu ist. Er gibt sich mir hin, er ist hart, er folgt seinem Verlangen nach seiner eigenen Lust und schenkt mir gleichzeitig meine.

Während er mich mit solch unverstelltem Hunger küsst und saugt und leckt, befürchte ich, dass ich nicht kommen kann und sein Enthusiasmus und seine Bemühungen umsonst sein werden. Aber dann fühle ich das feste Ziehen, den Anfang von etwas, das größer und größer wird mit jedem Atemhauch auf

meiner Haut. Ich vergrabe meine Hände in seinem Haar, drücke mich gegen ihn.

„Oh Gott."

Er stöhnt, sein Mund eifrig, seine Augen weit aufgerissen, enthusiastisch.

Ich genieße das harte Anschwellen meiner Sehnen, meine Muskeln, das so heiße, drängende Rauschen des Bluts durch meine Adern. Ich kann spüren, wie es sich aufbaut, ausbreitet und durch meine Glieder jagt, zwischen meinen Beinen explodiert. Heiser keuche ich auf, mein Verstand ist ausgeschaltet, ich bringe keine Worte mehr hervor, nur harte Laute. Das Echo meines Orgasmus' hallt um uns herum nach, und ich falle zurück aufs Kissen.

Nun fühle ich mich wie unter Drogen. Nur mit Mühe schaffe ich es, ihn wegzudrücken, damit ich mich aufsetzen kann. Bis zuletzt hatte er seine Lippen immer noch fest auf meinen Oberschenkel gespresst, doch jetzt steht er stolpernd auf. Seine Hose ist offen, hängt tief unten auf seinen Hüften. Ich betrachte ihn, und in dem Licht, das aus dem Badezimmer hinüberscheint, kann ich sehen, wie nass sein Mund ist, von mir – als wäre er auf der Jagd gewesen, als wäre ich gefangen und verschlungen worden.

Er wischt sich mit dem Unterarm über das gesamte Gesicht und tritt dann dichter ans Bett heran, während ich mich im selben Moment vorlehne und seinen Schwanz in den Mund nehme.

„Ich komme gleich", schreit er.

Das ist eine Warnung. Ich kann es in den vorwärtsdrängenden Stößen seiner Hüften spüren, die harte Schwellung seiner Schwanzspitze, die Art, wie er meinen Kopf packt, als würde er sich zurückziehen wollen, um es länger andauern zu lassen, es aber nicht können. Er fickt meinen Mund, scheint bereits zu wissen, dass das okay ist, und nach nur sechs harten Stößen gegen meine Zunge und meine Zähne und meine Lippen hält er inne und kommt mit einem tiefen, rauen Stöhnen.

Ich ziehe meinen Mund von ihm fort, und er fährt mit einem zitternden Finger über meine Unterlippe, während ich schlucke.

„So gut“, haucht er.

Erschöpft falle ich zurück aufs Kissen und spüre, wie meine Muskeln jetzt vollkommen zur Ruhe gekommen sind, nachdem ich den Raum zuvor rasend wild, wie im Rausch betreten hatte. Ich bin bleiern und taub, und abgesehen von dem schweren Echo der Lust zwischen meinen Beinen, kann ich nichts anderes spüren als mein Lächeln.

Das Zimmer ist durch die frühe Abendsonne, die durch das Fenster scheint, in ein pinkfarbenes Licht getaucht, und Ansel thront mit steifen Armen über mir, atmet schwer. Ich spüre seinen forschenden Blick, der über meinen Körper wandert, auf meinen Brüsten zur Ruhe kommt, und er lächelt im selben Moment, als ich meine Nippel hart werden spüre.

„Letztens hab ich auf deinem ganzen Körper Spuren hinterlassen.“ Er beugt sich vor, pustet Luft über eine Spitze. „Das tut mir leid.“

Ich lache und ziehe aus Spaß an seinem Haar. „Du hörst dich nicht so an, als würde es dir leid tun.“

Er grinst mich an, und als er sich zurücklehnt, um sein Werk noch einmal zu bewundern, folge ich dem mir fremden Impuls, meine Arme vor der Brust zu verschränken. Beim Tanzen war meine schmale Figur ein Vorteil; meine kleinen Brüste waren eine ideale Nicht-Behinderung. Aber wenn es um Nackheit und Sex geht, kann ich mir nicht vorstellen, dass meine 32B mir irgendwelche Vorteile bringt.

„Was machst du?“, fragt er und zieht an meinem Arm, während er sich seiner Hose entledigt. „Es ist zu spät, um mir gegenüber schüchtern zu werden.“

„Ich komme mir winzig vor.“

Er lacht. „Du *bist* winzig, *cerise*. Aber ich liebe jeden einzelnen Zentimeter von dir. Ich hab deine Haut seit Stunden nicht gesehen.“ Er beugt sich vor, umkreist meinen Nippel mit der Zunge. „Du hast empfindsame Brüste, wie ich herausgefunden habe.“

Ich vermute, dass *alles* an mir empfindsam ist, wenn *er* mich berührt.

Er breitet eine Handfläche auf meiner Brust aus, während er an der anderen saugt und seine Zunge sich in kleinen, sanften Kreisen zu bewegen beginnt. Das belebt das köstliche Pochen zwischen meinen Beinen.

Ich denke, er weiß das, denn die Hand, die meine Brust umfasst hat, wandert jetzt über meine Rippen weiter nach unten, über meinen Bauch, meinen Nabel, zwischen meine Beine, aber währenddessen lässt er weiter seine Zunge kreisen, ohne ein einziges Mal innezuhalten.

Und dann sind seine Finger dort, zwei von ihnen, flach, drückend, sie vollführen dieselben Kreise in demselben Rhythmus, und es ist, als würde ein kurzes Band seine Zunge und seine Finger verbinden und sich immer enger zusammenziehen, enger und enger, wärmer und wärmer. Ich bäume mich auf, weg vom Bett, und packe seinen Kopf, flehe ihn mit heiserer Stimme an, *bitte bitte bitte*.

Der gleiche Rhythmus, an beiden Orten, und ich befürchte, ich könnte in tausend Stücke zerbrechen, zerschmelzen, in die Matratze versickern oder mich einfach in Nichts auflösen, als er vibrierend meinen Nippel liebkost, seine Finger den Druck verstärken – und dann gerade lang genug innehält, um mich zu fragen: „Lässt du mich dich noch einmal hören?"

Ich weiß nicht, ob ich das überleben werde. Ich kann jedenfalls ohne auf keinen Fall überleben.

Wenn ich mit ihm zusammen bin, dann gebe ich heisere, unbändige Laute von mir, halte keine Worte der Lust zurück, und denke über nichts weiter nach. Ich biete ihm alles, was ich habe, und meine Laute heizen ihn an, bis er wie wild an mir saugt und ich mich in seine Hand krümme, aufschreie –

Ich komme.

Ich komme.

Drei Finger tauchen in mich ein, draußen übernimmt sein Handballen. Die Lust ist so intensiv, dass es schmerzt. Oder vielleicht ist es auch das Wissen, wie easy das hier ist und wie gut, und dass ich ihn entweder aufgeben oder etwas Verrücktes tun muss, um ihn zu behalten. Mein Orgasmus währt so lange

an, dass ich, während ich die absolut intensivste Lust verspüre, beide Szenarien mehrfach durchgehe. Er währt lange genug an, dass Ansel seine Lippen von meiner Brust löst und mich küsst, meine Laute in sich aufsaugt. Er währt lange genug an, dass Ansel mir sagt, ich sei das Schönste, was er je gesehen hat.

Mein Körper wird wieder ruhiger, und Ansel küsst mich langsam und gemächlich, bis seine Lippen nur noch leicht über meine gleiten. Ich schmecke wie er und er schmeckt wie ich.

Ansel beugt sich vom Bett hinunter, um ein Kondom aus seiner Jeans zu ziehen. „Bist du zu wund?“, fragt er und hält es hoch.

Ich bin wund, aber ich kann mir nicht vorstellen, dass ich jemals zu erschöpft sein könnte, um ihn spüren zu wollen. Ich muss mir genau einprägen, wie es sich anfühlt. Meine Erinnerungsfetzten reichen bei weitem nicht aus, wenn ich ihn heute Nacht wirklich gehen lassen muss. Ich sage nichts, ziehe ihn stattdessen einfach über mich, winkle meine Knie seitlich an.

Er kniet sich hin, runzelt die Stirn, während er das Kondom über seinen Ständer zieht. Am liebsten würde ich mein Handy holen und Fotos von seinem Körper und seinem ernsten, konzentrierten Gesichtsausdruck machen. Ich brauche die Bilder, damit ich später zu mir sagen kann: *Siehst du, Mia? Du hattest recht, was seine Haut betrifft. Sie ist so glatt und perfekt, wie du gedacht hast.* Am liebsten würde ich irgendwie festhalten, wie seine Hände zittern, weil er so scharf auf mich ist.

Als er fertig ist, stützt er sich neben meinem Kopf ab und schiebt seinen Schwanz in mich hinein. Als ich seinen schweren Druck auf mir spüre, durschießt mich der Gedanke, dass ich noch nie in meinem Leben eine solche Ungeduld verspürt habe. Als würde mein Körper seinen Körper verschlingen wollen.

„Komm mit mir“, sagt Ansel und dringt nur ein kleines bisschen in mich ein, zieht sich dann wieder zurück. *Was für eine Folter.* „Bitte, Mia. Nur über den Sommer.“

Ich schüttle den Kopf, *Nein*, und bin unfähig, etwas zu sagen. Vor Frust und Lust stöhnt er auf, als er langsam hineinstößt. Mir bleibt die Luft weg, ich kann nicht mehr atmen oder mir

auch nur Gedanken darum machen, dass ich das tun müsste, und ich hebe die Beine hoch in die Luft, will ihn tiefer in mir spüren, will spüren, wie er für immer und ewig in mich eindringt. Sein Penis ist so schwer, dick und so hart, dass es beinahe schon unangenehm ist, als seine Hüften meine Schenkel berühren. Wegen ihm stockt mir der Atem, plötzlich habe ich das Gefühl, als wäre in meinem Körper nicht genügend Platz für ihn und den nötigen Sauerstoff, aber dennoch hat sich nichts jemals so gut angefühlt.

Ich würde ihm ja sagen, dass ich meine Meinung geändert habe, dass ich mit ihm kommen werde, wenn ich nur die Worte dafür finden würde – aber jetzt beginnt er sich zu bewegen, die Arme rechts und links neben meinem Kopf abgestützt. Und es ist unvergleichlich. Mit *nichts* in der Welt zu vergleichen. Mit jedem seiner ruhigen, festen Stöße wird das herrliche Ziehen in mir stärker, sodass mich der Gedanke, dieses Gefühl könnte irgendwann wieder aufhören, ziemlich fertig macht.

Er bietet mir eine Art sanftes Aufwärmtraining. Sein Blick ruht auf meinem, als er sich langsam wieder hinauszieht, selbst als er langsam wieder eindringt, und ab und zu beugt er sich vor, um mit seinem Mund über meinen zu fahren. Aber als ich meine Zunge über seine Zähne gleiten lasse und er sich ruckartig vorbewegt, hart und unerwartet, höre ich mein eigenes heftiges Aufkeuchen, und es entfesselt etwas in ihm. Er beginnt sich auf mir zu bewegen, hart und geschmeidig, mit perfekten Stößen aus den Hüften.

Ich weiß wirklich nicht, wie häufig wir in der anderen Nacht miteinander Sex gehabt haben, aber er scheint herausgefunden zu haben, was ich brauche – und er scheint es zu lieben, dabei zuzusehen, wie er es mir gibt. Er stützt sich auf die Hände, kniet sich zwischen meine gespreizten Beine, und ich weiß bereits, dass mein Orgasmus anders sein wird als alles, was ich jemals zuvor gefühlt habe. Ich höre, wie er ächzend atmet und ich selbst scharf die Luft ausstoße. Ich höre das Klatschen seiner Schenkel gegen meine und das geschmeidige, feuchte Schmatzen, während er in mich hinein- und aus mir herausgleitet.

Ich werde nicht seine Finger brauchen oder meine oder gar ein Sexspielzeug. Wir passen zusammen. Seine Haut gleitet über meine Haut, wieder und wieder und wieder.

Lola behielt mit ihrer spöttischen Prophezeiung, wie es zwischen Ansel und mir sein würde, recht: Es *ist* die Missionarsstellung und es gibt Blickkontakt – der allerdings nicht kitschig oder weichgespült ist, wie sie es vermutete. Ich kann mir nicht vorstellen, ihn nicht anzusehen. Das wäre, als wolle man Sex haben, ohne sich zu berühren.

Die Lust klettert meine Beine hinauf wie Weinreben, eine glühende Röte breitet sich über meine Wangen und meine Brüste aus. Ich habe Angst, ich könnte dieses Gefühl wieder verlieren, dass ich etwas hinterherjage, das eigentlich gar nicht existiert. Aber dann bewegt er sich schneller und heftiger, so heftig, dass er meine Hüften mit den Händen festhalten muss, um mich nicht vom Bett zu werfen. Sein Blick wandert über meine Lippen, denen ein Keuchen entschlüpft, meine Brüste, die bei seinen Stößen erbeben. Bei der Art, wie er mich fickt, fühlt sich mein schmaler Körper zum ersten Mal üppig an.

Ich öffne den Mund, um ihm zu sagen, dass ich falle, und nichts kommt heraus außer Schreien: *Mehr! Ja! Das! Ja! Ja!* Schweiß tropft von seiner Stirn auf meine Brust, läuft in meinen Nacken. Er bemüht sich so sehr, sich zurückzuhalten, auf mich zu warten ... und zu warten ... und zu warten ... Ich liebe die Anspannung und den Hunger und die Entschlossenheit in seinem wunderschönen Gesicht, und ich bin kurz davor, stehe auf der Klippe.

Für den Bruchteil einer Sekunde rauscht Wärme durch meinen Körper, dann falle ich.

Er sieht es geschehen, guckt zu, sein Mund öffnet sich erleichtert, seine Augen leuchten siegessicher auf. Mein Orgasmus bricht so hart über mir zusammen, vereinnahmt mich so, dass ich nicht mehr ich selbst bin. Ich bin eine Wilde, die ihn auf mich hinunterzerrt, sich gegen ihn rammt und seinen Hintern packt, um ihn noch tiefer hineinzuziehen. Ich bin die reinste Verzweiflung unter ihm, bettle, beiße ihn in die Schulter, spreize meine Beine, so weit ich kann.

Meine Hemmungslosigkeit entfesselt ihn. Ich höre, wie die Laken sich von der Matratze lösen, und spüre, wie sie sich unter mir zusammenknäueln, als er sich an ihnen festklammert, um nicht die Balance zu verlieren, sich so heftig bewegt, dass das Kopfteil des Bettes gegen die Wand knallt.

„Oh", stöhnt er, sein Rhythmus wird schneller. Er vergräbt sein Gesicht an meinem Hals, stöhnt: „Jetzt. Jetzt. Jetzt."

Und dann öffnet er seinen Mund an meinem Hals, saugt und drückt, seine Schultern beben über mir, als er kommt. Ich fahre mit der Hand über seinen Rücken, genieße es wie seine Muskeln in dieser angespannten Haltung hervortreten, die Rundung seiner Wirbelsäule, als er so tief in mir bleibt wie nur möglich. Ich verändere unter ihm meine Position, um seine Haut auf meiner zu spüren, vermische meinen Schweiß mit seinem.

Ansel stützt sich auf die Ellbogen und thront über mir, noch immer in mir pulsierend, während er seine Handflächen an meine Stirn drückt, sie über mein Haar gleiten lässt.

„Es ist zu gut", sagt er an meinen Lippen. „Es ist so gut, *cerise*."

Und dann langt er nach dem Kondom zwischen uns, zieht sich aus mir heraus und rollt es ab. Nachdem er es in Richtung Nachttisch geworfen hat, lässt er sich neben mir auf die Matratze fallen, fährt sich mit der linken Hand übers Gesicht, über die verschwitzte Brust, wo sie über seinem Herzen zum Liegen kommt. Ich bin unfähig, meinen Blick von dem goldenen Ring an seinem Finger abzuwenden. Sein Bauch spannt sich mit jedem ruckartigem Einatmen an, zuckt mit jedem kräftigen Ausatmen.

„Bitte, Mia."

Einmal schaffe ich es noch, mich zu weigern, und quietschend bringe ich hervor: „Ich kann nicht."

Er schließt die Augen, und mein Herz explodiert bei der Vorstellung, ihn nicht wiederzusehen.

„Wenn wir nicht so betrunken und durchgeknallt gewesen wären und geheiratet hätten … würdest du dann mit mir nach Frankreich kommen?", fragt er. „Nur um des Abenteuers willen?"

„Ich weiß es nicht." Aber die Antwort lautet: Ja, vielleicht hätte ich es getan. Denn ich muss noch nicht nach Boston gehen; ich habe das nur deshalb schon bald vor, weil ich mein Apartment auf dem Campus verlassen muss, aber nicht den ganzen Sommer über wieder bei meinen Eltern wohnen will. Nach dem College einen Sommer in Paris zu verbringen, das ist etwas, was eine Frau meines Alters tun *sollte*. Mit Ansel – nur als Liebhaber, vielleicht sogar nur als Mitbewohner – würde es ein aufregendes Abenteuer sein. Es wäre nicht so bedeutungsgeladen wie die Vorstellung, als seine *Frau* für einen Sommer bei ihm einzuziehen.

Er lächelt ein bisschen traurig und küsst mich.

„Sag etwas auf Französisch zu mir." Zwar habe ich ihn Hunderte von Dingen sagen hören, während er sich seiner Lust hingegeben hat, aber es ist das erste Mal, dass ich ihn darum bitte. Ich weiß nicht, warum ich das tue. Es scheint etwas Gefährliches zu sein, mit seinem Mund, seiner Stimme, seinem Akzent wie warme Schokolade.

„Kannst du etwas Französisch?"

„Abgesehen von ‚*cerise*'?"

Sein Blick fällt auf meine Lippen, und er lächelt. „Abgesehen davon."

„*Fromage. Château. Croissant.*"

Er wiederholt „*croissant*" mit leiser, lachender Stimme, und als er es sagt, klingt es plötzlich wie ein vollkommen anderes Wort. Ich wüsste nicht, wie ich dieses Wort buchstabieren soll, aber es weckt mein Verlangen danach, ihn wieder auf mich hinaufzuziehen.

„Tja, in diesem Fall kann ich dir sagen: *Je n'ai plus désiré une femme comme je te désire depuis longtemps. Ça n'est peut-être même jamais arrivé.*" Er lehnt sich zurück, beobachtet meine Reaktion, ob ich in der Lage bin, irgendetwas davon zu verstehen. „*Est-ce totalement fou? Je m'en fiche.*"

Natürlich kann mein Verstand die Worte nicht auf magische Weise übersetzen, aber mein Körper scheint zu wissen, dass er etwas ziemlich Intimes gesagt hat.

„Darf ich dich etwas fragen?“

Er nickt. „Natürlich.“

„Warum willst du es nicht einfach annullieren?“

Ansel verzieht den Mund, sein Blick belustigt. „Weil du es zum Bestandteil unseres Ehegelübde gemacht hast. Wir haben beide geschworen, dass wir bis zum Herbst verheiratet bleiben.“

Es dauert ein paar Sekunden, bis ich den Schock darüber verwunden habe. Anscheinend war ich ganz schön herrisch. „Aber es ist keine richtige Ehe“, flüstere ich und tue so, als würde ich nicht bemerken, wie er zusammenzuckt. „Welche Bedeutung hat dieser Schwur denn überhaupt, wenn wir vorhaben, alle Schwüre bezüglich ‚bis das der Tod euch scheidet‘ zu brechen?“

Wortlos rollt er sich zur Seite, und setzt sich auf die Bettkante, den Rücken mir zugewandt. Er krümmt sich zusammen, die Hände auf die Stirn gepresst. „Ich weiß es nicht. Vermutlich versuche ich einfach nur, keine Versprechen zu brechen. Das ist auch für mich alles ziemlich schräg; bitte glaub nicht, dass ich weiß, was ich tue, nur weil ich was das betrifft so standhaft bleibe.“

Ich setze mich auf, krabble zu ihm hinüber und küsse seine Schulter. „Es scheint, als hätte ich einen wirklich netten Typen pseudo-geheiratet.“

Er lacht, steht aber auf und entfernt sich wieder von mir. Ich spüre, dass er Abstand braucht, und das verursacht ein unangenehmes Ziehen zwischen meinen Rippen.

Da ist er: Der Augenblick, in dem ich gehen sollte.

Er schlüpft in seine Unterhose an und lehnt sich gegen die Schranktür, sieht zu, wie ich mich ankleide. Ich ziehe mir das Höschen über die Beine, es ist noch feucht von mir, auch von seinem Mund, allerdings fühlt sich die Nässe jetzt kalt an. Deswegen lasse ich es wieder zu Boden fallen, ziehe meinen BH und mein Baumwollkleid an und schlüpfe in meine Flipflops.

Wortlos reicht Ansel mir sein Handy, und ich schreibe mir selbst eine SMS, so dass er jetzt meine Nummer hat. Als ich es ihm zurückgebe, stehen wir da, sehen uns für ein paar schmerzhafte Momente an, sonst nichts.

Ich greife nach meiner Tasche, nehme mir ein Kaugummi heraus, aber er kommt rasch zu mir herüber, streicht mit den Händen meinen Hals entlang, umfasst mein Gesicht. „Nicht." Er saugt an meinem Mund auf die Art, wie er es so gern zu tun scheint. „Du schmeckst wie ich. Ich schmecke wie du." Er beugt sich vor, leckt meine Zunge, meine Lippen, meine Zähne. „Ich mag das so sehr. Lass es noch ein bisschen so."

Sein Mund wandert weiter nach unten, meinen Hals hinunter, knabbert an meinem Schlüsselbein bis hinunter zu der Stelle, wo meine Nippel sich gegen das Kleid pressen. Er saugt und leckt, nimmt sie in den Mund, bis der Stoff klitschnass ist. Der Stoff ist schwarz, weshalb niemand außer uns davon wissen wird, aber ich spüre den kühlen Druck von Ansels Kuss selbst dann noch, als ich aus dem Raum gehe.

Am liebsten würde ich ihn wieder zurück ins Bett zerren.

Doch er richtet sich auf, mustert einen Moment lang mein Gesicht. „Bleib anständig, *cerise*."

Erst jetzt geht mir durch den Kopf, dass wir verheiratet sind und ich meinen Ehemann betrügen würde, wenn ich in diesem Sommer mit einem anderen Mann ins Bett ginge. Der Gedanke, dass eine andere Frau diesen Mann kriegen könnte, bringt etwas in meinem Bauch zum Brodeln. Nein, dieser Gedanke gefällt mir kein bisschen. Als ich ihm ins Gesicht blicke und etwas in seinen Augen aufblitzen sehe, frage ich mich, ob es ihm genauso geht.

„Du auch", sage ich ihm.

SECHS

Was der Ausdruck „weiche Knie" bedeutet, das weiß ich jetzt hundert pro: Ich fürchte mich davor, aus meinem Wagen auszusteigen und meine Beine benutzen zu müssen. Vor Ansel bin ich mir drei anderen Typen zusammen gewesen, aber selbst mit Luke war Sex nie so gewesen. Sex, bei dem es so völlig offen und ehrlich zugeht, dass ich selbst danach, wenn es vorbei ist – und die Hitze verschwunden und Ansel fort ist –, weiß, dass ich ihn hätte *alles* mit mir anstellen lassen.

Könnte ich mich doch nur besser an unsere Nacht in Vegas erinnern! Wir sind damals stundenlang zusammen gewesen, im Gegensatz zu den armseligen paar Minuten heute Abend. Denn irgendwie weiß ich, dass es sogar *noch* ehrlicher und freier und bedingungsloser gewesen ist als dieses Mal.

Das schwere *Klonk*, als meine Autotür zuschlägt, hallt durch unsere ruhige Vorstadtstraße. In unserem Haus brennt kein Licht, aber es ist zu früh am Abend, als dass sie alle schon im Bett sein könnten. Bei dem warmen Sommerwetter ist eher anzunehmen, dass sich meine Familie im Garten befindet und noch beim Essen sitzt.

Aber als ich drinnen bin, höre ich nichts. Es ist totenstill und überall dunkel: im Wohnzimmer, im Familienzimmer, in der Küche. Leise tappe ich über die spanischen Fliesen im Badezimmer, im Flur werden meine Schritte dann von dem flauschigen Teppich gedämpft. Aus irgendeinem Grund gehe ich in jeden einzelnen Raum … und finde niemanden. In den Jahren, als ich zum College ging und auch dort wohnte – erst vor ein paar Tagen habe ich meine Sachen wieder in mein altes Kinderzimmer getragen – war ich nicht ein einziges Mal allein im Haus, und diese Erkenntnis trifft mich so heftig, als hätte ich einen Schlag bekommen. Irgendjemand ist immer da, wenn ich es bin: meine Mutter, mein Vater, einer meiner Brüder. Wie *merkwürdig* das ist. Plötzlich habe ich Ruhe. Es fühlt sich an wie eine Gnadenfrist. Dank dieser neugewonnenen Freiheit bin ich wie elektrisiert.

Ich könnte gehen, ohne mich mit meinem Vater streiten zu müssen.

Ich könnte gehen, ohne etwas erklären zu müssen.

Mit einem Mal bin ich mir sicher, dass ich genau das will. Ich renne in mein Zimmer, krame meinen Ausweis hervor, reiße mir das Kleid vom Leib und ziehe saubere Klamotten an, bevor ich den größten Koffer aus dem Flurschrank anschleppe. Ich quetsche alles rein, was ich in meinem Kleiderschrank finde, und räume dann meine Ablage im Badezimmer ab, indem ich mit einer Armbewegung alles in meinen Kulturbeutel schiebe. Der schwere Koffer poltert die Treppenstufen hinter mir herunter, kippt im Flur um, als ich meiner Familie rasch eine Nachricht schreibe. Die Lügen purzeln nur so hervor, und ich versuche, nicht zu viel zu sagen, nicht vollkommen hysterisch zu klingen.

Ich habe die Möglichkeit, für ein paar Wochen nach Frankreich zu gehen! Inklusive einem Gratisflug. Ich werde bei einer Freundin von Harlows Vater wohnen. Sie hat dort ein kleines Geschäft. Ich erzähle euch später mehr, aber es geht mir gut. Ich rufe euch an.
Alles Liebe
Mia

Ich habe meine Familie noch nie angelogen – oder sonst jemanden –, aber in diesem Moment ist mir das egal. Jetzt, wo der Gedanke in meinem Kopf ist, verursacht die Vorstellung, nicht nach Frankreich zu gehen, eine totale Panik in mir – weil es bedeuten würde, noch mehrere Wochen *hier* zu bleiben. Es würde bedeuten, weiterhin wie unter einer düsteren Wolke zu leben und mich von meinem schwachsinnigen Vater kontrollieren zu lassen. Und es würde zudem bedeuten, nach Boston zu ziehen und ein Leben zu beginnen, von dem ich mir nicht sicher bin, ob ich es will.

Und es wäre möglich, dass ich Ansel dann nie wieder sehen würde.

Ein Blick auf die Uhr zeigt mir, dass der Flug in vierzig Minuten geht.

Ich trage meinen Koffer zum Wagen, werfe ihn hinten rein, laufe zur Fahrerseite und schicke Harlow eine SMS: *Was immer mein Dad wegen Frankreich fragt, sag einfach Ja.*

Nur drei Blocks von meinem Elternhaus entfernt höre ich mein Handy auf dem Beifahrersitz summen, zweifellos ihre Antwort – Harlow legt ihr Telefon nur selten aus der Hand –, aber ich kann jetzt nicht nachgucken. Ich weiß eh, was ich sehen werde, und ich bin mir nicht sicher, wann mein Verstand sich genügend beruhigt haben wird, um ihr „Was???" zu beantworten.

Und ihr WAS ZUM TEUFEL MACHST DU?

Und ihr RUF MICH VERDAMMT NOCHMAL SOFORT AN, MIA HOLLAND!

Stattdessen parke ich also den Wagen – ganz optimistisch auf dem Langzeitparkplatz – und zerre meinen Koffer zum Terminal. Ich checke ein, flehe dabei die Frau am Ticketschalter stumm an, sich etwas zu beeilen.

„Sie sind ziemlich spät dran", sagt sie mit einem kritischen Stirnrunzeln. „Gate vierundvierzig."

Ich nicke, klopfe nervös mit der Hand auf den Schalter und sprinte los, sobald sie mir das ordentlich in einem Umschlag gesteckte Ticket überreicht hat. An der Sicherheitskontrolle ist Dienstagabends nichts los, aber kaum bin ich durch, erwartet mich der lange Flur zum Gate am anderen Ende der Halle. Ich renne zu schnell, um mir Sorgen wegen Ansels Reaktion zu machen, aber das Adrenalin reicht nicht aus, um den Protest meines dauerhaft schwachen Oberschenkelknochens auszublenden.

Am Gate wird unser Flug bereits zum Boarding ausgerufen, und einen panischen Moment lang denke ich, dass er vielleicht schon eingestiegen ist, weil ich ihn nicht in der Schlange finden kann. Hektisch suche ich nach ihm, und es ist ein schreckliches, beängstigendes Gefühl, jetzt, wo ich hier bin, um ihm zu sagen, dass ich meine Meinung geändert habe und mit nach Frankreich kommen will, um …

… mit ihm zu leben …

… ihm zu vertrauen …

… mit ihm zusammen zu sein …

… erfordert eine Art Mut, von der ich mir nicht sicher bin, ob ich sie überhaupt außerhalb des Hotelzimmers habe, wo alles nur ein zeitlich begrenztes Spiel ist, oder in einer Bar, wo der Alkohol mich die perfekte Rolle finden lässt, die ich die ganze Nacht über spielen kann. Schon möglich, dass ich im Kopf durchrechne, wie gefährlich es sein könnte, während der nächsten Wochen durchgehend betrunken zu sein.

Eine warme Hand legt sich auf meine Schulter, und ich drehe mich um, starre hoch in Ansels große grüne Augen. Er wirkt verwirrt. Sein Mund öffnet und schließt sich ein paar Mal, bevor er den Kopf schüttelt, als ob er so besser einen klaren Gedanken fassen könnte.

„Haben sie dich herkommen lassen, um Tschüss zu sagen?", fragt er und scheint die Worte auszuprobieren, so als spräche er zum ersten Mal. Doch dann sieht er genauer hin: Ich trage jetzt eine weiße Jeans, ein blaues Tanktop und einen grünen Kapuzenpulli. Über meiner Schulter hängt mein Handgepäck, ich bin völlig außer Atem, und meinen Gesichtsausdruck kann man vermutlich nur als absolut panisch bezeichnen.

„Ich hab meine Meinung geändert." Während ich seine Reaktion beobachte, zupfe ich meine Tasche auf meiner Schulter zurecht. Sein Lächeln kommt zu langsam, um mich sofort zu beruhigen.

Aber zumindest *ist* es ein Lächeln, und es scheint echt zu sein. Dann verwirrt er mich noch mehr, indem er sagt: „Ich schätze, dann kann ich mich jetzt wohl nicht breitmachen und auf deinem Sitz schlafen."

Was soll ich darauf bloß antworten? Also grinse ich nur verlegen und sehe auf meine Füße. Der Mann am Schalter ruft einen weiteren Bereich zum Boarding auf, und dabei quietscht das Mikrofon kurz, so dass wir beide zusammenzucken.

Und dann scheint die ganze Welt vollkommen still zu werden.

„Scheiße", flüsterte ich und sehe zurück in die Richtung, aus der ich gekommen bin. Es ist zu hell, zu laut, zu weit weg von

Vegas oder dem schützenden Kokon seines Hotelzimmers in San Diego.

Was zum Teufel mache ich hier bloß?

„Ich muss nicht mitkommen. Ich …"

„Schsch." Er tritt näher an mich heran, beugt sich vor, um mich auf die Wange zu küssen. „Es tut mir leid", sagt er vorsichtig und wandert mit dem Mund zur anderen Wange. „Ich bin plötzlich ganz schön nervös. Der Spruch gerade sollte ein Witz sein und ich bin froh, dass du hier bist."

Als er mir eine Hand auf den Rücken legt, drehe ich mich um und atme ruhig aus, doch ich fühle mich wie in einem Vakuum, es ist, als ob wir aus dem ohnehin schon zu hellen Rampenlicht in das noch gleißendere Licht der Wirklichkeit getreten wären. Es erdrückt mich, erstickt mich. Meine Füße fühlen sich an, als wären sie aus Zement, während ich dem Mann am Schalter mit einem nervösen Lächeln mein Ticket reiche, bevor ich die Gangway betrete.

In schwach erleuchteten Bars, bei verspielten Flirts, und in sauberen, frischen Laken von Hotelzimmern, kennen wir uns aus. Wir wissen, dass wir vielfältige Möglichkeiten haben, kennen den verführerischen Sog einer Idee, erleben Abenteuer in unserer Fantasie.

Wenn du dich aber für das Abenteuer entscheidest, dann wird es Wirklichkeit.

Auf der Gangway erklingt ein merkwürdiges Dröhnen, von dem ich weiß, dass es über Stunden in meinem Kopf bleiben wird. Ansel geht hinter mir, und ich frage mich, ob meine Jeans zu eng ist, mein Haar zu wirr. Ich spüre, wie er mich beobachtet, mich vielleicht begutachtet – jetzt, wo ich Teil seines wirklichen Lebens werde –, die Entscheidung vielleicht nochmal überdenkt. In Wahrheit ist nichts romantisch daran, ein Flugzeug zu betreten, fünfzehn Stunden lang mit einem eigentlich Fremden zu fliegen. Es ist die *Idee*, die aufregend ist. An überbeleuchteten Flughäfen oder beengten Fliegern ist nicht Aufregendes oder Glamouröses.

Wir verstauen unsere Taschen und nehmen unsere Plätze ein. Ich bin in der Mitte, Ansel am Gang, und auf dem Fensterplatz

sitzt ein älterer Mann, der Zeitung liest und dessen Ellbogen hart gegen mich drücken, ohne dass er es merkt.

Ansel zurrt seinen Gurt fest und lockert ihn wieder, bevor er über uns das Gebläse anmacht. Er richtet es erst auf sich selbst, dann auf mich, dann wieder auf sich selbst, bevor er es ausstellt. Er knipst ein Licht an, legt die Hände in den Schoß. Ruhelos. Dann schließt er die Augen, und ich zähle, wie er zehn tiefe Atemzüge nimmt.

Oh Scheiße. Er hat Flugangst.

Ich bin die schlechteste Begleitung, die man sich vorstellen kann, weil ich nicht einfach drauflosplappern kann, nicht mal in Augenblicken wie diesen, wenn ein paar entspannte, beruhigende Worte von Nöten wären. Ich werde panisch – und meine Reaktion auf Panik ist es, vollkommen zu erstarren. Das passiert immer, wenn ich in eine mir unbekannte Situation gerate. Ich fühle mich wie die Maus auf dem Feld, über der ein Adler kreist. Mit einem Mal ist es urkomisch, dass ich beschlossen habe, das hier zu tun.

Ansagen werden gemacht, auf Katastrophen vorbereitet, und dann hebt der Flieger ab, steigt immer höher in den Nachthimmel. Ich nehme Ansels Hand – das ist das Mindeste, was ich tun kann –, und er umklammert sie fest.

Oh Gott, ich will das besser hinkriegen.

Fünf Minuten später lockert sich sein Griff, und dann rutscht seine Hand aus meiner, er ist schlaftrunken. Wenn ich ihm etwas mehr Aufmerksamkeit geschenkt hätte – oder wenn ich ihn mehr zu Wort hätte kommen lassen in unserer ersten Nacht –, wäre er vielleicht in der Lage gewesen, mir zu sagen, wie sehr er das Fliegen hasst. Vielleicht wäre er dann sogar in der Lage gewesen zu sagen, dass er etwas genommen hat, um schlafen zu können.

Die Kabinenlichter gehen langsam aus, und beide Männer neben mir befinden sich im Tiefschlaf. Mein Körper hingegen scheint unfähig zu sein, sich zu entspannen. Es fühlt sich nicht normal an, so aufgedreht zu sein, sondern ein bisschen, als hätte ich Fieber. Ruhelos winde ich mich, fühle mich unwohl in mei-

ner eigenen Haut und kann einfach keine bequeme Sitzposition finden.

Ich ziehe das Buch hervor, das ich ohne hinzusehen in meine Tasche gestopft habe; dummerweise sind es die Memoiren einer berühmten weiblichen CEO – ein Geschenk meines Vaters zum Collegeabschluss. Allein das Cover – ein Foto von ihr, wie sie in einem vernünftigen Anzug vor einem kräftig-blauen Hintergrund steht – ist nicht gerade hilfreich, um meinen übersäuerten Magen zu beruhigen. Stattdessen lese ich jedes einzelne Wort der Sicherheitsinstruktionen, das *SkyMall*-Magazin in der Sitztasche vor mir und blättere die Zeitschrift der Fluggesellschaft durch, die ich Ansel aus der Tasche gemopst habe.

Mir geht es immer noch beschissen.

Ich ziehe die Beine hoch, drücke meine Stirn gegen meine Knie, drehe die Belüftung voll auf. Ich versuche, tief durchzuatmen, aber nichts scheint zu helfen. Ich hab noch nie eine Panikattacke gehabt, weshalb ich nicht weiß, wie sich das anfühlt, aber ich glaube nicht, dass das hier eine ist.

Ich hoffe, dass es keine ist.

Erst als die Stewardess mir eine Speisekarte reicht und sich mir bei beiden Optionen – Lachs oder Tortellini – der Magen umdreht, wird mir klar, dass mir nicht nur die Nerven gerade einen Streich spielen. Es ist auch nicht das erneute Sichaufbäumen meines verkaterten Kopfs; es ist etwas anderes. Meine Haut ist heiß und überempfindlich. Mir ist schwindlig.

Das Essen wird in die Kabine gerollt, und der Geruch nach Lachs und Kartoffeln und Spinat ist so durchdringend, dass ich nach Luft ringe, mich in meinem Sitz strecke, um näher an dem dünnen Strom kalter Luft zu sein. Es reicht nicht. Ich will auf die Toilette flüchten, weiß aber sofort, dass ich es nicht bis dahin schaffen werde. Ich versuche, Ansel zu wecken, suche aber gleichzeitig bereits hektisch in der Sitztasche vor mir nach dem Spuckbeutel – und kann ihn gerade noch öffnen, bevor ich mich vorbeuge und heftig übergebe.

Schlimmer als jetzt gerade kann es nicht mehr werden, dessen bin ich mir sicher. Mein Körper hat das Kommando übernom-

men, und egal, wie sehr mein Verstand ihn anfleht, ruhig zu sein und sich wie eine anständige Dame zu übergeben – leise, verdammt nochmal – er tut es nicht. Ich stöhne auf, spüre, wie eine weitere Welle mich überrollt. Ansel schreckt aus dem Schlaf, drückt mir eine Hand auf den Rücken, und sein scharfes „Oh, nein!" bringt meine Blamage erst richtig ans Licht.

Ich kann wirklich nicht zulassen, dass er mich so sieht.

Noch bevor er Zeit hat, von seinem Sitz aufzustehen, drücke ich mich aus meinem hoch und falle geradezu auf den Gang. Ich fange mir Blicke von den anderen Passagieren ein: geschockt, mitleidig, angewidert ... Dabei sollten sie einfach nur froh sein, dass es mir gelungen ist, meine Spucktüte festzuhalten, während ich mich in den Gang geschmissen habe. Auch wenn ich mich irre aufs Gehen konzentrieren muss, während ich in Richtung Toilette stolpere, erwidere ich zumindest in Gedanken wütend ihre Blicke. Ist ihnen schon mal in einem Flieger mit fünfhundert Leuten, inklusive dem neuen wildfremden Ehemann, schlecht geworden? Nein? Dann sollten sie einfach die Klappe halten.

Zum Glück gibt es ein paar Sitzreihen weiter eine – freie – Toilette, und ich drücke die Tür auf, lasse mich geradezu hineinfallen. Ich werfe den Beutel in den kleinen Mülleimer und knie mich auf den Boden, beuge mich übers Klo. Kalte Luft bläst mir ins Gesicht, und die dunkelblaue Flüssigkeit in der Schüssel reicht aus, um mich erneut würgen zu lassen. Welchen Virus auch immer ich mir eingefangen habe, er schießt durch mich hindurch wie ein Schnellzug auf Kollisionskurs.

Es gibt Augenblicke im Leben, in denen ich mich frage, ob es noch schlimmer kommen kann. Ich bin in einem Flugzeug, mit meinem neuen Ehemann, dessen Enthusiasmus für die ganze Sache nachzulassen scheint, und just in diesem intensiven Moment des Selbstmitleids bemerke ich – mit absolutem Horror –, dass ich gerade auch noch meine Tage bekommen habe.

Ich sehe auf meine weiße Jeans hinunter und unterdrücke ein Schluchzen, als ich nach etwas Klopapier greife, es zusammenfalte und in mein Höschen stopfe. Ich stemme mich hoch, bis ich stehe. Meine Hände zittern und fühlen sich schwach an, als

ich mir den Kapuzenpulli ausziehe und um meine Taille binde. Ich klatsche mir etwas Wasser ins Gesicht, putze mir mit dem Finger die Zähne und würge dabei fast, mein Magen grummelt bedrohlich.

Was für ein Albtraum.

Ein leises Klopfen an der Tür, gefolgt von Ansels Stimme. „Mia? Bist du okay?"

Ich lehne mich gegen den winzigen Waschtisch, während wir durch eine kleine Reihe an Turbulenzen steuern, und der Effekt auf meinen Körper ist enorm. Ich werde beinahe ohnmächtig von dem Gefühl, wie mein Magen immer wieder hinuntersackt. Nach einem Moment öffne ich die Tür. „Mir geht es gut."

Natürlich geht es mir *nicht* gut. Ich bin vollkommen außer mir, und wenn es möglich wäre, das Flugzeug zu verlassen, indem ich durch dieses Klo krieche, würde ich es versuchen.

Er sieht besorgt aus … und wie unter Drogeneinfluss. Seine Augenlider sind schwer, er blinzelt langsam. Ich weiß nicht, welches Medikament er genommen hat, aber er hat nur eine Stunde lang geschlafen, und wankt ein bisschen so, als könnte er gleich umkippen. „Kann ich dir irgendwas bringen?" Sein Akzent ist ausgeprägter als sonst, seine Worte schwerer zu verstehen.

„Nur, wenn du eine Apotheke mit dir herumträgst."

Er runzelt die Stirn. „Ich habe Ibuprofen dabei, glaube ich."

„Nein", sage ich und schließe einen Moment lang die Augen. „Ich brauche … Frauensachen."

Ansel blinzelt wieder langsam, vor Verwirrung runzelt er die Stirn noch stärker. Aber dann scheint er zu verstehen und reißt die Augen auf. „Hast du dich deshalb übergeben?"

Bei seinem Gesichtsausdruck muss ich beinahe lachen. Die Vorstellung, dass ich nicht nur jeden Monat meine Periode ertragen, sondern mich dabei auch noch übergeben muss, scheint ihn zu erschüttern.

„Nein", sage ich und spüre, dass mein Arm anfängt zu zittern, so viel Kraft kostet es mich, zu stehen. „Das ist nur ein glamouröser Zufall."

„Du hast nicht … irgendwas dabei? In deiner Handtasche?"

Ich stoße den vermutlich schwersten Seufzer aus, den die Menschheit je gehört hat.

„Nein", sage ich. „Ich war ein bisschen … abgelenkt."

Er nickt, reibt sich das Gesicht, und als er die Hand wegnimmt, sieht er schon etwas wacher aus – und entschlossen. „Bleib hier."

Ich schließe die Tür mit einem Klick, höre, wie er die Stewardess ruft, und sinke auf den Toilettendeckel nieder, stütze die Ellbogen auf meinen Knien ab und meinen Kopf in meinen Händen, während ich ihm durch die Tür lausche.

„Es tut mir leid, Sie behelligen zu müssen, aber meine Frau …", sagt er und hält inne. Bei dem letzten Wort beginnt mein Herz zu hämmern. „Wissen Sie, diejenige der grade schlecht geworden ist? Sie hat ihre … Regel bekommen? Und ich frage mich, ob Sie vielleicht … so etwas aufbewahren oder einfach so da haben? Verstehen Sie, das ist alles etwas schnell gegangen, und sie hat in aller Eile gepackt, und davor waren wir in Vegas. Ich habe keine Ahnung, warum sie mit mir mitgekommen ist, aber ich will das wirklich, *wirklich* nicht vermasseln. Und jetzt braucht sie etwas. Kann sie sich, äh …", stottert er und sagt dann schließlich einfach *„quelque chose* leihen?"

Ich halte mir die Hand vor den Mund, als er weiter rumfaselt, und würde in diesem Moment alles dafür geben, um den Gesichtsausdruck der Stewardess auf der anderen Seite der Tür zu sehen. „Ich meine, benutzen", fährt er fort. „Nicht leihen, denn ich denke, bei solchen Sachen geht das nicht."

Ich höre eine Frau fragen: „Wissen Sie, ob Sie Tampons braucht oder Binden?"

Oh Gott. Oh Gott. Das ist doch wohl nicht wahr.

„Ähm …" Ich höre ihn seufzen und dann sagen: „Ich habe keine Ahnung, aber ich gebe Ihnen hundert Dollar, wenn wir dieses Gespräch jetzt beenden können und Sie mir beides geben."

Das ist eindeutig das Schlimmste. Es kann nur noch besser werden.

Und trotzdem: Ich kann nicht annähernd beschreiben, wie demütigend es sich anfühlt, in einem Rollstuhl am Zoll vorbei und durch die Gepäckannahme geschoben zu werden … inmitten des Charles-de-Gaulle-Terminals zu sitzen, mit einer Spucktüte vor dem Gesicht, falls ich die zwei Schluck Wasser wieder erbreche, die ich in der letzten Stunde hinunterbekommen habe. Die Welt um mich herum ist viel zu hell und zu hektisch. Die französischen Lautsprecherdurchsagen prasseln wie Maschinengewehrsalven auf mich ein. Nach einer gefühlten Ewigkeit kehrt Ansel mit unserem Gepäck zurück, und seine erste Frage ist, ob ich mich nochmal übergeben habe.

Ich sage ihm, er soll mich einfach in einen Flieger zurück nach Kalifornien setzen.

Ich *glaube*, er lacht und sagt Nein.

Er hievt mich auf die Rückbank eines Taxis, klettert dann hinterher und lässt einen Schwall Französisch auf den Fahrer los. Er spricht so schnell, dass ihn auf keinen Fall irgendjemand verstehen kann, aber der Fahrer scheint es zu tun. Wir brausen in einem Tempo davon, das mir unwirklich vorkommt. Die Fahrt vom Flughafengelände besteht aus abruptem Anhalten, Losfahren, Beschleunigen und Ausweichen.

Und als wir erst mal mitten in der Stadt sind und die Gebäude sich in die Lüfte erheben und hoch über schmalen, kurvigen Straßen thronen, wird es noch viel grauenhafter. Der Taxifahrer scheint nicht mehr zu wissen, wo sich das Bremspedal befindet, aber dafür kennt er seine Hupe umso besser. Ich klammere mich an Ansel fest, versuche das, was noch in meinem Magen verblieben ist, daran zu hindern, meine Kehle hinaufzuwandern. Mit Sicherheit gibt es eine Million Dinge vor dem Fenster, die ich gern sehen würde – die Stadt, die Architektur, das kräftige Grün, das ich durch das in den Wagen scheinende Licht geradezu spüren kann –, aber ich schlottere am ganzen Körper, bin total verschwitzt und kaum noch bei Bewusstsein.

„Fährt er ein Taxi oder spielt er ein Videospiel?“, murmle ich kaum verständlich.

Ansel lacht leise in mein Haar und flüstert: „*Ma beauté.*"

Urplötzlich hört die Welt auf zu wogen und zu ruckeln, und ich werde vom Sitz gezogen, fühle starke Arme, die sich unter meine Kniekehlen, meinen Rücken und unter meinen Arm schieben und mich hochheben.

Ansel trägt mich leichtfüßig in ein Gebäude und direkt in einen kleinen Fahrstuhl. Dann wartet er, bis der Taxifahrer unsere Koffer hinterhergetragen und neben uns abgestellt hat. Ich spüre Ansels Atem an meiner Schläfe, höre am Schnurren des Liftantriebs, dass er uns höher und höher bringt.

Ich schmiege mich an ihn, meine Nase in der weichen, warmen Haut seines Halses verborgen, genieße seinen Duft. Er riecht nach Mann und Ginger Ale und ein kleines bisschen nach den Überresten der Seife vor so vielen Stunden, als er sich im Hotelzimmer von mir sauber gewaschen hat.

Plötzlich kommt mir eine schreckliche Erkenntnis: *Mein* gegenwärtiger Geruch muss *widerlich* sein.

„Es tut mir leid", flüstere ich, drehe meinen Kopf weg und versuche, auf Abstand zu gehen, aber er drückt mich an sich. „Schsch", flüstert er in mein Haar.

Er kramt nach seinem Schlüssel in der Hosentasche, während er mich noch immer trägt. Kaum sind wir drinnen, stellt er mich auf meine Füße, und erst jetzt scheint mein Körper die Erlaubnis zu bekommen, auf die Taxifahrt zu reagieren: Ich drehe mich um, falle auf die Knie und kotze alles an Wasser, was ich im Magen gehabt habe, in den Schirmständer neben der Tür.

Ehrlich, entwürdigender kann es nicht mehr werden.

Hinter mir höre ich, dass Ansel sich schwer gegen die Tür sinken lässt, bevor er zu Boden rutscht und seine Stirn gegen meinen Rücken drückt, genau zwischen meine Schulterblätter. Er bebt stumm vor Lachen.

„Oh mein Gott", stöhne ich. „Das ist der schlimmste Moment seit Menschengedenken." Denn das ist es. Wer hätte gedacht, dass meine Schande ins Unermessliche wachsen kann.

„Du armes Mädchen", sagt er und küsst mich auf den Rücken. „Dir muss schrecklich zumute sein."

Ich nicke und versuche – vergeblich – den Ständer mitzunehmen, als Ansel mich packt und hochzieht.

„Lass es“, sagt er, immer noch glucksend. „Komm schon, Mia. Ich kümmere mich darum.“

Als er mich auf eine Matratze legt, nehme ich gerade noch das Licht wahr, Ansels Geruch überall. Ich bin zu durcheinander, um Neugierde bezüglich seiner Wohnung zu empfinden, aber ich mache mir eine gedankliche Notiz, mich später umzusehen und mich bewundernd zu äußern – sobald ich nicht mehr sterben will. Ich füge das der gedanklichen To-Do-Liste hinzu, auf der bereits steht, dass ich mich bei ihm zutiefst bedanken und entschuldigen will, um dann in einen Flieger zu steigen und beschämt nach Kalifornien zurückzukehren.

Kurz streichelt er noch meinen Rückens, dann ist er verschwunden. Eine Sekunde später falle ich schon in tiefen Tiefschlaf und habe komplexe, fieberhafte Träume vom Fahren durch dunkle, enge Tunnel.

Neben mir gibt die Matratze an der Stelle nach, wo er sich hinsetzt, und ich schrecke auf, weiß irgendwie, dass er höchstens eine Minute weggewesen ist.

„Entschuldige“, stöhne ich und ziehe meine Knie an meine Brust.

„Nicht nötig.“ Er stellt etwas auf einen Tisch in der Nähe des Kopfkissens. „Ich hab dir etwas Wasser gebracht. Nähere dich ihm mit Vorsicht.“ An seiner Stimme kann ich hören, dass er lächelt, aber sich nicht über mich lustig machen will.

„So hast du dir unsere erste Nacht hier sicher nicht vorgestellt.“

Seine Hand streicht beruhigend über mein Haar. „Du auch nicht.“

„Vermutlich bin ich der unattraktivste Mensch, den du je gesehen hast“, plappere ich und genieße den beruhigenden, frischen Ansel-Duft des Kopfkissens.

„Der unattraktivste?“, wiederholt er lachend. „Vergiss nicht, dass ich mit ziemlich verschwitzten, dreckigen Leuten durch die USA geradelt bin.“

„Ja, aber du wolltest mit ihnen ja auch niemals Sex haben."

Seine Hand hält dort, wo sie sanft meinen Rücken gerieben hat, inne, und mir wird klar, was ich gerade gesagt habe. So wie wir die letzten fünfzehn Stunden verbracht haben, wäre es einfach lächerlich anzunehmen, dass er mich jemals wieder auf sinnliche Art und Weise berühren will.

„Schlaf jetzt, Mia."

Als ich am nächsten Morgen aufwache, ist es hell und keine Ahnung wie spät. Draußen höre ich Vögel und Stimmen und Lastwagen. Ich rieche Brot und Kaffee und mein Magen zieht sich zusammen, protestiert rasch, dass ich noch nicht wieder bereit bin für Essen. Und sobald ich mich an den gestrigen Tag erinnere, überrollt mich eine heiße Welle; ob der Scham oder des Fiebers, vermag ich nicht zu sagen. Ich strample die Laken von mir und sehe, dass ich eins seiner T-Shirts und meine Unterwäsche anhabe.

Und dann höre ich Ansel im anderen Zimmer Englisch sprechen. „Sie schläft", sagt er. „Sie ist ziemlich krank gewesen, gestern."

Ich setze mich bei diesen Worten auf, aber ich bin durstiger, als ich es je im Leben gewesen bin. Ich nehme mir das Glas Wasser, das auf dem Nachttisch steht, hebe es an meine Lippen und trinke es in vier großen, dankbaren Zügen aus.

„Natürlich", sagt er, jetzt dichter. Er steht direkt hinter der Tür. „Einen Moment."

Seine Füße tappen leise in den Raum, und als er sieht, dass ich wach bin, wird in seinem Gesicht erst Erleichterung, dann Unsicherheit, dann Bedauern sichtbar. „Sie ist sogar schon wach", sagt er ins Telefon. „Hier ist sie."

Es ist mein Handy, das er mir da reicht, und das Display zeigt mir, dass mein Vater am anderen Ende der Leitung ist. Ansel legt seine Hand kurz über das Telefon und flüstert: „Er hat mindestens zehn Mal angerufen. Ich hab es aufgeladen, also ist der Akku glücklicherweise ... oder auch nicht ... voll", sagt er mit einem entschuldigenden Lächeln.

Meine Brust schmerzt, mein Magen zieht sich vor Schuldgefühlen zusammen. Den Hörer an mein Ohr drückend, bringe ich nur ein „Dad, hallo. Ich …“ hervor, dann unterbricht er mich.

„Welche verdammte Schraube ist denn bei dir locker?“, brüllt er, wartet aber keine Antwort ab. Ich halte den Hörer ein paar Zentimeter von meinem Ohr weg, damit seine laute Stimme nicht mehr so weh tut. „Hast du irgendwelche Drogen genommen? Meint das dieser Ansel, wenn er sagt, dass du krank bist? Ist das dein Dealer?“

„Was?“ Ich blinzle, mein Herz klopft so schnell, dass ich Angst habe, ich könnte gleich irgendeinen Infarkt oder so bekommen. „Dad, *nein*.“

„Wer sonst als ein Junkie fliegt schon ohne Vorwarnung nach Frankreich, Mia? Stellst du gerade was Illegales an?“

„Nein, Dad. Ich –“

„Du bist wirklich unmöglich, Mia Rose. *Unfassbar.* Deine Mutter und ich sind krank geworden vor Sorge, wir haben in den letzten zwei Tagen ununterbrochen angerufen.“ Die Wut in seiner Stimme ist so deutlich zu hören, als stünde er im Nachbarzimmer. Ich kann mir genau vorstellen, wie rot sein Gesicht ist, seine Lippen nass mit Spucke, seine Hand zittert, während sie den Hörer umklammert.

„Du wirst es nie begreifen. Du wirst es *nie* begreifen. Ich hoffe nur, deine Brüder benehmen sich besser, wenn sie in dein Alter kommen.“

Ich schließe den Mund, schließe die Augen, schließe die Gedanken. Ich spüre vage, dass Ansel neben mir auf dem Bett sitzt, mit der Hand beruhigende Kreise auf meinem Rücken malt. Mein Vater hat eine dröhnende, gebieterische Stimme. Selbst wenn ich das Handy flach an mein Ohr drücken würde, könnte Ansel jedes Wort verstehen. Wer weiß, was er alles schon zu Ansel gesagt hat, bevor er mich an die Strippe bekommen hat.

Im Hintergrund höre ich meine Mutter leise flehen – „David, Schatz, nicht.“ – und weiß, dass sie vorsichtig versucht, ihm den Hörer aus der Hand zu nehmen. Und dann ist sie kaum noch

zu hören, ein Murmeln, das von seiner Hand auf dem Hörer abgedämpft wird.

Nicht, Mom. Tu das nicht, nicht für mich. Mich jetzt zu verteidigen ist die Tage des Schweigens nicht wert, auf die weitere Tage der höhnischen, fiesen Beleidigungen folgen.

Dad ist wieder in der Leitung zu hören, seine Stimme klingt hitzig und messerscharf: „Ist dir eigentlich klar, Mia, in was für einem gigantischen Schlamassel du dich befindest? Hast du mich gehört? *Gigantisch.* Wenn du glaubst, ich würde dir nach dem hier bei deinem Umzug nach Boston helfen, dann hast du dich aber geschnitten."

Ich lasse mein Handy auf die Matratze fallen, Dads Stimme dröhnt noch immer durch die Leitung, aber das Wasser, das ich gerade getrunken habe, will nicht unten bleiben. Ansels Badezimmer grenzt direkt ans Schlafzimmer an, und so stolpere ich durch den Raum, falle vor dem Klo auf die Knie, und jetzt muss ich nicht nur die Demütigung ertragen, dass Ansel hört, wie mein Vater mich am Telefon beschimpft, er sieht mich gleichzeitig auch noch kotzen. Wieder einmal.

Ich versuche, mich hochzuziehen, damit ich mir das Gesicht waschen kann, suche blind nach der Taste, um abzuspülen, finde sie nicht, falle erschöpft auf die Seite und lehne mich an den kühlen Kacheln an.

„Mia", sagt Ansel und stützt ein Knie neben mir auf, reibt meinen Arm.

„Ich schlafe hier einfach, bis ich sterbe. Ich bin mir ziemlich sicher, Harlow wird einen ihrer Diener vorbeischicken, um meinen Leichnam abzuholen."

Lachend hebt er mich in eine sitzende Position und zieht mir dann sein T-Shirt aus. „Komm schon, *cerise*", murmelt er und küsst mich direkt hinters Ohr. „Du glühst ja. Lass mich dich unter die Dusche packen, und dann gehen wir zum Arzt. Ich mache mir Sorgen. Um dich."

Die Ärztin ist jünger, als ich erwartet hätte: eine Frau in den Dreißigern, die ungezwungen lächelt, auf beruhigende Weise

kompetent wirkt und einem in die Augen sieht. Während eine Sprechstundenhilfe meinen Blutdruck und meine Körpertemperatur misst, unterhält sich die Ärztin mit Ansel, und vermutlich erklärt er ihr, was mit mir los ist. Ich bekomme nur mit, wenn er meinen Namen sagt, ansonsten muss ich mich darauf verlassen, dass er alles korrekt wiedergibt. Wahrscheinlich sagt er sowas wie: „Der Sex war toll und dann haben wir geheiratet und jetzt ist sie hier! Helfen Sie mir! Sie hört nicht auf, sich zu übergeben, es ist schrecklich unangenehm. Sie heißt MIA HOLLAND. Gibt es einen Service, mit dem wir unberechenbare amerikanische Mädchen zurück in die Staaten schicken? *Merci!*“

Die Ärztin dreht sich zu mir um und stellt mir in gebrochenem Englisch ein paar Fragen: „Was sind die Symptome?“

„Fieber“, antworte ich. „Und ich kann kein Essen drin behalten.“

„Was war Ihre, äh … Temperatur, bevor Sie hierhergekommen sind?“

Ich zucke die Achseln, sehe Ansel an. Er sagt: *„Environ, ah, trente neuf? Trente neuf et demi?“* Ich lache – nicht, weil ich keine Ahnung habe, was er gerade gesagt hat, sondern weil ich keine Ahnung habe, wie hoch meine Temperatur ist.

„Könnte es sein, dass Sie schwanger sind?“

„Ähm“, sage ich, dann lachen Ansel und ich gleichzeitig. „Nein.“

„Wären Sie einverstanden, wenn wir Sie untersuchen und Blut abnehmen?“

„Um zu sehen, ob ich schwanger bin?“

„Nein“, sagt sie mit einem Lächeln. „Für verschiedene Tests.“

Ich erstarre, als sie das sagt, und mein Puls beginnt zu rasen. „Glauben Sie, ich habe etwas, wofür man einen Bluttest braucht?“

Sie schüttelt lächelnd den Kopf. „Entschuldigung, nein, ich glaube, Sie haben einfach einen Virus. Der Bluttest ist … ah …“ Sie sucht einen Augenblick lang nach dem passenden Ausdruck, dann sieht sie Ansel hilfesuchend an. *„Ça n'a aucun rapport?“*

„Davon unabhängig“, übersetzt er. „Ich dachte …“, beginnt er und lächelt dann zur Ärztin hinüber. Ich starre mit offenem Mund diese schüchterne Version von Ansel an. „Ich dachte, da wir bereits hier sind, könnten wir ja die Standardtests machen für … äh … sexuelle –“

„Oh“, murmle ich, als es mir dämmert. „Ja.“

„Ist das okay?“, fragt er. „Sie testet mich ebenfalls.“

Ich bin mir nicht sicher, was mich mehr überrascht: Dass er nervös wirkt, als er meine Antwort abwartet, oder dass er die Ärztin fragt, ob sie uns auf Geschlechtskrankheiten testen kann, für den Fall, dass ich eines Tages aufhöre, mich zu übergeben, und wir dann tatsächlich wieder Sex haben könnten. Ich nicke, wie betäubt, und strecke meinen Arm aus, während die Sprechstundenhilfe einen Gurt herausholt und ihn unterhalb meines Bizeps festzurrt. Mit Sicherheit würde ich an einem anderen Tag, wenn ich nicht gerade die Hälfte meines Körpergewichts ausgespuckt hätte, einen schlauen Spruch auf den Lippen haben. Aber jetzt gerade? Da würde ich ihr vermutlich mein Erstgeborenes versprechen, wenn sie nur dafür sorgen könnte, dass mein Magen sich nur für zehn selige Minuten beruhigen würde.

„Nehmen Sie ein Verhütungsmittel, oder soll ich Ihnen etwas verschreiben?“, fragt die Ärztin und sieht von ihren Unterlagen zu mir auf.

„Die Pille.“ Ich spüre Ansels Blick auf meiner Wange und frage mich, wie es aussieht, wenn eine Haut, die so grün wie meine grade ist, errötet.

SIEBEN

Ich erwache von dem Gefühl, dass jemand vorsichtig seine Lippen auf meine Stirn drückt, und zwinge mich, die Augen zu öffnen.

Der Himmel direkt über mir ist kein Fantasiegebilde, das ich mir die ganze Woche über nur vorgestellt habe. Ansels Schlafzimmer befindet sich im obersten Stockwerk des Gebäudes, und ein Dachfenster über dem Bett lässt die frühe Morgensonne hinein. Sie umhüllt das Fußende, hell, aber noch nicht warm.

Die weiter entfernt liegende Wand reicht bis zu einer Zimmerdecke von mindestens vier Metern, und an der niedrigeren Wand seines Schlafzimmers sind zwei Türen, die hinaus auf einen schmalen Balkon führen und die Ansel geöffnet hat. Eine warme Brise weht durch den Raum, bringt die Geräusche der Straße unten mit sich.

Als ich den Kopf drehe, protestiert mein steifer Hals.

„Hey." Meine Stimme hört sich an wie Schleifpapier, das über Metall gerieben wird.

Als er mich anlächelt, hüpft und flattert etwas in meiner Brust. „Ich bin froh, dass dein Fieber endlich gesunken ist."

Stöhnend bedecke ich mit einer zittrigen Hand meine Augen, als die Erinnerungen an die letzten Tage zurückkehren. Wie ich mich überall übergeben habe, auch auf mich selbst. Wie Ansel mich in die Dusche getragen hat, um mich zu waschen, später, um mich abzukühlen. „Oh mein Gott", murmle ich. „Und die Scham setzt ein."

Während er mich erneut küsst – diesmal auf die Schläfe – lacht er leise. „Ich hab mir Sorgen gemacht. Du bist ganz schön krank gewesen."

„Gibt es irgendeine Oberfläche in deiner Wohnung, die von meiner Kotze verschont geblieben ist?"

Er hebt das Kinn, seine Augen glänzen amüsiert, und er nickt in Richtung einer Ecke. „Da drüben, die Seite des Schlafzimmers ist sauber geblieben."

Ich bedecke wieder mein Gesicht, meine Entschuldigung wird von meinen Händen abgedämpft.

„*Cerise*“, sagt er und berührt mich. Instinktiv zucke ich zurück, weil ich mich so eklig fühle. Ich sehe kurz in seinen Augen etwas aufflackern, merke, dass er verletzt ist und möchte es sofort wiedergutmachen. Aber da ist nichts mehr und ich bin mir überhaupt nicht mehr sicher, ob ich es mir nicht eingebildet habe. „Ich muss heute arbeiten gehen“, sagt er. „Bevor ich gehe, will ich etwas erklären.“

„Okay.“ Das lässt nichts Gutes erahnen, weshalb ich mir die Zeit nehme, um ihn genauer zu betrachten, auch unterhalb seines Gesichts. Er trägt ein Hemd. Nachdem ich rasch ein paar Möglichkeiten durchgegangen bin, begreife ich, dass er das Gefühl hat, etwas erklären zu müssen, weil heute *Samstag* ist.

„Als ich am Donnerstag ins Büro geeilt bin, um ein paar Unterlagen für Zuhause zusammenzusuchen, hat die Senior-Partnerin, für die ich hauptsächlich arbeite, meinen Ehering gesehen. Sie war … nicht gerade begeistert.“

Mir rutscht das Herz in die Magengrube, und in diesem Moment trifft mich die Realität dessen, was wir da tun, wie eine gigantische Welle. Ja, er hat mich hierher eingeladen – aber ich bin frontal in sein Leben gebrettert. Einmal mehr werde ich daran erinnert, wie wenig ich über ihn weiß. „Seid ihr zwei … liiert?“

Er erstarrt, sieht leicht entsetzt aus. „Oh, nein. Gott, nein.“ Seine grünen Augen werden ganz schmal, als er mich mustert. „Glaubst du, ich hätte mit dir geschlafen, dich geheiratet und hierher *eingeladen*, wenn ich eine Freundin hätte?“

Mein Lachen hört sich mehr wie ein Husten an. „Vermutlich nicht, entschuldige.“

„In den letzten Monaten bin ich ihr kleiner Sklavenjunge gewesen“, erklärt er. „Und jetzt, wo ich verheiratet bin, befürchtet sie, dass ich mein Augenmerk nicht mehr allein auf die Arbeit richten werde.“

Ich verziehe das Gesicht. Was wir getan haben, war übereilt. So was von bescheuert. Nicht nur, dass er jetzt verheiratet ist – bald ist er auch noch geschieden. Warum hat er nicht versucht,

sein Malheur auf der Arbeit zu verbergen? Ob er wohl irgendwas mal *vorsichtig* anging? „Du musst wegen mir nicht dein Arbeitspensum verringern."

Ansel schüttelt bereits den Kopf. „Ich muss nur dieses Wochenende arbeiten. Das wird schon in Ordnung gehen. Sie wird darüber hinwegkommen. Ich glaube, sie hat sich einfach daran gewöhnt, dass ich ins Büro komme, wann immer sie es will."

Mit Sicherheit hat sie das. Ich spüre, wie ich noch stärker die Stirn runzle, während ich ihn mustere, und ich bin nicht so krank, dass nicht ein heißer Strom der Eifersucht durch meine Adern jagen würde. Jetzt, wo das Sonnenlicht durch das Deckenfenster scheint und die scharfen Kanten seines Kinns und seiner Wangenknochen erhellt, bin ich erneut total benommen davon, wie unglaublich schön sein Gesicht ist.

Er fährt fort: „Ich bin gerade dabei, einen riesigen Fall abzuschließen, und danach kann ich mir meine Zeit besser einteilen. Tut mir leid, dass ich an deinem ersten Wochenende nicht richtig da bin."

Gott, das ist so, *so* schräg.

Ich winke ab, unfähig, mehr zu sagen als: „Das muss dir nicht leid tun." Er hat mich seit meiner Ankunft praktisch durchgehend bedient, und die Demütigung und das Schuldgefühl vereinen sich in meinem Magen zu einem sauren Mix. Soweit ich weiß, hat er genug von mir im schlimmstmöglichen Zustand gesehen, dass er keinen Bock mehr auf das Spiel hat, das wir die ganze Zeit über spielen. Ich wäre kein bisschen überrascht, wenn er mir, sobald ich wieder völlig hergestellt bin, ein paar Hotels vorschlägt, die für den Rest meines Aufenthalts passend sein könnten.

Was für ein schrecklicher Anfang für unser … was immer es ist.

Da die Chancen dafür eventuell nur noch begrenzt sind, begaffe ich ihn, als er aus dem Raum geht, so gut ich kann. Er ist verdammt groß. Schlank, aber durchtrainiert. Anzüge sind für genau solche Art Körper geschaffen. Das hellbraune Haar hat er ordentlich aus dem Gesicht gekämmt, sein gebräunter Nacken

verschwindet unter seinem Hemdkragen. Er sieht nicht mehr wie der lockere, ausgelassene Typ aus, den ich in Vegas getroffen habe; er sieht aus wie ein junger, krasser Anwalt – und ist dabei *noch* schärfer. Wie ist das überhaupt möglich?

Ich stütze mich auf die Ellbogen, wünschte, ich könnte mich deutlicher daran erinnern, wie es sich angefühlt hat, mit meiner Zunge über sein Kinn zu lecken und über seinen Adamsapfel. Ich will mich an ihn erinnern, wie er verstört und verzweifelt ist, verkniffen und verschwitzt, damit ich das Wissen genießen kann, dass die Frauen, die er heute trifft, nur die ordentliche, angezogene Seite von ihm kennenlernen.

Die Hose ist tiefblau, das Hemd strahlendweiß. Er steht vor einem schmalen Spiegel, bindet sich eine hübsche Seidenkrawatte in Blau und Grün um.

„Iss heute was, ja?“, sagt er, streicht mit der Hand glättend über sein Hemd, bevor er sich das blaue Sakko überstreift, das auf einem kleinen Ständer in der Ecke hängt.

Zum ersten Mal will ich so eine Frau sein, die sich auf der Matratze hinkniet, ihn bittet, zum Bett zu kommen, und so tut, als müsste die Krawatte gerichtet werden, bevor sie ihn zurück in die Laken zieht.

Diesem Verführungsplan steht leider im Wege, dass ich schon immer schmal war, mir jetzt aber beinahe wie ein Skelett vorkomme. Meine Beine sind zittrig und schwach, als ich mich aus dem Bett stemme. Nicht sexy. Nicht das kleinste Bisschen. Und bevor ich dusche, bevor ich mich auch nur im Spiegel angucke – und mit Sicherheit, bevor ich versuche, diesen heißen Ehemann/Fremden/Typen-mit-dem-ich-wieder-nackt-sein-möchte zu verführen –, muss ich tatsächlich etwas essen. Ich rieche Brot und Obst und den köstlichen Nektar der Götter: Seit Tagen hab ich keinen Kaffee mehr getrunken.

Ansel kommt wieder zu mir und taxiert von oben bis unten meinen Körper, der bis etwas oberhalb der Knie in einem seiner T-Shirts versteckt ist. Anscheinend habe ich vergessen, einen Schlafanzug einzupacken. Er bestätigt meine Vermutung, dass

ich aussehe wie der Tod auf Latschen, als er sagt: „In der Küche ist was zu Essen."

Nickend klammere ich mich am Revers seines Jacketts fest, er muss unbedingt noch eine Sekunde bleiben. Abgesehen von Ansel kenne ich niemanden hier, und ich hab grade erst so einigermaßen verdaut, dass ich vor vier Tagen in den Flieger gestiegen bin. Mich überkommt eine bizarre Mischung aus Euphorie und Panik. „Das ist die merkwürdigste Situation meines Lebens."

Sein Lachen ist tief, und er beugt sich vor, so dass es an meinem Ohr vorbeipoltert, als er meinen Hals küsst. „Ich weiß. Es ist leicht, es zu tun, schwerer, es durchzuziehen. Aber das ist in Ordnung, okay, Mia?"

Hm. Wenn das mal nicht kryptisch war.

Als ich ihn loslasse, dreht er sich um, um seinen Laptop in eine Umhängetasche aus Leder zu packen. Ich folge ihm hinaus in den Flur, erstarre, als ich sehe, wie er einen Motorradhelm von einem Tisch in der Nähe der Wohnungstür nimmt.

„Du fährst Motorrad?"

Sein Lächeln reicht von einem Ohr bis zum anderen, als er langsam nickt. Ich hab gesehen, wie Autofahrer in dieser Stadt sich benehmen. Weswegen ich mir echt nicht sicher bin, dass er in einem Stück zurückkehren wird.

„Mach nicht so ein Gesicht", sagt er, und seine Lippen, die diese Worte leise geformt haben, verziehen sich zu einem Lächeln, bei dem man das Höschen fallen lassen will. „Wenn du erstmal mit mir gefahren bist, willst du nie wieder in ein Auto einsteigen."

Ich habe noch nie auf einem Motorrad gesessen – hab es nie gewollt –, und ich habe zweirädrigen Vehikeln im Allgemeinen abgeschworen. Aber irgendwas an der Art, wie er das sagt, die Art, wie er gemütlich seinen Helm unter den Arm klemmt und seine Tasche über seine Schulter schlingt, lässt mich denken, dass er vielleicht recht hat. Zwinkernd dreht er sich um und geht. Die Tür schließt sich mit einem leisen, nachlässigen Klick.

Das war's. Ich hab mich tagelang im Nebel einer Grippe befunden, und jetzt, wo es mir besser geht, hat Ansel sich verdünnisiert, und es ist noch nicht mal acht Uhr morgens.

Abgesehen vom Schlafzimmer gibt es einen großen Raum, der sich in Küche, Wohn- und Esszimmer unterteilt. Alles fühlt sich so *europäisch* an. Die Möblierung ist zurückhaltend – eine schwarze Ledercouch, zwei armlehnenlose moderne rote Sessel, ein niedriger Couchtisch. Am anderen Ende des Raums steht ein Esstisch mit vier zueinander passenden Stühlen. An der Wand hängt eine interessante Mischung aus gerahmten Fotografien und farbenfrohen Malereien. Für eine Junggesellenbude ist die Wohnung schon beeindruckend.

Der Raum ist offen, aber nicht sehr groß, und auch hier sind überall schräge Wände. Aber statt der Balkontüren gibt es eine Reihe von Fenstern. Ich gehe zu dem nahegelegensten Fenster, drücke meine Hand gegen das Glas und sehe nach unten. Dort kann ich beobachten, wie Ansel auf ein glänzendes schwarzes Motorrad steigt, seinen Helm aufsetzt, sich auf das Bike setzt und vom Bürgersteig fährt. Selbst aus dieser Perspektive sieht er unglaublich heiß aus. Ich starre ihm hinterher, bis ich ihn in dem Verkehrschaos nicht mehr sehen kann, dann sehe ich zur Seite.

Mir stockt der Atem, und ich schließe die Augen, schwanke ein bisschen. Es liegt nicht an der noch verbliebenden Erinnerung an die furchtbare Übelkeit oder an dem Hunger, dass mir ein bisschen schwindlig ist. Es liegt an der Tatsache, dass ich mich *hier* befinde, und ich kann nicht einfach ein paar Straßen runtergehen und bin dann zuhause. Ich kann nicht einfach den Hörer in die Hand nehmen und mit einem kurzen Anruf bei meiner Familie alles wieder in Ordnung bringen. Ich kann mir nicht eine Wohnung oder einen Job in Boston suchen, während ich in *Paris* wohne.

Ich kann nicht meine besten Freundinnen anrufen.

Hektisch sprinte ich zu meiner Handtasche und wühle nach meinem Handy. Auf dem Bildschirm klebt ein Zettel, auf dem mir Ansel mit seiner ordentlichen Schrift mitteilt, dass er mich auf seine Flatrate für internationale Anrufe gesetzt hat. Das bringt mich tatsächlich zum Lachen – vielleicht fällt es leicht manisch aus, weil ich dermaßen erleichtert bin –, denn das war wirklich der Gedanke, der mein Herz in einem geradezu panischen Modus hat schlagen lassen: Wie rufe ich meine Mädels bloß von

Frankreich aus an? Ich meine, das offenbart meine absurden Prioritäten. Wen kümmert es schon, dass ich kein Französisch spreche, verheiratet bin, auf meine Ersparnisse zurückgreifen muss und mein wildfremder Ehemann ständig zu arbeiten scheint? Zumindest werde ich mein erstgeborenes Kind nicht mit Schulden von unbezahlten Telefonrechnungen belasten.

Ich wandere durch die Wohnung, während am anderen Ende der Leitung Harlows Telefon klingelt, tausende Kilometer entfernt von hier. In der Küche sehe ich, dass Ansel mir Frühstück gemacht hat: frisches Baguette, Butter, Marmelade und Obst. Auf dem Herd steht eine Kaffeekanne. Der Mann ist ein Heiliger! Für die letzten Tage hat er sich wirklich irgendeine großartige Belohnung verdient. Vielleicht Blowjobs und Bier, so viel er will. Da entschuldigt er sich, dass er arbeiten geht, während ich mich eigentlich dafür entschuldigen sollte, dass er meine Kotze wegwischen und mir Tampons kaufen musste.

Die Erinnerung daran ist so grauenhaft, dass ich mich ihm ziemlich sicher nicht mehr nackt zeigen kann, ohne mich sofort übergeben zu müssen.

Das Telefon klingelt und klingelt. Ich überschlage kurz im Kopf, wie spät es in San Diego wohl gerade ist; ich weiß nur, dass es dort ziemlich spät sein muss, wenn hier vormittags ist. Schließlich geht Harlow stöhnend ran.

„Ich hab die peinlichste Story in der Geschichte der peinlichsten Stories“, sage ich zu ihr.

„Es ist dreißig Minuten nach mitten in der Nacht, Mia.“

„Möchtest du von der größten Demütigung meines Lebens hören oder nicht?“

Ich höre, wie sie sich aufsetzt und sich räuspert. „Hast du gerade begriffen, dass du verheiratet bist?“

Ich halte inne, das Gewicht meiner Panik droht mich mit jeder Minute etwas mehr zu erdrücken. „Schlimmer.“

„Und dass du nach Paris geflogen bist, um einen Sommer lang das Sexspielzeug dieses Typens zu sein?“

Schön wär's. Ich lache. „Tja, wir können gern noch darüber diskutieren, was für ein Wahnsinn das ist, aber erst muss ich dir

von der Reise hierher erzählen. Die war so schlimm, dass ich wünschte, jemand würde mir etwas in den Kaffee tun, damit ich es vergesse."

„Du könntest einfach ein bisschen Gin trinken", stichelt sie, und ich lache, bevor sich mir vor Übelkeit der Magen umdreht.

„Ich hab im Flieger meine Tage bekommen", flüstere ich.

„Oh nein!", sagt sie mit sarkastischem Tonfall. „Nicht das."

„Aber ich hatte nichts bei mir, Harlow. Und ich trug eine weiße Jeans. Zu jedem anderen Zeitpunkt würde ich sagen ‚Ja, ich habe regelmäßig meine Tage.' Aber das? Wir haben uns gerade erst kennengelernt, und ich kann mir fünfzehnhundert Gespräche vorstellen, die ich lieber mit einem heißen Halbfremden haben möchte, als ‚Ich habe gerade meine Tage bekommen und ich bin ein Idiot, also lass mich einfach mein Sweatshirt um meine Taille binden, damit es so richtig deutlich wird, was abgeht. Außerdem, da du ein Kerl bist, ist es zwar ziemlich unwahrscheinlich, aber hast du zufällig einen Tampon dabei?'"

Jetzt scheint es bei ihr angekommen zu sein, denn sie bleibt einen Moment lang stumm, bevor sie leise sagt: „Oh."

Ich nicke, und mein Magen zieht sich zusammen, als ich mich durch die restlichen Erinnerungen wühle. „Und um das alles noch zu toppen, hab ich dank einer beschissenen Grippe auch noch alles vollgekotzt."

„Lola hat die auch", sagt sie gähnend.

„Das erklärt so einiges", sage ich. „Ich hab im Flieger gereihert. Beim Aussteigen. Im Terminal ..."

„Bist du in Ordnung?" Ich höre die Sorge in ihrer Stimme und weiß, dass sie ungefähr fünf Minuten davor ist, in einen Flieger zu steigen und zu mir zu eilen.

„Jetzt geht es mir wieder gut", beruhige ich sie. „Aber die Taxifahrt zu seiner Wohnung war ..." Ich schließe die Augen, weil allein bei der Erinnerung daran der Boden unter mir zu schwanken beginnt. „Ich schwöre, der verrückte Broc wäre als Kleinkind ein besserer Fahrer gewesen. Und sobald wir hier waren, hab ich in Ansels Schirmständer gereihert."

Sie scheint den wichtigsten Bestandteil dieser Information verpasst zu haben, denn sie fragt: „Er hat einen Ständer für seinen Regenschirm? Männer haben so was?"

„Vielleicht hat er ihn dahin gestellt, damit seine Gäste reinspucken können", schlage ich vor. „Ich bin seit Dienstagnacht krank gewesen, und mit Sicherheit hat er mich um die siebenhundert Mal kotzen gesehen. Er musste mir in die Dusche helfen. Zwei Mal. Und das nicht gerade in erotischen Zusammenhängen."

„Igitt."

„Yep."

„Übrigens, du kannst mir danken, dass ich dir ein Alibi für deinen Vater verschafft habe", sagt sie, und ich höre geradezu das Gift in ihrer Stimme. „Er hat angerufen, und ich hab alles von deiner kleinen Story bestätigt und währenddessen jedes einzelne Haar aus meiner Dave-Holland-Voodoo-Puppe gerissen. Du bist in Paris und arbeitest als Praktikantin für einen Filmfinanzierungstypen meines Vaters. Aber wenn du nach Hause kommst und dein Vater eine Glatze hat, dann stell dich dumm, ja."

„Argh, das tut mir leid." Bei der Vorstellung, in diesem Moment mit meinem Vater telefonieren zu müssen, wird mir sofort wieder schlecht. „Er hat auch mit Ansel gesprochen. Wobei ‚er hat ihn angeschrien' der passendere Ausdruck wäre. Aber es schien Ansel überhaupt nicht zu beeindrucken."

Sie lacht, und bei dem vertrauten Laut vermisse ich sie so sehr, dass meine Rippen sich schmerzhaft zusammenziehen. „Mia, du musst echt eine Schippe drauflegen, damit die Erotik zurückkehrt."

„Ich weiß. Ich kann mir nicht vorstellen, dass er mich jemals wieder anfassen will. *Ich* will mich nie mehr anfassen. Selbst der riesige batteriebetriebene Hase, den du mir zu meinem einundzwanzigsten Geburtstag als Sexspielzeug geschenkt hast, wird mich vermutlich nie wieder anfassen wollen."

Aber die Stimmung ist dahin, und meine Ängste kehren zurück, dröhnen durch meine Adern, während mein Herz heftig klopft und meine Glieder zittern. Nicht, dass ich gerade meine

Welt auf den Kopf gestellt hätte. Nein, ich hab mich gleich in eine vollkommen neue Umlaufbahn katapultiert. „Harlow? Was *mache* ich bloß hier? Ob das Ganze ein bekloppter Fehler war?“

Es dauerte eine gute Weile, bis sie antwortet, und insgeheim bete ich, dass sie nicht am anderen Ende der Leitung eingeschlafen ist. Als sie endlich etwas sagt, ist ihre Stimme jedoch wacher, stärker und nachdenklich … genau wie ich Harlow brauche. „Komisch, dass du mich das *jetzt* fragst, Mia. Und noch komischer ist es, dass *du* dich fragst, ob es ein Fehler ist, und ich dir gedanklich gerade einfach nur gratuliere.“

„Was?“ Ich lasse mich auf die Couch sinken.

„Als du die bescheuerte, beschissene Hochzeit nicht annullieren wolltest, war ich echt angepisst. Als du ganz rührselig wegen Ansel wurdest, dachte ich, du hättest den Verstand verloren und solltest ihn besser nur ein paar Nächte lang so heftig vögeln, bis er keine Grübchen mehr hat. Aber dann bist du für den *Sommer* nach Paris verduftet. Du machst normalerweise keine verrückten Sachen, Mia, also muss ich davon ausgehen, dass du gerade dabei bist, dich mal so richtig auszutoben.“ Sie hält inne, fügt dann hinzu: „Ich nehme an, dass du *Spaß* mit ihm hast.“

„Das habe ich“, gebe ich zu. „Oder, das hatte ich. Bevor ich angefangen habe, in Flugzeugen zu bluten und in Schirmständer zu kotzen.“

„Du erlebst endlich ein Abenteuer und wirst es jetzt richtig auskosten“, sagt sie, und ich höre die Laken im Hintergrund rascheln, das vertraute Geräusch, wenn sich Harlow seitlich in ihr Bettzeug einkuschelt. „Und warum auch nicht? Ich bin superstolz auf dich, und ich hoffe, du wirst da drüben die beste Zeit deines Lebens haben.“

„Ich hab Schiss“, gebe ich leise zu.

Sie erinnert mich daran, dass ich über Ersparnisse verfüge, erinnert mich daran, dass ich dreiundzwanzig bin. Sie erinnert mich daran, dass ich nichts anderes tun muss, als Spaß zu haben, und das zum ersten Mal seit … Ewigkeiten.

„Es muss gar nicht unbedingt darum gehen, Ansel den ganzen Sommer über zu vögeln“, sagt sie. „Ich meine, das kann es na-

türlich, auf jeden Fall, aber es gibt dort mehr zu erleben, als sich nur Sorgen darum zu machen, was er gerade denkt. Geh raus. Iss ein paar *macarons*. Trink ein bisschen Wein – nur jetzt noch nicht, denn es ist dir hiermit offiziell verboten, bis September wieder zu reihern. Zieh los und erleb was."

„Ich weiß nicht, wo ich anfangen soll", erwidere ich und sehe aus dem Fenster. Hinter unserer schmalen Straße ist die Welt draußen ein beinahe blindmachendes Gemisch von Grün- und Blautönen. Ich kann kilometerweit sehen: eine Kathedrale, ein Hügel, das Dach eines Gebäudes, das ich von Fotos her kenne. Die Dächer sind aus Blei und Zink, die Schornsteine aus Backstein. Selbst vom Fenster von Ansels kleiner Wohnung aus bin ich überzeugt, dass ich mich in der schönsten Stadt der Welt befinde.

„Heute?", sagt sie und denkt laut nach. „Ein Samstag im Juni, also ist die Stadt vollkommen überfüllt; vergiss den Louvre und den Eifelturm. Geh lieber in den Jardin du Luxembourg." Sie gähnt laut. „Und berichte mir morgen. Ich leg mich jetzt wieder schlafen."

Sie legt auf.

Nichts ist surrealer als das hier, ich schwöre es. Ich esse am Fenster, sauge das Panorama in mich auf, und gehe dann in die weiß gekachelte Dusche, wo ich mich rasiere und Körper und Haare einseife, bis ich das Gefühl habe, dass jeder Zentimeter von mir ausreichend geschrubbt wurde.

Als ich wieder aus der Dusche steige, beginnt der Nebel sich zu lichten, und mit einem Schlag wird mir klar, dass ich nicht einfach nach Hause gehen und die Sachen holen kann, die ich vergessen habe einzupacken. Ich habe keinen Föhn, kein Bügeleisen. Ich kann mich nicht heute Abend mit den Mädels treffen und ihnen alles erzählen. Ansel ist den Tag über nicht da, und ich habe keine Ahnung, wann er zurückkommt. Ich bin alleine, und zum ersten Mal in den vergangenen fünf Jahren muss ich meine Ersparnisse bei der Bank angreifen, denen ich so stolz beim Wachsen zugesehen habe. Jedes einzelne meiner Gehälter

von dem Café, in dem ich während des Colleges gearbeitet habe, ging direkt auf dieses Konto, Mom hat darauf bestanden. Und jetzt werden mir die Ersparnisse erlauben, einen Sommer lang in Frankreich zu leben.

Ein Sommer. In *Frankreich*.

Mein Spiegelbild flüstert: „Was zum Teufel machst du?" Ich schließe die Augen, zwinge mich, den Schalter auf Autopilot umzulegen.

Ich finde meine Klamotten: Er hat in seinem Schrank und in seiner Kommode Platz für meine Sachen gemacht.

Du bist verheiratet.

Ich bürste mir die Haare. Er hat meine Kosmetiksachen ausgepackt und in einem der Badezimmerschränke verstaut.

Du lebst mit deinem Ehemann in Paris.

Ansel hat mir einen Ersatzschlüssel dagelassen, zusammen mit einem kleinen Bündel Euroscheine. Ich schließe ab und ertappe mich dabei, dass ich auf die mir fremden Scheine starre, unfähig, das ungute Gefühl zu unterdrücken, das mich überkommt, weil Ansel mir Geld dagelassen hat. Es ist solch eine instinktive Reaktion, die Art, wie mein Magen sich bei dem Gedanken zusammenzieht, auf Kosten von jemand anderem zu leben – jemand anderem als meine Eltern, meine ich –, dass ich es beiseiteschieben muss, bis er nach Hause kommt und wir eine Unterhaltung führen können, in der es nicht um mich mit dem Kopf in der Kloschüssel geht.

In Las Vegas und dann in San Diego bewegten wir uns auf Augenhöhe. Zumindest hat es sich mehr so angefühlt als jetzt. Wir waren beide im Urlaub, unbeschwert. Später würde ich zur Uni gehen und er hierher zurückkehren zu seinem Job, seinem Leben, seiner gut eingerichteten Wohnung. Jetzt bin ich die planlose Collegeabsolventinnen-Hausbesetzerin, das Mädchen, dem man aufschreiben muss, wie es zur Métro kommt, und dem man ein Taschengeld auf den Flurtisch legt.

Ich lege das Geld zurück, schließe erneut ab und gehe durch den schmalen Hausflur zum Fahrstuhl. Er ist winzig, mit nicht viel mehr Platz als fünfzig Zentimeter rechts und links von mir,

und ich strecke den Arm aus, drücke den Knopf, auf dem ein Stern und die Zahl eins aufgedruckt ist. Der Fahrstuhl stöhnt und bebt, während er nach unten fährt, Räder und Getriebe surren über mir, bis er mit einem *Klonk* im Erdgeschoss zum Stehen kommt.

Draußen ist es laut und windig, heiß und chaotisch. Die Straßen sind schmal, die Bürgersteige aus Pflastersteinen und Steinplatten. Ich laufe los, bleibe erst wieder an der Ecke stehen, wo die schmale Straße auf eine sehr viel breitere Hauptstraße trifft.

Es gibt Zebrastreifen, aber anscheinend keine klaren Regeln für Fußgänger. Die Leute verlassen den Bürgersteig, ohne sich groß umzusehen. Autofahrer benutzen ihre Hupe so häufig, wie ich Luft hole, scheinen aber überhaupt nicht verärgert zu sein. Sie hupen, fahren weiter. Es scheint keine richtigen Fahrbahnen zu geben, nur einen stetigen Strom an Autos, die anhalten und weiterfahren und sich nach Regeln Vorfahrt gewähren, die ich nicht verstehe. Straßenverkäufer bieten Gebäck und Flaschen mit bunten, sprudelnden Limos an, und Leute in Anzügen und Kleidern, Jeans und Jogginghosen eilen an mir vorbei, als wäre ich ein Fels in einem Fluss. Die Sprache ist melodisch und schnell … und mir vollkommen unverständlich.

Es ist, als würde sich die Stadt üppig vor mir ausbreiten, bereit, mich vollkommen in ihr verschachteltes Herz zu ziehen, ins Verderben. Ich bin augenblicklich und bis in mein Innerstes verliebt. Wie könnte ich das nicht sein? Wohin ich mich auch wende, überall sehen die Straßen aus wie die schönsten Kulissen, die ich mir je hätte vorstellen können, als ob die ganze Welt hier eine Bühne wäre, die nur darauf wartet, meine Geschichte zu präsentieren. Ich habe diese Art der Erregung zuletzt beim Tanzen verspürte, wenn ich mich darin verlor, dafür lebte.

Ich benütze eine App auf meinem Handy, um die Métro-Station am Porte de Clichy zu finden, nur wenige Blocks von Ansels Wohnung entfernt. Es gelingt mir, die Linie herauszufinden, die ich nehmen muss, und dann warte ich auf den Zug, versuche, meine Umgebung in mich aufzunehmen. Ich schicke Harlow und Lola Bilder von allem, was ich sehe: die französi-

schen Plakate für ein Buch, das wir alle lieben, Fünfzehn-Zentimeter-Absätze an einer Frau, die auch ohne bereits größer wäre als die meisten Männer auf dem Bahnsteig, der Zug, als er in die Station gerauscht kommt, heiße Sommerluft und den Geruch nach Bremsstaub mit sich bringt.

Es ist eine kurze Fahrt zum sechsten Arrondissement, wo sich der Jardin du Luxembourg befindet, und ich folge einer Gruppe von schnatternden Touristen, die das gleiche Ziel im Kopf zu haben scheinen. Ich bin auf einen Park vorbereitet gewesen – Gras und Blumen und Bänke –, aber ich bin nicht darauf vorbereitet gewesen, einen so weitläufigen, offenen Raum vorzufinden im Zentrum dieser geschäftigen, überfüllten Stadt. Ich habe nicht mit den breiten Wegen gerechnet, die von perfekt getrimmten Bäumen gesäumt werden. Überall sind Blumen: Rabatten voller sommerlicher Blütenpracht, Bauerngärten und Beete mit Wildblumen, Hecken und filigrane Blüten in allen Farben. Fontänen und Statuen französischer Königinnen bieten einen Kontrast zu dem Blattwerk, und aus der Ferne zeigen sich die Dächer der Gebäude, die ich aus Filmen oder von Fotos her kenne. Bräunungshungrige Menschen liegen auf Decken in der Sonne, und Kinder schieben kleine Boote über das Wasser, während der Palais du Luxembourg über alles zu wachen scheint.

Ich entdecke eine leere Bank und setze mich, atme die frische Luft ein und den Duft nach Sommer. Mein Magen grummelt bei dem Brotgeruch von einem Stand in der Nähe, aber ich ignoriere das, warte erst mal ab, wie ich das Frühstück vertrage.

In diesem Augenblick wird mir wieder klar, dass ich in Paris bin. Achttausend Kilometer entfernt von allem, was ich kenne. Dies ist meine letzte Chance, um mich zu entspannen, alles tief in mich aufzusaugen, Abenteuer zu erleben, bevor ich mit der Uni beginne und den vorbestimmten Pfad vom Studenten zum Berufstätigen betrete.

Ich laufe jeden Zentimeter des Parks ab, werfe Pennies in den Brunnen und lese das Taschenbuch zu Ende, das ich ganz unten in meine Tasche gestopft hatte. Für einen Nachmittag existieren Boston, mein Vater und die Uni einmal nicht.

ACHT

Ich bin so begeistert von meinem Tag, dass ich bei einem kleinen Lebensmittelladen an der Ecke einkehre, mit dem Gedanken, Ansel etwas zu Abend zu kochen. Hey, ich bin voll in diesem Paris-Ding drin! Ich lerne, mit der Sprachbarriere umzugehen, und die Pariser sind anscheinend wesentlich weniger genervt davon, dass ich kein Französisch spreche, als ich erwartet habe. Sie scheinen es nur nicht leiden zu können, wenn ich es versuche und dann vermassle. Bisher bin ich ganz gut damit durchgekommen, indem ich nur gezeigt, gelächelt, unschuldig die Schultern gezuckt und *s'il vous plaît* gesagt habe, und es ist mir gelungen, etwas Wein und Garnelen, frische Pasta und Gemüse zu kaufen.

Aber als ich zu dem alten, gebrechlichen Fahrstuhl gehe und dieser lautstark in den sechsten Stock fährt, kehren meine Ängste zurück. Ob Ansel wohl schon zuhause ist. Werden wir dort weitermachen, wo wir in San Diego aufgehört haben? Oder beginnen wir jetzt zu … äh … *daten*? Oder hat ihn die Erfahrung unserer ersten gemeinsamen Tage hier völlig von unserem kleinen Experiment abgebracht?

Ich versenke mich ins Kochen, beeindruckt von Ansels kleiner Küche. Zum Glück habe ich herausgefunden, wie seine Stereoanlage funktioniert, so dass ich französische Tanzmusik aufgelegt habe und jetzt ausgelassen in der Küche herumhüpfe. Die Wohnung riecht nach Butter und Knoblauch und Petersilie, als er die Wohnungstür aufschließt, und mein Körper spannt sich an, wird zittrig, als ich höre, wie er seine Schlüssel in das Schälchen auf dem Tisch im Flur fallen lässt und seinen Helm auf den Boden legt.

„Hallo?“

„In der Küche“, antworte ich.

„Kochst du?“, ruft er und biegt um die Ecke in den Hauptbereich der Wohnung. Er sieht zum Anbeißen aus. „Ich schätze, es geht dir besser.“

„Du machst dir keine Vorstellung.“

„Es riecht köstlich."

„Und ist fast fertig." Ich flehe meinen Puls an, sich zu beruhigen. Ihn zu sehen macht mich so nervös, dass mein ganzer Brustkorb sich anspannt.

Aber dann macht er ein langes Gesicht.

„Was ist?" Ich folge seinem Blick zu der Pfanne auf dem Herd, wo die Garnelen gemeinsam mit den Nudeln und dem Gemüse köcheln.

Er macht eine Grimasse. „Es sieht unglaublich aus. Nur ..." Er wischt sich mit der Hand über den Nacken. „Ich bin allergisch gegen Meeresfrüchte."

Stöhnend bedecke ich mein Gesicht. „Verdammt, das tut mir leid."

„Es muss dir nicht leidtun", sagt er, eindeutig gestresst. „Woher hättest du das wissen sollen?"

Die Frage hängt zwischen uns in der Luft, und wir sehen beide irgendwas an, nur nicht einander. Das Ausmaß der Dinge, die wir voneinander wissen, ist im Vergleich zu den Dingen, die wir nicht wissen, verschwindend gering. Und ich hab nicht den blassesten Schimmer, wie wir zur Kennenlernphase zurückkehren können.

Er tritt einen Schritt auf mich zu und sagt: „Es riecht so gut."

„Ich wollte mich bei dir bedanken." Es dauert einen Moment, bis ich den Rest rausbekomme, und soweit ich mich erinnere, sieht er zum ersten Mal weg. „Dass du dich um mich gekümmert hast. Dass du mich hierher gebracht hast. Warte bitte, ich gehe und hole etwas anderes."

„Wir gehen zusammen", sagt er und kommt noch näher. Er legt seine Hände auf meine Hüften, aber seine Arme sind steif, und es fühlt sich gezwungen an.

„Okay." Ich habe keine Ahnung, was ich mit meinen Armen anstellen soll, und anstatt das zu tun, was meiner Meinung nach eine normale Frau in dieser Situation tun würde – sie um seinen Hals legen, ihn dichter an sich heranziehen – verschränke ich sie unbeholfen vor meiner Brust, klopfe mit dem Finger auf mein Schlüsselbein.

Ich warte darauf, dass seine Augen schelmisch aufflackern oder dass er mich kitzelt, mich neckt, etwas Unmögliches, Ansel-Typisches sagt, aber er wirkt erschöpft und angespannt, als er sagt: „Hattest du einen schönen Tag?“

Gerade hebe ich zu einer Antwort an, als er mit einer Hand in seine vibrierende Hosentasche greift und sein Handy herauszieht, es mit gerunzelter Stirn ansieht. „*Merde.*“

Das Wort kenne ich. Er ist sein weniger als drei Minuten zuhause, und ich weiß bereits, was er sagen wird.

Er sieht mich wieder an, und die Entschuldigung steht ihm ins Gesicht geschrieben. „Ich muss zurück ins Büro.“

Als ich aufwache, ist Ansel erneut wieder fort, und der einzige Beweis dafür, dass er zwischendurch irgendwann zu Hause war, ist ein Zettel auf dem Kissen: Er sei für ein paar Stunden zuhause gewesen und habe auf der Couch geschlafen, weil er mich nicht habe wecken wollen. Etwas in mir zerbricht, das kann ich spüren, ehrlich. Ich bin mit nichts am Leib ins Bett gegangen als einem sauberen T-Shirt von ihm. Frisch gebackene Ehemänner schlafen nicht auf der Couch. Frisch gebackene Ehemänner machen sich keine Sorgen darum, dass sie ihre frisch gebackene, arbeitslose Touristen-Frau mitten in der Nacht wecken könnten.

Ich erinnere mich nicht mal, ob er mich noch mal auf die Stirn geküsst hat, bevor er ging, aber ein sehr großer Teil von mir möchte ihm eine SMS schicken und danach fragen, denn so langsam glaube ich, dass die Antwort auf diese Frage mir sagen wird, ob ich bleiben oder den nächsten Flug heimwärts buchen soll.

Es ist leicht, mich abzulenken und meinen zweiten Tag allein in Paris auszufüllen: Ich spaziere durch die Ausstellungen und Gärten beim Musée Rodin und ertrage dann die unendliche Schlange vor dem Eifelturm … Aber das Warten lohnt sich. Der Blick von oben ist geradezu *unwirklich*. Paris ist einfach beeindruckend – sowohl von der Straße aus als auch von Hunderten Stockwerken weit oben.

Zurück in der Wohnung, leistet Lola mir am Sonntagabend Gesellschaft. Sie sitzt auf ihrem Sofa zuhause in San Diego, erholt sich von dem Virus, den wir beide uns eingefangen haben, und antwortet auf meine SMS mit beruhigender Geschwindigkeit.

Ich schreibe ihr: *Ich glaube, er beginnt zu bereuen, dass er mich hierher gebracht hat.*

Das ist verrückt, antwortet sie. *Hört sich an, als würde ihn die Arbeit gerade richtig nerven. Ja, er hat dich geheiratet, aber er weiß nicht, ob ihr verheiratet bleibt, und er muss sich auch um seinen Job kümmern.*

Ehrlich, Lola, ich fühl wie mich ein Schmarotzer, aber ich will noch nicht gehen! Diese Stadt ist einfach f-f-fantastisch, meinst du, ich sollte in ein Hotel umziehen?

Du bist zu empfindlich.

Er hat auf der COUCH geschlafen.

Vielleicht war ihm übel?

Ich versuche mich daran zu erinnern, ob ich irgendwas gehört habe. *War ihm nicht.*

Vielleicht glaubt er, es wäre noch Hai-Woche?

Meine Augenbrauen sausen in die Höhe. Daran habe ich nicht gedacht. Vielleicht hat Lola recht und Ansel denkt, ich hätte noch meine Tage? Vielleicht muss ich wirklich diejenige sein, die was Sexmäßiges anfängt?

O.k. Das könnte natürlich sein.

Teste es aus, antwortet sie.

Vergiss das T-Shirt. Heute Nacht werde ich nackt schlafen, völlig nackt.

Ich wache auf, sehe auf die Uhr. Es ist beinahe zwei Uhr dreißig in der Nacht, und ich spüre sofort, dass er noch nicht nach Hause gekommen ist. Die Lichter in der Wohnung sind alle aus, und die Matratze neben mir ist leer und kalt.

Aber dann höre ich ein Schlurfen, einen Reißverschluss, ein leises Stöhnen im anderen Zimmer.

Ich klettere aus dem Bett, ziehe eins der T-Shirts an, die er

in den Wäschekorb gelegt hat, und das so sehr nach ihm riecht, dass ich einen Moment lang stehen bleiben muss, um die Augen zu schließen und mein Gleichgewicht wiederzufinden.

Als ich ins Wohnzimmer gehe und in die Küche gucke, sehe ich ihn.

Er steht vornübergebeugt da, eine Hand umklammert den Tresen. Sein Anzugshemd ist aufgeknöpft, seine Krawatte hängt lose um seinen Hals, und seine Hose ist hinuntergeschoben, während die andere Hand über seinen Schwanz fliegt.

Ich bin wie gebannt von diesem Anblick, der puren Erotik, wie Ansel sich in dem schwachen Licht, das durch das Fenster scheint, selbst befriedigt. Sein Arme bewegt sich schnell, der Ellbogen ist gebeugt, und durch sein Hemd hindurch kann ich die Anspannung seiner Rückenmuskeln sehen, wie seine Hüften sich in seine Hand drängen. Ich trete einen Schritt vor, um besser sehen zu können, und mein Fuß landet auf einer knarrenden Holzdiele. Das Geräusch ächzt durch den Raum, und Ansel erstarrt, dreht den Kopf ruckartig nach hinten.

Als sein Blick den meinen trifft, kann ich die Kränkung in seinen Augen lesen, dann das Gefühl der Niederlage. Er lässt die Hand fallen und den Kopf, sein Kinn sinkt auf die Brust.

Ich gehe langsam zu ihm hinüber, nicht sicher, ob er mich will – oder alles andere will als mich. Warum sonst würde er hier draußen stehen und sowas machen, während ich nackt im Bett liege?

„Ich hoffe, ich habe dich nicht geweckt“, flüstert er. In dem Licht, das durch das Fenster dringt, kann ich die scharfe Linie seines Kinns ausmachen, die sanfte Ausdehnung seines Halses. Mein Blick wandert tiefer. Ich will seine Haut schmecken, die sanfte Linie Haar spüren, die von seinem Bauchnabel hinunterführt.

„Das hast du, aber ich wünschte, du hättest *versucht*, mich zu wecken, falls du … etwas gewollt hast.“ Ich will „mich“ sagen, aber erneut bin ich mir nicht so sicher, ob es das ist, was er will. „Falls du … etwas brauchst.“

Gott, könnte ich weniger lässig klingen?

„Es ist so spät, *cerise*. Ich bin reingekommen, hab angefangen, mich auszuziehen. Dann hab ich dich nackt in meinem Bett gesehen“, sagt er, den Blick starr auf meine Lippen gerichtet. „Ich wollte dich nicht wecken.“

Ich nicke. „Ich bin davon *ausgegangen*, dass du mich nackt in deinem Bett siehst.“

Er atmet langsam durch die Nase aus. „Ich war mir nicht sicher …“

Bevor er den Satz zu Ende bringen kann, bin ich schon in der Dunkelheit auf die Knie gegangen und schiebe seine Hand weg, so dass ich ihn lecken, sein Verlangen wieder zum Leben erwecken kann. Mein Herz schlägt so schnell, und ich bin so nervös, dass meine Hand zittert, da wo ich ihn anfasse, aber Scheiß drauf. Ich sage mir selbst, dass ich Harlows Geist heraufbeschwöre, die selbstsichere Sexgöttin.

Ich sage mir selbst, dass ich nichts zu verlieren habe. „Ich bin *absichtlich* nackt schlafen gegangen.“

„Ich will nicht, dass du dich mir auf diese Weise verpflichtet fühlst“, krächzt er.

Erstaunt sehe ich zu ihm auf. Was ist aus dem wunderbar aufdringlichen Typen geworden, den ich vor erst einer Woche kennengelernt habe? „Ich fühle mich nicht *verpflichtet*. Du bist einfach beschäftigt …“

Er lächelt, packt mit einer Hand seinen Schaft und malt mir mit dem Tropfen, der an der Spitze auftaucht, eine feuchte Linie über die Lippen. „Ich glaube, wir sind beide vielleicht etwas zu zaghaft gewesen.“

Ich lecke seinen Schwanz, spiele ein bisschen mit ihm, necke ihn. Ich giere nach Ansels atemlosen Lauten, nach dem rauen, ungeduldigen Ächzen, als ich ihn fast komplett in mich aufnehme und mich dann zurückziehe, um ihn zu küssen und ein wenig mehr mit ihm zu spielen.

„Ich hab an dich gedacht“, gesteht er flüsternd und sieht zu, wie ich mit der Zunge eine lange nasse Linie vom Schaft bis zur Spitze zeichne. „Ich kann kaum noch an irgendwas anderes denken.“

Dieses Eingeständnis setzt etwas in mir frei, das in meinem Bauch hart und fest geworden war, und erst jetzt, als er das sagt, wird mir klar, welche Sorgen ich mir diesbezüglich gemacht habe, und ich komme mir vor, als würde ich dahinschmelzen. Es weckt in mir das Verlangen, ihn zu befriedigen, mehr aus ihm zu saugen, ihm das Vibrieren meiner Stimme zu schenken, während ich, seinen Schwanz in meinem Mund, laut aufstöhne.

Ihn so zu sehen – ungeduldig, durch jede meiner Berührungen erleichtert – macht es mir einfacher, weiterzuspielen, weiter diese mutige, schamlose Verführerin zu sein. Deshalb ziehe ich mich leicht zurück und frage: „In deiner Fantasie, was haben wir da getan?"

„Das hier", sagt er, legt den Kopf schief und packt mit einer Hand mein Haar, hält mich fest. Gerade erst bereite ich mich darauf vor, gleich die volle Wucht seines Schwanzes in meinem Mund zu spüren, da schiebt er sich schon tief hinein. „Diese Lippen zu ficken."

Sein Kopf fällt nach hinten, und er schließt die Augen, bewegt seine Hüften vor und zurück. „*C'est tellement bon, j'en rêve depuis des jours ...*" Mit deutlicher Anstrengung richtet er sich auf, lehnt sich ein bisschen vor, wird wilder. „Schluck", flüstert er. „Ich will spüren, wie du schluckst." Er hält inne, damit ich tun kann, worum er gebeten hat, und stöhnt heiser auf, als ich ihn dabei tiefer in meinen Hals ziehe.

„Wirst du schlucken, wenn ich komme? Wirst du einen kleinen hungrigen Laut von dir geben, wenn du es spürst?", fragt er und sieht mich eindringlich an.

Ich nicke. Für ihn werde ich das tun. Ich will alles, was er mir zu geben hat; genauso will ich ihm alles geben. Er ist der einzige Anker, den ich an diesem Ort habe, und auch wenn unsere Ehe nur Fake ist, will ich das Gefühl zurück, als es frei und leicht zwischen uns gewesen ist, in dieser Nacht in San Diego, oder in der davor, an die ich mich nur bruchstückartig erinnere, kurze Sequenzen von Haut, Geräuschen, Lust.

Ein paar Minuten lang bewegt er sich weiter, schenkt mir seine leisen, knurrenden Laute, flüstert, dass ich wunderschön

bin, schenkt mir jeden Zentimeter, den meine Zunge berührt, bevor er sich fast vollständig hinauszieht und seine Erektion ruckartig in seiner Faust reibt, während seine Eichel auf meine Lippen klopft, meine Zunge.

Er kommt auf diese Weise, spritzt in meinen Mund, auf mein Kinn. Das ist absichtlich, das muss es sein, und tatsächlich, seine Pupillen weiten sich beim Anblick seines Spermas auf meiner Haut, meiner Zunge, die instinktiv hervorschnellt. Danach fährt er mir mit dem Daumen über die Unterlippe, hilft mir auf. Mit einem feuchten Handtuch wischt er mich sauber und kniet sich dann ebenfalls hin, doch er schwankt leicht, und als sein Profil vom Straßenlicht erleuchtet wird, kann ich erkennen, dass er gleich vor Erschöpfung umkippt. Er hat seit Tagen kaum geschlafen.

„Lass mich es dir jetzt besorgen", sagt er, anstatt mich zum Schlafzimmer zu führen.

Ich lege ihm eine Hand auf den Ellbogen. „Warte."

„Was?", fragt er, und ich stutze bei dem rauen Unterton in seiner Stimme, die schwelende Gereiztheit, die ich noch nie bei ihm gehört habe.

„Ansel, es ist fast drei Uhr morgens. Wann hast du das letzte Mal geschlafen?"

Sein Gesichtsausdruck ist, jetzt im Schatten, nicht auszumachen, doch es ist nicht so dunkel, dass ich nicht erkennen würde, wie seine Schultern zu schwer für seinen Körper zu sein scheinen, wie müde er aussieht. „Willst du nicht, dass ich dich ebenfalls berühre? Ich komme auf deinen Lippen, und du willst schlafen gehen?"

Als er nach mir greift, seine Hand unter das Shirt gleiten lässt, das eigentlich ihm gehört, meinen Schenkel hinauf, schüttel ich nur den Kopf und wehre mich nicht. Er spreizt mich mit den Fingern und stöhnt auf. Ich bin klitschnass, und das weiß er jetzt auch. Mit einem leisen Zischen beginnt er, seine Hand zu bewegen, beugt sich vor, um an meinem Hals zu saugen.

„Lass mich das schmecken", knurrt er, sein Atem warm auf meiner Haut. Seine Finger gleiten leicht über meine Klit, bevor

sie sich in mich hineinschieben. „Es ist eine Woche her, Mia. Ich will mein Gesicht in dir verbergen.“

Ich zittere in seinen Armen, so sehr will ich ihn. Seine Fingerspitzen fühlen sich himmlisch an, sein Atem ist heiß auf meiner Haut, saugende, hektische Küsse an meinem Hals. Was sind schon weitere fünfzehn Minuten verlorenen Schlafs? „Okay“, flüstere ich.

Bevor ich selbst ins Bad schlüpfe, warte ich, bis er sich die Zähne fertig geputzt hat und sich neben mir ins Bett gleiten lässt. „Bin gleich zurück.“

Ich putze mir die Zähne, wasche mein Gesicht und sage meinem Spiegelbild, dass es aufhören soll, immer viel zu viel über alles nachzudenken. Wenn der Mann Sex will, dann gib ihm Sex. *Ich* will Sex. Lass uns Sex haben! Leise tapse ich raus in die Dunkelheit, mein Bauch ganz warm, die Stelle zwischen meinen Beinen feucht und bereit. Jetzt ist es soweit, denke ich. Jetzt ist es soweit, dass der Spaß anfängt, dass ich ihn genießen kann und die Stadt und dieses kleine Stück Leben, wo ich mir um niemanden Gedanken machen muss außer um mich und um ihn.

Der Mond leuchtet einen Weg vom kleinen Badezimmer bis zum Fußendes des Bettes, und ich mache das Licht im Bad aus, schiebe die leichte Überdecke weg, so dass ich neben ihn ins Bett klettern kann. Er ist warm, und seine Seife und sein Aftershave wecken in mir sofort den Hunger, den ich seit Tagen vermisst habe, dieses verzweifelte Verlangen nach der drängenden Berührung seiner Hände, nach dem Gefühl, wie er mich küsst und sich über mir bewegt. Aber selbst als ich meine Hand über seinen Bauch und seinen Oberkörper gleiten lasse, bleibt er still neben mir liegen, mit schweren Gliedern.

Nichts kommt heraus, als ich den Mund öffne, aber beim zweiten Versuch gelingt es mir, zu flüstern: „Willst du Sex haben?“ Ich verziehe das Gesicht bei den krassen Worten, die mir vollkommen unelegant oder verführerisch klingend herausgerutscht sind.

Doch er antwortet nicht, und ich rücke etwas näher an ihn heran, kuschle mich mit klopfendem Herzen an seinen festen, warmen Körper. Er schläft tief und fest, atmet gleichmäßig ein und aus.

Diesmal steht er in einem dunkelgrauem Anzug und schwarzem Hemd vor mir. So könnte er auch gut bei einem Fotoshooting mitmachen: Schwarz-weiß-Aufnahme von ihm, die ohne sein Wissen an einer Straßenecke von ihm gemacht werden, sein kantiges Kinn zeichnet einen Schatten in den Himmel hinter ihm. Just in dem Moment, als ich er sich über mich beugt, um mir einen züchtigen Kuss auf den Mund zu geben, öffne ich die Augen.

Er verlagert den Kuss von meinem Mund zu meiner Schläfe, und mir wird ganz flau im Magen, als mir in den Kopf kommt, dass es Montag ist und er wieder den ganzen Tag arbeiten wird.

„Tut mir leid wegen letzter Nacht", sagt er leise in mein Ohr. Als er sich zurücklehnt, verlässt sein Blick den meinen und konzentriert sich stattdessen auf meine Lippen.

Doch ich habe Träume gehabt – *erotische Träume* – und bin nicht bereit, ihn jetzt schon gehen zu lassen. Ich kann mich noch gut daran erinnern, wie sich seine Hände und Lippen anfühlen, wie seine Stimme heiser geworden ist nach Stunden über und hinter und unter mir. Schlaf umnebelt noch meine Gedanken, lässt mich mutig genug sein, um zu handeln. Ich ziehe ihn am Arm runter zu mir, unter die Laken.

„Ich hab von dir geträumt", krächze ich und lächle verschlafen zu ihm hoch.

„Mia …"

Anfangs ist er unsicher, was ich da tue, und ich beobachte, wie er zu begreifen beginnt, als ich seine Hand meine Rippen hinunterführe, zu meinem Bauchnabel. Er öffnet den Mund, sein Blick wird schwer. Ansel kommt meinen Hüften mit der Hand auf halbem Wege entgegen, schiebt seine Finger zwischen meine Beine und umfasst mich.

„Mia", stöhnt er mit einem Gesichtsausdruck, den ich nicht ganz entziffern kann. Zum Teil besteht er aus Verlangen, zum

Teil aus etwas, das mehr wie Unbehagen wirkt. Am Rand meines Bewusstseins sickert langsam die Erkenntnis ein.

Oh Scheiße.

Seine Anzugsjacke ist über seinen anderen Vorderarm gefaltet, über der Schulter hängt seine Laptoptasche. Er wollte gerade zur Tür hinaus.

„Oh." Schamesröte steigt meinen Hals hinauf. Ich schiebe seine Hand weg. „Ich wollte nicht ..."

„Hör nicht auf", presst er zwischen den Zähnen hervor.

„Aber du wolltest grade geh..."

„Mia, bitte", sagt er, seine Stimme so tief und schwer, dass sie sich wie warmer Honig über mich ergießt. „Ich will *das.*"

Sein Arm zittert, seine Augen fallen zu, und ich lasse meine dasselbe tun, bevor ich hellwach bin, bevor ich den Mut verliere. Was hatte ich in Vegas gedacht? Dass ich ein anderes Leben will. Dass ich mutig sein will. Damals war ich nicht mutig, aber ich habe so getan, als ob.

Mit geschlossenen Augen kann ich wieder so tun, als ob. Ich kann die Sexbombe sein, der sein Job egal ist. Ich bin die unersättliche Ehefrau. Ich bin das Einzige, was er will.

Inzwischen bin ich klitschnass und geschwollen, und das Geräusch, das er von sich gibt, als er mich streichelt, ist geradezu unwirklich: ein tiefes, rumpelndes Stöhnen. Ich könnte mit einem einzigen Atemzug über meiner Haut kommen, so erregt bin ich, und als er mich anscheinend erkunden, *reizen* will, drücke ich mich suchend gegen seine Finger. Er gibt mir zwei, schiebt sie direkt in mich hinein, und ich packe seinen Vorderarm, krümme mich rauf und runter, ficke seine Hand. Und halte nicht ein einziges Mal lange genug inne, als dass ich mir Gedanken darum machen könnte, wie verzweifelt ich wirke.

Hitze klettert meine Haut hinauf, und ich tue so, als wäre es die Hitze des Rampenlichts.

„Oh, lass es mich sehen", flüstert er. „Lass los, lass dich gehen."

„Ahh", keuche ich. Mein Orgasmus nimmt an den Rändern Formen an, und meine Augen schließen sich, als das Gefühl sich

herauskristallisiert und wächst, wächst, von dort emporklettert, wo sein Daumen jetzt hektische Kreise auf meine Haut zeichnet, bis mein Orgasmus durch mich hindurch hämmert. Seinen Arm mit beiden Händen umfassend, schreie ich auf, ziehe mich um seine Finger zusammen. Meine Beine und Arme und mein Rückgrat fühlen sich weich an, erhitzt, wie geschmolzen, als die Entspannung mich durchströmt.

Ich öffne die Augen. Ansel hält still, dann zieht er seine Finger langsam aus mir heraus, befreit seine Hand aus den Laken. Er beobachtet mich, während ich wieder zu Bewusstsein komme und die Schläfrigkeit endgültig verfliegt. Mit der anderen Hand hievt er seine Tasche höher die Schulter hinauf. Das Zimmer scheint in der Stille zu ticken, und auch wenn ich versuche, an meiner vorgespielten Selbstsicherheit festzuhalten, kann ich doch spüren, wie meine Brust, mein Hals, mein Gesicht heiß werden.

„Tut mir leid, ich …"

„Nicht", grollt er und drückt mir seine nassen Finger auf den Mund. „Nimm es nicht zurück."

Er legt seine Lippen auf seine Finger, auf meinen Mund, leckt mit der Zunge darüber, kostet mich und atmet dann sanft, erleichtert aus. Als er sich so weit zurücklehnt, dass ich seine Augen scharf sehen kann, wirkt sein Blick entschlossen. „Ich komme heute Abend früh nachhause."

NEUN

Es fällt mir relativ schwer, einen Überblick über meine Ausgaben zu behalten, weil Euros mir immer noch wie Spielgeld vorkommen. Hier mit Ansel fühlt sich alles anders an als in den Staaten, und so denkt ein Teil von mir, dass ich – obwohl ich in diesen Ort verknallt bin – zwei Wochen lang bleiben, mir in der Zeit so viel wie möglich ansehen und dann nach Hause fliegen und bei meinem Vater zu Kreuze kriechen sollte. Sonst müsste ich wohl Prostitutierte oder Stripperin werden, wenn ich nach Boston ziehe und mit der Wohnungssuche anfange.

Aber bei dem Gedanken, meinem Vater jetzt gegenübertreten zu müssen, fröstelt es mich. Ich weiß, dass das, was ich getan habe, impulsiv gewesen ist und vielleicht auch ein wenig gefährlich. Ich weiß, dass jeder liebende Vater in dieser Situation das Recht hätte, wütend zu sein. Nur dass meinen Vater *alles* wütend macht; wir – der Rest der Familie – sind mit der Zeit entsprechend alle etwas abgestumpft. Häufig genug hat mir etwas leidgetan, wenn es gar nicht nötig gewesen wäre, und jetzt habe ich einfach nicht mehr die Kraft für eine Entschuldigung. Vielleicht bin ich ein wenig einsam und verängstigt, weil ich nicht weiß, wie Ansels Arbeitstag ausfallen wird, was mit uns heute Abend geschehen wird oder morgen oder nächste Woche, oder was passieren wird, wenn ich mich in einer Situation wiederfinde, in der ich mit *niemandem* reden kann – aber das ist die erste Entscheidung in meinem Leben, die sich anfühlt, als wäre es meine eigene.

In Gedanken versunken erinnere ich mich daran, wie ich an diesem Morgen von Ansel geweckt wurde, als ich aus der Dusche trete. Der Badezimmerspiegel trocknet perfekt von selber, ohne Kalkflecken oder Streifen, als wäre er mit irgendeinem Mittel imprägniert worden. Ich würde ja gerne saubermachen, um wenigstens einen Teil meiner Schuld zu begleichen, aber es gibt rein gar nichts zu tun. Das Badezimmerfenster glänzt ebenfalls, die Sonne scheint direkt hindurch. Die Neugierde nagt an

mir, und ich schlendere durch die Wohnung, inspiziere alles. Tatsächlich: Die Wohnung ist lupenrein, was – meiner Erfahrung nach – bei einem Mann merkwürdig ist. Bevor ich bei den Fenstern im Wohnzimmer ankomme, weiß ich bereits, was ich dort vorfinden werde.

Oder eher, was ich *nicht* vorfinden werde. Ich weiß, dass ich an meinem ersten richtigen Tag hier eine Hand gegen das Fenster gedrückt habe, während ich ihm dabei zugesehen habe, wie er auf sein Motorrad kletterte. Ich weiß, dass ich es mehr als einmal getan habe. Aber es gibt keine Fingerabdrücke, nur noch mehr lupenreines, kristallklares Glas. Außer uns beiden ist niemand hier gewesen. Also muss *er* in irgendeinem Moment seiner schmal bemessenen Zeit daheim die Fenster und Spiegel geputzt haben.

Die alte Frau, die im Parterre wohnt, wischt gerade die Eingangsstufen, als ich den Fahrstuhl verlasse, und ich mache auf meinem Weg nach draußen eine Weile bei ihr Halt. Sie beherrscht Englisch nur bruchstückhaft und vermischt es mit französischen Ausdrücken, die ich nicht verstehe. Aber dennoch ist es keine unbeholfene, peinliche Situation. Irgendwie schaffen wir es eine überraschend unkomplizierte Unterhaltung zu führen.

Sie erzählt mir, dass der Fahrstuhl in den siebziger Jahren eingebaut wurde, nachdem sie und ihr Mann hier eingezogen sind. Sie erzählt mir, dass das Gemüse in der Rue du Rome sehr viel besser ist als in dem Laden um die Ecke. Sie bietet mir kleine helle Weintrauben mit bitterschmeckenden Kernen an, die mir eine Gänsehaut verursachen, aber die ich trotzdem nicht aufhören kann, zu essen. Und dann sagt sie mir, dass sie froh ist, Ansel jetzt so viel lächeln zu sehen, und dass sie *die Andere* nie richtig gemocht hat.

Ich verdränge diese Information und die emporsteigende dunkle Neugier und danke ihr für ihre Gesellschaft. Ansel ist großartig und erfolgreich und charmant, natürlich hatte er bereits ein Leben, bevor ich ihm an den Flughafen gefolgt bin – ein Leben, zu dem zweifellos auch Frauen gehörten. Es überrascht

mich nicht zu hören, dass vor mir bereits jemand mit ihm zusammen gewesen ist. Mir wird nur klar, dass ich immer noch darauf warte, *alles* über ihn zu erfahren, nicht nur, wie er ohne Klamotten am Leib aussieht.

Die meiste Zeit des Tages verbringe ich damit, mich in unserer Nachbarschaft umzusehen und im Kopf einen Plan von der Gegend zu erstellen. Die Straßen sind endlos lang, ein Geschäft nach dem anderen, eine Gasse nach der anderen. Es ist ein wenig, als würde man in das Kaninchenloch hinabspringen, nur dass ich hier weiß, wie ich wieder hinausfinden würde; ich müsste nur das M-Zeichen der Métro suchen, und würde von da aus problemlos zurück zu Ansels Straße finden.

Meine Straße, erinnere ich mich. Unsere. Gemeinsam.

Sein Zuhause als meins anzusehen, ist ein wenig, als würde ich so tun, als wäre der Drehort für einen Film mein Zuhause oder als würde ich lernen, dass Euros echtes Geld sind. Und jedes Mal, wenn ich auf meinen Ehering sehe, kommt es mir noch surrealer vor.

Mir gefällt es, wie die Straße in der Abenddämmerung aussieht. Der Himmel leuchtet hoch über mir, beginnt aber zu verblassen, dort, wo die Sonne bereits tief am Horizont steht. Lange Schatten fallen auf den Bürgersteig, und die Farben wirken irgendwie kräftiger, satter, als ich es je zuvor gesehen habe. Die Gebäude drängen sich dicht an die schmale Straße, und der rissige, unebene Gehweg fühlt sich an wie ein Pfad ins Abenteuer. Bei Tageslicht sieht Ansels Haus ein bisschen heruntergekommen aus, von Staub, Wind und Abgasen beschmutzt. Aber abends scheint es zu erstrahlen. Es gefällt mir, dass unser Haus eine Nachteule ist.

Während ich dem krummen Bürgersteig folge, wird mir klar, dass ich zum ersten Mal die gesamte Strecke von der Rue Saint-Honore bis zur Métro gegangen bin, an der richtigen Station ausgestiegen und dann den ganzen Weg zurückgegangen bin, ohne dass ich ein einziges Mal auf die App auf meinem Handy gesehen habe.

Hinter mir höre ich Autos, Motorräder, eine Fahrradklingel. Lachen dringt aus einem offenen Fenster. Die Fenster sind hier alle offen, die Balkontüren und Fensterläden weit aufgesperrt, um die kühlere Abendluft hineinzulassen, Vorhänge bauschen sich in der Brise.

Da ist eine Leichtigkeit in meiner Brust, als ich mich unserem Haus nähere, gefolgt von einer eindeutigen Beschleunigung meines Pulses, als ich Ansels Motorrad auf dem Bürgersteig geparkt sehe.

Ich fülle meine Lungen mit Luft, während ich die kleine Lobby betrete, gehe zum Fahrstuhl. Mit zittriger Hand drücke ich den Knopf für unser Stockwerk, und ich ermahne mich zu atmen. *Tief einatmen. Tief ausatmen.* Reiß dich zusammen. Es ist das erste Mal, dass Ansel vor mir zu Hause ist; das erste Mal, dass wir richtig zusammen in der Wohnung sein werden, ohne dass einer von uns sich bereits im Halbschlaf befindet oder kotzt oder bis in die frühen Morgenstunden arbeitet. Meine Wangen brennen, als ich mich daran erinnere, wie er erst heute Morgen gebrummt hat: „Nimm es *nicht* zurück", nachdem ich mich an seiner Hand befriedigt habe.

Oh lieber Gott.

In meinem Bauch fangen die Schmetterlinge an zu flattern, und eine Mischung aus Nervosität und Adrenalinschüben treibt mich aus dem Fahrstuhl. Ich schiebe meinen Schlüssel ins Schloss, atme tief durch und öffne schwungvoll die Tür.

„Schatz, ich bin da!" Ich hüpfe in den Flur und halte beim Klang von Ansels Stimme inne.

Er ist in der Küche, das Handy gegen das Ohr gepresst, und spricht in solch einem schnellen Französisch, dass ich mir nicht sicher bin, wie die Person am anderen Ende der Leitung ihn nur ansatzweise verstehen kann. Er ist eindeutig erregt und wiederholt immer wieder denselben Satz, jedes Mal noch lauter und wütender.

Noch hat er mich nicht bemerkt, und auch wenn ich keine Ahnung habe, was er sagt oder mit wem er spricht, habe ich das Gefühl zu stören. Sein Ärger ist omnipräsent, und ich lege leise

meine Schlüssel auf den Tisch und frage mich, ob ich zurück in den Flur gehen oder mich vielleicht ins Badezimmer verziehen soll. Doch dann sieht er mein Spiegelbild im Wohnzimmerfenster: Er versteift sich, reißt die Augen auf.

Als er sich zu mir umdreht, lächelt er gezwungen, und ich hebe die Hand, winke ihm unbeholfen zu.

„Hi“, flüstere ich. „Sorry.“

Er winkt zurück, und mit einem entschuldigenden Lächeln hebt er einen Finger, um mir zu symbolisieren, dass ich warten soll. Ich nicke, denke, dass er meint, ich soll warten, weil er rasch das Telefonat beenden will … aber das tut er nicht. Stattdessen nickt er in Richtung des hinteren Teils der Wohnung und geht dann durch den Flur und ins Schlafzimmer, schließt die Tür hinter sich.

Ich starre auf die schlichte weiße Tür. Seine Stimme dringt ins Wohnzimmer und klingt, falls das überhaupt möglich ist, noch lauter als zuvor.

Als wäre alle Luft aus mir entwichen, lasse ich meine Tasche von meiner Schulter auf die Couch gleiten.

Auf dem Tresen stehen Einkäufe; eine Tüte mit frischen Nudeln, ein paar Kräutern und einem Stück Käse. Ein in braunes Papier gewickeltes Baguette liegt neben einem Topf Wasser, das gerade zu kochen beginnt. Der schlichte Holztisch ist mit leuchtend rotem Geschirr gedeckt, in der Mitte steht ein Blumenstrauß in einer schmalen Vase. Anscheinend war er gerade dabei, unser Abendessen vorzubereiten.

Ich öffne ein paar Küchenschränke, suche nach einem Weinglas und versuche den Wortschwall zu ignorieren, der immer noch aus dem anderen Zimmer zu hören ist. An eine Person gerichtet, die ich nicht kenne. In einer Sprache, die ich nicht beherrsche.

Ich versuche auch, das Unwohlsein zu unterdrücken, das mir meine Brust zuschnürt. Plötzlich fällt mir ein, dass Ansel mir erzählt hat, seine Chefin wäre besorgt, er könnte *abgelenkt* werden, und frage mich, ob er gerade mit ihr spricht. Natürlich könnte es auch einer seiner Freunde sein, Finn oder Oliver oder

Perry – der, der es nicht nach Vegas geschafft hat. Aber warum sollte er sich so wütend anhören, wenn er mit seiner Chefin spricht oder einem *Freund*?

Mein Blick wandert genau in dem Augenblick zum Schlafzimmer, als sich die Tür öffnet, und ich zucke wie ertappt zusammen, versuche rasch, beschäftigt auszusehen. Ich lange nach dem Bund Basilikum und suche in der Schublade neben meiner Hüfte nach einem Messer.

„Es tut mir leid“, sagt er.

Ich mache eine abwehrende Handbewegung und erwidere mit leicht schriller Stimme: „Mach dir keine Sorgen! Du musst mir nicht alles erklären. Du hast schließlich bereits ein Leben gehabt, bevor ich hierher kam.“

Er lehnt sich vor, küsst mich auf beide Wangen. Gott, riecht er gut. Seine Lippen sind so weich, und ich muss mich an der Arbeitsplatte festhalten, um nicht das Gleichgewicht zu verlieren.

„Ich hab tatsächlich schon ein Leben gehabt“, sagt er und nimmt mir das Messer aus der Hand. „Aber du doch auch.“ Sein Lächeln erreicht nicht ganz seine Augen. Kein Grübchen zu sehen. Ich vermisse es.

„Warum verdirbt dir dein Job immer die Laune?“, frage ich und wünschte, er würde mich wieder berühren.

Mit einem amüsierten Grinsen zuckt er die Schultern. „Ich bin noch ein Junior in der Firma. Wir vertreten einen riesigen Konzern in einem sehr großen Fall, weswegen ich Tausende und Abertausende Seiten von Dokumenten durchgehen muss. Ich glaube, nicht mal die Anwälte, die seit dreißig Jahren dabei sind, können sich daran erinnern, jemals so in Arbeit ertrunken zu sein.“

Ich hebe eine kleine Tomate an meine Lippen, sage „Hmh, das ist echt ätzend“, bevor ich sie mir in den Mund werfe.

Er sieht mir beim Kauen zu, nickt langsam. „Das ist es.“ Seine Augen werden dunkel, und er blinzelt kurz, dann noch mal, stärker diesmal, und seine Augen sind wieder klar, als sein Blick meinem erneut begegnet. „Wie war dein Tag?“

„Ich hab Schuldgefühle, weil ich draußen bin und so viel Spaß habe, während du den ganzen Tag im Büro eingesperrt bist", gebe ich zu.

Er legt das Messer beiseite und dreht sich zu mir um. „Also … bleibst du?"

„*Willst* du, dass ich bleibe?", frage ich. Meine Stimme klingt belegt und mein Puls pocht heftig in meinem Hals.

„Natürlich will ich, dass du bleibst", bekräftigt er. Hektisch löst er mit einer Hand seine Krawatte und nimmt sie ab, legt sie ans Ende der Arbeitsplatte. „In den Ferien ist es leicht so zu tun, als würde der Alltag nicht existieren. Vielleicht habe ich nicht ausreichend in Betracht gezogen, wie sehr mein Job das hier beeinflussen würde. Oder vielleicht habe ich auch einfach gedacht, du wärst klüger als ich und weniger impulsiv."

„Ehrlich. Es geht mir gut. Paris ist ja nicht gerade schrecklich." Ich schenke ihm ein strahlendes Lächeln.

„Das Problem ist, dass ich dich gern genießen würde, solange du hier bist."

„Du meinst meinen scharfsinnigen Witz und Verstand, nicht wahr?", sage ich grinsend und greife nach dem Basilikum.

„Nein, dein Verstand interessiert mich nicht. Ich meine deine Titten. Mich interessieren wirklich nur deine Titten."

Ich lache, Erleichterung sickert durch mich hindurch. Da ist er. „Wer hat dich nur dein Jurastudium beenden lassen, du Ochse."

„Es hat ein bisschen Überredungskunst gebraucht, aber mein Vater ist ein reicher Mann."

Ich lache wieder, und er kommt näher, doch sobald er das tut, wird es wieder so was von peinlich, weil ich ebenfalls die Hand nach ihm ausstrecke und unsere Hände in der Luft zusammenstoßen. Wir entschuldigen uns gleichzeitig und stehen dann nur wie bekloppt da, starren uns an.

„Du darfst mich berühren", sage ich im selben Moment wie er fragt: „Warum nimmst du nie das Geld, das ich dir auf den Tisch lege?"

Ich zögere kurz, dann flüstere ich: „Das käme mir so merkwürdig nuttig vor."

Ansel bricht in ein heftiges Gelächter aus, krümmt sich geradezu, und ich stimme mit ein. „Entschuldige“, sagt er. „Ich weiß nicht, wie ich all das sagen soll, was ich den ganzen Tag über einstudiert habe.“ Er fährt sich mit der Hand durchs Haar, so dass es danach wie wild zu Berge steht und vollkommen lächerlich aussieht und *verdammt*: Ich möchte ebenfalls mit meinen Fingern hindurchfahren. „Ich fühle mich nur so schuldig, dass ich seit deiner Ankunft kaum hier gewesen bin, und ich will einfach sicher gehen, dass du Spaß hast.“

Ah. Es sind also Schuldgefühle, die ihn in diese Roboterversion des süßen Typen verwandeln, den ich geheiratet habe. „Ansel, du musst dich nicht um mich kümmern.“

Er macht ein langes Gesicht, reißt sich dann aber zusammen. „Ich will irgendwie was beisteuern.“

„Du hast mich hierhergebracht“, erinnere ich ihn.

„Aber ich hab dich bisher kaum zu Gesicht bekommen. Und letzte Nacht bin ich eingeschlafen … und du …“ Ich sehe zu, wie seine Zunge hervorschnellt und seine Lippen benetzt. Er starrt auf meinen Mund, den seinen leicht geöffnet. „Das hier ist sowas von schräg“, flüstert er.

„Schräger geht's kaum“, stimme ich ihm zu. „Aber ich nehme dein Geld trotzdem nicht.“

„Wir sind *verheiratet*.“

„Wir sind nicht *auf diese Weise* verheiratet.“

Er lacht und schüttelt in gespielter Verzweiflung den Kopf, aber die Belustigung drückt sein Grübchen in seine Wange, und das lässt mein Herz zehn Mal zu groß für meinen Brustkorb werden. *Hallo, Liebster.*

Von Rechts wegen, ja, sind wir verheiratet. Aber ich verlasse mich bereits darauf, dass er mir Unterschlupf gewährt und für Essen sorgt. Auf keinen Fall würde ich mich dabei gut fühlen, sein Geld anzunehmen, wo ich noch nicht mal seinen zweiten Vornamen kenne.

Heilige Scheiße, ich kenne noch nicht mal seinen zweiten Vornamen.

„Ich finde es toll, dass du dich so gut amüsiert“, sagt er vor-

sichtig. „Warst du schon im Muse…?“

„Wie lautet dein zweiter Vorname?“, bricht es aus mir hervor.

Er legt den Kopf leicht schief, und ein kleines Lächeln umspielt seine Mundwinkel. „Charles. Nach meinem Vater.“

Ausatmend sage ich: „Gut. Ansel Charles Guillaume. Ein guter Name.“

Sein Lächeln wird langsam breiter, als er zu begreifen scheint. „Okay. Was ist *dein* zweiter Vorname?“

„Rose.“

„Mia Rose?“

Ich liebe die Art, wie er Rose sagt. Der R-Laut klingt mehr wie ein Schnurren als ein Buchstabe. „Du sprichst meinen Namen besser aus jemals jemand zuvor.“

„Das sollte ich“, murmelt er augenzwinkernd. „Denn er ist jetzt ganz offiziell mein neuer Lieblingsname.“

Ich sehe ihn einen Moment lang an, spüre, wie ein Lächeln meinen Mund erobert. „Wir machen alles rückwärts“, flüstere ich.

Sich einen kleinen Schritt auf mich zubewegend, flüstert er: „Dann muss ich dich ja noch einmal verführen.“

Oh, dieses Flattern. „Tust du das?“

Nun verzieht er den Mund zu einem gefährlichen Lächeln. „Ich will dich heute Abend in meinem Bett. Nackt unter mir.“

Er spricht darüber, miteinander *Sex* zu haben, und plötzlich kann ich unmöglich auch nur einen Happen essen. Mein Magen klettert mir in den Hals, und mein Höschen rutscht mir beinahe vor Vorfreude hinunter.

„Deshalb wollte ich damit beginnen, indem ich dir etwas zu Essen koche“, fährt er ahnungslos fort. „Und meine Mutter würde mir bei lebendigem Leibe die Haut abziehen, wenn sie wüsste, wie viel Takeaway ich esse.“

„Also, ich kann mir nicht vorstellen, dass du gegen Mitternacht nach Hause kommst und dir dann noch was zu essen kochst.“

„Stimmt“, sagt er langsam und kommt noch ein bisschen näher. „Heute wollte ich das von letzter Nacht wieder gutma-

chen.“ Er lächelt, schüttelt den Kopf. „Und dass ich heute Morgen so schnell verschwinden musste, nachdem du meine Finger dermaßen genial benützt hast.“ Er hält inne, versichert sich meiner ungeteilten Aufmerksamkeit, bevor er hinzufügt: „Ich wäre gern geblieben.“

Oh. Ich frage mich, ob er hören kann, wie mein Herz mir plötzlich in die Magengrube rutscht, weil es sich anfühlt, als würde der Aufprall im ganzen Raum widerhallen. Mein Kopf ist voller Wörter, aber es muss einen Kurzschluss zwischen meinem Hirn und meinen Mund gegeben haben, denn es kommt absolut *nichts* heraus. Jedes Härchen auf meinen Armen steht in die Höhe, und Ansel sieht mich unverwandt an, wartet auf eine Reaktion.

Er will heute Abend Sex haben. *Ich* will heute Abend Sex haben. Aber was vorher einfach war, fühlt sich plötzlich so … kompliziert an. Machen wir es jetzt, sofort? Diese Couch würde nett sein, vielleicht sogar der Tisch … Oder sollten wir erst zu Abend essen und dann ins Schlafzimmer gehen, um uns wie zivilisierte Menschen zu benehmen? Ich werfe einen Blick aus dem Fenster und sehe, dass die Sonne noch durch das Dachfenster über dem Bett scheint. Er wird meine Narben sehen. Jede einzelne. Natürlich weiß ich, dass er sie bereits gesehen hat – sie gespürt hat –, aber das hier ist anders. Es ist kein spontaner *Vielleicht-wird-es-nie-wieder-passieren*-Sex. Es ist kein *Du-hast-keine-Ahnung-wer-ich-bin-also-kann-ich-sein-wer-ich-will*-Sex. Kein Lottoschein, kein *Es-hat-sich-gerade-die-Gelegenheit-geboten*-Sex. Es ist Sex, den wir planen, Sex, den wir haben können, wann immer wir wollen. Frei verfügbarer Sex.

All diese Gedanken und mehr jagen durch meinen Kopf, und er beobachtet mich noch immer, wartet mit unsicherem Blick. Ich denke zu viel. Panik, dass ich es vermasseln werde, steigt in meiner Brust auf, in meinem Hals.

„Bist du hungrig?“, fragt er.

„Das muss ich nicht sein.“ *Und was soll das jetzt bedeuten, Mia?*

„Aber … du bist es jetzt?“ Er kratzt sich an der Schläfe, verständlicherweise verwirrt. „Ich meine, wir können erst essen, wenn dir das lieber ist.“

„Ich nicht. Wir nicht. Lass uns nicht? Es ist okay für mich, nicht erst zu essen.“

Mit einem leisen Lachen schaltet Ansel den Herd aus und dreht sich zu mir um. Er umfasst mein Gesicht, seine Handflächen warm an meinen Wangen, und küsst mich. Seine Lippen liebkosen meine, Zähne kratzen sanft darüber hinweg. Ich spüre seine Finger durch mein Haar fahren, er zieht meinen Kopf nach hinten, nur so weit, dass er mit seiner Nase an meiner entlangfahren kann und mein Kinn zu ihm nach oben zeigt. Seine Finger an meiner Haut zittern, so sehr hält er sich zurück, und seine Laute kommen angespannt, kaum noch kontrolliert heraus.

Ich halte die Luft an, als seine Zungenspitze sich in meinem Mund schiebt und er in mir aufstöhnt. Meine Nippel werden hart. Er führt uns ins Schlafzimmer, und ich spüre die Schwere meiner Brüste, die Hitze zwischen meinen Beinen.

Sein Fuß landet auf meinem. Er flüstert eine Entschuldigung, verzieht das Gesicht, als ich in seinen Kuss sage: „Schon okay, schon okay.“

Meine Augen sind geschlossen, aber ich spüre es, als er seine Schuhe davonschleudert, höre sie auf dem Holzfußboden landen. Ich stoße mit dem Rücken an die Wand, und wieder flüstert er eine Entschuldigung in meinen Mund, saugt an meiner Zunge und versucht, mich abzulenken. Seine Finger wandern über meine Wirbelsäule, unter den Saum meines Shirts, gleich darauf ist es oben und über meinem Kopf, liegt irgendwo vergessen hinter uns. Meine Hände ziehen an seinem Hemd, bis sich seine Haut nackt und warm an meine presst.

Klamotten werden ausgezogen, er stolpert geradezu aus seiner Hose, der Raum dreht sich, und als ich meine Augen wieder öffne, sehe ich über mir die Zimmerdecke und spüre die weichen Laken an meinem Rücken. Er küsst sich einen Weg meinen Hals hinunter und meine Schulter entlang, leckt sich einen Pfad bis zu

meiner Brust. Es ist dunkler hier, als ich erwartet hatte, und ich vergesse beinahe, dass wir nackt sind. Bis Ansel sich hinkniet, sich über mir ausstreckt, nach etwas auf dem Nachttisch sucht und mit einem Kondom zurückkehrt.

„Oh“, sage ich und ziehe die Augenbrauen zusammen. Ich vermute, wir können loslegen. Außerdem vermute ich, dass die Ergebnisse des Bluttests noch nicht eingetroffen sind. „Sind wir ...?“

Er sieht auf das Plastiktütchen. „Ich hab meine Mails abgerufen und ... wir haben nicht ... Ich meine. Falls ...“

„Nein“, platze ich raus. „Gut. Es ist in Ordnung.“ Gott – könnte es *noch* peinlicher werden? Glaubt er, ich hätte etwas? Glaubt er, das in Vegas wäre sowas wie Alltag für mich gewesen? Und was ist mit ihm? Was ist mit der anderen? Vor mir Kilometer von nacktem Oberkörper und Armen, sein flacher Bauch, sein Schwanz, wie er zwischen uns emporragt – wie viele andere Frauen mögen genau diesen Anblick schon genossen haben? „Wir sollten auf jeden Fall eins benutzen, uns wie Erwachsene verhalten, bis wir mehr wissen.“

Er nickt, und mir entgeht nicht, wie seine Hände zittern, während er die Folie aufreißt, sich selber anfasst und das Latex über seinen Ständer rollt. Meine Beine sind gespreizt, und er lässt sich zwischen ihnen nieder, sein Blick flackert zu mir hinauf.

„Okay?“, fragt er.

Ich nicke und ersticke fast an meinem Atem, als seine Finger herausfinden, wo ich nass bin, kleine Kreise ziehen, bevor er die Finger mit seinem Schwanz ersetzt.

Und *oh* ... okay. Das fühlt sich ... gut an.

„Immer noch okay?“, fragt er wieder, und dieses Mal lege ich meine Beine um seine Hüften und spanne sie an, ziehe ihn an mich heran.

Er atmet aus, als er sich hineinschiebt, hält inne, als sein Körper sich in meinem versenkt hat. Seine leisen Laute vibrieren an meiner Haut, und ich nicke, um ihm zu zeigen, dass es mir gut geht, dass er weitermachen soll. Er zieht sich heraus, pumpt wieder hinein. Sein Haar streicht über meine Brust, als er auf uns

beide hinunterblickt, zusieht, wie er sich in mir bewegt. Wieder und wieder.

Ich bin mir jedes Atemzugs bewusst, den er nimmt, jedes Wortes und jedes Ächzens, das seine Lippen verlässt, dem Geräusch seiner Haut, wo sie gegen meine klatscht. Von draußen ist ein Rufen zu hören, und ich sehe zum Fenster hinüber. Ansel berührt mein Kinn, lächelt, als er meine Aufmerksamkeit zurückgewinnt und mich küsst. Ich kann den Wein schmecken, den er getrunken haben muss, während er mit dem Kochen anfing, kann den letzten Rest seines Aftershaves riechen. Aber ich kann auch die Geräusche unten auf der Straße hören, die schwere, feuchte Luft in der Wohnung spüren, die auf uns niederdrückt.

Es fällt mir ein, dass ich all solche Dinge zuvor nicht bemerkt habe, weder, als wir in Vegas zusammen waren, noch in seinem Hotelzimmer. Ich hatte mich so der Fantasie hingegeben, wo wir waren und was wir taten, hatte so getan, als wäre ich jemand anders mit einem anderen Leben, dass ich gar nicht auf die Idee kam, mir Gedanken oder Sorgen zu machen; ich wollte nur *ihn*, sonst nichts.

Ansel beschleunigt das Tempo und greift zwischen uns, seine Finger schlüpfen an die Stelle, wo er in mir ist, bevor sie hoch zu meiner Klit wandern. Und es fühlt sich gut an, das tut es. Mit ihm zusammen zu sein fühlt sich gut an, und seine Laute sind der Wahnsinn, und es geht erst seit ein paar Minuten, aber … oh … ich fühle etwas.

Dort? *Dort.*

„Ja", hauche ich, und er flucht, seine Hüften beschleunigen das Tempo. Und wow, das hilft tatsächlich, denn da ist es wieder, ein Flackern, ein Zusammenziehen tief in meinem Bauch. Druck baut sich auf, schwer und wieder *da* und ich bin kurz davor.

Glaube ich?

Ja.

Nein.

… vielleicht?

Ich verlagere meine Hüften, und er verlagert seine ebenfalls, stößt wieder härter und schneller in mich hinein, bis das Kopf-

ende beginnt, stetig gegen die Wand hinter mir zu schlagen und …

Das wird schwer auszublenden sein. Was ist mit den Nachbarn?

Argh, Hirn, halt die Klappe. Ich kneife die Augen zu, versuche, mich erneut zu konzentrieren, atme tief durch und sehe auf. Ansel über mir ist einfach fantastisch, er flüstert kleine dreckige Sachen in mein Ohr, von denen ich ein paar verstehe und die anderen, ach, zur Hölle, er könnte mir vermutlich einen Einkaufszettel vorlesen und es würde sich heiß anhören.

„Ich kann dich geradezu denken hören, *cerise*", flüstert er mir ins Ohr. „Hör auf damit."

Gott, ich versuche es ja. Ich schiebe meine Beine etwas höher und versuche, ihn zu führen, flehe meinen Körper stumm an, zu dem Ort zurückzukehren, wo meine Gliedmaßen zerschmelzen und ich nichts höre als weißes Rauschen und das Geräusch von ihm, wie er kommt und kommt, aber … Scheiße, das wird nicht passieren. Blöder Körper. Blödes Hirn. Blöder launischer Orgasmus.

„Lass mich dich hören", sagt er, aber es klingt nach einer Frage. Als ob er mich darum bitten würde. „Du musst nicht leise sein."

Bin ich leise? Ich stöhne auf, weil ich mich so unbeholfen fühle, und schließe die Augen, frage mich, ob ich ihm einfach sagen soll, dass er nicht auf mich warten muss, ihn daran erinnern soll, dass mein Körper zu lange braucht, oder – ich kann kaum glauben, dass ich das auch nur denke – ob ich ihm etwas vortäuschen soll.

„Ansel", sage ich und verstärke meinen Griff um seine Schultern, denn ehrlich gesagt habe ich keine Ahnung, was ich gleich sagen werde. „Du fühlst dich so gut an, aber …"

Anscheinend war das alles, was er brauchte.

„Oh Gott", stöhnt er. „Noch nicht, noch nicht."

Er beißt sich auf die Lippe, verkrallt sich mit einer Hand in meinem Haar, während er mit der anderen Hand meinen Hintern umfasst, mich zu ihm hochhebt. Näher heran. Er beugt

sich hinunter und stöhnt in meinen Mund, und wenn ich nicht so in meinem Kopf verloren wäre, *lieber Gott*, dann wäre das alles echt heiß.

„Fuck, fuck, *fuck*", stöhnt er und stößt ein letztes Mal in mich hinein, so tief, dass ich das Gefühl habe, als würde er mich in zwei Hälften zerteilen. Die Luft in meinen Lungen kommt in einem Schwung aus mir heraus, als er auf mir kollabiert und ich zur Decke hinaufstarre.

Ich kenne diesen Moment. Es ist derselbe, den ich mein Leben lang wieder und wieder erlebt habe. Der Moment, wenn mein Körper nicht ganz am Ziel angekommen ist und ich mit der Sorge zurückbleibe, ob mit mir etwas nicht stimmt. Dass ich mit einem anderen Menschen vielleicht niemals regelmäßige Orgasmen haben werde.

Ansel gibt mir einen Kuss auf den Mund, warm und lang, bevor er nach dem Kondom greift und es hinunterzieht. „Bist du okay?", fragt er und beugt sich vor, um mir in die Augen zu sehen.

Ich räkle und strecke mich, tue mein Bestes, um vollkommen erschlagen zu wirken, und lächle zu ihm hinauf. „Absolut. Nur ..." Ich gähne theatralisch. „Jetztwundwundentspannt", sage ich schläfrig.

Ich kann die Worte auf seiner Zungenspitze sehen, die Frage: *Bist du?*

„Willst du was zu Abend essen?", fragt er stattdessen und küsst mein Kinn. Seine Stimme zittert leicht, wirkt ein klein bisschen unsicher.

Nickend sehe ich zu, wie er sich aus dem Bett rollt, seine Klamotten wieder anzieht und mich lieb anlächelt, bevor er das Schlafzimmer verlässt.

ZEHN

Drei weitere Tage vergehen in einem Rausch des Sightseeings, köstlichen Essens, Kaffees und der wunden Füßen, mit nur wenigen Stunden daheim, gemeinsam mit Ansel im Wachzustand. Es ist unkompliziert in seiner Nähe, seine Verspieltheit kehrt zurück, nachdem er Zeit hatte, sich von der Arbeit zu erholen, und er besitzt die seltene Fähigkeit, mich über praktisch alles zum Reden und Lachen zu bringen: Gemüse, Sport, Filme, Schuhgrößen, Penisgrößen und meine Lieblingsstellen, wo ich gerne geküsst werde.

Aber keiner von uns beiden scheint zu wissen, wie wir die Geborgenheit der *Berührung* zurückerlangen können. Am Mittwoch kuschelt er abends auf der Couch mit mir, küsst mich aufs Haar, übersetzt flüsternd ein französisches Kriminaldrama für mich. Er küsst mich auf die Schläfe, wenn er Arbeiten geht und ruft jeden Tag um die Mittagszeit und dann noch mal gegen vier Uhr an.

Aber er scheint den Sex in meine Hände gelegt zu haben … sozusagen. Und ich versage auf ganzer Linie. Ich will ihm sagen, dass ich nie die verführerische Sexbombe sein werde und dass er wieder etwas von dem wilden Ansel hervorzaubern muss, damit ich mich wohlfühle, aber wenn er nachhause kommt, ist er zu erschöpft, um sehr viel mehr zu machen als seine Schuhe auszuziehen.

Ich tue so, als befände ich mich auf einem Filmset und würde eine neue morgendliche Routine für mein großartiges Leben in Paris entwickeln. Ich starre aus dem Fenster und schlürfe den Kaffee, den Ansel für mich gekocht hat, überlege, was ich den Tag über machen werde, und gehe die kleine Liste mit Übersetzungen durch, die er mir dagelassen hat.

Wie geht es Ihnen? Comment allez-vous?
Danke. Merci.
Sprechen Sie Englisch? Parlez-vous anglais?
Wie komme ich zur Metro? Où se trouve le métro?

Wo ist die Toilette? Où sont les toilettes?
Wie viel kostet das? Combien ça coûte?
Wieso, nein, ich bin nicht interessiert. Mein Mann ist perfekt. Quoi, non, je ne suis pas intéressée. Mon mari est parfait.

Nachdem ich mich geduscht und angezogen habe, hole ich mir ein süßes Teilchen von der kleinen Patisserie zwei Blocks von unserem Haus entfernt, wo ich ein bisschen mit dem amerikanischen Mädchen quatsche, das dort arbeitet, Simone. Und dann gehe ich entweder zu Fuß oder nehme die Métro zu einem Ort, an dem ich zuvor noch nie gewesen bin. Das Quartier Latin, Montmartre, Musee d'Orsay, die Katakomben. Ich plane sogar eine Fahrradtour nach Versaille, wo ich mir die Parkanlagen und das Schloss ansehen will.

Es ist ein Traum, das weiß ich. Es ist so dermaßen ein Traum, dass mein zukünftiges Ich bereits mein gegenwärtiges Ich dafür hasst, so viel Zeit und Freiheit zu haben und sich trotzdem manchmal einsam zu fühlen. Es ist absurd. Es ist nur … Ich mag Ansel. Ich giere nach mehr Zeit mit ihm und wünschte, ich könnte einen Weg finden, um die Erotik zurückzubringen.

Zumindest ist es tröstlich zu wissen, dass ich Lola oder Harlow anrufen kann, wenn sie gerade aufstehen, und dass sie beide an meinem Leben teilhaben. Am Freitagnachmittag finde ich eine sonnige Bank vor dem d'Orsay und rufe Harlow an, um sie auf den neuesten Stand des Paris-Abenteuers zu bringen.

Auch wenn Harlow öfters in Paris gewesen ist, als ich mich daran erinnern kann, erzähle ich ihr alles über die Wohnung, über die Métro, über die süßen Teilchen und den Kaffee und die unendlichen, kurvige Straßen. Ich erzähle ihr, dass man problemlos Kilometer für Kilometer durch die Gegend spazieren kann, ohne es zu bemerken, dass die erstaunlichsten Sehenswürdigsten sich oft an den gewöhnlichsten Orten verbergen … auch wenn eigentlich nichts an Paris gewöhnlich ist.

„Und ich treffe Leute!", sage ich. „Abgesehen von Ansel, meine ich."

„Beispiele, bitte. Würden wir sie gutheißen?"

„Vielleicht?", erwidere ich nachdenklich. „Da gibt es dieses amerikanische Mädchen, sie arbeitet in der Bäckerei, wo ich mir mein Frühstück hole. Sie heißt Simone, ist aus dem Valley ..."

„Argh."

Ich lache. „Aber sie benutzt das Wort ‚grausig', um etwas als ‚doof' zu bezeichnen, und seitdem nenn ich sie in meinem Kopf nur noch ‚Grausimone'."

„Aus genau diesem Grund würde ich für dich lesbisch werden, Mia", meint Harlow. „Du sagst immer so gut wie nichts, und dann kommt solcher Quatsch aus deinem Mund. Wie damals, als du mich Hurelow genannt hast, als wir uns in der siebten Klasse gestritten haben, und ich angefangen habe zu lachen und nicht mehr aufhören konnte, bis ich mir in die Hose gepinkelt habe? Wir sind echt verdammt schlecht im Streiten."

„Hör zu", reiße ich sie aus ihren Erinnerungen. „Sie spricht seit der fünften Klasse nicht mehr mit ihrer besten Freundin, weil sie sich das gleiche Lied für den Eröffnungstanz auf ihrer Hochzeit ausgesucht hat."

Harlow hält kurz inne. „Nenn mir noch ein Beispiel. Dieses hier kann ich vielleicht sogar nachvollziehen."

„Ernsthaft?" Ich halte das Handy von meinem Ohr weg und sehe es an, als ob Harlow meine Reaktion durch den Hörer sehen könnte. „Und mach dir keine Sorgen, Harlow, weder Lola oder ich würden je etwas von Celine Dion aussuchen."

„Schon klar, dass du dich über mich lustig machen willst, aber die Frau ist der Wahnsinn. Und live? Besser, ich fange gar nicht erst an."

Ich stöhne auf. „Okay, also noch ein Beispiel." Ich gehe die Möglichkeiten durch. Ich könnte von dem anderen Barista erzählen, dem wortkargen Antoine – den ich begonnen habe, im Geiste Autan zu nennen –, aber dann erinnere ich mich an Simones merkwürdigste Angewohnheit. „Grausimone sagt ‚SL' zu allem. Zum Beispiel ..."

„Warte", unterbricht sie mich. „Was ist ‚SL'?"

„Scheiß Leben."

„Wow, okay", erwidert sie. „Und Leute benutzen es aus anderen Gründen als ‚Ich habe Krebs' oder ‚Ich stecke unter einem LKW fest'?"

„Anscheinend", sage ich nickend. „Sie lässt Wechselgeld fallen, ‚SL'. Sie verschüttet etwas Kaffee auf ihre Hand: ‚SL'. Sie reißt sich einen Nagel ein, und, ich verarsch dich nicht: ‚SL'. Und draußen auf der Straße – diese Stadt ist verrückt, die Leute hier fahren wie die Irren, und die Fußgänger überqueren einfach eine Straße, als wollten sie sagen: ‚Ich hatte ein nettes Leben, schon okay, wenn es jetzt zu Ende geht'."

Harlow lacht am anderen Ende der Leitung laut los, und es wärmt mich von innen auf, lässt meine Welt sich wieder groß anfühlen. „Und Mittagessen mit einer Flasche Wein und vier Espressi?", frage ich kichernd. „Warum nicht?"

„Hört sich ganz nach meiner Stadt an", meint Harlow.

„Du bist ja schon hier gewesen, warum beschreibe ich sie dir überhaupt?"

„Weil du mich vermisst?"

Ich lasse mich gegen die Lehne der Bank fallen. „Das tue ich. Das tue ich echt."

Sie zögert einen Moment, bevor sie fragt: „Und der Ehemann?"

Ah. Da ist es. „Alles okay."

„Mehr nicht?", fragt sie, und ihre Stimme wird leiser. „Mehr bekomm ich nicht zu hören? Du bist seit zwei Wochen weg, lebst mit Baby Adonis zusammen, und alles was du mir erzählen kannst, ist ‚Alles okay'?"

Ich schließe die Augen und strecke mein Gesicht der Sonne entgegen. „Er ist so süß, aber er arbeitet ständig. Und wenn er zuhause ist, dann bin ich meistens so verführerisch wie ein Pappkarton."

„Nun, hast du noch *andere* Freundschaften geschlossen? Mit heißen Typen. Du weißt schon, für mich?", fragt sie, und ich kann das Lächeln in ihrer Stimme hören.

„Hm. Eigentlich nicht. Ich meine, ich bin jetzt seit anderthalb Wochen hier, und ich war die meiste Zeit über krank. Ich hab die

Frau von unten kennengelernt, und die spricht kaum Englisch, aber es funktioniert irgendwie."

„Hat Ansel dir ein paar Leute vorgestellt für die Zeit, wenn er nicht da ist?"

„Hmh, ich hab nichts von irgendwelchen Freunden gehört." Meine Gedanken kommen ins Stolpern. „Ich meine, versteh mich nicht falsch, wir verbringen so wenig Zeit zusammen, dass ich mir nicht ganz sicher bin, ob ich ihn teilen will. Aber ... ist das vielleicht komisch? Findest du es merkwürdig, dass er nicht vorgeschlagen hat, wir könnten uns mal mit ein paar Leuten treffen?"

„Hmmm, tja ... Entweder hat er einen Haufen an toten Freundinnen, die er verbergen muss ..."

„Ha ha ha".

„Oder es ist, wie du sagst, und er ist einfach *zu beschäftigt*. In meiner Kindheit habe ich meinen Vater gleich mehrere Wochen am Stück nicht zu Gesicht bekommen."

Ich zupfe an einem losen Faden an meinem T-Shirt, frage mich, ob sie auf etwas hinauswill. „Ja, schätze, du hast recht."

„*Ooooder*", hebt sie an, „er ist ein Kerl und macht sich entsprechend gerne vor, du wärest glücklich, wenn du den ganzen Tag einfach nur nackt in seiner Wohnung rumläufst. Dieser These würde ich mich anschließen."

„Verstanden."

„Hey, du sitzt in ein paar Wochen wieder im Flieger. Genieß die Freiheit. Füll deine Tage mit Sonne und Wein an. Nackte Zeiten mit heißen französischen Jungs. Insbesondere mit diesem einen."

„Vor drei Abenden hatten wir den unbeholfensten Sex in der Weltgeschichte. Ich konnte nicht aufhören, alles zu *überdenken*. Und seitdem nichts mehr, und ich will ihn die ganze Zeit über anfassen. Es ist die Hölle." Und das ist es. Sobald ich es ausgesprochen habe, denke ich an die glatte Haut an seinem Hals, den sanften Biss seiner Zähne, die klaren Konturen seines Brustkorbs und seines Bauchs.

„Dann verlass mal *deinen* Kopf“, sagt sie mit theatralischem russischen Akzent „und gib *seinem* ein bisschen Aufmerksamkeit, wenn du die Anspielung verstehst.“

„Tu ich nicht, Hurelow. Kannst du es mir erklären? Sein … ‚Kopf‘? Meinst du seine Eichel? Ich wünschte, du würdest aufhören, in Rätseln zu sprechen.“

„Also, dann sag mir mal eins. Warum war es in Vegas leicht und in Paris ist es das nicht?“

„Ich weiß nicht …“ Ich kräusle nachdenklich die Nase. „Ich hab einfach so getan, als ob ich zu dieser Art Mädchen gehören würde, die sowas macht. One-Night-Stand und Sex und bla bla bla.“

Lachend erwidert sie: „Dann sei wieder dieses Mädchen.“

„Das ist gar nicht so einfach. Es ist schräger hier. Als ob alles bedeutungsgeladen ist. ‚Wir sollten Sex haben, denn ich fühle mich sehr zu dir hingezogen, und außerdem sind wir verheiratet. Verheiratete Menschen haben Sex.‘ Pieps, Tut, Tut, Systemwiederherstellung fehlgeschlagen.“

„Du hast jetzt auf Automatik umgeschaltet, oder?“

Ich sehe auf meine erhobene Hand, die ein OK-Zeichen macht. „Vielleicht.“

Sie lacht noch lauter und stößt die Worte hervor: „Dann sei halt ein bisschen weniger neurotisch, du Troll.“

„Oh Mann, daran hätte ich denken sollen, Hurelow. Ich könnte einfach nur ein bisschen weniger neurotisch sein. Vielen, vielen Dank, damit sind all meine Probleme gelöst.“

„Okay, na schön“, sagt sie, und in diesem Augenblick sehe ich ihr Gesicht vor mir, sehe, wie sie sich vorlehnt und sich ernsthaft ihrem Lieblingsthema zuwendet: Sex. „Hier kommt ein Vorschlag nur für dich, Süße: Besorg dir ein Kostüm.“

Ich fühle mich, als hätte sich der Himmel über mir geöffnet und das Universum mir einen Amboss an den Kopf geworfen.

Oder einen Fehdehandschuh.

Ich schließe die Augen und erinnere mich an Vegas, wie leicht es gewesen ist, verspielt zu sein statt ernst. So zu tun, als wäre ich mutiger, als ich bin. Und an den Morgen, als ich seine Hand

als Sexspielzeug verwendet habe. Da hat es auch funktioniert. Jemand anderes zu sein, sich in eine Rolle zu versenken.

Ich spüre, wie die Vorstellung meine Gedanken kitzelt, bevor sie größer wird, eilig die Flügel ausbreitet.

Spiele.

Was hat dir am Tanzen am Meisten gefallen? hatte er mich gefragt.

Die Möglichkeit, auf der Bühne jemand anderes sein zu können, hatte ich ihm gesagt. Ich will heute Abend ein anderes Leben.

Und dann habe ich ein anderes Leben begonnen, aber jetzt sitzt es hier und welkt vor sich hin.

„Ich kenn dich, oder?“, fragt Harlow, und ihr Lächeln zwängt sich quer über den Ozean durch die Telefonleitung.

Selbst nachdem mir mit einem Mal klar ist, dass es mir hilft, mich zu entspannen, wenn ich eine Rolle spiele, weiß ich trotzdem noch nicht genau, wie ich es angehen soll. Ein Kostüm – wie erotische Unterwäsche, um mich gedanklich in die richtige Stimmung zu bringen? Oder meint Harlow tatsächlich, dass ich alle Stoppschilder ausschalten und aufs Ganze gehen soll, lässig und entspannt – dadada, *it's showtime*? Mein Handy kündigt ständig surrend neue Nachrichten von ihr an, die alle aus Links mit Adressen rund um den Place Pigalle bestehen.

Und natürlich sind diese Adressen auch alle ganz in der Nähe von unserer Wohnung, was dem Plan noch mehr einen Hauch von Schicksalshaftigkeit verleiht. *Du machst es mir extra leicht, Harlow, stimmt's?*

Aber keiner der Läden entsprecht bislang dem, wonach ich suche: Sie sind entweder dunkel und höhlenartig oder sie werden von grellen Neonschildern angepriesen und haben posierende Anziehpuppen in furchterregenden Dessous im Schaufenster stehen. Also gehe ich weiter, auf dem Weg zur letzten Adresse, die Harlow mir geschickt hat, und schlendere durch eine enge Gasse, dann durch noch eine. In den Schatten ist es still, fast etwas feucht, und ich gehe ein paar Blocks weiter, bis über einem

kleinen Vorplatz wieder der Himmel zu sehen ist. Und da, ein paar Meter weiter, ist dieser kleine, dezente Laden mit Spitze und Samt und Leder im Fenster.

Es kommt mir vor, als wäre ich in die Diagon Alley aus Harry Potter versetzt worden.

Ich öffne die Tür, und mir strömt der Geruch von Schwertlilie und Salbei entgegen, ein Duft so warm und erdig, dass ich spüre, wie ich mich sofort entspanne. Eine Frau tritt hinter dem Tresen hervor und weiß aus irgendeinem Grund, dass sie mich mit „Hallo“, nicht mit „*bonjour*“, begrüßen muss.

Sie trägt ein Lederkorsett – ihre Brüste heben sich beneidenswert empor – und eine dunkle Jeans, und ihre kreischend feuerwehrroten Absätze sind mindestens zwölf Zentimeter hoch.

Überall um mich herum sind Verpackungen mit Spielzeug – Dildos und Vibratoren, Gummifäuste und Handschellen. Weiter hinten im Laden sind Regale mit Büchern und Videos, und an den Seiten reihen sich Kleiderstangen mit Kostümen in allen Farben und für beinahe alle Fantasien.

„Suchen Sie nach einem Kostüm zum Tragen oder zum Spielen?“, fragt sie, nachdem sie bemerkt hat, wo ich hinsehe. Auch wenn ihre Frage, so wie sie formuliert hat, ein wenig verwirrend ist, und auch wenn mein Verstand ein wenig länger bei der Niedlichkeit ihres Akzents verweilen will, als sie „Kostüm“ sagt, weiß ich, was sie meint. Denn genau aus diesem Grund bin ich hier hergekommen.

„Spielen“, antworte ich.

Ihre Augen beginnen warm zu lächeln. Ein echtes Lächeln in einem kleinen Laden, mitten in einer riesigen Stadt.

„Wir beginnen ganz einfach, okay?“ Sie geht zu einer Stange mit Kostümen hinüber, die ich wiedererkenne: Krankenschwester, Dienstmädchen, Schulmädchen, Katze. Ich fahre mit der Hand über die Stange, spüre die Begeisterung unter meinen Rippen aufblühen. „Und dann können Sie wiederkommen, wenn er noch mehr will.“

ELF

Ich komme zu Hause an, erleichtert, dass Ansel noch nicht da ist, stelle eine Tüte mit Takeout auf den Küchentresen, gehe ins Schlafzimmer und ziehe das Kostüm aus dem Kleidersack. Als ich es vor mich halte, spüre ich den ersten Anflug von Unsicherheit. Die Verkäuferin hatte meinen Brustumfang, meine Taille und meinen Hüftumfang ausgemessen, damit sie meine Größe einschätzen konnte. Aber das winzige Ding in meinen Händen sieht nicht so aus, als würde es passen.

Tatsächlich passt es, aber es sieht kein bisschen größer aus, nachdem ich es angezogen habe. Das Mieder und der Rock sind in pinkfarbenem Satin, auf dem zarte schwarze Spitze liegt. Das Oberteil drückt meine Brüste zusammen und hoch, schenkt mir ein Dekolletee, das ich wahrscheinlich nie zuvor hatte. Der bauschige Rock endet ein paar Zentimeter über meinen Knien. Wenn ich mich nach vorne beuge, soll das gerüschte Höschen zu sehen sein. Ich binde mir die winzige Schürze um, befestige die kleine Haube auf meinem Kopf, ziehe die schwarzen Strümpfe an, die bis zu den Oberschenkeln reichen, richte die pinkfarbenen Schleifen an meinen Knien. Nachdem ich in die spitzen High-Heels geschlüpft bin und meinen Staubwedel in der Hand halte, fühle ich mich zugleich sexy und peinlich, wenn so eine Kombination überhaupt möglich ist. Mein Verstand kann sich nicht entscheiden. Nicht, dass ich nicht gut aussehen würde in dem Kostüm – ich kann mir nur ehrlich nicht vorstellen, was Ansel denken wird, wenn er das bei seiner Ankunft sieht.

Aber es reicht nicht, mich einfach nur zu verkleiden. Kostüme allein werden die Show nicht in Schwung bringen. Ich muss mir einen Plot ausdenken, eine Geschichte, die ich erzählen will. Heute Abend müssen wir uns in einer anderen Wirklichkeit verlieren, eine, bei der der Stress seines Jobs nicht drohend über seinen Tageslichtstunden schweben wird, und wo ich mich nicht fühle, als hätte er einem Mädchen ein Abenteuer angeboten, das ihren Esprit leider in den Staaten zurückgelassen hat.

Ich könnte das gute Dienstmädchen sein, das ihre Arbeit perfekt erledigt und jetzt eine Belohnung verdient hat. Bei der Vorstellung, Ansel würde mir danken, mich belohnen, beginnt meine Haut sofort zu vibrieren. Das Problem ist nur, dass Ansels Wohnung absolut makellos wirkt. Es gibt nichts, wie ich sie noch besser aussehen lassen kann, und ihm wird unklar sein, welche Rolle er dabei spielen soll.

Was bedeutet, dass ich Ärger bekommen muss.

Ich sehe mich um, frage mich, was ich durcheinanderbringen kann, so dass er es sofort bemerkt. Ich will kein Essen auf dem Tresen lassen, für den Fall, dass mein Plan aufgeht und wir die ganze Nacht im Bett verbringen. Mein Blick wandert durch die Wohnung und hält bei der Fensterfront inne, bleibt dort hängen.

Selbst im Schein der Straßenlaternen sehe ich, wie sehr die Scheiben glänzen, wie sauber sie sind.

Er kann jede Sekunde hereinkommen. Und tatsächlich: Ich höre das Knarren des Fahrstuhls, das metallische Klicken der Türen, als sie sich schließen. Also kneife ich die Augen zu und drücke meine Handflächen flach gegen die Scheibe, wische über sie hinweg. Als ich die Hände wegnehme, bleiben zwei Schmierstreifen zurück.

Sein Schlüssel steckt im Schloss, knackt, als er gedreht wird. Die Tür öffnet sich mit einem leisen Scharren von Holz auf Holz, und ich gehe in den Flur, den Rücken durchgedrückt und die Hände um den Staubwedel vor mir geklammert.

Ansel lässt seine Schlüssel auf den Tisch fallen, stellt seinen Helm daneben ab und sieht dann auf. Reißt die Augen auf.

„Wow. Hallo." Er umfasst die zwei Briefumschläge in seiner Hand fester.

„Willkommen daheim, Mr Guillaume", sage ich, und bei seinem Namen bricht meine Stimme leicht. Ich gebe mir selbst fünf Minuten. Sollte er nicht mitspielen wollen, dann wird das nicht das Ende der Welt sein.

Das wird es nicht sein.

Sein Blick wandert zunächst zu der winzigen, gekräuselten Haube und dann weiter nach unten, stolpert, wie er es immer

tut, über meine Lippen, bevor er meinen Hals hinunter gleitet, zu meinen Brüsten, meiner Taille, meinen Hüften, meinen Schenkeln. Mit offenem Mund betrachtet Ansel meine Schuhe.

„Ich dachte, Sie würden sich vielleicht das Haus ansehen wollen, bevor ich für den Abend gehe“, sage ich, jetzt mit fester Stimme. Ich bin ermutigt durch die Röte auf seinen Wangen, die Hitze in seinen grünen Augen, als er mir wieder ins Gesicht sieht.

„Das Haus sieht gut aus“, sagt er, seine Stimme kaum vernehmbar, so rau ist sie, Er hat den Blick noch nicht mal von mir abgewendet, um sich umzusehen, also weiß ich zumindest, dass er mitspielt.

Ich trete zur Seite, balle meine Hände zu Fäusten, damit sie nicht zittern, wenn das eigentliche Spiel beginnt. „Bitte, überprüfen Sie ruhig alles.“

Mein Herz schlägt so hart, dass ich tatsächlich spüren kann, wie mein Hals sich bewegt. Ansel sieht instinktiv an mir vorbei zum Fenster. Er runzelt die Stirn.

„Mia?“

Ich stelle mich neben ihn, unterdrücke ein erregtes Grinsen. „Ja, Mr Guillaume?“

„Hast du …“ Er sieht mich fragend an und zeigt dann mit den Briefumschlägen Richtung Fenster. Es ist ihm peinlich, dass ich seinen Zwang entdeckt habe. Er versucht zu begreifen, was hier los ist, und die Sekunden ticken schmerzhaft langsam vorbei.

Es ist ein Spiel. Spiel es. Spiel es.

„Habe ich etwas übersehen?“, frage ich.

Er kneift die Augen zusammen, sein Kopf ruckt leicht nach hinten, als er begreift, und das nervöse Flattern in meinem Bauch verwandelt sich in ein mächtiges Rumoren. Vielleicht begehe ich ja einen Riesenfehler, indem ich versuche, das hier zu veranstalten. Ich muss aussehen wie eine Wahnsinnige.

Aber dann erinnere ich mich an Ansel, wie er in Boxershorts im Hotelflur gestanden und mit mir geflirtet hat. Ich erinnere mich an seine Stimme heiß in meinem Ohr, wie er sich an mich herangeschlichen hat, und Finn, der sich an ihn heranschlich, ihm die Hosen bis fast zu den Knöcheln runterzog. Ich erinnere

mich daran, was Finn mir über Bronys und den glücklichen Zufall erzählt hat. Im Innersten, abseits von allem Arbeitsstress, ist Ansel immer für einen Spaß zu haben, das weiß ich.

Scheiße. Ich hoffe nur, dass er für *den* hier zu haben ist. Ich will nicht falsch liegen. Falsch würde mich zurück in das dunkle Zeitalter peinlichen Schweigens katapultieren.

Er dreht sich langsam um, im Gesicht ein so entspanntes Lächeln, wie ich es seit Tagen nicht mehr gesehen habe. Er mustert mich wieder, vom Scheitel bis zu meinen kleinen, gefährlichen Absätzen. Sein Blick ist fühlbar, eine Hitzewelle auf meiner Haut. „Ist es das, was du brauchst?“, flüstert er.

Ich zögere kurz, nicke dann. „Ich glaube ja.“

Ein Hupkonzert dröhnt von der Straße herauf, und Ansel wartet, bis es in der Wohnung wieder still ist, bevor er weiterspricht.

„Oh ja“, sagt er langsam. „Du hast was übersehen.“

In gespielter Besorgnis runzle ich die Augenbrauen, mein Mund formt sich zu einem weichen, runden ‚O‘.

Mit einem theatralischen Schnauben dreht er sich um, stampft in die Küche und zieht eine unbeschriftete Sprühflasche hervor. Ich rieche Essig und frage mich, ob er sein eigenes Rezept für Glasreiniger hat. Seine Finger streifen meine, als er mir die Flasche überreicht. „Vielleicht möchtest du das ja in Ordnung bringen, bevor du gehst.“

Ich spürte, wie meine Schultern sich zuversichtlich durchdrücken, als er mir zum Fenster folgt, zusieht, wie ich die Handabdrücke besprühe. In meinen Venen spüre ich ein schweres Surren, ein Gefühl von Macht, das ich nicht erwartet hatte. Er tut, was ich will, und auch wenn er mir einen Lappen reicht, um das Fenster sauber zu wischen, dann nur, weil ich ihn instruiert habe. Er spielt einfach mit.

„Geh nochmal drüber. Pass auf, dass keine Streifen zurückbleiben.“

Als ich fertig bin, glänzt die Scheibe, makellos sauber, und er atmet hinter mir langsam aus. „Eine Entschuldigung scheint angemessen zu sein, nicht wahr?“

Als ich mich zu ihm umdrehe, sieht er so abgrundtief verärgert aus, dass mein Puls in meinem Hals kurz stolpert – heiß und erregt – und ich herausplatze: „Es tut mir leid, ich …“

Er streckt den Arm aus, seine Augen funkeln, als er mir mit dem Daumen über die Unterlippe streicht, um mich zu beruhigen. „Gut.“ Er blinzelt in Richtung Küche, atmet langsam ein, riecht gebratenes Hähnchen, fragt dann: „Hast du das Abendessen vorbereitet?“

„Ich habe etwas bestellt –“ Ich zögere, blinzle kurz. „Ja, ich habe Ihnen etwas zu Abend gekocht.“

„Ich hätte jetzt gern welches.“ Mit einem knappen Lächeln dreht er sich um und geht zum Esstisch, setzt sich hin und lehnt sich im Stuhl zurück. Ich höre das Reißen von Papier, als er seine Post öffnet, die er noch immer in der Hand gehalten hat, und ein langes, leises Ausatmen, als er sie neben sich auf den Tisch legt. Er dreht sich noch nicht mal um, um mich anzusehen.

Scheiße nochmal, er ist echt gut darin.

Ich gehe in die Küche, packe das Essen aus und arrangiere es so ordentlich wie möglich auf einem Teller für ihn. Ab und zu werfe ich einen Blick in seine Richtung. Er sitzt noch immer am Tisch und liest geduldig seine Post, vollkommen in seiner Rolle, während er darauf wartet, dass ich – sein Dienstmädchen – ihm das Abendessen bringe. So weit, so gut. Als ich eine Flasche Wein auf dem Tresen sehe, entkorke ich sie und gieße ihm ein Glas ein. Der Rotwein schimmert dekadent, schwappt an den Seiten hoch, während ich das Glas in der Hand schwenke. Ich bringe ihm Teller und Wein, stelle beides mit einem leisen *Klonk* vor ihm ab.

„Danke“, sagt er.

„Bitte.“

Ich zögere einen Moment, starre auf den Brief hinab, den er, glaube ich, liegen gelassen hat, damit ich ihn sehe. Er liegt mit der Schrift nach oben auf dem Tisch, und das Erste, was mein Blick einfängt, ist sein Name oben und dann die lange Liste mit Häkchen in der *„negatif“*-Spalte für alle sexuell übertragbaren Krankheiten, die wir haben testen lassen.

Und dann sehe ich den ungeöffneten Brief neben seinem, der an mich adressiert ist.

„Ist das meine Gehaltsabrechnung?", frage ich ihn. Ich warte, bis er nickt, bevor ich den Umschlag nehme. Ich öffne ihn, überfliege das Schreiben, lächle. Gut, weitermachen.

Er fragt mich nicht, was mein Schreiben besagt, und ich sage es ihm auch nicht. Stattdessen stehe ich seitlich hinter ihm, und mein Herz hämmert wie wild in meiner Brust, als ich ihm zusehe, wie er zu essen beginnt. Er fragt mich nicht, ob ich bereits gegessen habe, bietet mir nichts an.

Aber etwas an diesem Spiel, mit Ansels leicht dominanter Rolle, bringt meinen Bauch zum Flattern, erwärmt meine Haut. Ich sehe ihm gern beim Essen zu, und natürlich benutzt er für jeden Bissen Messer und Gabel. Er beugt sich über seinen Teller, und seine Schultern bewegen sich mit, seine Muskeln im Rücken sind durch das fliederfarbene Anzugshemd hindurch sichtbar, klar umrissen.

Was wird er tun, wenn er fertig ist? Wird er weiter seine Rolle spielen? Oder wird er sie aufgeben, mich ins Schlafzimmer zerren und anfassen? Mir gefallen beide Optionen – ich begehre ihn jetzt besonders, wo ich weiß, dass ich gleich jeden Zentimeter seiner Haut spüren werde –, aber ich würde gerne noch etwas weiterspielen.

Er scheint seinen Wein recht schnell zu trinken, spült jeden Bissen mit großen Schlucken hinunter. Anfangs frage ich mich, ob er insgeheim nervös ist, es aber gut verbirgt. Doch als er sein Glas auf dem Tisch abstellt und mir ein Zeichen macht, nachzuschenken, kommt mir in den Sinn, dass er sich vielleicht fragt, wie weit ich meine unterwürfige Rolle durchziehen werde.

Als ich die Flasche bringe und ihm nachschenke, sagt er nur leise „*merci*", und wendet sich wieder seinem Essen zu.

Die Stille ist zermürbend, und das *muss* beabsichtigt sein. Ansel mag vielleicht ein Workaholic sein, aber wenn er daheim ist, ist es nie still in der Wohnung. Er singt, er plaudert, er trommelt mit seinen Fingern auf alle verfügbaren Oberflächen. Als er einen Bissen hinunterschluckt und sagt: „Sprich mit mir. Er-

zähl mir was, während ich esse", weiß ich, dass ich recht habe: Es ist beabsichtigt.

Er testet mich erneut, und er weiß, dass dies eine viel größere Herausforderung für mich ist, als ihm Wein nachzuschenken.

„Ich hatte einen netten Arbeitstag", erzähle ich ihm. „Hmh", sagt er beim Kauen und sieht über die Schulter zu mir herüber. Es ist das erste Mal, dass ich ein leichtes Zögern in seinen Augen sehe, als wollte er, dass ich erzähle, was ich heute wirklich alles erlebt habe, ganz ehrlich. Das kann ich aber nicht tun, während wir spielen.

„Ich habe eine Weile in der Nähe von Orsay sauber gemacht … dann in der Nähe von Madeleine", antworte ich lächelnd, unseren Code genießend. Er wendet sich wieder seinem Essen zu – und seinem Schweigen.

Ich spüre, dass ich weiterreden soll, aber ich habe keine Ahnung, was ich erzählen könnte. Schließlich flüsterte ich: „Der Briefumschlag … meine Gehaltsabrechnung sieht gut aus."

Er hält inne, nur kurz zwar, aber lange genug, dass ich bemerke, wie ihm der Atem stockt. Mein Puls beginnt zu rasen, als er sich sorgfältig den Mund abwischt, seine Serviette dann neben seinen Teller legt, und ich spüre meinen Herzschlag in meinen Armen, tief in meinem Bauch. Er stößt sich vom Tisch ab, steht aber nicht auf. „Gut."

Ich greife nach seinem leeren Teller, aber er stoppt mich mit einer Hand auf meinem Arm. „Wenn du mein Dienstmädchen bleiben willst, solltest du wissen, dass ich nie etwas auf den Fenstern übersehe."

Blinzelnd versuche ich, seinen Code zu knacken. Er leckt sich über die Lippen, wartet auf meine Antwort.

„Verstehe."

Ein kleines, amüsiertes Lächeln spielt um seine Mundwinkel. „Ja, tust du das?"

Ich schließe kurz die Augen. „Nein", gebe ich zu.

Seine Fingerspitzen gleiten auf der Innenseite meines Beines hinauf, von meinem Knie bis zur Mitte meines Schenkels. Jede Empfindung ist messerscharf.

„Dann lass mich dir auf die Sprünge helfen", flüstert er. „Es gefällt mir, dass du deinen Fehler behoben hast. Es gefällt mir, dass du mir mein Abendessen serviert hast. Es gefällt mir, dass du deine Uniform trägst."

Es gefällt mir, dass du spielen wolltest, meint er und sagt es auch, indem er mit seiner Zunge seine Lippen befeuchtet, seinen Blick über meinen Körper wandern lässt. *Ich werde dich nächstes Mal verstehen,* sagt er damit.

„Oh." Ich atme aus. „Vielleicht werde ich das Fenster nicht jeden Abend vergessen. Vielleicht werde ich einmal andere Sachen vergessen."

Sein Lächeln kehrt zurück und ist wieder verschwunden, sobald er es unter Kontrolle hat. „Das ist in Ordnung. Aber Uniformen werden ganz allgemein geschätzt."

Irgendein Knoten in meiner Brust löst sich, als würde ich bestätigt bekommen, dass er dies über mich versteht. Ansel fühlt sich wohl in seiner Haut, ist die Entspanntheit in Person. Abgesehen vom Tanzen bin ich nie dieses Mädchen gewesen. Aber bei ihm fühle ich mich sicher genug, um die verschiedenen Möglichkeiten auszuprobieren, wie ich mich von meinem Verstand befreien kann.

„Hat es dich feucht gemacht, mir das Abendessen zu servieren?"

Bei dieser direkten Frage sehe ich ihn rasch an, und mein Herz beginnt einen hektischen Spurt. „Was?"

„Hat es dich. *Feucht* gemacht. Mir. Das Abendessen. Zu servieren."

„Ich … denke schon."

„Das glaube ich dir nicht." Er lächelt, aber es hat etwas köstlich Düsteres an sich. „Zeig es mir."

Ich schiebe meine zitternde Hand in mein Höschen. Ich *bin* feucht. Auf beschämende, lüsternde Weise feucht. Instinktiv beginne ich, mich zu stimulieren, während er mir zusieht, mit dunkler werdendem Blick.

„Füttere mich damit."

Bei diesen Worte bricht etwas in mir auf, und stöhnend ziehe

ich meine Hand hervor. Er sieht ihrem Weg von dem Ort zwischen meinen Beinen bis direkt vor seinen Mund zu, die Feuchtigkeit im schwachen Licht sichtbar.

Ich bemale seinen Mund, bis er ihn öffnet, dann drücke ich zwei Finger hinein. Seine Zunge ist warm und umschlingt meine Finger; es ist die reinste Folter – ich will seinen Mund jetzt zwischen meinen Beinen spüren –, und er weiß das. Er hält mich am Handgelenk, so dass ich mich nicht zurückziehen kann, als er meine Fingerspitze saugt, sie leckt, wie er meine Klit lecken würde, mich stimuliert, bis mein ganzer Körper schmerzt. Es ist dieser sehnende Schmerz … der, auf den die Lust folgt … der mehr verspricht.

„Nochmal."

Ich wimmere ein bisschen, weil ich nicht noch einmal den Druck meiner Hand dort spüren will, ohne Erleichterung. Ich kann mich nicht daran erinnern, wann ich das letzte Mal mit einer solchen Intensität Sex gewollt habe. Inzwischen bin ich noch durchnässter, falls das überhaupt möglich ist. Ansel lässt mich meine Finger diesmal länger vor- und zurückgleiten, lange genug, dass ich meinen Orgasmus in der Ferne spüren kann, weiß, wie sehr mein Körper sich gehen lassen will.

„Stopp", sagt er scharf, greift dieses Mal nach meinem Arm und zieht meine Hand heraus. Er saugt an jedem einzelnen Finger, sieht mir dabei unverwandt in die Augen. „Klettre auf den Tisch."

Ich gehe um ihn herum, schiebe seinen Teller ans andere Ende und hebe meinen Hintern auf den Esstisch, so dass ich vor ihm sitze, seine Schenkel schließen meine ein.

„Leg dich nach hinten", befiehlt er.

Ich tue, was er gesagt hat, atme zitternd aus, als seine Hände meine Beine hinauf- und wieder hinunterstreichen, bevor er mir meine schwarzen, himmelhohen Heels auszieht. Er legt meine Füße auf seine Schenkel und lehnt sich vor, küsst meine Kniekehlen.

Der Stoff seiner Anzugshose fühlt sich weich an meinen Fußsohlen an, und sein Atem gleitet mein Bein hinauf, über

mein Knie und an meinem Schenkel entlang. Sein weiches Haar streicht über meine Haut, seine Hände umfassen meine Waden, geben meinen Beinen Halt.

Ich spüre *alles*, und es ist, als bestünde ich aus purem Hunger. Ein Hunger, so heiß und flüssig, der meine Glieder ausfüllt, meine Geduld strapaziert. *Berühr mich*, schreit mein Körper. Ich winde mich auf dem Tisch, doch Ansel hält mich mit ruhiger Hand am Bauch fest.

„Halt *still*." Er atmet einmal aus, pustet direkt zwischen meine Beine.

„Bitte …", keuche ich. Ich liebe diese Seite an ihm, will mehr, will diesen scharfen Unterton, aber ich will auch, dass er mit mir zufrieden ist. Ich bin hin- und hergerissen, ob ich aufsässig sein oder tiefer und tiefer in diese einfache, folgsame Rolle vordringen soll.

„‚Bitte' was?" Er küsst die empfindsame Haut direkt neben dem Stoff meines gerüschten Höschens. „Bitte Belohnung dafür, dass du so ein gutes Dienstmädchen bist?"

Ich öffne den Mund, aber es kommt nur ein tiefer, flehender Laut hervor, als Ansel durch den Stoff hindurch an meiner Muschi schnuppert, sie drückt, küsst, die Zähne entblößt und sie über meine Lippen, meinen Schamhügel gleiten lässt bis hin zu meiner Hüfte.

„Oder ‚bitte' Bestrafung, weil du so unglaublich böse gewesen bist, als du deine Hände auf meine Fenster gelegt hast?"

Beides. Ja. Bitte.

Ich bin so dermaßen nass. Ich stemme meine Hüften hoch, winzige Laute entschlüpfen meiner Kehle, wann immer ich den heißen Druck seines Atems auf meiner Haut spüre.

„Berühr mich", bettle ich. „Ich will deinen Mund auf mir."

Einen Finger in den Stoff hakend, zieht er mein durchweichtes Höschen beiseite und leckt mich mit einem langen, festen Zug seiner Zunge. Ich keuche, bäume mich unter ihm auf.

Er öffnet seinen Mund, saugt, eindringlich und …

Gut.

Gott.

So gut.

Ansel leckt mich mit flatternder Zunge, schiebt seine Finger in mich, drückt, krümmt sie. Dann zieht er sich mit einem leisen Ächzen zurück und befiehlt mir: „Sieh mir zu.“ Die nächsten sieben Worte werden an der zarten Haut meiner Klit ausgesprochen: *„Sieh mir zu, wie ich dich küsse.“*

Seine Forderung ist mehr eine vorauseilende Drohung als ein Befehl, denn selbst wenn ich es wollte, könnte ich meinen Blick nicht davon abwenden, wie er meinen Körper in Besitz nimmt.

„Du schmeckst wie das Meer“, stöhnt er und saugt, zieht mit Lippen und Zungen an mir. Das Gefühl ist zu intensiv, um es Lust zu nennen. Es ist etwas Größeres, das all meine Hemmungen beiseite drängt, mich stark und mutig genug fühlen lässt, um mich auf einen Ellbogen aufzustützen, meine andere Hand in seinem Haar zu vergraben und ihn sanft zu führen, während ich meine Hüften vor- und zurückschiebe.

Es scheint unmöglich, dass ich noch *mehr* fühlen könnte, aber als er merkt, dass ich kurz davor bin, beginnt er an mir zu stöhnen und ermutigt mich mit der Vibration seiner Stimme, den festen Stößen seiner zwei Finger und dem nassen Gleiten seiner Zunge, kreisend und kreisend und kreisend …

Für einen Moment wird mir schwindlig, dann stolpere, schwebe, schüttle ich mich durch die göttlichen Zuckungen, die sich so gut anfühlen, dass es die rasierklingenscharfe Grenze zwischen Lust am Rande zu Schmerz ist. Es ist ein so intensiver Orgasmus, dass meine Beine sich zusammenziehen, meine Hüften sich vom Tisch aufbäumen wollen.

Aber er hält mich offen, pumpt mit seinen Fingern zwischen meinen Beinen, bis ich, butterweich, keuchend versuche, mich aufzusetzen und ihn zu mir hinaufzuziehen.

Er steht schwankend auf, wischt sich mit dem Arm über den Mund. „*So* hörst du dich an, wenn du kommst.“

Sein Haar ist von meinen Händen vollkommen zerzaust, seine Lippen geschwollen, weil er so intensiv an mir gelutscht hat. „Ich bringe dich in mein Bett“, sagt er, schiebt seinen Stuhl zurück, aus dem Weg. Er streckt mir eine Hand entgegen, hilft

mir vom Tisch, zurück auf meine zitternden Beine. Unterwegs lockert er seine Krawatte, knöpft sein Hemd auf, steigt aus seinen Schuhen. Zu dem Zeitpunkt, als wir in seinem Schlafzimmer ankommen, schiebt er bereits seine Hose die Beine hinunter und macht mir ein Zeichen, mich auf die Bettkante zu setzen.

Mit zwei Schritten steht er vor mir, eine Hand umschließt den Schaft seines Schwanzes, den er mir entgegenhält. „Lutsch ihn."

Als er sich mir entgegenstreckt, beiße ich die Zähne aufeinander, so sehr will ich ihn schmecken. Sein Kissen, auf dem ich jede Nacht schlafe, ist nichts gegen seinen echten Geruch. Er riecht nach sauberem Schweiß und Gras und Salzwasser. Sein Geruch ist essbar, und hart beschreibt nicht annähernd, wie er sich anfühlt, als ich meine Faust um seinen Schaft lege. Er ist wie Stahl in meiner Handfläche, sein Körper so elektrisiert, dass ich nicht weiß, wie lange er noch warten kann.

Ich lecke seinen Ständer, und dann nochmal, hoch und runter, bis er glitschig und nass ist und leicht in meinen Mund gleitet. Ich bebe; wild von seinem erdigen Geschmack und der Art, wie Ansel über mir thront. Niemals zuvor hat er so stark ausgesehen, beinahe brutal die Art, wie seine Hand mein Haar packt, mich anfangs vorsichtig führt und mich dann festhält, um sich tief hineinzuschieben, mit einem abgehackten, erleichterten Stöhnen. Ansonsten ist er still, seine Fingerspitzen drücken gegen meine Kopfhaut, als er mich wieder die Führung übernehmen lässt, sich nur ab und zu tiefer in mich schiebt. In meinem Mund fühlt er sich genauso geschwollen an wie meine missbrauchten Lippen, dick und als ob er verschlungen werden müsste. Und ich *verschlinge* ihn. Es hat mir noch nie so viel Spaß gemacht, das zu tun, wie mit ihm, sein dicker Schaft und seine glatte Haut, die fest über seine angeschwollene Spitze gespannt ist. Ich rolle meine Zunge um die Furche, sauge daran, will mehr.

Er gibt einen heiseren, animalischen Laut von sich, bevor er sich herauszieht, die Hand um seinen Schwanz zur Faust schließt. „Zieh dich aus."

Ich stehe auf, meine Beine zittrig, rolle die Strümpfe hinunter, und endlich den Rüschenslip. Er sieht mir zu, der Blick dun-

kel und ungeduldig, und grummelt: „*Allonge-toi.*“ Er hebt das Kinn, wiederholt leise auf Englisch: „Leg dich nach hinten.“

Mit weit aufgerissen Augen sehe ich ihn an. Dann lege ich mich auf den Rücken, spreize die Beine. Ich will ihn spüren. Nur ihn. Er weiß – dass sehe ich in seinen Augen –, dass ich ihm in diesem Moment alles geben würde. Er taumelt vorwärts, legt eine Hand auf meine gespreizten Schenkel und dringt mit einem einzigen tiefen Stoß in mich ein.

Alle Luft entweicht aus mir, und für ein paar überwältigende Sekunden erlange ich sie nicht zurück. Ich versuche mich zu erinnern, wie man einatmet, dann ausatmet, versuche mir zu sagen, dass sein Schwanz nicht *in echt* alle Luft aus mir stößt, dass es mir nur so vorkommt. Ich hatte vergessen, wie es sich anfühlt, ihn so in mir zu haben: selbstsicher, befehlend. Aber das Gefühl seiner Wärme, kein Gummi zwischen uns ... Es raubt mir den Atem, meine Gedanken, meine Klarheit.

Eine gefühlte Ewigkeit lang bleibt er so, ohne sich zu bewegen, er starrt auf mich hinunter, sein Blick wandert über jeden Zentimeter von mir, den er aus dieser Perspektive sehen kann. Er ist so hart, dass es am Rande des Unangenehmen für ihn sein muss, und ich spüre das Zittern seiner Hand, die das Laken neben meinem Kopf umklammert.

„Muss ich dich daran erinnern?“, flüstert er.

Ich nicke wie wild, meine Hände packen seine Taille, während meine Hüften sich hungrig aufbäumen, weg vom Bett. Er zieht sich so langsam heraus, dass ich spüre, wie meine Fingernägel sich in seine Taille graben, bevor mir überhaupt klar wird, was ich da tue. Er zischt auf, stößt mit einem tiefen Stöhnen wieder in mich hinein.

Und dann zieht er sich erneut zurück, stößt wieder vorwärts, hart und quälend, sein Rhythmus ist beinahe strafend. Mich für die Fingerabdrücke bestrafend, uns beide für die Distanz bestrafend, die zwischen uns gekommen war. Mich dafür bestrafend, dass ich vergessen hatte, dass unser Sex genau so ist, und dass es *nichts* Besseres gibt. Er lehnt sich über mich, seine Haut reibt über meine, dort, wo ich ihn brauche, Schweißtropfen bilden

sich über seinen Augenbrauen, auf seiner glatten Brust. Ich krümme mich gegen ihn, lecke sein Schlüsselbein, seinen Hals, ziehe seinen Kopf zu mir, um das tiefe Poltern seiner Lust an meinen Zähnen zu spüren, meinen Lippen, meiner Zunge.

Meine Schenkel erbeben an seinen, die Lust nimmt zu, und ich will ihn härter, will mehr von ihm, meine Finger ziehen verzweifelt an seinen Hüften, meine Worte kommen flehend heraus, unverständlich. Ich spüre die Spirale meines Orgasmus' in mir aufsteigen, sich immer mehr zusammendrehen, fester und fester, bis sie reißt und sich freie Bahn bricht in einem zuckenden, zupackenden Gefühl, bis ich den Rücken durchdrücke, weg vom Bett, und seinen Namen schreie, wieder und wieder.

Er stützt sich auf den Händen hoch, sieht zu, wie ich unter ihm zerberste, und durch den Nebel meines Orgasmus' hindurch sehe ich, wie er selbst hinaufklettert. Seine Stöße sind lang und hart, unsere Haut klatscht mit einem rohen Geräusch gegeneinander, das mich noch wilder macht – bin ich wirklich kurz davor schon wieder zu kommen?

„Ahhh", schreie ich auf. „Ich bin …"

„*Zeig* es mir", knurrt er, lässt seine Hand zwischen uns gleiten und reibt meine Klit in winzigen, perfekten Kreisen.

Ich bäume mich vom Bett auf, mein gesamter Körper zieht sich in einem zweiten Orgasmus zusammen, der so heftig ist, dass mir alles vor den Augen verschwimmt.

Die Muskeln in Ansels Hals spannen sich an, seine Kiefer pressen sich aufeinander, seine Augen werden schmal, und er zischt „*Fuck*", bevor seine Hüften beginnen, sich brutal zu bewegen, laut gegen meine Schenkel hämmern. Er bricht auf mir zusammen, und ich spüre, wie er innerlich zuckt und sich windet, wie er unter meinen Händen erbebt.

Ich gebe ein zittriges Japsen von mir, lege meine Beine um seine Hüften, als er beginnt, sich zurückzuziehen. „Nein", flüstere ich an seinem Nacken. „Bleib."

Er beugt sich vor, sein Mund lutschend an meiner Brust, seine Zunge wandert von meinem Hals zu meinem Kinn, während

seine Hüften sich langsam vor- und zurückbewegen. Er scheint unersättlich zu sein, und auch wenn ich weiß, dass er bereits gekommen ist, spüre ich, dass wir noch nicht fertig sind. Als sein Mund meinen findet, bin ich wieder verloren, verloren in der nassen Liebkosung seiner Zunge, verloren darin, wie er sich langsam in mich hineinschiebt und aus mir herauszieht. Es fühlt sich an, als würde sich sein Körper nur für eine Sekunde entspannen, und schon spüre ich ihn wieder sich regen, groß und hart werden, bis er sich in ernsten, langen, sich krümmenden Stößen bewegt, mit seinem Körper an den meinen gepresst.

Dieses Mal ist es ruhiger, und er küsst mich die ganze Zeit hindurch, innig und suchend, lässt mich die Pein und die Lust unserer Körper so durchdringend hören, dass ich beinahe wahnsinnig werde.

Er rollt von mir herunter, stöhnt erlöst auf. Ich kuschle mich im Dunkeln an ihn, mein Herz rast noch immer, meine Haut ist schweißbedeckt.

„Ah", flüstert er und küsst mich auf den Kopf. „Hier ist sie."

Ich küsse seinen Hals, meine Zunge gleitet über die Vertiefung des Kehlkopfs, wo ich den schwachen Salzgeschmack von seinem Schweiß und dem meinem schmecke.

„Danke für das hier", sagt er. „Ich finde es toll, dass du das heute Abend gemacht hast."

Meine Hand wandert hoch zu seinem Bauch, über seine Brust, und ich schließe die Augen, als ich ihn bitte: „Erzähl mir vom Fenster."

Er erstarrt kurz, dann atmet er langsam aus. „Es ist vielleicht etwas kompliziert."

„Ich muss heute nirgendwo mehr hin", sage ich und lächle in der Dunkelheit.

Seine Lippen drücken sich auf meine Schläfe, bevor er sagt: „Meine Mutter ist, wie ich erwähnt habe, Amerikanerin." Von meinem Ruhepol an seiner Brust aus sehe ich zu seinem Gesicht auf, aber es ist schwer, im Dunkeln mehr als nur Umrisse zu erkennen. „Sie ist kurz nach ihrem Highschool-Abschluss

nach Frankreich gegangen und hat dort als Dienstmädchen gearbeitet.“

„Oh“, bringe ich lachend hervor. „Vielleicht kam dir meine Kostümauswahl dann etwas merkwürdig vor.“

Er stöhnt kurz auf, kitzelt mich an der Taille. „Ich versichere dir, du hast mich heute Abend nicht ein einziges Mal an meine Mutter denken lassen.“ Nachdem ich mich wieder beruhigt habe, fährt er fort: „Ihr erster Job war in dem äußerst majestätischen Haushalt eines Geschäftsmannes namens Charles Guillaume.“

„Dein Vater“, vermute ich.

Er nickt. „Meine Mutter ist eine wunderbare Frau. Umsorgend und äußerst gründlich. Vermutlich war sie eine perfekte Haushälterin. Ich schätze, ich habe diese Neigungen von ihr, aber auch von meinem Vater. Er hat erwartet, dass das Haus immer blitzblank sauber war. Davon war er richtiggehend besessen. Er hat erwartet, dass ich nie irgendwo Spuren hinterlasse. Nicht auf Spiegeln oder Fensterscheiben. Nicht einen Krümel in der Küche. Kinder durften weder gesehen noch gehört werden.“ Er hält inne, und als er weiterspricht, klingt seine Stimme wieder etwas fröhlicher. „Vielleicht sind unsere Väter nicht besonders nett, würden sich aber ganz gut verstehen?“

Ich halte den Atem an, will mich nicht bewegen oder blinzeln oder irgendetwas tun, das diesen Moment zerstören könnte. Jedes Wort fühlt sich wie ein Geschenk an, und ich hungere nach jedem kleinsten Teilchen seiner Geschichte. „Erzählst du mir mehr von ihnen?“

Er zieht mich dichter an sich heran, fährt mit den Händen durch mein Haar am Hinterkopf. „Sie begannen, eine Affäre zu haben, als meine Mutter gerade mal zwanzig war und mein Vater vierundvierzig. Demnach zu urteilen, was meine Mutter mir erzählt hat, war es sehr leidenschaftlich. Es hat sie verzehrt. Sie hatte nie vorgehabt, so lange in Frankreich zu bleiben, aber sie verliebte sich in Charles, und ich glaube, davon hat sie sich bis heute nicht erholt.“

„Erholt?“

„Mein Vater ist ein Arschloch“, sagt er und lacht trocken. „Kontrollierend. Besessen, was das Haus angeht, wie gesagt. Mit zunehmendem Alter wurde es immer schlimmer. Aber ich glaube, er muss ein Charisma, einen besonderen Charme gehabt haben, der sie gefangengenommen hat.“ Ich lächle im Dunkeln, als er das sagt, weil ich weiß, dass er vielleicht ein besserer Mann als sein Vater ist, aber mit Sicherheit dessen Charme geerbt hat.

„Während der Zeit, als er und meine Mutter zusammen waren, war er noch mit einer anderen Frau verheiratet. Sie war in England, aber mein Vater weigerte sich, sein Zuhause zu verlassen, um mit ihr zusammenzuleben, und meine Mutter wusste nicht, dass es diese Ehefrau gab. Als *maman* mit mir schwanger wurde, wollte mein Vater, das sie im Dienstbotentrakt blieb, und sie durfte niemanden erzählen, dass es sein Kind war.“ Er lacht ein wenig. „Es wussten eh alle, und natürlich wurde ich irgendwann drei oder vier und sah exakt so aus wie er. Irgendwann fand es die Ehefrau raus. Sie ließ sich von meinem Vater scheiden, was aber nicht dazu führte, dass er meine Mutter heiratete.“

Ich spüre, wie es eng wird in meiner Brust. „Oh.“

„Er hat sie geliebt“, sagt er leise, und ich bin fasziniert von seiner Sprechweise. Sein Englisch ist perfekt, aber sein Akzent hebt die Worte an, dreht sie ein bisschen, so dass seine ‚H‘s kaum hörbar sind, seine ‚R‘s sich immer leicht guttural anhören. Es gelingt ihm, gleichzeitig elegant und derbe zu klingen. „Er hat sie auf eine merkwürdige Art geliebt und stellte sicher, dass immer für uns gesorgt war, bestand sogar darauf, die Kosten zu übernehmen, als meine Mutter eine Ausbildung als Köchin beginnen wollte. Aber er ist kein Mann, der sehr großzügig liebt; er ist ein Egoist. Zum Beispiel wollte er nicht, dass meine Mutter ihn verließ, auch wenn er in jenen Jahren viele andere Frauen hatte. Sie kamen zu ihm nach Hause oder auf seine Arbeit. Er war wahnsinnig untreu, obwohl er verrückt nach meiner Mutter und äußerst besitzergreifend war. Er sagte, er würde sie wie keine andere lieben. Er erwartete ihr Verständnis, dass sein Appetit auf andere Frauen nicht persönlich gegen sie gerichtet war. Aber natürlich durfte sie nie mit einem anderen Mann schlafen.“

„Wow“, sage ich leise. Ehrlich, ich kann ich mir nicht vorstellen, so viel über die Beziehung meiner Eltern zu wissen. Verglichen mit dem hier kommt mir ihre Ehe wie eine sterile, gebleichte Version vor.

„Genau. Tja: Als meine Großmutter krank wurde, nutzte meine Mutter die Chance, Frankreich zu verlassen, nach Connecticut zurückzukehren und sie bis zu ihrem Tod zu pflegen.“

„Wie alt warst du, als sie ging?“

Schluckend sagt er: „Sechzehn. Ich habe bei meinem Vater bis zum Beginn meines Studiums gelebt.“

„Ist deine Mutter zurückgekehrt?“

Ich spüre, wie er neben mir den Kopf schüttelt. „Nein. Ich glaube, es war ziemlich schwer für sie, zu gehen, aber als sie den Schritt erst einmal gewagt hatte, wusste sie, dass es richtig gewesen ist. Sie eröffnete eine Bäckerei, kaufte ein Haus. Sie wollte, dass ich meinen Abschluss hier machte, zusammen mit meinen Freunden, aber ich weiß, dass es sie innerlich auffraß, so weit weg von mir zu sein. Deswegen bin ich in die Staaten gegangen, um Jura zu studieren. Vielleicht wäre sie hierher zurückgekehrt, wenn ich sie gefragt hätte, aber das hätte ich doch nicht machen können, oder?“

Als ich nicke, fährt er fort: „Ich bin nach Vanderbilt gegangen, was nicht gerade in ihrer Nähe liegt, aber wesentlich näher ist als Frankreich.“ Er dreht den Kopf, lehnt sich etwas zurück, damit er mich ansehen kann. „Ich habe definitiv vor, irgendwann dort zu leben. In den Staaten. Sie hat niemanden sonst.“

Ich nicke, verberge mein Gesicht in seiner Halsbeuge und werde so dermaßen von Erleichterung überwältigt, dass mir leicht schwindlig ist.

„Bleibst du bei mir?“, fragt er leise. „Bis du nach Boston musst?“

„Ja. Wenn du das auch willst.“

Er antwortet mit einem Kuss, der inniger wird. Seine Hände in meinem Haar und sein Stöhnen an meiner Zunge zu spüren, erfüllt meinen Kopf mit einem Gefühl, das etwas von Verzweiflung hat. Auf einmal fürchte ich mich, wahre, intensive Gefühle

für ihn zu empfinden, dieses Ehe-Spiel irgendwann beenden, das echte Leben wieder hineinlassen und über ihn hinwegkommen zu müssen. Aber ich schiebe es beiseite, weil dieser Moment sich zu gut anfühlt, als dass ich ihn mir madig machen lassen würde. Ansel küsst mich langsam und sanft, bis er nur noch sein Lächeln an meines drückt.

„Gut", sagt er.

Das reicht für den Augenblick. Ich spüre das schwere Gewicht des Schlafs hinter meinen Augen, in meinen Gedanken. Mein Körper ist wund und fühlt sich wunderbar benützt an. Innerhalb weniger Sekunden höre ich den langsamen, gleichmäßigen Rhythmus seines Atems. Er schläft.

ZWÖLF

Halb unbewusst nehme ich wahr, dass eine Faust gegen die Tür hämmert, und setze mich orientierungslos auf. Neben mir zuckt Ansel hoch, sieht mich mit großen Augen an, bevor er die Laken von sich wirft und aus dem Zimmer stürmt. Ich höre ihn mit irgendjemanden sprechen, seine Stimme noch schwer von Schlaf und sehr tief. Ich habe ihn noch nie zuvor so hart klingen hören. Er muss in den Hausflur getreten sein und die Tür hinter sich geschlossen haben, denn seine Stimme verschwindet nach einem schweren Klick. Ich versuche, wach zu bleiben. Ich versuche, auf ihn zu warten, um sicherzugehen, dass alles in Ordnung ist, und um ihm zu sagen, wie sehr ich seine Stimme mag. Aber ich muss erschöpfter sein, als ich dachte, und das ist der letzte schläfrige Gedanke, den ich habe, bevor meine Augen wieder zufallen.

Ich spüre die Luft unter das Laken und über meine Haut kriechen, als Ansel zurück ins Bett klettert. Er riecht nach Ansel, nach Gras, nach Salz und Würze. Ich drehe mich zu ihm um, mein Verstand noch umnebelt und voll erhitzter Traumbilder … Und sobald seine kühle Haut meine berührt, flackert das Begehren in meinem Unterleib auf. Ich will ihn mit einer Art instinktiven, noch schlaftrunkenen Verlangen. Der Wecker neben dem Bett sagt mir, dass es gerade erst vier Uhr morgens ist.

Sein Herz pocht unter meiner Handfläche, seine Brust ist glatt und nackt, aber er fängt meine wandernde Hand mit seiner ein, hält sie fest, so dass sie nicht zu seinem Bauch und tiefer hinuntergleiten kann.

„Mia“, sagt er leise.

Langsam fällt mir wieder ein, dass er zur Tür gegangen ist. „Alles in Ordnung?“

Er atmet langsam aus, versucht offensichtlich sich zu beruhigen, und ich spüre im Dunkeln sein Nicken mehr, als dass ich es sehe. Das Dachfenster über seinem Bett lässt einen hellen Strei-

fen Mondschein hinein, aber er berührt nur unsere Füße, erhellt nur den untersten Rand des Bettes.

Ich drücke meinen Körper an seinen, schiebe mein Bein über seins. Die Muskeln seines Quadrizeps sind definiert und fest unter der glatten, warmen Haut, und ich halte inne, als ich seine Hüfte erreiche, keuche leicht auf, als er sich mir stöhnend entgegenbiegt. Er trägt nur Boxershorts, doch unter meinem Schenkel ist er semi-hart. Ich spüre, wie sein Herzschlag sich langsam wieder beruhigt.

Ich kann nicht so dicht bei ihm sein – nicht mal im Halbschlaf – und nicht mehr wollen. Mein Hemd soll hochgeschoben und seine Boxershorts sollen runtergezogen werden. Ich will die Hitze seiner Hüften an meine gepresst. Als ich mich leise summend an ihm auf und ab bewege – halb bewusst, halb instinktiv –, dauert es ein paar Augenblicke, bis ich spüre, wie sein Körper erstarrt.

Aber das tut er, und mit einem weiteren leisen Stöhnen dreht er den Kopf zu mir um, schiebt mein Höschen ohne großes Brimborium hinunter und zerrt seine Boxershorts gerade mal soweit runter, dass er seine Erektion befreien kann.

„J'ai envie de toi", sagt er in mein Haar und reibt seine Eichel prüfend über mich, bevor er mit einem angespannten Laut des Hungers in mich hineinstößt. „Ich will dich immer."

Es ist Sex ohne viele Worte, ohne großes Tamtam, wir arbeiten nur beide daran, zum selben Ort zu gelangen. Meine Bewegungen sind langsam, mit träger Verschlafenheit und diesem Mitten-in-der-Nacht-Mut, der mich auf ihn hinaufrollen lässt, mein Kopf auf seiner Schulter, als ich mich über seinen Ständer schiebe. Seine Bewegungen sind ebenfalls langsam, aber eher, weil er besonders sanft und vorsichtig mit mir ist.

Normalerweise quatscht er sehr viel mehr. Vielleicht jetzt nicht, weil es so spät ist, aber ich kann mich des Gefühls nicht erwehren, dass er noch versucht, den Hausflur zu verlassen und ins Schlafzimmer zurückzukehren.

Doch dann wandert Ansels Hand zu meiner Taille, packt meine Hüfte, und jedes Unbehagen löst sich in Luft auf, wird von einer wachsenden, emporsteigenden Lust ersetzt.

„Du fickst so gut“, grummelt er und pumpt in mich hinein, kommt meinen Bewegungen auf halber Strecke entgegen. Von verschlafen und entspannt ist nichts mehr zu spüren. Ich bin kurz davor, er ist kurz davor, und ich jage dem Laut seines Orgasmus’ genau so sehr hinterher wie der Lust, die ich meine Beine hinauf- und meine Wirbelsäule hinuntergleiten spüre. Ich bin so von ihm erfüllt, so erfüllt von diesem Gefühl, dass es alles ist, was ich noch bin: heiß, hungrig und wild.

Er drückt mich in eine aufrechte Sitzposition, seine Hände zerren meine Hüften auf ihm vor und zurück, drängen mich, ihn wild zu reiten, während er tiefer und härter in mich hineinstößt.

„Fick mich“, heult er auf und umfasst mit einer Hand grob meine Brust. „Fick mich härter.“

Und das tue ich. Ich stützte mich mit den Händen auf seiner Brust ab – und lasse mich gehen, schiebe mich wieder und wieder auf ihn hinunter. Ich bin oben noch nie so wild gewesen, habe mich noch nie so schnell bewegt. Die Reibung zwischen uns ist unglaublich, glitschig und rau, und mit einem heftigen Keuchen beginne ich zu kommen, grabe meine Fingernägel hart in seine Haut, und knappe, verzweifelte Laute entschlüpfen meinem Mund.

Ich will …

So …

Komme so …

Heftig oh …

Oh mein Gott …

Meine unzusammenhängenden Laute entlocken seiner Kehle ein animalisches Grollen, und er setzt sich auf, Finger umklammern meine Hüften, und seine Zähne pressen sich in mein Schlüsselbein, während er grob in mich hineinrammt, dann, nach einem letzten, brutalen Stoß, mit einem heiseren Schrei kommt.

Seine Arme bilden ein enges Band um meine Taille, während er sein Gesicht an meinen Hals legt, verschnauft. Mir ist so schwindlig, meine Beine schmerzen bereits. Er scheint mich nicht gehen lassen zu wollen, aber ich muss meine Position ver-

ändern, behutsam erhebe ich mich und lasse mich neben ihn auf die Matratze gleiten. Ohne etwas zu sagen, dreht er sich zu mir um, zieht mein Bein über seine Hüfte und stößt seinen noch harten Schwanz gegen meine Klit, während er mein Kinn küsst, meine Wangen, meine Lippen.

„Ich will mehr“, gibt er in dem dunklen Raum zu. „Ich hab das Gefühl, noch nicht fertig zu sein.“

Vorsichtig schiebe ich seinen Schwanz wieder in mich hinein. Es wird nicht lange andauern, aber es hat etwas, ihn so zu spüren – ganz leicht nur, kein Abstand zwischen uns, die Schwärze der Nacht, die sich wie eine samtige Decke über uns ausbreitet –, etwas, das mich bis ins Mark schmerzt, weil es so intensiv ist.

„Am liebsten würde ich dich den ganzen Tag lieben“, murmelt er an meinem Mund und rollt sich auf mich hinauf. „Ich will nicht an die Arbeit denken oder an Freunde oder auch nur ans Essen. Ich möchte nur auf dir existieren.“

Bei diesen Worten fällt mir wieder ein, dass ich ihn fragen wollte, was an der Tür geschehen war. „Geht es dir gut?“

„Ja. Ich möchte nur in dir einschlafen. Vielleicht werden unsere Körper nochmal Liebe machen, wenn unser Verstand schläft.“

„Nein, ich meine“, beginne ich vorsichtig, „wer war vorhin an der Tür?“

Er erstarrt. „Perry.“

Perry. Der Freund, der nicht mit den anderen in Vegas gewesen war. „Was wollte er?“

Er zögert, küsst meinen Hals. Schließlich sagt er: „Ich weiß es nicht. Mitten in der Nacht? Ich weiß es nicht.“

DREIZEHN

Ich muss meine Augen nicht öffnen, um zu wissen, dass es draußen noch dunkel ist. Das Bett ist ein Nest aus warmen Decken; die Laken sind glatt und riechen nach Ansel und Waschmittel. Ich bin unglaublich müde, lasse mich zwischen Traum und Wachzustand treiben, weshalb die Worte, die in mein Ohr geflüstert werden, wie Blasen klingen, die unter Wasser aufsteigen.

„Runzelst du im Schlaf die Stirn?“ Warme Lippen pressen sich auf meine Stirn, eine Fingerspitze glättet die Haut dort. Er küsst mich auf die eine Wange und dann auf die andere, streift auf dem Weg zurück zu meinem Ohr mit der Nase meine Wange.

„Ich hab deine Schuhe neben der Tür gesehen“, flüstert er. „Hast du inzwischen ganz Paris durchwandert? Sie sehen ziemlich durchgelatscht aus.“

Tatsächlich liegt er damit gar nicht so falsch. Paris gleicht einem riesigen, schier unendlichen Stadtplan, der sich direkt vor meinen Augen zu entfalten scheint. Hinter jeder Ecke wartet eine weitere Straße, eine weitere Statue, ein weiteres Gebäude, älter und noch schöner als alles, was ich zuvor gesehen habe. Kaum habe ich ein Ziel erreicht, weckt dieses in mir den Wunsch, zu sehen, was sich dahinter verbirgt, und dahinter, und dahinter … Noch nie habe ich mir so inständig gewünscht, mich an einem Ort zu verlieren.

„Ich finde es toll, dass du versuchst, meine Stadt kennenzulernen. Und Gott stehe dem armen Kerl bei, der dich in diesem kleinen Strandkleid vorbeigehen sieht, das ich im Badezimmer hab hängen sehen. Deine Bewunderer werden dir bis nach Hause folgen, und ich werde gezwungen sein, sie zu verjagen.“

Ich spüre ihn an meiner Wange lächeln. Die Matratze bewegt sich, und sein Atem zerzaust mein Haar. Ich bleibe möglichst entspannt liegen, atme gleichmäßig weiter, wünschte, niemals aufzuwachen. Wünschte, er würde niemals aufhören, so zu mir zu sprechen.

„Es ist wieder Samstag … Ich werde versuchen, heute Abend wieder relativ früh nach Hause zu kommen", sagt er seufzend, und ich höre die Erschöpfung in seinen Worten. Gut möglich, dass ich nicht ausreichend anerkenne, wie schwierig es für ihn sein muss, eine Balance zu finden zwischen dem, was er als seine Verantwortung mir gegenüber ansieht, und seinem Job. Vermutlich fühlt es sich für ihn an, als würde er gleichzeitig in alle Richtungen gezerrt werden.

„Ich habe dich gebeten, hierher zu kommen", fährt er fort, „und jetzt bin ich fast nie da. Ich wollte nicht, dass es so ist, ich habe nur … Ich habe es nicht sonderlich gründlich durchdacht." Er lacht an meinem Hals. „Deswegen verdrehen sicher alle die Augen. Oliver, Finn … *vor allem* meine Mutter", sagt er zärtlich. „Sie behaupten, ich wäre zu impulsiv. Aber ich will mich bessern. Ich will gut zu dir sein."

Fast fange ich an zu fiepen.

„Willst du nicht aufwachen, *cerise*? Mir mit diesem Mund einen Abschiedskuss geben? Mit diesen Lippen, die mich immer in Schwierigkeiten bringen? Gestern war ich bei einem Meeting, und als sie meinen Namen genannt haben, hatte ich keine Ahnung, worüber sie gerade reden. Ich konnte an nichts anderes denken als daran, wie deine Kirschlippen aussehen, wenn sie meinen Schwanz umschließen, und dann letzte Nacht … *oh*. Was mir wohl heute alles durch den Sinn gehen wird. Du sorgst noch dafür, dass ich gefeuert werde, und wenn wir ohne einen Penny auf der Straße stehen, dann ist nur dein Mund daran schuld."

Ich kann nicht länger ein unbeteiligtes Gesicht machen und lache laut auf.

„Na endlich", sagt er grummelnd an meinem Hals. „Ich hab bereits angefangen zu überlegen, ob ich den Feueralarm auslösen soll."

Selbst als ich ein paar Stunden später alleine aufwache, erinnere ich mich daran, wie er an meiner Schulter geflüstert hat und schließlich in mein Ohr. Ich drehte mich auf den Rücken, die

Augen noch geschlossen, und umschlang ihn in einer schläfrigen Umarmung, der Stoff seines Anzugs rau, der Stoff seiner Krawatte seidig und anzüglich, wie er zwischen meinen nackten Brüsten hing. Wäre ich wacher gewesen, hätte ich ihn zu mir nach unten gezogen, hätte zugesehen, wie er seine Fingerspitzen auf meine blauen Flecken legte.

Ansel hat mir Frühstück gemacht. Es gibt Kaffee, auf dem Tresen wartet ein eingepacktes Croissant, und gemeinsam mit der Spitzenhaube, die zu meiner Dienstmädchenuniform gehört, liegt neben meinem Teller eine neue Liste mit Sätzen, die er für mich übersetzt hat.

> *Wie spät ist es?* Quelle heure est-il?
> *Um wie viel Uhr schließen Sie?* A quelle heure fermez-vous?
> *Zieh dich bitte aus.* Déshabille-toi, s'il te plait.
> *Fick mich. Härter.* Baise-moi. Plus fort.
> *Ich hätte gern den Riesendildo, der von der Größe her dem Schwanz meines Mannes ähnelt.* Je voudrais le gros gode, celui qui se rapproche le plus de mon mari.
> *Ich komme gleich in deinem Mund, schöne Frau.* Je vais jouir dans ta bouche, beauté.

Als ich ins Badezimmer gehe und mich dusche, lächle ich noch immer. Die Erinnerungen an letzte Nacht wirbeln mir durch den Kopf. Der Wasserdruck in Ansels Wohnung ist schrecklich, das Wasser nur lauwarm. Erneut werde ich daran erinnert, dass ich mich nicht in San Diego befinde, wo die einzige Person, mit der ich mich am frühen Vormittag um heißes Wasser streiten muss, meine Mutter ist, wenn sie von ihrem morgendlichen Yogaunterricht nachhause kommt. Hier gibt es sieben Stockwerke mit Bewohnern, die einberechnet werden müssen, und ich nehme mir vor, morgen früher aufzustehen und für eine heiße Dusche eine Stunde Schlaf zu opfern. Aber das ist nicht die einzige Sache, die ich versäumen würde. Diese sel-

tenen sorglosen Momente am Morgen, wenn Ansel glaubt, dass ich noch schlafe, dürften eine kalte Dusche wert sein. Mehrere kalte Duschen.

Als ich auf dem Weg zur Métro an der Patisserie vorbeikomme, steht Grausimone gerade mit einer Zigarette draußen. „Der heutige Tag ist jetzt schon ein *beschissener* Albtraum", sagt sie und bläst eine Rauchwolke seitlich aus dem Mund. „Wir haben bereits alle Milchbrötchen verkauft, die alle so lieben, und ich habe mich mit einem beschissenen Kaffee bekleckert. SL."

Ich weiß nicht genau, warum ich mich während ihrer Pause zu ihr setze und ihr zuhöre, während sie darüber jammert, wie schwierig es als arme Zwanzigjährige in Paris ist, dass ihr Freund anscheinend nie die Kaffeemaschine ausstellt, bevor er geht, oder dass sie aufgehört hat zu rauchen, aber dass es nur die Wahl gibt zwischen Zigaretten und der Ermordung eines Kunden – was dann dessen eigene Schuld wäre. Eigentlich ist sie nie zu irgendwem sonderlich freundlich. Vielleicht liegt es daran, dass sie Amerikanerin ist und es gut tut, mich nicht nur mit Ansel ganz normal in einer Sprache unterhalten zu können, die ich wirklich verstehe. Oder vielleicht dürstet es mich einfach dermaßen nach menschlichem Kontakt. Was verdammt ... deprimierend ist.

Als sie ihre letzte Zigarette aufgeraucht hat und mein Kaffee längst kalt geworden ist, verabschiede ich mich von Grausimone, gehe zur Métro und sehe mir dann so viel von Le Marais an, wie an einem Morgen zu schaffen ist.

Hier stehen einige der ältesten Häuser der Stadt, und es wurde zu einer beliebten Gegend für Galerien, kleine Cafés und exklusive, teure Boutiquen. Was mir am meisten an dem Viertel gefällt, sind die schmalen Fenster zur Straße hin und dass ab und zu kleine Innenhöfe wie aus dem Nichts auftauchen. Sie scheinen darum zu betteln, dass ich sie mir genauer ansehe oder ich mich einfach nur dort hinsetze und einen Roman lese, mich in der Geschichte von jemand anderem verliere.

Gerade als mein Magen zu knurren beginnt und ich bereit bin für ein Mittagessen, vibriert das Handy in meiner Tasche. Noch

immer überrascht mich der köstliche Hüpfer in meiner Brust, als ich Ansels Name und sein Gesicht auf meinem Bildschirm auftauchen sehe – sein fröhlicher Gesichtsausdruck mit rosafarbenen Wangen und einem verwegenen Grinsen.

Ist das Zuneigung? Du meine Güte, ja, ich empfinde definitiv eine gewisse Zuneigung für ihn, und wann immer er in meiner Nähe ist, will ich ihn einfach nur sexuell belästigen. Das hat nichts damit zu tun, dass er so toll aussieht oder einen umwerfenden Charme versprüht, sondern dass er so freundlich und aufmerksam ist und es ihm nie einfallen würde, hart oder verurteilend zu sein. Er verfügt über eine Leichtigkeit, die einfach entwaffnend ist, und ich habe keinen Zweifel daran, dass er überall eine Spur der unwillentlich gebrochenen Herzen hinterlässt – von Männern *und* Frauen.

Ich bin mir beinahe sicher, dass die alte Frau, die den Laden bei uns um die Ecke führt, ein bisschen in ihn verliebt ist. Ehrlich gesagt bin ich mir ziemlich sicher, dass *jeder*, der Ansel kennt, ein bisschen in ihn verliebt ist. Und wer könnte ihr deshalb schon böse sein. Ich habe an einem Abend beobachtet, wie sie etwas in rasant schnellem Französisch zu ihm gesagt hat und dann innehielt, ihre faltige Hand an ihr Gesicht drückte, als hätte sie gerade einem süßen Jungen gesagt, dass sie in ihn verknallt ist. Später, als wir den Bürgersteig entlanggeschlendert sind und unser Eis gegessen haben, hat er mir dann erklärt, dass sie ihm gesagt hat, wie sehr er einem Typen ähnelte, in den sie sich während des Studiums verliebt hatte, und wie sie jedes Mal, wenn er morgens vorbeikommt, um einen Kaffee zu bestellen, an diesen jungen Mann denkt.

„Sie hat mir dafür gedankt, dass sie sich durch mich wieder wie ein Schulmädchen fühlt", sagte er ein bisschen widerstrebend und drehte sich dann mit einem herausfordernden Lächeln zu mir um. „Und sie war froh zu sehen, dass ich mit einem so hübschen Mädchen verheiratet bin."

„Im Grunde weckst du in diesen alten Damen also ein bisschen Frühlingsgefühle."

„Ich interessiere mich einzig und allein für *diese* Dame." Er

küsste mich auf die Wange. „Und ich will keine Frühlingsgefühle in dir wecken. Ich will, dass du mich nackt anflehst, an meinem Mund kommen zu dürfen."

Ich habe noch nie jemanden gekannt, der eine solche Mischung aus schamloser Sexualität und vorgespielter Unschuld besitzt. Deshalb lese ich jetzt mit einer Kombination aus freudiger Erregung und Furcht seine Nachricht, während ich einen bevölkerten Bürgersteig entlanggehe.

Letzte Nacht hat Spaß gemacht, steht dort.

Auf meiner Lippe kauend überlege ich mir eine Antwort. Die Tatsache, dass er verstanden hat, was ich da getan habe, dass er mitgespielt und sogar vorgeschlagen hat, dass wir es nochmal tun, nun …

Ich atme tief ein. *Dermaßen Spaß,* antworte ich.

War es schön, für eine Weile deinem Kopf zu entfliehen?

Die Sonne steht hoch am Himmel, und es sind um die dreißig Grad hier draußen, aber mit nur einem Satz ist es ihm gelungen, Gänsehaut auf meinen Armen und Beinen zu verursachen, meine Nippel hart werden zu lassen. Irgendwie fühlt es sich genauso schmutzig an, auf diese Weise darüber zu reden, anzuerkennen, was wir getan haben, wie das winzig kleine Kostüm heute Morgen im Kleiderschrank zu sehen, neben den Klamotten, die er jeden Tag während der Arbeit trägt.

Das war es, tippe ich, und sollte eine SMS atemlos rüberkommen können, dann dürfte sich diese genau so anhören.

Es dauert eine Weile, bevor er mir erneut schreibt, und ich frage mich, ob er genauso angespannt ist wie ich.

Glaubst du, du willst es nochmal machen?

Darüber muss ich nicht mal nachdenken. *Ja.*

Seine Antwort braucht eine Weile; es kommt mir vor, als würde er eine Ewigkeit tippen. *Geh zur Station Madeleine, Linie 14, Richtung Chatelet. Zu Fuß zur Rue Beaubourg 19 – Centre Georges Pompidou (das große weiße Museum, nicht zu übersehen). Nimm den Fahrstuhl zum obersten Stockwerk. Warte an der Bar des Restaurant Georges um 19:00 (7:00 PM). Bester Rundumblick.*

Ein Schauer der Erregung klettert meine Wirbelsäule hinauf und ergießt sich wie ein warmes Bad an meiner Haut entlang. Meine Glieder fühlen sich auf einmal schwer an, mein Körper schmerzt sehnend, und ich muss in eine Nische vor einer kleinen Buchhandlung treten, um mich zu beruhigen. Vermutlich fühlt sich so ein Sprinter, in den letzten Sekunden, bevor der Startschuss die Luft erfüllt.

Ich habe keine Ahnung, was Ansel vorhat. Aber ich bin bereit, es herauszufinden.

Das Centre Pompidou ist leicht zu finden. Google sei Dank weiß ich, dass es am rechten Ufer der Seine liegt, in einer Gegend, die als Beaubourg-Viertel bekannt ist. Nach den vergangenen Tagen des Auskundschaftens habe ich ein ziemlich gutes Gespür dafür, wo ich mich gerade befinde. Aber auch wenn ich online ein Bild von dem Museum gesehen habe, bin ich keinesfalls auf diese monströse, skeletthafte Sehenswürdigkeit vorbereitet, die sich aus ihrer Umgebung zu erheben scheint.

Es wirkt, als wäre ein riesiges Gebäude seiner äußeren Hülle entledigt worden und würde jetzt zeigen, was es darunter aufrechterhält. Leuchtend bunte Röhren in Grün, Blau, Gelb und Rot sind durchsetzt mit Metallbalken und sehen ähnlich aus wie die Kunstwerke, die es innen beherbergt.

Ich folge einem Schild, das mich zu einem großen gepflasterten Platz führt, auf dem Studenten, Familien und Touristengruppen herumlaufen. Straßenkünstler stehen von kleinen Gruppen umgeben stumm da, und Kinder rennen vorbei, ihr Lachen hallt in den hohen leeren Räumen wider, die durch das riesige Gebäude geschaffen werden.

So wie Ansel es angewiesen hat, nehme ich die Rolltreppen – die längsten, die ich je gesehen habe –, bis hoch zum obersten Stock. Auf der gesamten Fahrt nach oben bin ich von einer Plexiglas-Röhre umgeben, die mir einen Ausblick auf die ganze Weite von Paris gönnt, mit Gebäuden in der Ferne, die ich bisher nur in Büchern gesehen habe. Sofort entdecke ich den Eiffelturm, vor einem strahlendblauen Himmel.

Mein Spiegelbild zwinkert mir zu. Ich trage ein schlichtes Etuikleid aus Jersey, das dunkle Haar glänzt in der späten Nachmittagssonne. Mein Gesicht ist vor Vorfreude gerötet, und ich versuche das Zittern zu unterdrücken, das mich vor Aufregung überkommt, weil ich keine Ahnung habe, was passieren wird, und ich Ansel vollkommen die Regie überlassen habe. Bin ich noch sein Dienstmädchen? Als mir die Möglichkeit bewusst wird, bleibe ich auf halbem Wege zwischen einer Rolltreppe und der nächsten zögernd kurz stehen. Unser Machtverhältnis ist bereits seltsam, seit wir hier angekommen sind. Worauf steuere ich da gerade zu?

Aber, argumentiere ich, als du letzte Nacht losgelassen hast, hat er die Zügel übernommen und dir die intensivste erotischste Nacht deines Lebens geschenkt. Vertrau ihm.

Mit einem tiefen Atemzug steige ich oben aus und gehe in das trendige Restaurant. Eine hübsche Frau mit tomatenrotem Haar und einem kurzen weißen Kleid führt mich durch einen Raum, der mehr wie das Set eines Science-Fiction-Films wirkt als wie ein Ort, wo man zu Abend essen kann: Gebürstetes Metall, glänzend weißes Stahlgebälk, polierte, archaisch wirkende Skulpturen. Die Tische sind schlank und im Industriedesign, jeder mit einer langstieligen roten Rose geschmückt. Der Außenbereich wird durch ein tiefliegendes Geländer aus Glas geschützt, um nicht die Aussicht zu behindern, denn, *wow* … Das ist mal eine Aussicht!

Ich danke ihr und nehme an der Bar Platz, überprüfe, ob auf meinem Handy eine SMS eingegangen ist. Gerade beginne ich, eine Nachricht zu schreiben, als ich spüre, wie mir jemand leicht auf die Schulter klopft.

„Würde es Sie stören, wenn ich mich hier hinsetze?“, fragt er nervös. Und *oh*. Das ist nicht das gleiche Spiel wie gestern Abend. Die Verwirrung muss mir ins Gesicht geschrieben stehen, denn er fährt fort: „Es sei denn natürlich, Sie erwarten jemanden.“

Fremde. Das kriege ich hin. Das kennen wir.

„Nein. Ähm … überhaupt nicht. Setzen Sie sich ruhig“, sage ich und zeige auf den Platz zu meiner Rechten.

Ansel hievt seine Einmeterneunzig auf den Hocker aus gebürstetem Aluminium und spielt mit der ordentlich gefalteten Stoffserviette. Es ist mir heute Morgen nicht gelungen, seine Erscheinung vollkommen in mich aufzunehmen, bevor er ging, weswegen ich jetzt heimlich versuche, ihn mir genauer anzusehen, während er neben mir herumzappelt, seine neue Rolle spielt.

Er trägt ein dunkelgrünes Hemd mit einem so zarten Muster, dass ich genau hingucken muss, um es überhaupt wahrzunehmen. Seine schwarze Anzugshose passt ihm perfekt; an seinem Kinn ist ein klein bisschen Bartansatz zu erkennen, und sein Haar sieht etwas zerzauster aus als sonst, fällt ihm in die Stirn. Ich verspüre ein plötzliches Verlangen danach, mit meinen Fingern darin zu spielen, während ich sein Gesicht zwischen meine Beine ziehe.

Ich muss tatsächlich wegsehen, um wieder Atem zu schöpfen. Dieser Typ ist mein *Ehemann*.

Du siehst großartig aus, möchte ich sagen.

Wie habe ich ausgerechnet in Vegas jemanden finden können, der so unkompliziert und perfekt ist? will ich fragen.

Doch stattdessen bleibe ich stumm und lasse ihn mir vormachen, wie dieser Abend ablaufen soll.

„Ich glaube, ich bin versetzt worden", sagt er, und jetzt, nachdem ich mich zusammengerissen habe, sehe ich ihn.

„Das ist schrecklich. Hat er oder sie nicht angerufen oder eine SMS geschickt?"

Er schüttelt den Kopf und fährt sich mit der Hand durchs Haar, streicht es zurecht. „Vermutlich ist es so das Beste", sagt er und hebt resolut das Kinn. „Ich glaube, wir haben eh nicht zusammengepasst."

Ich wende ihm auch den Rest meines Körpers zu. „Sollte das ein erstes Date werden?"

Er schüttelt den Kopf und hebt an, etwa zu sagen, hält dann aber inne, als der Barkeeper vor uns stehen bleibt. „*Un whisky-soda s'il vous plaît*", sagt er zu dem Mann und dreht sich dann erwartungsvoll zu mir um.

„Ähm … Gin *et* … Tonic?“, bestelle ich fragend, und der Barkeeper grinst, bevor er davon geht.

Ansel starrt einen Moment lang den Rücken des Barkeepers an, räuspert sich schließlich und fährt fort: „Wir sind schon eine Weile zusammen, aber …“ Er hält abrupt inne, schüttelt den Kopf. Er beugt sich vor und sagt mit gedämpfter Stimme: „Nein, vergiss es. Ich will nicht so tun, als würde ich jemanden betrügen.“

Ich beiße mir auf die Lippe, um ein Grinsen zu unterdrücken. Herrje, ist er süß.

„Was ich sagen will, ist, dass wir ein paar Mal am Telefon miteinander gesprochen haben?“ Er sieht mir forschend in die Augen, um herauszufinden, ob diese Story besser funktioniert. „Es hat sich nie vollkommen richtig angefühlt, aber ich dachte, wenn wir uns persönlich kennenlernen …“

„Hmh“, erwidere ich und schüttle mitfühlend den Kopf. „Tut mir leid, dass sie nicht hier ist.“

Er atmet tief ein, bevor er entspannt die Schultern sinken lässt. Sein Mund verzieht sich zu einer süßen Schnute. „Was ist mit Ihnen? Sie sagten, Sie sind hier nicht verabredet, essen Sie alleine?“ Die Hände hebend, fügt er hinzu: „Und ich frage das, ohne Sie im Geringsten belästigen zu wollen. Bitte rufen Sie nicht den Sicherheitsdienst.“

Ich lache, spiele mit meinem Handy vor mir auf dem Tresen. „Ich bin neu in der Stadt“, sage ich. „Es war ein langer Arbeitstag, und ich brauchte einen Drink. Ein Freund sagte mir, hier gäbe es den besten Blick über die Stadt.“

„Ein Freund.“

„Nur so ein Typ, den ich kenne“, necke ich ihn.

Ansel lächelt und sieht über seine Schulter. „Dieser Freund könnte unrecht haben. Ich bin mir nicht sicher, ob der Blick von dort“ – er zeigt auf den Eiffelturm – „zu toppen ist.“

Der Barkeeper stellt unsere Drinks vor uns ab, und ich greife nach meinem Glas. „Aber es gibt keinen Alkohol da oben.“

„Ahhh, aber ja doch. Im obersten Stock verkaufen sie Champagner. Wird in den besten Plastikbechern der Welt serviert. Das sollten Sie nicht verpassen, solange Sie hier sind.“

„Sie bringen mich noch dazu, dass ich es mit den furchterregenden Warteschlangen und den klaustrophobischen Fahrstühlen aufnehme."

„Sie müssen dafür sorgen, dass Sie das machen, bevor Sie abreisen", sagt er. „Es ist so ein Touristending, aber von der Sorte, wie man sie zumindest ein Mal im Leben gemacht haben sollte."

„Ehrlich gesagt war ich schon mal oben", sage ich und nippe an meinem Drink. „Ich bin an einem meiner ersten Tage in der Stadt alleine hochgegangen. Ich wusste allerdings nicht, dass es da oben *Alk* gibt, sonst wäre ich wesentlich länger geblieben."

„Vielleicht kann Sie das nächste Mal ja jemand begleiten", sagt er leise, und sein Gesichtsausdruck verdüstert sich vor Bedauern. Er fühlt sich schuldig dafür, dass ich so viel alleine bin. Ich fühle mich schuldig, weil ich ihn unterbrochen habe. Wir leben beide so sehr in unseren eigenen Köpfen, kein Wunder dass wir immer so tun als ob.

„Vielleicht", antworte ich lächelnd. „Und Sie leben hier? In Paris?"

Ansel nickt und nimmt noch einen Schluck von seinem Drink. „Das tue ich. Aber meine Mutter ist Amerikanerin. Und ich bin nach der Schule durch die Staaten gereist."

„Nur rumgereist?", necke ich. „Mit dem Rucksack quer durch Amerika?"

„Fast", erwidert er lachend. „In dem Sommer vor meinem Jurastudium habe ich an einem Programm teilgenommen, dass sich Biken und Bauen nennt. Kennen Sie das?"

Ich schüttle leicht den Kopf, sage nur: „Nur vom Namen her …" Natürlich hat Ansel es bereits erwähnt, aber ich fühle mich ein wenig schuldig, weil ich ihn nie weiter danach gefragt habe.

„Es besteht im Grunde aus einer Gruppe von Leuten – die meisten so im Studentenalter –, die für drei Monate mit dem Rad durchs Land fahren und auf ihrer Route an verschiedenen Baustellen Halt machen."

„Ich bin nach Vegas gefahren, nachdem ich meinen College-Abschluss gemacht habe. Schätze also, Sie haben gewonnen."

„Nun, das könnte auch ziemlichen Spaß machen", meint er vielsagend und sieht mich neckend an, während er an seinem Glas nippt. „Ich hab gehört, dass man in Vegas so manches Abenteuer erleben kann."

„Ja", sage ich und lächle. „Aber drei Monate? Auf dem *Rad*?"

Ansel lacht. „Drei Monate. Nun, elf Wochen, um genau zu sein. Täglich über hundert Kilometer."

„Das wäre mein Tod. Jemand müsste am Tag vier meine Mutter anrufen, damit sie mich einsammelt."

Er macht eine Show daraus, mich anerkennend zu mustern. „Sie sehen aus, als würden Sie schon damit klarkommen."

Ich schüttle den Kopf. „Ich versichere Ihnen, ich bin nicht gut auf Rädern. Also, erzählen Sie mal. Haben Sie in Hotels geschlafen, oder …?"

„Manchmal", antwortet er schulterzuckend. „Einige der Gruppen übernachteten in Kirchen und so. Vielleicht bei ein paar Familien. Meine Gruppe hatte so eine Art …" Er sucht nach dem Wort, runzelt die Stirn. „Draußen in einem Zelt schlafen?"

„Camping", erwidere ich lachend.

Er schnippt mit den Fingern. „Richtig. Wir waren für gewöhnlich ein paar Tage lang an einem Ort, während wir arbeiteten, weshalb wir so eine Art Reisecamp aufbauten. Drei oder vier von uns teilten sich ein Zelt, schliefen auf den schrecklisten Luftmatratzen, die Sie sich vorstellen können."

Ich mustere ihn jetzt unverhohlen, in seinem sauberen Hemd und seinen gebügelten Hosen, und habe Schwierigkeiten, mir ihn auch nur so lässig gekleidet vorzustellen, wie er in Vegas gewesen war, ganz zu schweigen von verschwitzt auf einer Baustelle. Ich lasse meinen Blick auf seinem Hals ruhen und genieße einen Moment lang die Fantasie. „Das ist ganz schön heftig."

Er nickt zustimmend. „Wir vier, den ganzen Tag zusammen. Manchmal war es unerträglich, die Hitze. Wie feucht die Luft sein konnte, und wir mussten bis in die Abendstunden hinein weiter durchhalten. Es war hart, aber ich hatte noch nie einen

solchen Spaß. Ich glaube, ich werde nie jemanden auf diese Weise kennen lernen wie diese drei Freunde."

Ich bin so fasziniert, dass ich meine Rolle vergesse. „Du meinst Oliver, Finn und Perry."

Sein Gesicht verdüstert sich, und er nickt langsam.

Scheiße. „Es tut mir leid, ich wollte nicht ..."

Aber er hebt bereits die Hand. „Nein. Diese Beziehungen gehören zu den besten und ... den kompliziertesten meines Lebens. Ergibt das einen Sinn?" Ich nicke. „Ich bin neben ihnen täglich acht oder zehn Stunden lang Rad gefahren. Ich habe mit drei Menschen zusammen in einem Raum geschlafen, der nicht größer war als ein normales Badezimmer. Wir haben gemeinsam unsere Familien vermisst, wir haben einander getröstet, wir haben die stolzesten Augenblicke unseres Lebens miteinander gefeiert. Wenn man in dem Alter praktisch in der Hosentasche der anderen lebt, fühlen sich drei Monate an wie ein ganzes Leben, und es ... ich schätze ... vielleicht ist es hart, wenn sich das Leben auf eine Weise verändert, die wir nicht erwartet oder erhofft haben."

Was immer dieser Perry gerade durchmacht, es ist ganz offensichtlich etwas, mit dem Ansel nur schwer klarkommt. Er ist einen Moment lang still, hat seine Aufmerksamkeit voll auf sein Glas gerichtet. Ich bin nicht daran gewöhnt, ihn so zu sehen, und es schmerzt wie eine Wunde in meiner Brust. Ich bin mir nicht bewusst gewesen, wie sehr ich mich nach mehr Details aus seinem Leben gesehnt habe – bis wir hier angekommen sind. So zu tun, als würden wir diese Informationen einem Fremden mitteilen scheint sicherer zu sein. „Du musst nicht darüber reden", sage ich leise.

„Es ist nur, dass ich einfach gar nichts tun kann, um irgendwie zu *helfen*, bei dem, was Perry gerade durchmacht und ... ich möchte nicht wichtigtuerisch klingen, aber das ist keine Situation, mit der ich sonderlich vertraut bin."

„Womit immer er auch klarkommen muss", sage ich, „du kannst für ihn da sein, aber es ist *sein* Leben. Du kannst es nicht für ihn perfekt machen."

Er mustert mich einen Moment lang, öffnet den Mund und schließt ihn wieder. „Nein … Es ist nur, dass …“ Er hält inne und atmet tief ein. „Ich weiß. Du hast recht.“

Ich will ihm sagen, dass ich ihn verstehe, dass ich weiß, wie es ist, jemandem so nahe zu sein, zu spüren, wie der andere davondriftet, und nicht in der Lage zu sein, ihn zurückzuholen. Aber ich kann nicht. Die Menschen, die mir am Nahsten stehen, sind immer Harlow und Lorelei gewesen. Sie sind meine Konstanten, sind es seit der Grundschule immer gewesen. Als Luke und ich uns nach dem Unfall getrennt haben, war ich bereit, ihn gehen zu lassen. Und auch wenn ich manchmal ein Loch an der Stelle verspürt haben mag, wo zuvor er in meinem Leben gewesen ist, wusste ich glaube ich von Anfang an, dass ich nicht für immer mit ihm zusammen sein würde.

Also flüstere ich, um das Thema zu wechseln: „Nun, aus meiner Perspektive scheint mir diejenige, die Sie heute versetzt hat, eine totale Idiotin zu sein.“

In seinem Gesicht macht sich Verstehen breit, und er dreht sich auf seinem Hocker ganz zu mir um, stützt einen Ellbogen auf dem Tresen ab.

„Ich weiß nicht“, sagt er schließlich und beißt sich auf die Unterlippe. „Ich beginne zu überlegen, ob sie mir damit nicht vielleicht einen Gefallen getan hat …“ Er lässt den Gedanken im Raum stehen, ohne noch mehr zu sagen. Über uns dröhnt der pulsierende Bass aus den Boxen. „Haben Sie einen Freund?“, fragt er plötzlich.

„Einen Freund?“

Ich schüttle den Kopf, unterdrücke ein Grinsen. „Nein.“ Was, genaugenommen, ja sogar stimmt. „Und Sie, eine Freundin?“, frage ich zurück.

Er schüttelt den Kopf, sein Blick zuckt zu meinem Mund, bevor er mir wieder in die Augen sieht.

Als wir das Gespräch über Biken und Bauen fortführen, scheinen alle Spuren der Traurigkeit und des Bedauerns aus Ansels Augen zu verschwinden, und es ist wie an unserem ersten Abend zusammen: Wir unterhalten uns stundenlang. Es hilft mir, mich

an Details zu erinnern, die bis dahin nicht wiedergekehrt waren. Die Art, wie er mit den Händen redet, nur innehält, wenn ihm ein Wort entfallen ist, wie seine Stirn sich vor Konzentration runzelt, bis ich auflache, und ein kleines Scharade-Spiel beginnt, als ich ihm helfe, das richtige Wort zu finden. Oder die Art, wie er so aufmerksam zuhört, dass er den Kopf in meine Richtung neigt, seine Augen dabei die ganze Zeit meinen Gesichtsausdruck prüfen. Er gibt mir das Gefühl, als wäre ich der einzige Mensch auf der Welt. Er sieht mich an, als würde er mich gleich vernaschen.

Kein Wunder, dass ich ihm einen Antrag gemacht habe.

Er fragt mich nach meinem Leben in San Diego und hört mit der gleichen gespannten Aufmerksamkeit zu, als wäre die Nacht in Las Vegas nie geschehen und er hätte das alles nicht schon mal gehört.

„Und Sie haben es geliebt, zu tanzen“, sagt er lächelnd, sein leeres Glas steht unbeachtet vor ihm auf dem Tresen. Das ist keine Frage, sondern eine Beobachtung.

„Das habe ich.“

„Und eine Rolle zu spielen.“

Ich seufze. „Ich habe es *geliebt*, zu spielen.“

Ansels Augen werden schmal, ein Moment der bedeutungsschweren Stille hängt zwischen uns, bevor er sagt. „Da bin ich mir *sicher*.“

Er ist vollkommen schamlos in der Art, wie er meinen Körper mustert, seinen Blick auf meinen Brüsten verweilen lässt. Ich spüre, wie ich Gänsehaut bekomme, meine Nippel werden bei seinem bedeutungsschwangeren Tonfall hart, bei dem Hunger in seinen Augen.

„Aber Wirtschaftswissenschaften“, sagt er und sieht mir wieder ins Gesicht. „Das fasziniert Sie nicht ganz so.“

Ich lache. „Argh, nein.“

„Warum wollen Sie es dann studieren? So viel Zeit Ihres Lebens mit etwas verbringen, das Sie eindeutig unglücklich macht?“

Ein Funken der Panik flammt in meiner Brust auf, aber es gelingt mir, ihn rasch niederzukämpfen. Das ist mein sicherer

Ort – dieser merkwürdige Ort, den Ansel und ich entdeckt haben –, wo ich sagen oder tun oder *sein* kann, wer oder was immer ich will.

Also entscheide ich mich dafür, die Frage zu umgehen, indem ich mich direkt wieder an ihn wende. „Viele Leute sind unglücklich mit ihrem Job. Lieben Sie denn Ihren?“

„Diesen bestimmten nicht“, sagt er. „Nein.“

„Aber Sie machen ihn weiter.“

„Ja …“, sagt er nachdenklich. „Aber meiner ist nur vorübergehend. Ich weiß, was ich mit meinem Leben anstellen will; dieser Job ist schlicht und einfach ein Türöffner, er wird mich zu einem anderen Job führen. Zwei Jahre an der Uni sind eine lange Zeit, und ich habe gesehen, wie Sie reagierten, als ich das Thema aufgebracht habe.“ Er lacht sanft. „Als ob Ihr ganzes Leben vor Ihren Augen vorbeigezogen ist. Wenn die Vorstellung zur Uni zu gehen Sie unglücklich macht …“ Er verstummt und sieht mich an, wartet darauf, dass ich den Satz für ihn beende.

„Ich kann nicht mehr tanzen“, erinnere ich ihn. „Schrauben im Bein und drei Zentimeter künstlicher Knochen aus einem Metallgemisch. Das ist nichts, was ich überwinden kann, wenn ich mich nur genügend anstrenge. Das ist keine Frage des Verstands.“

Er dreht sein Glas, vergrößert den dunklen Kondensationsring, der sich auf dem Untersetzer bildet. Das Eis klirrt gegen die Wände des leeren Bechers, und er scheint über etwas sorgfältig nachzudenken, bevor er es ausspricht. „Nicht beruflich“, sagt er schulterzuckend.

Ich schüttle den Kopf, sage nichts dazu. Er versteht es nicht.

„Ihre Karriere als Stripperin, ausgelöscht, noch bevor sie begann.“

Ein Lachen platzt aus mir hervor. „Was echt beschissen ist, denn ich hatte mir schon einen Namen gegeben, hatte mir Pasties mit Monogramm bestellt und so.“

Ansel lehnt sich gegen den Tresen und wendet sich mir zu. Er mustert mein Gesicht, bevor sein Blick zu meinem Mund wandert und runter … wieder runter. Es ist so ein offensichtlicher,

bescheuerter Anbaggerversuch, dass ich nicht an mich halten kann und laut loslache. *Das* ist der Typ, von dem ich in Vegas nicht den Blick wenden konnte, der meine Aufmerksamkeit auf sich gezogen hat, egal, wo er sich im Raum befand. Der, dem ich innerhalb von wenigen Stunden meine gesamte Lebensgeschichte erzählt habe, den ich *geheiratet* habe, mit dem ich mehrfach hintereinander Sex gehabt habe.

„Ich bin wirklich froh, dass Sie versetzt worden sind", sage ich und hoffe, dass er sich, so wie ich ihn ansehe, genauso begehrt fühlt, wie ich mich bei seinen Blicken.

Er streicht mit einem Finger über mein Knie. „Geht mir genauso."

Ich bin mir nicht sicher, wie es weitergehen soll, also versuche ich es mit Mutigsein. „Wollen wir von hier verschwinden?", frage ich. „Vielleicht auf einen Spaziergang?"

Ohne zu zögern steht er auf und macht dem Barkeeper ein Zeichen, dass er für uns zahlen will.

„Ich muss noch mal auf die Toilette", sage ich.

Er sieht mich mit hungrigen Augen an. „Ich werde hier auf Sie warten."

Aber als ich aus dem großen Art-Déco-Waschraum trete, steht er dort direkt vor mir – den Kopf gesenkt, das Gesicht im schwachen Licht verdunkelt. Gefährlich. Er sieht auf, als er die Tür hört, und seine Gesichtszüge wirken in den Schatten stärker, härter. In dieser halbdunklen Ecke wirken seine Wangenknochen wie aus Stein gemeißelt, seine Augen sind verschattet, seine Lippen üppig und ausladend.

Er gibt mir keine Zeit zum Zögern, überwindet nur den kleinen Abstand zwischen uns, um mich gegen die Tür zu drücken.

„Ich konnte nicht warten", sagt er und packt mich am Hals, seine Handfläche kühl und fest, während sein Daumen sich gegen das wilde Pochen in meiner Kehle drückt. Es ist eine besitzergreifende Geste und so anders als der Ansel, den ich kenne, dass mir ein stummer Angstschrei die Wirbelsäule hinauf jagt. In diesem Spiel, das wir spielen, ist er wieder der Fremde. Er

kennt mich nicht, und abgesehen von dem, was er mir im Verlauf der letzten Stunde erzählt hat, sollte ich auch nichts über ihn wissen.

Ein kluges Mädchen würde davonlaufen, sage ich mir. Ein kluges, ruhiges Mädchen würde so tun, als würden Freunde auf sie warten, und einfach durch die Tür gehen. Sie würde nicht in einem dunklen Flur mit einem Mann stehen, den sie nicht kennt, würde seine grobe Art nicht dermaßen genießen, dass jeder Gedanke an Flucht ausgelöscht würde.

„Ich kann dich denken hören“, flüstert er und verstärkt seinen Griff. „Lass los. Spiel mit mir.“

Und das ist genau, was ich brauche. Ich lasse meine Schultern sinken, während sich die Wolken in meinem Kopf lichten. Die Anspannung verlässt meinen Körper, als ich mich gegen ihn lehne.

Auch wenn ich Absätze trage und er ein paar Zentimeter größer ist als ich, muss ich nur das Kinn heben, und er ist da, seine Nasenspitze streift meine.

„So etwas tue ich normalerweise nicht“, sage ich, und gebe mich der Vorstellung hin, das wäre ein One-Night-Stand. Oder dass ich diesen attraktiven Fremden mit mir anstellen lassen werde, was immer er will. „Ich küsse nur selten bei einem ersten Date, nie würde ich …“ Ich schließe die Augen, schlucke, öffne sie dann wieder und sehe, dass er mich anlächelt.

„Ich weiß.“ Sein Grinsen sagt: *Außer das eine Mal, als du mich in Las Vegas geheiratet hast.*

Das ausgenommen.

Er drückt seinen Schenkel zwischen meine Beine, und ich kann spüren, wie hart er bereits ist. Ich genieße die kleinen Bewegungen seiner Hüften, als er sich gegen mich stößt.

„Will dich“, murmelt er und küsst mich, keusch und sanft. Er lehnt sich zurück, leckt sich über die Lippen und kommt wieder dicht heran, stöhnt leicht in meinen Mund. „Kann ich?“

„*Jetzt?*“ Mein Herz macht einen Satz, pocht so heftig unter meinem Brustbein, dass ich – ungelogen – spüre, wie mein Brustkorb sich durch diese Wucht bewegt.

Er nickt küssend. „Hier. Es wird langsam voll“, sagt er und zeigt zurück in Richtung Restaurant. „Wir müssten uns beeilen.“

Es fühlt sich an, als würde ein Streichholz in meiner Brust entzündet, und ich umklammere den Stoff seines Hemdes, ziehe uns beide in den leeren Waschraum. Er folgt mir wortlos, küsst mich, bis die Tür sich hinter uns schließt und das Schloss einschnappt.

Plötzlich bin ich überhitzt, überempfindlich. Ich spüre jeden Zentimeter Stoff, der uns voneinander trennt. Seine Hände umfassen mein Gesicht, seine Zunge gleitet gegen meine, und er schmeckt so gut, dass mir beinahe schwindlig wird.

Der Raum ist dunkel, nur oben leicht von einer pinkfarbenen Neonröhre erleuchtet. Es ist so leicht hier, eine Rolle einzunehmen, sich in dem Licht zu verlieren, das alles wie eine Scheinwelt aussehen lässt, umgeben von den Geräuschen auf der anderen Seite der Tür. Ich spüre den Beat der Musik durch den Boden aufsteigen, in meine Füße, und das ist das Einzige, das mich daran erinnert, dass es auf diesem Planeten noch andere Menschen gibt, abseits von unseren Küssen, unseren hektischen Händen, während wir versuchen, uns näher zu kommen, unsere Klamotten aus dem Weg zu schieben.

Mein Kleid rutscht nach oben, sein Hemd ist aus dem Hosenbund gezogen, so dass ich mit den Fingernägeln über seinen Bauch kratzen kann. Ich keuche auf, als die kühle Luft meine Haut berührt, dort wo mein Höschen zwischen meinen Beinen feucht ist. Er streicht mit einer Hand über meinen Bauchnabel, seine Finger schlüpfen leicht unter den knappen Taillenbund aus Spitze, bis er mich mit der hohlen Hand umfasst, seine Finger dazwischen oder drüberstreichen lässt, überall, nur nicht dort, wo ich ihn haben will.

„Will das schmecken“, sagt er.

Ich stoße mich gegen seine Hand, schreie auf, als sein Finger sich leicht in mich hinein- und wieder hinausschiebt, Feuchtigkeit einsammelt, sich vor und zurück über meine Klit bewegt.

Er hebt mich hoch, führt uns beide zum Waschtisch, setzt mich ab, bevor er sich zwischen meine gespreizten Beine kniet.

Ich sehe zu, wie er sich vorlehnt, durch seine Wimpern zu mir aufsieht, während er mit einer Hand mein Höschen zur Seite zieht und mit der Zungenspitze über mich hinwegleckt.

„*Oh*“, schreie ich auf, zu laut und so heftig atmend, dass ich Angst habe, ich könnte tatsächlich ohnmächtig werden. Instinktiv packe ich seinen Hinterkopf, halte ihn an mir fest, und Gott, es ist dermaßen schmutzig, ihn so zu sehen, mit dem Kopf nach unten geneigt und im Neonlicht gebadet, während er mich stöhnend leckt.

Ich versuche, still zu halten, nicht meine Hüften nach vorne zu stoßen oder fordernd zu werden, aber jeder einzelne Nerv in meinem Körper konzentriert sich auf seine Zunge, während sie über meine Klit fährt.

„Finger“, keuche ich.

Er flucht, schiebt tief zwei Finger hinein, seine Zunge bewegt sich geübt, kleine Zungenschläge wechseln sich mit langem, langsamem Lecken ab.

„Oh Gott … “, bringe ich hervor, am Rande von etwas, das in meinem Bauch beginnt, meine Wirbelsäule entlanggleitet. Ich zwirble sein Haar, meine Hüfte ruckt heftiger vor, während das Gefühl anwächst, stärker wird. Ich sehe nach unten und betrachte ihn, mir stockt der Atem, als ich seine Hand vorne an seiner Hose sehe, sein Arm bewegt sich eilig, zuckend.

„Komm hoch zu mir“, sage ich atemlos. „Bitte.“ Ich bin so kurz davor – *dermaßen* kurz davor –, aber ich will, dass wir zusammen kommen.

„Gott, ja“, sagt er und steht auf, schiebt seine Hose die Hüften hinunter.

Sein Haar ist total durcheinander, und seine Wangen und sein Hals sind gerötet. Ich spüre seine Eichel, als er sie über mich gleiten lässt, und ich bin so nass, dass er nur einen kleinen Schritt auf mich zu machen muss, und schon gleitet er in mich hinein.

Aufkeuchend verbirgt er seinen Kopf an meinem Hals und atmet tief, beruhigend ein. „Ich brauche eine Sekunde“, sagt er und hält meine Hüfte ruhig. „*S'il te plaît.*“

Als er sich wieder aufrichtet, stemmt er oberhalb meiner Schulter eine Hand gegen den Spiegel.

„Du fühlst dich zu gut an", erklärt er, zieht seinen Schwanz langsam raus und stößt dann wieder zu. „So verdammt gut."

Er bewegt sich rhythmisch, seine Hüften stoßen gegen meine, das Geräusch seines Gürtels, der gegen den Waschtisch klirrt, während er mich fickt. Ich schlinge meine Beine um seine Taille, und er packt mit einer Hand mein Gesicht, bevor er seinen Daumen zwischen meine Lippen schiebt. Ich schmecke mich selbst auf seinen Fingern, auf seinem Mund, aber er kann sich anscheinend nicht lange genug konzentrieren, um mich zu küssen.

„Ich will zusehen, wie du kommst", flüstert er und mustert mich. Er nimmt seinen Finger aus meinem Mund und zeichnet eine feuchte Linie über meine Unterlippe. „Ich will spüren, wie du mich auswringst, und ich will deine gierigen kleinen Laute auffressen."

Ich keuche auf, schließe eine Faust um den Saum seines Hemdes, ziehe ihn dichter an mich heran.

„Sag, was *du* willst", grummelt er.

„Ich will es derber."

„Mach es schmutzig", sagt er und leckt meinen Mund. „Du kannst so tun, als würdest du mich nie wiedersehen müssen. Was ist dein schändlichster Gedanke?"

Mein Blick fällt auf seinen Mund, als ich ihm sage: „Ich will, dass uns jemand ficken hört."

Seine Pupillen weiten sich, reflektieren das Neonlicht zu mir zurück, und er packt meine Schenkel fest, bevor er hart und gekonnt in mich hineinpumpt, jedes Mal rau aufstöhnt, wenn er seine Hüften gegen die Innenseiten meiner Schenkel drückt.

Jemand klopft an die Tür – das Timing ist perfekt. Es ist abgeschlossen, aber wenn sie hereinkämen, würden sie das Klatschen seiner Haut gegen meine hören, würden meine Beine auf beiden Seiten von Ansels Hüften sehen, mein Kleid nach oben geschoben, während er mich fickt.

„Beeil dich", schreie ich, lauter, als ich vermutlich sollte, und halte mich am Wasserhahn fest. Meine Finger fühlen sich am

kühlen Metall rutschig an, meine Haut ist erhitzt und feucht vor Schweiß.

Ich fühle mich so voll, die weichen Gliedmaßen gedehnt. Sein Körper passt perfekt in und an mich, der Vorsprung seines Schambeins reibt bei jedem Stoß gegen meine Perle. Das angespannte Gefühl in meinem Bauch wächst, wärmer und heißer, bis ich den Kopf nach hinten werfe und laut aufschreie, während ich komme. Ich nehme nichts anderes mehr wahr als die Art, wie mein Körper versucht, ihn nach innen zu ziehen, während ich mich um ihn herum auflöse.

Er folgt nur einen Augenblick später, seine Bewegungen werden abgehackt und hektisch, bis er mit einem unterdrückten Stöhnen an meiner Haut zur Ruhe kommt.

Die Nachmittagsbrise weht mir durchs Haar, und die Spitzen kitzeln mein Kinn, als auf dem Weg zur Métro der Geruch von Brot und Zigaretten aus einem Café zu uns hinüberweht.

Ich sehe über die Schulter zu den Reihen an Motorrädern, die am Straßenrand parken. „Wo ist dein Bike?“, frage ich.

„Zu Hause“, sagt er schlicht. „Ich hab es vorhin dort abgestellt, damit ich gemeinsam mit dir gehen kann.“

Er sagt das nicht, weil er auf eine Reaktion aus ist; deshalb bekommt er nicht mit, wie ich zu ihm aufsehe. Wir haben heute Abend nicht richtig über den Unfall gesprochen, auch wenn es sich jedes Mal, wenn die Uni und mein zukünftiges Leben Thema ist, wie ein ständiger Begleiter anfühlt. Aber gerade hat mir Ansel gezeigt, dass er sich des Unfalls bewusst ist und dass er mich nicht drängen wird – anders als mein Vater, der mir an meinem ersten Geburtstag nach dem Krankenhausaufenthalt ein Fahrrad geschenkt und mich danach mehrfach aufgefordert hat, *wieder aufs Pferd zu steigen*. Ansels Direktheit ist noch immer etwas, das mich überrascht. Während ich dazu tendiere, mir über alles, was ich sage, den Kopf zu zerbrechen – mir Sorgen mache, ob ich es überhaupt sagen kann –, kennt er keine Selbstzensur. Die Worte scheinen aus seinem bonbonfarbenen Mund einfach so herauszusprudeln, ohne dass er vorher groß über sie

nachdenkt. Ich frage mich, ob er immer so unbedacht ist, ob das sein Umgang mit allen Menschen ist.

Der betriebsamste Teil des Tages liegt hinter uns, aber wir haben trotzdem Glück, dass wir nebeneinander Sitzplätze ergattern. Wir sitzen Seite an Seite in dem überfüllten Waggon, und ich betrachte unser Spiegelbild im gegenüberliegenden Fenster. Selbst in der schmutzigen Scheibe und in dem harten, flackernden Licht ist es unmöglich zu übersehen, wie wunderschön er ist. Das ist kein Adjektiv, dass ich bisher jemals für einen Typen verwendet habe, aber wenn ich ihn ansehe, seine Kieferpartie betrachte, das Hervortreten seiner Wangenknochen im Kontrast zu seinem weichen, geradezu femininen Mund, dann scheint es einfach passend zu sein.

Er hat seine Krawatte gelockert, die obersten Knöpfe seines Hemdes geöffnet, sodass ein Dreieck aus glatter, gebräunter Haut zu sehen ist. Das offene Hemd umrahmt seinen langen Hals, die verführerische Andeutung des Schlüsselbeins guckt gerade genügend hervor, um mich fragen zu lassen, warum ich Schlüsselbeine bisher nicht als erotisch erachtet habe.

Als ob er meinen Blick spüren würde, sieht Ansel von den verschwommen vorbeisausenden Gleisen auf der anderen Seite des Fensters auf, und sein Blick begegnet in der Scheibe meinem. Unsere Spiegelbilder wackeln mit der Bewegung des Zuges, und Ansel beobachtet mich ebenfalls, ein kleines, wissendes Lächeln umspielt seine Mundwinkel. Wie ist es möglich, hier in diesem ruhigen, kameradschaftlichen Schweigen zu sitzen, wenn ich ihn vor erst einer Stunde in mir hatte, meine Hände glitschig von Schweiß, während meine Finger versucht haben, am Wasserhahn Halt zu finden?

An der nächsten Station steigen noch mehr Fahrgäste ein, und Ansel steht auf, überlässt seinen Sitz einem älteren Herrn mit schweren Taschen in den Händen. Sie wechseln ein paar Sätze auf Französisch, die ich sichtlich nicht verstehe, und er stellt sich vor mich hin, seine rechte Hand in die Höhe gereckt, um die Haltestange zu umklammern.

Das erlaubt mir einen einzigartigen Blick auf seinen Oberkörper und die Vorderseite seiner Anzugshose. *Lecker.*

Gelächter zieht meine Aufmerksamkeit auf sich, und ich sehe eine Gruppe Mädchen, die nur ein paar Reihen entfernt sitzen. Studentinnen, vermutlich nur ein paar Jahre jünger als ich. Sie stecken die Köpfe zusammen, und falls ihr unterdrücktes Kichern und ihre Blicke aus weit aufgerissenen Augen ein Hinweis sind, dann weiß ich genau, wohin sie gucken. Oder besser, auf wen.

Ich blinzle hoch: Er sieht zu dem älteren Mann hinunter, hört ihm zu, und bemerkt gar nicht die anzüglichen Blicke, die in seine Richtung geworfen werden.

Natürlich kann ich es ihnen nicht verdenken. Wenn ich Ansel in einem Zug sehen würde, würde ich mir mit Sicherheit auch den Hals verrenken, um ihn besser betrachten zu können, und jetzt scheint der Abend, als ich ihn am anderen Ende der Bar in Vegas entdeckt habe, in einem anderen Leben stattgefunden zu haben. Es ist in diesen Momenten, dass ich meinem Vergangenheits-Ich für das gratuliere, was ich gemacht oder gesagt habe, oder was auch immer Ansels Aufmerksamkeit beim ersten Mal geweckt und sie erhalten hat – keine Ahnung, ob es Gott oder dem Alkohol zu verdanken ist. Manchmal, denke ich, ist mein Vergangenheits-Ich ein Genie.

Ansel lacht ein tiefes, maskulines Lachen als Reaktion auf etwas, was der Mann gesagt hat, und Himmel hilf, da ist das Grübchen wieder. Ich sehe sofort hinüber wie die eifersüchtige Freundin – Ehefrau –, die ich geworden bin, und natürlich dreht jedes der kichernden Mädchen den Kopf, die Augen weit aufgerissen, den Mund noch weiter, himmelt ihn an.

Und auch wenn ich absolut gar nichts gesagt habe: So langsam frage ich mich, ob vielleicht jeder meiner Gedanken auf einem Bildschirm oberhalb meines Kopfes projiziert wird. Denn genau in diesem Moment beschließt Ansel, zu mir hinunterzusehen, sein Blick weich und warm, und er streicht mir mit einem Finger über die Unterlippe. Besitzgier fackelt wie eine Flamme in meiner Brust auf, und ich drehe mich zu seiner Hand, drücke meinen Mund in seine Handfläche.

Der Zug hält bei unserer Station, und Ansel nimmt strahlend meine Hand, als ich aufstehe, zieht mich aus der Tür, legt seinen Arm um meine Taille, sobald wir auf dem Bahnsteig stehen.

„Du hast früh Feierabend gemacht“, sage ich.

Er lacht. „Bemerkst du das jetzt erst?“

„Nein. Na ja ... doch. Ich hab vorher nicht darüber nachgedacht.“ Was er mir von seiner Chefin und seinem Job erzählt hat, spult sich wie ein Echo in meinem Kopf ab. „Du kriegst deswegen doch keinen Ärger, oder?“

Er zuckt auf seine unnachahmliche Art die Schultern, locker und entspannt. „Ich kann ja noch von Zuhause aus arbeiten“, sagt er. „Ich war heute Morgen als erster da, und selbst wenn ich heute früh gegangen bin, habe ich trotzdem einen vollen Arbeitstag hinter mir. Es war nur kein Vierzehn-Stunden-Tag. Daran müssen sie sich halt gewöhnen.“

Aber eindeutig haben sie sich noch nicht daran gewöhnt. Ansel küsst mich innig, als wir die Wohnung betreten, und geht dann zu seinem Schreibtisch, fährt seinen Laptop hoch. Wie auf Bestellung klingelt sein Handy, und er zuckt entschuldigend die Achseln, bevor er drangeht. *„Allo?“*

Am anderen Ende höre ich eine tiefe Männerstimme, und dann breitet sich statt des müden Arbeitsausdrucks ein glückliches Lächeln im Gesicht meines Mannes aus. „Hey Olls“, sagt er. „Ja, wir sind zu Hause.“

Ich winke, sage ihm, dass er Oliver von mir grüßen soll, und drehe mich in Richtung Schlafzimmer um, nehme mir mein Buch von der Couch, bevor ich die Tür hinter mir schließe, um Ansel etwas Privatsphäre zu bieten.

Das Bett ist groß und perfekt, und ich lege mich quer darauf, strecke mich wie ein Seestern aus. Ich kann die Geräusche von der Straße hören und lasse den Geruch von Brot und gebratenem Knoblauch durch meine Sinne sickern, während ich auf mein Buch starre, verträumt darüber nachdenke, was wir zu Abend kochen könnten. Aber natürlich kann ich mich auf kein einziges Wort auf der Seite konzentrieren.

Zum Teil liegt es an der bildhaften Erinnerung an Ansels Lächeln am Telefon oder an die Art, wie seine Stimme geklungen hat – so tief, erleichtert, entspannt –, so anders, als ich sie in den vergangenen Wochen gehört habe. Auch wenn er niemals unbeholfen wirkt und wir gerade den absolut tollsten Abend draußen miteinander verbracht haben, ist er doch immer ein winzig kleines bisschen steif mit mir, und das bemerke ich erst jetzt, anhand der Intimität mit seinem besten Freund am anderen Ende der Leitung. Es ist genau, wie ich mit Lola oder Harlow bin: ohne Wachsamkeit, ohne Filter.

Ich lausche seiner Stimme durch die Tür hindurch, will ihre samtige Weichheit in mich aufnehmen, sein Lachen tief aus dem Bauch heraus. Aber dann höre ich, wie er sich räuspert und die Stimme senkt. „Sie ist gut, ich meine, natürlich ist sie unglaublich." Er hält inne, und dann lacht er leise. „Ich weiß, dass du das denkst. Du wirst das auch noch denken, wenn wir dreißig Jahre lang verheiratet sind."

Mein Magen vollführt eine köstliche Pirouette, sinkt aber unangenehm, als er sagt; „Nein, ich habe nicht mit ihr darüber geredet." Wieder eine Pause und dann, leiser: „Natürlich ist Perry nicht hier gewesen. Ich will nicht, dass irgendwas von dem Mist Mia Angst macht." Ich halte inne, nähere mich etwas, um besser hören zu können. Warum hat er Oliver nicht erzählt, dass Perry letzte Nacht an die Tür gehämmert hat?

Ich höre ein mir fremdes Anzeichen von Ärger in seiner Stimme, als er sagt: „Das werde ich. Das *werde* ich, Oliver, halt verdammt noch mal die Klappe." Aber dann lacht er wieder, die Anspannung scheint sich zu lösen, und ich blinzle, vollkommen verwirrt. Was ist das für eine Geschichte mit Perry? Was hat es mit seinem unbekannten Mist auf sich, mit den unbeantworteten Fragen, die damit zu tun haben, dass er nicht in den Staaten war, und wie könnte er mir eventuell Angst machen?

Ich schüttle den Kopf, um ihn wieder klar zu kriegen, bemerke aber, dass ich entweder aus dem Zimmer gehen und Ansel zeigen muss, dass ich ihn hören kann, oder die Wohnung verlas-

sen muss. Oder beides. Wir haben schon genügend ungewollte Geheimnisse … Er zumindest hat sie.

Schnell öffne ich die Schlafzimmertür, gehe ins Wohnzimmer und lege ihm eine Hand auf die Schulter. Er zuckt bei dem Körperkontakt leicht zusammen, dreht sich zu mir um und hebt dann meine Hand an seinen Mund.

„Ich kann dich hören", sage ich ihm und verziehe leicht das Gesicht entschuldigend, als wäre es mein Fehler. „Ich gehe zum Laden an der Ecke und hol uns was zum Abendessen."

Er nickt, deutlich dankbar für die Privatsphäre, und zeigt auf sein Portemonnaie im Flur. Ich ignoriere es und schlüpfe aus der Tür. Als ich in dem winzigen Fahrstuhl stehe, merke ich, dass ich das erste Mal wieder richtig ausatme.

VIERZEHN

Ansel arbeitet, gibt sein Bestes, um so viel Zeit wie möglich für mich freizuschaufeln. Währenddessen tue ich so, als würden meine Tage mit ihm und diese Neuentdeckung namens „Freizeit“, die ich gerade erst kennengelernt habe, nicht bald der Vergangenheit angehören. Verdrängung ist mein Freund und Helfer.

Was immer Ansel bekümmert hat, scheint sich geklärt zu haben. Er wirkt glücklicher, weniger angespannt, unser Sexleben ist eindeutig heißer und weniger unbeholfen, und weder Perry noch sein später Besuch werden noch einmal erwähnt.

An einem Morgen ist er schon vor Sonnenaufgang auf, wirbelt in der kleinen Küche herum. Aber anstatt mir einen Abschiedskuss zu geben und aus der Tür zu eilen, zieht er mich aus dem Bett, schiebt mir einen Apfel in die eine Hand und eine winzige Espressotasse in die andere und sagt mir, dass wir einen gemeinsamen freien Tag haben; ein gesamter Sonntag breitet sich vor uns aus. Begeisterung erwärmt mein Blut und weckt meine Lebensgeister noch schneller als der durchdringende Kaffeegeruch, der die Wohnung erfüllt.

Lächelnd beiße ich in den Apfel, als er uns ein Picknick zusammenstellt, und folge ihm zurück ins Schlafzimmer, um ihm beim Anziehen zuzusehen. Ich bin fasziniert davon, wie entspannt er mit seinem eigenen Körper umgeht, während er sich Boxershorts und Jeans anzieht, wie er mit seinen Fingern jede einzelnen Knopf durch das vorgesehene Loch schiebt. Am liebsten würde ich ihm die Klamotten wieder ausziehen, um ihm noch einmal von vorne zusehen zu können.

Er blickt zu mir auf, ertappt mich dabei, wie ich ihn beobachte, und anstatt einfach dazu zu stehen – wie ich es gern tun würde –, sehe ich rasch beiseite, schaue aus dem Fenster und kippe meinen Espresso hinunter: ein heißer, perfekter Schluck.

„Wieso bist du mir gegenüber so schüchtern?“, fragt er und stellt sich hinter mich. „Nach dem, was wir letzte Nacht getan haben?“

Letzte Nacht haben wir eine Menge Wein getrunken und viel zu wenig gegessen, und ich bin richtiggehend wild geworden, hab so getan, als wäre ich ein Filmstar, der nur eine Nacht lang in der Stadt ist, und er mein Bodyguard, der mich in seine Wohnung schiebt, um mich zu beschützen … und dann zu verführen. Schon merkwürdig, aber diese einfache Frage lässt sich nicht genau so einfach beantworten. Ich *bin* schüchtern. Das ist keine Eigenschaft, die nur in bestimmten Situationen bei mir wirksam wird, sondern mein *Fundament*. Vielmehr grenzt es an ein Wunder, dass sie häufig nicht sichtbar ist, wenn ich mit ihm zusammen bin, wie schnell sie dann verschwindet.

Aber ich weiß, was er meint; in seiner Gegenwart bin ich irgendwie unberechenbar. Es gibt Abende wie der vor ein paar Tagen, an denen es mir leichtfällt, stundenlang mit ihm zu quatschen – als ob wir uns selbst als Fremde schon seit Jahren kennen würden. Und dann gibt es Momente wie diesen, wenn alles ganz leicht sein sollte, ich mich aber abwende, die Energie zwischen uns ausbremse.

Ob er wohl denkt, dass er eine Frau mit zwei Persönlichkeiten geheiratet hat? Sexbombe und Mauerblümchen. Aber noch bevor dieser Gedanke mich gefangen nehmen kann, spüre ich den warmen Druck seiner Lippen auf meinem Nacken: „Heute tun wir so, als wären wir zum ersten Mal verabredet, du schüchternes Mädchen. Ich werde versuchen, dich zu beeindrucken, und vielleicht lässt du mich dir später einen Gutenachtkuss geben."

Wenn er weiter seine Hände seitlich an mir hinaufgleiten lässt wie jetzt, und wenn er weiter an meiner empfindsamsten Stelle direkt unterhalb meines Ohrs lutscht, dann könnte ich ihm vielleicht sagen, dass er gleich das volle Programm durchziehen soll, bevor wir die Wohnung auch nur verlassen haben.

Aber es zieht ihn nach draußen, weshalb er mich in Richtung Kleiderschrank lenkt. Jetzt sieht er mir zu, wie ich mich ankleide – nur im Gegensatz zu mir verbirgt er seine Bewunderung nicht, während ich mir ein Höschen anziehe, einen BH, ein weißes Tanktop und einen langen dunkelblauen Jersey-Rock.

Als ich fertig bin, pfeift er leise, steht auf und kommt auf mich zu, nimmt mein Gesicht in die Hände. Mit zwei Fingerspitzen schiebt er meine dunklen Fransen beiseite, sodass er mir besser in die Augen sehen kann. Er blickt mich prüfend an.

„Du bist wirklich die allerschönste Frau, die ich je gesehen habe." Er küsst mich auf die Mundwinkel und fügt hinzu: „Es fühlt sich immer noch unwirklich an, oder?"

Aber dann lächelt er, als ob die Tatsache, dass ich nur noch ein paar Wochen hier sein werde, ihm vollkommen egal ist.

Wie machst du das? will ich ihn fragen. *Wie kommt es, dass dieses drohende, über uns schwebende Ende von dem hier dich eher amüsiert als belastet?*

Ich fühle mich bewundert und schmiege mich in seinen Arm, als wir an seinem Motorrad vorbeigehen, das auf dem Bürgersteig steht, und zur Métro laufen. In der freien Hand trägt er die Tasche mit unserem Mittagessen, und er schwingt sie beim Gehen hin und her. Er summt ein Lied vor sich hin, grüßt die Nachbarn, beugt sich hinunter, um einen Hund an der Leine zu streicheln. Der Welpe sieht zu ihm mit großen braunen Augen auf, dreht sich um, als würde er ihm nach Hause folgen wollen. Wir beide, du und ich, denke ich. Es übersteigt das Vorstellungsvermögen, dass er diesen Beruf gewählt hat – Anwalt – und dann nicht etwas Gewagtes, Freies damit macht wie alten Damen zu helfen oder ein witziger Juradozent zu sein, der rumbrüllt und auf Tischen tanzt.

„Wo fahren wir hin?", frage ich, als wir die Bahn Richtung Châtillon nehmen.

„Zu meinem Lieblingsort."

Ich remple ihn mit der Schulter an, eine spielerische Strafe dafür, dass er mir nicht alles erzählt, aber eigentlich liebe ich das. Ich liebe es, dass er das alles geplant hat, selbst wenn es ihm erst heute Morgen spontan in den Sinn gekommen ist. Wir steigen an der Station Invalides um, und das Ganze kommt mir so vertraut vor – in den Tunneln anderen Körpern auszuweichen, Schildern zu folgen, ohne großes Nachdenken in eine andere Bahn einzu-

steigen –, dass mich der schmerzhafte Gedanke packt: Egal, wie sehr es auch anfängt, sich so anzufühlen, das hier ist nicht mein richtiges Zuhause.

Zum ersten Mal, seit ich vor beinahe einem Monat hier angekommen bin, weiß ich mit absoluter Sicherheit, dass ich nicht wieder gehen will.

Ansels Stimme lenkt meine Aufmerksamkeit Richtung Tür. „*Ici*", murmelt er, nimmt meine Hand und zieht mich hindurch, als die Doppeltüren sich mit einem *Wusch* öffnen.

Wir steigen die Métro-Treppen hoch und gehen ein paar Blocks, bis ich plötzlich unwillkürlich stehenbleibe, meine Füße wie festgewachsen auf dem Bürgersteig.

Ich habe vom Jardin des Plantes in den Reiseführern gelesen, die Ansel mir dagelassen hat, oder auf den kleinen Straßenkarten von Paris, die er mir in meine Umhängetasche gesteckt hat. Aber während all meiner Erkundungstouren war ich noch nicht hergekommen, und er muss das gewusst haben. Denn da sind wir also und stehen vor der allerschönsten Gartenanlage, die ich je gesehen habe.

Sie scheint sich kilometerlang auszubreiten, mit Rasenflächen, die so grün sind, dass sie schon zu fluoreszieren scheinen, und Blumen in Farben, die ich noch nie in der Natur gesehen habe.

Wir schlendern verschlungene Wege entlang, nehmen alles in uns auf. Jede Blume, die auf französischem Boden wächst, wird in diesem Park repräsentiert, erzählt er mir stolz, und in der Ferne sehe ich verschiedene Ausstellungsgebäude: jeweils eines über Evolution, Mineralogie, Paläontologie, Entomologie. Solch schlichte, reine Wissenschaften, doch umgeben von Marmor und Glas wird einem bewusst, wie edel sie eigentlich sind.

Alles, was ich sehe, ist Natur – aber eine so farbenfrohe Natur, dass mein Blick nicht stillsteht. Selbst als ich ein dichtes Beet aus violetten und lavendelfarbenen Stiefmütterchen anstarre, wird er weiter den Weg hinuntergezerrt, zu einer blendenden Mischung aus Studentenblumen und Zinnien.

„Du solltest sehen …“ Ansel bleibt nachdenklich stehen, legt sich zwei Finger an den Mund: Wie lautet das englische Wort dafür? Auch wenn er nur selten Schwierigkeiten mit dem Übersetzen hat, kann ich nicht anders, als mich jedes Mal zärtlich darauf zu stürzen, wenn er es doch tut. Manchmal ist es das kleine Schnalzen seiner Zunge oder wie er normalerweise aufgibt und das Wort in weichem, schnurrendem Französisch von sich gibt. „*Coquelicots?*“, sagt er. „Eine zarte Frühjahrsblume. Rot, aber auch ein bisschen orange oder gelb?“

Unsicher, was er meint, schüttle ich den Kopf.

„Bevor sie blüht, sehen die Knospen wie Hoden aus.“

Lachend rate ich: „Mohnblumen?“

Er nickt, schnippt mit den Fingern und sieht so zufrieden mit mir aus, dass ich auch gut und gerne all diese Blumen hier selbst gepflanzt haben könnte. „Mohnblumen. Du solltest mal sehen, wenn die Mohnblumen hier im Frühjahr blühen.“

Aber die Vorstellung verpufft, ohne weiter beachtet zu werden; Ansel nimmt wieder meine Hand und geht weiter.

Er zeigt auf alles, was vor uns liegt – Blumen, Bäume, Wege, Wasser, Gebäude, Steine – und nennt mir die französischen Ausdrücke dafür, fordert mich auf eine Weise dazu auf, sie zu wiederholen, die zunehmend drängend wirkt, als ob er mich mit Wissen beschweren will, damit ich nicht in ein paar Wochen in einen Flieger steigen und in die Lüfte abheben kann.

In seine Leinentasche hat Ansel Brot, Käse, Äpfel und kleine Schokokekse gepackt, und wir suchen uns eine Bank im Schatten – auf dem Rasen können wir hier nicht picknicken – und verschlingen alles, als hätten wir seit Tagen nicht gegessen. In seiner Nähe zu sein, macht mich auf so viele schmerzende, köstliche Weisen hungrig, und wenn ich ihm zusehe, wie er das Baguette aus der Tasche nimmt, ein Stück abreißt und die Muskeln in seinem Arm sich bei der Bewegung anspannen und strecken, dann frage ich mich, wie er mich wohl als Erstes berühren wird, wenn wir zurück in seiner Wohnung sind.

Wird er seine Hände benutzen? Oder seine Lippen und Zähne auf seine neckende, knabbernde Art? Oder wird er so unge-

duldig sein, wie ich mich fühle: Wird er den Stoff gerade noch schnell genug beiseiteschieben und dann über mir sein, in mir, mit hastigen Bewegungen?

Ich schließe die Augen, genieße die Sonne und die Berührung seiner Finger, die über meinen Rücken gleiten, meine Schulter umfassen. Er redet eine Weile darüber, was er an diesem Botanischen Garten so mag – die Architektur, die Geschichte –, und schließlich verstummt er, lässt die Vögel diesen Part für uns übernehmen, flatternd und zwitschernd in den Bäumen über uns. Einen perfekten Moment lang kann ich mir dieses endlose Leben vorstellen: sonnige Sonntage mit Ansel im Park und das Versprechen seines Körpers über meinem, wenn die Sonne untergeht.

Es ist das erste Mal, dass wir einen ganzen Tag zusammen sind und uns nicht ausziehen, berühren, Sex haben können – was eigentlich das ist, was wir bislang kannten. Aber nachdem wir ungefähr elf Stunden spazieren gegangen sind und uns alles angesehen haben, was vor Anbruch der Dunkelheit möglich ist, habe ich oft genug seine Lippen seine köstlichen Worte formen und seine breiten, talentierten Hände auf wichtige Gebäude zeigen und seine schelmischen grünen Augen meine Lippen und meinen Körper fixieren sehen, dass ich jetzt nur noch sein Gewicht auf mir spüren will, während er sich auf mir bewegt.

Ich klammere mich an den Gedanken und an die entspannte Vertrautheit, die wir heute miteinander als wir selbst – Mia und Ansel – entwickelt haben. Doch sobald wir zurück in der Wohnung sind, küsst er mich auf den Scheitel und schenkt mir ein Glas Wein ein, bevor er seinen Laptop anstellt, um seine Job-Mails zu checken, und verspricht mir, es werde nicht lange dauern. Während er mit dem Rücken zu mir an dem kleinen Schreibtisch sitzt, lege ich auf der Couch die Beine hoch, nippe an meinem Wein und beobachte, wie die Anspannung langsam wieder in seine Schultern zurückkehrt. Er schreibt eine E-Mail, die ziemlich heftig sein muss, denn seine Finger hämmern auf die Tastatur ein, und nachdem er sie abgeschickt hat, lehnt er

sich in seinem Stuhl zurück und fährt sich frustriert durchs Haar.

„*Putain*“, flucht er scharf ausatmend.

„Ansel?“

„Mmm?“ Er lehnt sich vor, um sich mit den Händen das Gesicht zu reiben.

„Komm mal her, ja?“

Er atmet noch einmal durch, bevor er aufsteht und zu mir herüberkommt, aber sobald ich in sein Gesicht sehe – seine Augen sind matt, sein Mund zu einer geraden, erschöpften Linie verzogen –, weiß ich, dass der Zauber gebrochen ist und ich alleine ins Bett gehen werde. Wir sind zurück in der Realität, wo sein Leben aus seinem geheimnisvollen, aufreibenden Job besteht und ich nur vorübergehend existiere.

Wir spielen wieder Vater-Mutter-Kind.

„Bedeutet es zusätzliche Arbeit für dich“, beginne ich, „dass du dir heute frei genommen hast?“

Er zuckt die Schultern und streckt seine Hand nach mir aus, zieht vorsichtig mit dem Daumen und dem Zeigefinger an meiner Unterlippe. „Und wenn schon.“ Er beugt sich vor, küsst meinen Mund, saugt an meiner Lippe, bevor er sich wieder aufrichtet. „Aber, ja. Ich muss morgen ziemlich früh ins Büro.“

Morgen ist Montag, und er hinkt bereits mit der kommenden Woche hinterher.

„Warum machst du das?“ Die Worte fühlen sich holprig auf meiner Zunge an; in unseren Gesprächen über seinen Job ging es bisher meistens darum, dass er sich dafür entschuldigte, so viel zu arbeiten, und ich ihm erklärte, dass ich das verstehen würde. Aber das tue ich nicht, kein Stück, und in diesem Augenblick schäme ich mich dafür, dass ich ihn nie richtig danach gefragt habe. Abgesehen von dem Wissen, dass er einen Drachen zur Chefin hat, und dass dieser Job es ihm ermöglicht, sich irgendwann eine Anstellung aussuchen zu können, habe ich keine Ahnung, was er da tut.

„Weil ich nicht in der Lage sein werde, einen anderen guten Job zu finden, wenn ich diesen so schnell wieder hinwerfe.

Dieser ist ziemlich angesehen, weißt du. Nur muss ich diesen Prozess zu Ende begleiten." Es reicht, dass er mir ein klitzekleines bisschen davon erzählt – vage Details über die Konzerne, die sich da bekriegen, und die Bedeutung von geistigem Eigentum und Verkaufsstrategien, die im Zentrum des Falls stehen –, und schon lehne ich mich zurück, um ihn erstaunt anzusehen.

Von diesem Gerichtsverfahren habe ich bereits *gehört*. Ich kenne die Namen der zwei Firmen, die da Mann gegen Mann kämpfen. Es ist ein derart großer Fall, dass er ständig in den Nachrichten, in den Zeitungen ist. Kein Wunder, dass Ansel so viel schuften muss.

„Ich hatte ja keine Ahnung", sage ich zu ihm. „Wie hast du es da bloß geschafft, nach Vegas zu fliegen?"

Er fährt sich mit den Fingern durchs Haar, zuckt die Schultern. „Das waren die einzigen drei Wochen, in denen ich nicht gebraucht wurde. Sie haben Amtsenthebungen vorbereitet, und ich hatte endlich eine kleine Pause. Vielleicht ist es hier in Europa auch viel normaler, so lange Urlaub zu machen, als in den Staaten."

Ich ziehe ihn zu mir herunter, neben mich auf die Couch, und er lässt mich gewähren, auch wenn seine Haltung mir zeigt, dass er nur sehr kurz bei mir bleiben wird. Gleich wird er wieder aufstehen und zu seinem Computer zurückkehren – anstatt mir ins Bett zu folgen.

Ich lasse meine Hand vorne über sein T-Shirt gleiten und merke, dass ich mich darauf freue, ihm morgen früh zuzusehen, wie er sich für die Arbeit anzieht. Und dann spüre ich sofort einen harten Knoten der Scham sich in meinem Bauch bilden. „Trägst du Anzug und Krawatte im Gericht?"

Lachend beugt er sich vor und sagt an meinem Hals: „Ich gehe nicht zu Gericht, aber nein, bei Gericht tragen sie eine traditionelle Robe. Ich bin hier so was wie ein Junior Partner. In Frankreich ist das Körperschaftsrecht vielleicht ein bisschen anders als in den Staaten, auch wenn beide sich vom Strafrecht unterscheiden. Hier finden vermutlich mehr Verfahren am Tisch statt."

„Wenn es anders ist als in den Staaten und du auch da berechtigt bist, zu praktizieren … Warum bist du nach der Uni hierher zurückgekehrt?“

„Hm.“ Er schüttelt ein wenig den Kopf, bevor er mich aufs Kinn küsst, und es ist das erste Mal, dass er eine Frage nicht beantwortet. Ich kann nicht sagen, ob ich enttäuscht oder fasziniert bin.

„Ich hoffe, du bist bald fertig“, sage ich ihm, lege eine Hand an sein Gesicht, und unfähig, dem zu widerstehen, streichle ich seine Unterlippe mit meinem Daumen auf die für ihn typische, beruhigende Weise. „Ich hoffe, dass es nicht immer so sein wird. Es gefällt mir, wenn du hier bei mir bist.“

Er schließt die Augen, atmet langsam aus und lächelt. „Wenn du das sagst, hörst du dich wie eine echte Ehefrau an.“

FÜNFZEHN

Ich bin beinahe erleichtert, dass er am Montag ins Büro geht, weil ich so wieder den kleinen Laden in der Gasse besuchen kann. Hoffentlich hat er auf – ich wage kaum Luft zu holen. Ich glaube, das Rollenspiel macht Ansel Spaß, zumindest hoffe ich, dass es ihm so viel Spaß macht wie mir. Wir lernen uns durch diese kleinen flüchtigen Augenblicke besser kennen, zeigen uns einander, während wir so tun, als würden wir das nicht tun.

Und heute Abend will ich ihn zum Reden bringen.

Der Laden ist offen, und dieselbe Verkäuferin begrüßt mich mit der Wärme ihres Lächelns und dem vertrauten Duft nach Schwertlilien. Sie schüttelt mir die Hand, zieht mich zu den Dessous, den Requisiten.

„Wer sind Sie heute?", fragt sie.

Es dauert ein paar Sekunden, bevor ich etwas sagen kann, und selbst dann beantworte ich eigentlich nicht ihre Frage. „Ich muss einen Weg finden, um ihn zu retten."

Sie mustert mich einen Augenblick, bevor sie eine sexy Soldatenuniform heraussucht, aber das ist so gar nicht, was ich meine. Stattdessen bleibt mein Blick an einem Negligé hängen, dass so leuchtend rot ist, als könnte ich mir daran die Finger verbrennen.

Ihr Lachen ist kehlig und laut. „Ja, darin retten Sie ihn heute. Als Sie heute reingekommen sind, war ihr Kinn höher, Ihr Blick ein wenig verrucht, glaube ich." Sie reicht mir ein einzelnes Accessoire, und als ich hinunterblicke, um zu sehen, was sie mir gegeben hat, scheint es in meiner Hand zu vibrieren. Ich hätte es selbst nie ausgesucht, aber es ist perfekt.

„Viel Spaß, *chérie*."

Ich habe mich häufig genug für die Bühne geschminkt, dass ich weiß, wie ich das Make-up auftragen, meine Augen rauchig und dunkel, meine Lippen noch voller und sirenenrot anmalen muss. Ich gebe gerade genug Rouge auf meine Wangen, dass ich aussehe, als würde ich etwas im Schilde führen.

Einen Schritt zurücktretend, mustere ich mich in dem schmalen Spiegel an der Schlafzimmertür. Mein Haar fällt direkt bis zu meinem Kinn, schwarz und glatt. Meine haselnussbraunen Augen haben in letzter Zeit mehr einen Gelb- als einen Grünton. Mein Pony müsste mal wieder geschnitten werden; er berührt meine Wimpern, wenn ich blinzle. Aber die Frau, die zu mir zurückstarrt, mag den Schatten, den er produziert. Sie weiß, wie sie am besten unter den Wimpern hervorguckt und flirtet, vor allem mit den roten Hörnern, die gerade so aus dem schmalen, schwarzen Band hervorschauen, das sie in ihrem Haar verbirgt.

Das Negligé ist aus Spitze und einer Schicht weichem Tüll, die Illusion einer Verhüllung, doch selbst in dem schwachen Schein der Kerzen, die ich überall in der Wohnung angezündet habe, sind meine Nippel darunter deutlich sichtbar. Ansonsten trage ich nur einen kleinen, dazu passenden Tanga.

Diesmal bin ich nicht nervös, als ich höre, wie sich im Hausflur die Fahrstuhltüren öffnen und Ansel sich unserer Wohnung nähert.

Er tritt ein, lässt seine Schlüssel in die Schale fallen und schiebt seinen Helm unter den Tisch, bevor er sich zu mir umdreht. Ich sitze auf einem der Esszimmerstühle, den ich drei Meter vom Eingangsbereich entfernt hingestellt habe.

„Himmel, *cerise*." Er hebt seine Laptoptasche langsam über den Kopf, stellt sie vorsichtig auf dem Boden ab. Ein erhitztes Lächeln formt sich um einen Mundwinkel und breitet sich langsam bis zur anderen Seite aus, als er die Hörner bemerkt. „Stecke ich in Schwierigkeiten?"

Ich schüttle den Kopf, erschauere bei der Art, wie sein kratziger Akzent urplötzlich *Schwierigkeiten* zu meinem neuen Lieblingswort macht. Langsam gehe ich zu ihm hinüber. Lasse ihn mein gesamtes Outfit bewundern.

„Nein", sage ich. „Aber ich habe gehört, dass du dich in einer Situation befindest, die du gern verändern würdest."

Er erstarrt, seine Augenbrauen heben sich leicht. „Eine Situation?"

„Ja“, sage ich. „Eine berufliche Situation.“

Sein Blick bekommt etwas Amüsiertes. „Verstehe.“

„Ich kann helfen.“ Ich trete dichter an ihn heran und lasse meine Hand seine Brust hinaufgleiten bis zu seiner Krawatte. Während ich sie lockere, sage ich: „Ich bin gesandt worden, um einen Deal auszuhandeln.“

„Von wem gesandt?“

„Von meinem Boss“, erwidere ich augenzwinkernd.

Er mustert mich noch einmal, dann streicht er mir mit dem Daumen über die Unterlippe. Es ist inzwischen eine vertraute Berührung, aber anstatt den Mund zu öffnen und seinen Daumen zu lecken, beiße ich ihn.

Mit einem leisen Aufschrei zieht er seine Hand zurück, dann lacht er. „Du bist unwiderstehlich.“

„Ich bin *mächtig*“, korrigiere ich ihn. „Wenn heute Abend alles gut läuft, kann ich mit einem Fingerschnipsen dieses schreckliche, Zeit fressende Gerichtsverfahren beenden.“

Ich ziehe die Krawatte lose und sehe zu ihm auf. Sein amüsierter Gesichtsausdruck hat sich in einen ernsteren, flehenden verwandelt. „Das kannst du?“

„Du gibst mir deine Seele, ich lasse deine Probleme verschwinden.“

Sein Lächeln kehrt zurück, und seine Hände schieben sich vor, umfassen meine Hüften. „Wenn du mich auf diese Weise ansiehst, dann habe ich nicht viel Verwendung für meine Seele.“ Er lehnt sich vor, fährt mit seiner Nase meinen Hals entlang und atmet tief ein. „Sie gehört dir. Wie wickeln wir dieses Geschäft ab?“

Ich schiebe seine Hände weg, nehme ihm die Krawatte ab und lege sie stattdessen mir um den Hals. „Gut, dass du das fragst.“

Während ich sein Hemd aufknöpfe, erkläre ich: „Ich stelle dir ein paar Fragen, damit ich den Wert deiner Seele bestimmen kann. Wenn sie rein ist, beende ich das Verfahren noch diese Nacht und lasse dich wie einen Helden aussehen, der die andere Seite zum Einlenken gebracht hat. Wenn sie befleckt ist, nun, dann …“ Ich zucke die Schultern. „Es wird vielleicht etwas

chaotisch, aber dafür gibt es kein Gerichtsverfahren mehr. Und dann hole ich mir meinen Lohn."

Sein Grübchen hat einen kurzen Gastauftritt. „Und welche Art von Fragen muss ich beantworten?"

„Ich muss herausfinden, wie böse du bisher gewesen bist." Die Stimme senkend, füge ich hinzu: „Ich hoffe, du bist *sehr* böse gewesen. Mein Boss zahlt nicht gerne sonderlich viel, und dich wie einen Helden aussehen zu lassen, ist in diesem Geschäft ziemlich teuer."

Er sieht eindeutig verwirrt aus. „Aber ist meine Seele nicht umso wertvoller, je korrupter ich bin?"

Kopfschüttelnd sage ich ihm: „Ich handle nur, um dich von den Engeln wegzulocken. Und ich bekomme dich für einen besseren Preis, wenn sie dich vermutlich eh nicht wollen."

„Verstehe", sagt er und lächelt amüsiert.

Schweigen dehnt sich zwischen uns aus, und die Anspannung lauert direkt am Rande des kleinen Zirkels, den unsere Körper formen. Ausnahmsweise sind es meine Regeln, ist es mein Spiel, und ich spüre die Macht darin. Meine Finger zittern an seiner Brust, als mir klar wird, dass der Kreis sich vollends geschlossen hat. Ich bin ihm ebenbürtig. Ich bin seine Frau, will ihn retten.

„Ich schätze, dann bin ich dir ausgeliefert", sagt er leise. „Wenn du tun kannst, was du sagst, dann bin ich dabei."

Ich lege den Kopf schief und sage: „Zieh dich aus."

„Vollkommen nackt?" Er sieht wieder amüsiert aus.

„Vollkommen."

Er schiebt sich das schicke blaukarierte Hemd von den Schultern. Ich zwinge mich, mich weiter auf sein Gesicht zu konzentrieren, weiß, dass die Haut, die er jetzt zeigt, vermutlich das ist, was ich an Frankreich am allerliebsten mag.

„Wie bist du zu dieser Art Arbeit gekommen?", fragt er, während er seine Gürtelschnalle öffnet.

„Mein Boss hat mich gefunden, als ich allein durch die Straßen irrte", erkläre ich ihm, unfähig dem Drang zu widerstehen, die Hände auszustrecken und leicht über seine Brust wandern zu lassen. Ich liebe es, wie sein Atem stockt, seine Haut sich

unter meinen Fingern anzuspannen scheint. „Er dachte, ich würde eine gute Unterhändlerin abgeben. Als ich rausfand, dass ich mit hübschen Jungs wie dir spielen würde, konnte ich nicht widerstehen."

Seine Hand zieht an dem Gürtel, zieht das glatte Leder so schnell aus der Schnalle, dass es ein hartes, knackendes Geräusch macht, als es gegen das Stück knallt, das noch in seine Anzugshose eingefädelt ist. Der Gürtel fällt zu Boden, und seine Hosen folgen kurz darauf.

Als seine Daumen am Bund seiner Boxershorts zögern, weiß ich, dass er mich herausfordert und darauf wartet, dass ich ihm wieder ins Gesicht sehe.

Aber das tue ich nicht.

„Runter damit", sage ich zu ihm. „Ich muss sehen, womit ich es zu tun habe."

Er schiebt seine Shorts hinunter und steigt langsam – selbstsicher – aus ihnen hinaus. Ich werde mich nie an Ansels Anblick gewöhnen, wenn er vollkommen nackt ist. Er ist bronzefarben und stark und sieht aus, als würde er gut schmecken. Und Gott, ich *weiß*, wie gut er ist. Ich kann gerade noch verhindern, dass ich auf die Knie rutsche und eine feuchte Spur von seinen Eiern bis zur harten Spitze seines Schwanzes lecke.

Aber irgendwie gelingt es mir, zu widerstehen, selbst als er seinen Schaft mit Daumen und Mittelfinger umschließt und mir seinen Schwanz hinhält wie ein Präsent. Ich ziehe seine Krawatte von meinem Hals und lange nach seinen Händen, schiebe seine Arme auf den Rücken und drehe ihn um, um sie an den Handgelenken zusammenzubinden. Die Fessel sitzt fest, aber nicht so fest, dass er sich nicht befreien könnte, wenn er wollte.

Ich drehe ihn wieder um und drücke leicht gegen seine Brust. „Geh und setz dich auf die Couch. Zeit für ein paar Fragen."

„Ich bin ein bisschen nervös", gibt er augenzwinkernd zu, geht aber selbstsicher hinüber und lässt sich vorsichtig auf die Couch sinken, die Hände hinterm Rücken gefesselt.

„Männer sind bezüglich dieses Parts immer nervös." Ich folge ihm und setze mich auf seine Oberschenkel. Mit meinem Zeige-

finger umkreise ich seine Eichel. „Keiner gibt gerne zu, was für schreckliche Dinge er getan hat."

„Und mit wie vielen Männern hast du das hier schon gemacht?" Dieses Mal liegt etwas in seiner Stimme – Eifersucht vielleicht. Oder vielleicht die dunkle Erregung, die dadurch entsteht, dass er sich vorstellt, wie ich es mit jemand anderem mache. Solche Sachen muss ich erst über den Mann lernen, den ich geheiratet habe.

„Mit *Tausenden*", flüstere ich und genieße, wie sein Blick hart wird. Also Eifersucht. „Ich bin die beste Unterhändlerin, die es gibt. Wenn du willst, dass ich mich an heute Nacht erinnere, solltest du mich vermutlich nachher gehörig beeindrucken."

Ich schiebe meinen Hintern vor, sodass sein Schwanz mich ganz kurz berührt, bevor ich wieder nach hinten rutsche. Unter meinen Händen bündeln sich seine Schultern, als er sich gegen die Fessel um seine Handgelenke stemmt.

„Macht es dich feucht, die Kontrolle zu übernehmen, *cerise*?", flüstert er und sieht innerlich zerrissen aus. Er hat gegen die Regel verstoßen, aber es scheint, als könnte er nicht anders. „Ich wünschte, ich könnte dir sagen, was mit mir geschieht, wenn ich dich so sehe."

Er muss es mir nicht sagen; ich kann sehen, was es mit ihm macht. Aber für die Dauer eines Herzschlags weiß ich, wonach er fragt. Es ist dasselbe wie in unserer ersten Nacht als Dienstmädchen und Gebieter: *Fütter mich damit.*

Er tut es nur anders.

Ich greife zwischen meine Beine, schiebe meine Finger unter den Satinstoff und beschließe, ihm eine kleine Show zu bieten: Ich schließe die Augen, stöhne leise, während ich mich selbst streichle, meine Hüften vor- und zurückschiebe. Aber als ich meine Hand wieder hervorziehe, schiebe ich meine Finger nicht in seinen Mund, sondern packe mit meiner freien Hand sein Kinn und zeichne eine nasse Linie auf seine Oberlippe, genau unter seine Nase.

Er stöhnt, und es ist ein erstaunlicher, knirschender, *schmerzerfüllter* Laut, den ich aufnehmen und in Endlosschleife abspie-

len will, während ich mich auf ihn hinuntergleiten lasse und ihn reite. Er ist so hart, sein Schwanz bäumt sich bis zu seinem Bauchnabel hoch, der geschwollene Penisrücken drückt sich beinahe dagegen. An der Öffnung formt sich eine feuchte Perle, läuft glitzernd an ihm hinunter.

Mein Mund wird wässrig, in meiner Brust spannt es sich. Ich wollte bei meinem Spiel nicht so schnell zur Sache kommen. Keine Ahnung, ob es stimmt, aber er sieht so hart aus, dass es unangenehm für ihn sein könnte. „Willst du meinen Mund auf dir, bevor du die Fragen beantwortest?“, flüstere ich und verstoße damit ebenfalls gegen die Regel. Die Anspannung in seinem Hals und der verwundbare Ausdruck in seinen Augen wecken in mir den Wunsch, auf ihn aufzupassen.

„*Non*“, sagt er schnell, schneller, als ich erwartet habe. Seine Augen sind weit aufgerissen, seine Lippen feucht, weil er sie gerade abgeleckt hat, versucht hat, seine Haut von meinem Geschmack zu befreien. „Quäl mich.“

Ich erhebe mich von seinem Schoß, stehe mit einem knappen „Na schön“ auf und beuge mich zum Couchtisch vor, um mir Klemmbrett und Stift zu nehmen. Dabei gewähre ich ihm einen langen Blick auf meine Rückseite, meine Oberschenkel, mein rotes Seidenhöschen. Hinter mir höre ich ihn zitternd ausatmen.

Ich kehre wieder zu ihm zurück, überfliege meine kleine Liste. Um mich daran zu erinnern, was ich fragen will, habe ich mir ein paar Dinge notiert – denn ich laufe Gefahr, in der Hitze des Gefechts, auf seinem Schoß, während er nackt ist und mich ansieht, als würde er kaum noch die Fesseln ertragen, alles zu vergessen.

Ich setze mich wieder hin, fahre mit dem Stift die glatte Haut seiner Brust hinunter und wippe leicht auf den angespannten Muskelbündeln seiner Oberschenkel. „Wir können mit einer leichten beginnen.“

Er nickt, starrt ungeniert auf meine Brüste. „*D'accord.*“ *Okay.*

„Solltest du jemals jemanden getötet haben, dann bist du für mich nicht viel wert, weil wir deine Seele irgendwann eh bekämen.“

Damit wird das Spiel für ihn klarer, er lächelt und entspannt sich. „Ich habe nie jemanden getötet."

„Gefoltert?"

Er lacht. „Ich fürchte, derzeit befinde gerade ich mich auf der Opferseite, aber nein."

Wieder auf meine Liste schauend, sage ich: „Wir können die Todsünden relativ rasch durchgehen." Ich sehe zu ihm auf und lecke mir über die Lippen. „Dabei verlieren Männer in der Regel am meisten an Wert."

Er nickt und sieht mich so aufmerksam an, als ob ich wirklich die Macht hätte, heute Abend sein Schicksal zu verändern.

„Habgier?", frage ich.

Ansel lacht leise auf. „Ich bin Anwalt."

Nickend tue ich so, als würde ich mir das notieren. „Für eine Firma, die du hasst, die dir aber eine unglaubliche Summe dafür zahlt, dass du einen riesigen Konzern repräsentierst, der einen anderen Konzern verklagt. Ich schätze, ich kann bei dir auch Maßlosigkeit ankreuzen?"

Sein Grübchen leuchtet anzüglich auf, während er lacht. „Schätze, du liegst richtig."

„Hochmut?"

„Ich", sagt er mit einem gewinnenden Lächeln. „Ich bin die Demut in Person."

„Richtig." Mein eigenes Lächeln unterdrückend, sehe ich wieder auf meine Liste. „Wollust?"

Er schiebt seine Hüften hoch, sein Schwanz deutlich zwischen uns präsent, während ich ihm ins Gesicht sehe, weil ich will, dass er es ausspricht. Aber er antwortet nicht mit Worten.

Hitze fährt meine Haut entlang, und sein Blick ist so durchdringend, dass ich ihm nicht länger ins Gesicht sehen kann. „Neid?"

Nun braucht er so lange für seine Antwort, dass ich wieder zu ihm aufsehe, ihn mustere. Er ist ungewöhnlich nachdenklich geworden, als wäre das eine ernstgemeinte Aufgabe. Und zum ersten Mal bemerke ich, dass es das vielleicht ist. Ich hätte ihn diese Sachen nicht einfach als die Mia fragen können, die An-

sel am Esstisch gegenübersitzt, auch wenn ich das gern würde. Niemand kann so perfekt sein, wie er zu sein scheint, und ein Teil von mir muss herausfinden, welches seine unschönen Seiten sind. Aus irgendeinem Grund ist es leichter, sich als Satans Dienerin zu verkleiden, um es herauszufinden.

„Ich empfinde Neid, ja", sagt er leise.

„Das reicht mir nicht als Antwort." Ich lehne mich vor, küsse sein Kinn. „*Worauf* bis du neidisch?"

„Ich bin es früher nie gewesen. Wenn überhaupt, dann tendiere ich eher dazu, überall das Positive zu sehen. Finn und Oliver ... sie verzweifeln manchmal an mir, sagen mir, dass ich impulsiv bin oder launisch." Er wendet den Blick von mir ab, sieht an meiner Schulter vorbei in das Zimmer hinter mir. „Aber jetzt betrachte ich meine besten Freunde und sehe diese gewisse Freiheit, die sie besitzen ... Und *will* die auch haben. Ich glaube, das muss Neid sein."

Das sticht. Der Stich verwandelt sich in ein Brennen und klettert meinen Hals hinauf, verschließt meine Luftröhre. Ich schlucke ein paarmal, bevor ich hervorbringe: „Verstehe."

Sofort wird Ansel klar, was er gesagt hat, und er duckt seinen Kopf, sodass ich ihn ansehe. „Nicht, weil ich verheiratet bin und sie nicht", sagt er rasch. Sein Blick wandert hin und her, er versucht zu erkennen, ob ich ihn richtig verstanden habe. „Es geht nicht um die Annullierung, die wollte ich genauso wenig wie du. Das war nicht nur, weil ich es dir versprochen habe."

„Okay."

„Ich beneide ihre Situation auf eine ganz andere Weise, als du glaubst." Er hält inne, scheint darauf zu warten, dass mein Gesichtsausdruck wieder weicher wird, bevor er leise sagt: „Ich wollte nicht nach Paris zurückkehren. Nicht für diesen Job."

„Wolltest du nicht?" Ich kneife die Augen leicht zusammen.

„Ich liebe diese Stadt – sie bildet das Zentrum meines Herzens –, aber ich wollte nicht auf diese Weise zurückkehren. Finn liebt seine Heimatstadt; er will sie niemals verlassen. Oliver eröffnet einen Laden in San Diego. Ich beneide sie darum, wie glücklich sie sind, weil sie genau dort sind, wo sie sein wollen."

Er betrachtet mich mit prüfendem Blick. Schließlich sagt er: „Ich schätze, ich habe mich verpflichtet gefühlt."

Vermutlich meint er die Verpflichtung, die durch das Jobangebot entstanden ist – es abzulehnen wäre der reine Wahnsinn gewesen. Ich spüre, dass der Job, auch wenn er ihn hasst, eine einmalige Chance für ihn ist. „Wo würdest du lieber sein?"

Seine Zunge fährt hinaus, befeuchtet seine Lippen. „Ich würde gern zumindest die *Möglichkeit* haben, meiner Frau folgen zu können, wenn sie geht."

Mein Herz beginnt zu stottern. Ich beschließe, *Faulheit* und *Zorn* zu überspringen, weil ich sehr viel mehr daran interessiert bin, diesem Thema zu folgen. „Du bist verheiratet?"

Er nickt, aber sein Gesichtsausdruck hat nichts Spielerisches mehr. Nicht das kleinste bisschen. „Ja, ich bin verheiratet."

„Und wo ist deine Frau jetzt gerade, wo ich auf deinem nackten Schoß sitze, in diesem winzigen Dessous-Fetzen?"

„Sie ist nicht hier", flüstert er verschwörerisch.

„Ist das vielleicht eine deiner Angewohnheiten?", frage ich mit einem neckenden Lächeln. Ich möchte die ernste Wolke wegschieben, die sich gerade auf uns hinablässt. „Dass du Frauen hereinlässt, wenn deine Frau nicht da ist? Es ist gut, dass du sie thematisiert hast, denn Untreue ist der nächste Punkt auf meiner Liste."

Er macht ein langes Gesicht. *Oh Scheiße*. Ich habe einen Nerv getroffen. Ich schließe die Augen, erinnere mich daran, was er mir über seinen Vater erzählt hat, dass der Ansels Mutter nie treu gewesen ist, dass die Parade an Frauen, die durchs Haus zog, seine Mutter schlussendlich dazu gebracht hat, in die Staaten zu ziehen, als Ansel noch ein Teenager war.

Ich setze zu einer Entschuldigung an, aber seine Worte kommen schneller raus als meine. „Ja, ich bin untreu gewesen."

Ein gewaltiges schwarzes Loch öffnet sich in mir, verschluckt meine Organe in der schmerzhaftesten Reihenfolge: die Lungen, dann das Herz und dann, als ich sicher bin, dass ich bereits am Ersticken bin, fällt noch mein Magen hinein.

„Niemals gegenüber meiner Frau", sagt er langsam und erst nach einem Moment des Schweigens, anscheinend blind für meine Panik. Ich schließe die Augen, vor Erleichterung ist mir schwindlig. Trotzdem fühlt sich mein Herz an, als würde es leicht mitgenommen in meinen Körper zurückkehren und nur noch schwach schlagen, nachdem mir klar geworden ist, dass er mehr seinem Vater ähnelt als seiner Mutter, wenn es um Treue geht. „Und ich versuche, es diesmal besser zu machen."

Es dauert eine gute Weile, bis ich sprechen kann, aber als ich es tue, kommen meine Worte schrill hervor, etwas atemlos. „Nun, das verändert die Verhandlungen zu meinen Gunsten."

„Das tut es mit Sicherheit", flüstert er.

Meine Stimme zittert ein bisschen. „Natürlich brauche ich ein paar Details."

Ein kleines, unsicheres Lächeln zuckt in seinen Mundwinkeln. „Natürlich." Er lehnt den Kopf nach hinten, gegen die Couch, und sieht mich vorsichtig an. „Ich habe eine Frau von hier kennengelernt", sagt er und fügt hinzu: „Oder besser, von hier aus der Nähe. Aus Orléans." Er hält kurz inne, schließt die Augen. Ich sehe, wie sein Puls in seinem Hals flattert. Auch wenn seine Ausführungen so sachlich sind, so distanziert, scheint *er* auf Hundert zu sein.

Liegt es nur daran, dass ich Dessous trage und er vollkommen nackt ist? Oder macht er sich Sorgen, wie ich reagieren werde?

Ich lege eine Hand auf seine Brust. „Erzähl's mir", flüstere ich, und die Nervosität fährt durch meine Adern. „Ich will alles wissen." *Will ich und will es nicht.*

Er entspannt sich unter meiner Hand. „Ich studierte damals Jura, und wir führten eine Fernbeziehung; sie hat hier Mode studiert." Er lehnt sich zurück und betrachtet mich, bevor er sagt: „Ich kann ziemlich impulsiv sein, was meine Gefühle angeht, das weiß ich. Nach den ersten paar Monaten … wusste ich, dass wir mehr Freunde als Liebende waren. Aber ich war mir sicher, dass es wieder leidenschaftlich werden würde, sobald ich hierher zurückkehren würde. Ich nahm an, dass es an der Entfernung lag, dass es für mich nicht mehr so aufregend war." Jeder Satz scheint

sorgfältig gewählt. „Ich war einsam und … habe zwei Mal das Bett mit jemandem geteilt, Minuit weiß es bis heute nicht."

Minuit … Ich suche meinen beschränkten Wortschatz ab, erinnere mich dann, dass es Mitternacht heißt. Ich stelle mir eine wunderschöne Frau mit rabenschwarzem Haar vor, die ihre Hände so über seine Brust gleiten lässt, wie ich es jetzt tue, ihren Hintern auf seine Schenkel drückt, dorthin, wo meiner jetzt ist. Ich stelle mir seinen Schwanz vor, wie er wegen ihr so hart ist wie jetzt für mich.

Ob ich nur vorübergehend in den Luxus seiner Leidenschaft komme, bevor sie sich abkühlt? Am liebsten würde ich meine Eifersucht mit einem scharfen Werkzeug niederstechen.

„Ich habe mich verpflichtet gefühlt", wiederholt er, und endlich sieht er mich wieder an. „Sie hat auf mich gewartet, also bin ich zurückgekehrt und habe diesen Job angenommen, den ich so hasse. Aber ich habe falschgelegen. Wir waren nicht glücklich, auch nicht, als ich wieder hier war."

„Wie lange warst du mit ihr zusammen?"

Er seufzt. „Zu lange."

Er ist seit knapp einem Jahr wieder hier und hat die Uni beendet, kurz bevor er zurückkam. *Zu lange* sagt mir nicht viel.

Aber es ist an der Zeit, zu etwas Besserem als diesem Thema zurückzukehren. Es ist zu schwer, eine Last in meinem Kopf, die meine Gedanken beschwert, das Spiel düster und ernst werden lässt. Das ist nicht, was wir sind.

Wir sind für einen Sommer verheiratet. Sommerehen werden nicht durch schwere Themen belastet. Außerdem trage ich ein Teufelskostüm, und er ist nackt, verdammt noch mal! Wie ernst können wir uns beide überhaupt gerade nehmen?

Ich tue so, als würde ich mir etwas auf dem Klemmbrett notieren, dann sehe ich wieder zu ihm auf. „Ich glaube, ich habe alle Informationen, die ich brauche."

Er entspannt sich stückweise: erst seine Beine unter mir, dann sein Bauch, seine Schultern und schließlich sein Gesicht. Ich spüre, wie sich ein Knoten in mir löst, als er grinst: „Hat sich also alles erledigt?"

Ich schnipse mit den Fingern und nicke. „Ich kann dich nicht mit einer Beförderung daraus hervorgehen lassen, aber ich denke, die wolltest du eh nicht."

„Nicht, wenn das bedeutet, dass ich noch sehr viel länger bleiben muss", stimmt er lachend zu.

„Morgen wird Capitaux das Verfahren einstellen lassen, und alle werden wissen, dass das daran liegt, weil du das Dokument gefunden hast, das Biologiques Régal von allem Fehlverhalten freispricht."

Er atmet theatralisch aus, wischt sich über die Augenbrauen. „Du hast mich gerettet."

„Also bin ich jetzt dran", erinnere ich ihn. „Es ist an der Zeit, meine Belohnung einzufordern." Ich lehne mich vor und sauge an seinem Hals. „Hmm, willst du meine Hand spüren oder …"

„Deinen Mund", unterbricht er mich.

Mit einem teuflischen Lächeln lehne ich mich zurück, schüttle den Kopf. „Das sollte nicht zu den Optionen gehören."

Er atmet ungeduldig aus. Unter meinen herumwandernden Händen spannt sich wieder jeder Muskel drängend an, und ich quäle ihn noch ein bisschen, indem ich ihm mit meinen kurzen Fingernägeln über die Brust kratze.

„Dann nenn mir die Optionen", knurrt er.

„Meine Hand oder *deine* Hand", sage ich und lege ihm einen Finger auf die Lippen, um ihn daran zu hindern, erneut zu rasch zu antworten. „Wenn du meine Hand wählst, dann ist das alles, was du bekommst, und du bleibst gefesselt. Wenn du deine Hand wählst, dann löse ich natürlich die Fesseln … Aber du kannst mir auch dabei zusehen, wie ich meine Hand an mir selbst benutze."

Seine Augen weiten sich, als wäre er sich nicht ganz sicher, wer ich plötzlich bin. Und um ehrlich zu sein: Ich bin es mir auch nicht. Noch nie habe ich das vor jemandem gemacht, aber die Worte sind einfach in mir hochgestiegen und aus mir herausgepurzelt.

Und ich weiß, was er wählen wird, da bin ich mir ziemlich sicher.

Er lehnt sich vor, küsst mich einmal sanft, bevor er antwortet: „Ich benutze meine Hand, du benutzt deine."

Ich bin mir nicht sicher, ob ich erleichtert oder nervös bin, als ich hinter ihn greife und seine Hände aus der Krawatte um seine Gelenke ziehe. Schneller als ich es erwartet habe, packt er meine Hüften und zieht mich nach vorne, schiebt den feuchten Stoff meines Höschens über seinen Schwanz und drängt sich mit einem tiefen Stöhnen an mich. Ohne nachzudenken bewege ich mich mit ihm, reite ihn und spüre den köstlichen Druck seines harten Ständers an meiner Klit. Mir ist nicht bewusst gewesen, wie sehr es mich aufgegeilt hat, so sehr und so lange in seiner Nähe zu sein, ihm nur zuzuhören, mit ihm zu spielen. Aber ich bin klitschnass.

Und ich *will* ihn. Ich will, dass er mächtig in mich hineingleitet, dass mein Körper so mit seinem angefüllt ist, dass es das Einzige ist, was ich mir vorstellen kann, jemals wieder zu spüren. Ich will seine Stimme hören, ermutigend und drängend in meinem Ohr, die sich in einen gebrochenen Mischmasch aus Englisch und Französisch auflöst, und – schließlich – die heiseren, unverständlichen Laute seiner Lust.

Aber ich führe heute Abend das Kommando, ob im Guten oder im Schlechten, und keine direkte Untergebene von Satan wird einen Mann dazu befähigen, ihren Plan zu ändern – egal wie warm seine Haut ist, egal wie schmutzig es sich anhört, als er sagt: „Ich kann spüren, dass dein Verlangen nach mir den Seidenstoff durchtränkt hat."

Ich schiebe mich von seinem Schoß, ziehe den roten Stoff meine Beine hinunter und werfe ihn in seinen Schoß. Er hält ihn sich vors Gesicht und beobachtet mit verschleiertem Blick, wie ich mich auf den niedrigen Couchtisch setze. Ich beobachte, wie er seinen Schwanz mit der Faust umschließt und einmal darüberstreicht.

Es fühlt sich so verdorben an, das zu tun, aber ich bin überrascht, dass es sich nicht auch *merkwürdig* anfühlt. Noch nie habe ich etwas so Erotisches gesehen wie Ansel, der sich selbst berührt. Ich stelle mir vor, er wäre allein, würde an mich denken.

Ich stelle mir vor, ich wäre allein, würde an ihn denken. Meine Finger gleiten über meine Haut, und er beginnt, sich härter zu reiben, schneller, sein Atem kommt in winzig kleinen Ächzern hervor.

„Zeig es mir“, flüstert er. „Wie fickst du dich, wenn ich auf der Arbeit bin und an dich denke?“

Ich lege mich auf den Rücken, drehe meinen Kopf so, dass ich ihn weiterhin beobachten kann, und benutze beide Hände. Er will sehen, wie ich mich gehen lasse. Darum geht es schließlich bei all dem: den Kostümen, dem So-tun-als-ob. Es geht darum, dass wir alles machen können, was wir wollen. Ich schiebe zwei Finger hinein und nutze die andere Hand, um draußen Kreise zu ziehen … mein Puls stockt kurz und beginnt zu rasen, als er aufstöhnt, sein Tempo beschleunigt und mir heiser sagt, dass er sehen will, wie ich komme.

Es ist ein schlechter Ersatz für seine Finger, und ein noch schlechterer Ersatz für seinen Schwanz, aber so wie er mich ansieht und mit der Faust seine Erektion bearbeitet, spüre ich, wie mir das Blut in die Schenkel strömt und sich das schwere Ziehen zwischen meinen Beinen mehr und mehr aufbaut, bis ich mich vom Tisch aufbäume und mit einem harten Aufschrei komme. Mit einem erleichterten Stöhnen lässt er sich ebenfalls gehen. Ich stütze mich auf einen Ellbogen auf, sehe zu, wie er sich über seine Hand und seinen Bauch ergießt.

Benommen spüre ich, wie Ansel aufsteht, mich auf den Boden zieht und quasi auf mich drauf fällt. Er ist noch hart genug, um mit einem gleichmäßigen, harten Stoß in mich einzudringen. Dann thront er über mir, blockt selbst das kleinste bisschen Licht von den wenigen Kerzen aus, die noch brennen, zieht mir einen Träger meines Negligés über die Schulter, entblößt eine meiner Brüste.

„Bist du gerade erst gekommen?“, flüstert er in meine Haut.

Ich nicke. Mein Puls ist noch nicht ganz zum normalen Tempo zurückgekehrt, aber das Gefühl, wie Ansel mich selbst jetzt noch dehnt, bringt alle meine Empfindungen wieder zurück. Ich kann seinen Orgasmus nass auf seinem Bauch spüren,

der an meinen gedrückt ist, und auf seiner Hand, die er um meine Hüfte gelegt hat. Aber zu fühlen, dass er wieder in mir hart wird, gibt mir ein schwindelerregendes Gefühl der Macht.

„Wenn *ich* heute Abend Satan gewesen wäre ...", beginnt er und hält dann inne, sein Atem abgehackt, dicht an meinem Ohr.

Die Luft um uns herum scheint stillzustehen.

„Was, Ansel?"

Seine Lippen finden mein Ohr, meinen Hals, und saugen sanft, bevor er fragt: „Bist du jemals untreu gewesen?"

„Nein." Mit den Händen über seinen Rücken fahrend, flüstere ich: „Aber ich habe schon mal einen Mann getötet, nur um ihm beim Sterben zuzusehen."

Er lacht, und ich spüre, wie mein Körper seinen Schwanz zusammendrückt, als er noch länger und härter wird.

Ich lehne mich etwas zurück, um ihn anzusehen. „Der Gedanke, eine Mörderin geheiratet zu haben, macht dich an? Mit dir stimmt etwas nicht."

„Ich liebe es, dass du mich zum Lachen bringst", korrigiert er. „*Das* macht mich an. Ganz abgesehen von deinem Körper und dem, was du heute Abend mit mir angestellt hast."

Er umfasst meine andere Brust durch das Negligé hindurch, fährt mit dem Daumen vor und zurück über die Spitze. Er ist stark genug, um mich in der Mitte durchzubrechen, aber der Art nach zu urteilen, wie er meine Haut streichelt, bin ich anscheinend zu wertvoll, als dass er es riskieren würde, mir wehzutun.

Ich dachte, ich wäre vielleicht die Einzige, die den neuen, faszinierenden Schwung meiner Hüften bemerkt hätte, die Schwere meiner Brüste, aber dem ist nicht so. Ansel verweilt bei meinen Brüsten, spielt mit ihnen, presst sie zusammen.

Die französische Küche ist gut für meinen Körper gewesen ... auch wenn ich ihr vielleicht ein bisschen mehr gefrönt habe, als ich sollte. Egal: Ich liebe es, wie sich meine Kurven anfühlen. Jetzt muss ich nur das Geheimnis französischer Frauen entdecken, wie sie das Leben genießen und trotzdem aussehen, als könnten sie in einen Strohhalm passen.

„Du kümmerst dich gut um deinen Körper.“ Er summt an meiner Brust, seine Zunge fährt über mein Schlüsselbein. „Du weißt, dass dein Mann mehr Fleisch an dir will. Ich mag deine Hüften, wenn sie etwas voller sind. Ich mag es, wenn ich deinen Hintern in meiner Hand drücken kann, dass deine Brüste über mein Gesicht streichen, wenn du mich fickst.“

Wie macht er das? Das Haar fällt ihm über ein Auge und er sieht beinahe jungenhaft aus, aber seine Worte sind heiser an meiner Haut. Sein Atem, seine Fingerspitzen, die über meine Rippen fahren, die Unterseite meiner Brust, meinen Nippel.

Er beginnt, sich langsam in mir zu bewegen, seine Lippen wandern über meinen Hals, hoch zu meinem Ohr. Mein Körper reagiert, angespannt und erregt, wartet auf die Lust, die, das weiß ich, mich explodieren lassen wird. Als ob ich aus tausend winzigen, flatternden Flügeln zusammengesetzt wäre.

„Heute Abend, *cerise* … danke, dass du *mich* retten wolltest.“ Er betont das „mich“ ein wenig.

Es braucht einen Moment, bis mein Hirn die Betonung verarbeitet hat, aber dann schießt das Adrenalin so schnell durch mich hindurch, dass ich bis in die Fingerspitzen erröte, mein Puls donnert.

Du solltest den Sommer über mit nach Frankreich kommen.

Er wusste, dass es in seinem Leben keinen Raum für das hier geben würde, aber das spielte keine Rolle. Er hat versucht, mich zu retten.

SECHZEHN

Irgendwo in meinem Unterbewusstsein spüre ich, dass Ansel auf das Bett klettert und in einer sonnengewärmten Deckenhöhle über mir thront. Sein Blick ist so intensiv, dass ich davon aufwache.

Ich räkle mich, runzle die Stirn beim Anblick seines penibel gebügelten Hemdes, weiß mit kleinen geographischen Formen in Lila.

„Gehst du zur Arbeit?", frage ich, meine Stimme noch belegt vom Schlaf. „Warte", füge ich hinzu, als mein Bewusstsein sich einen Weg an die Oberfläche bahnt. „Es ist Dienstag. Natürlich gehst du zur Arbeit."

Er küsst mich auf die Nase, streicht mir mit einer warmen Handfläche über die Schulter, meine Brust hinunter bis zu meiner Taille. „Nur noch ein paar Wochen, dann habe ich diesen Wahnsinn hinter mir", sagt er.

„Und ich auch", lache ich. Dann fällt mir das Lächeln aus dem Gesicht wie ein Hammer vom Himmel, und ich ziehe eine Grimasse. „Argh. Warum hab ich das bloß gesagt? Jetzt würde ich meine Gefühle gern in ein riesiges Schokoladencroissant verwandeln und aufessen."

„Croissant", wiederholt er und küsst mich, bevor er flüstert: „Schon etwas besser, *cerise*. Aber wir nennen es *pain au chocolat*."

Er berührt mit dem Zeigefinger meine Lippen. Ich lächle, beiße ihn leicht. Ich will auch nicht, dass er frustriert ist wegen meiner drohenden Abreise. Wir sind beide so viel glücklicher, wenn wir so tun, als würde es nie dazu kommen.

Er zieht seine Hand zurück und fährt mit ihr wieder über meine Brust. „Ich bin mir ziemlich sicher, dass Capitaux das Verfahren demnächst einstellen lässt."

„Ich wünschte, du müsstest nicht los."

„Ich auch." Er küsst mich, so sanft, so ernsthaft, dass etwas in meiner Brust schmerzlich anschwillt. Es kann nicht nur mein Herz sein, denn es saugt auch alle Luft aus meinem Körper. Es

können nicht nur meine Lungen sein, denn es bringt meinen Puls zum Rasen. Als ob Ansel sich in meinem Brustkorb niedergelassen hätte und alles durcheinanderbringen würde.

„Hast du heute irgendein besonderes Abenteuer geplant?", fragt er.

Ich schüttle den Kopf.

„Dann übst du heute Französisch sprechen", sagt er bestimmt.

„Mit wem?"

„Mit Madame Allard von unten. Sie liebt dich und denkt, wir würden bald ein Baby bekommen."

Meine Augen weiten sich, und ich drücke beide Hände gegen meinen Bauch. *„So viel* hab ich auch wieder nicht zugenommen." Ich sehe hinunter auf meine Hände. „Oder doch?"

Er lacht und beugt sich für einen Kuss zu mir herunter. „Du siehst nicht viel anders aus als bei deiner Ankunft. Sag mal ‚Ich bin nicht schwanger' *en Français.* Dann kannst du runtergehen und es ihr selbst sagen."

Ich schließe die Augen, denke nach. *„Je ne … suis pas …* ähm" – ich sehe zu ihm auf – „schwanger."

„Enciente", meint er. „Oder *pleine* – ‚voll'. Wir sagen ‚voll', wenn wir schwanger meinen." Sein Blick wandert über meinen Körper, und ich räkle mich unter seinem Blick, frage mich, wie hoch die Chancen stehen, dass er seine Klamotten auszieht und noch mit mir Liebe macht, bevor er zur Arbeit geht.

Er schiebt sich weg, aber ich kann die Wölbung in seiner Anzugshose sehen, wo er unter dem Reißverschluss hart ist.

Ich umfasse seine Erektion mit der Handfläche, biege meinen Rücken durch. „Zehn Minuten."

Ich versuche, es verspielt klingen zu lassen, aber in seinem Blick liegt plötzlich etwas Schmerzliches. „Ich kann nicht."

„Ich weiß."

„Es tut mir so leid, Mia." Er sieht mich suchend an. „Ich wusste, dass ich zu tun haben würde – was habe ich mir nur dabei gedacht? Aber jetzt bist du hier, und ich bin *verrückt* nach dir. Wie könnte ich das bereuen?"

„Halt“, sage ich und umfasse seine Wölbung fester. „Es ist die beste Entscheidung, die du seit Langem gemacht hast.“ Er schließt flatternd die Augen, als ich das sage, und drängt sich gegen meine Handfläche, bevor er sich auf meinen nackten Körper herunterbeugt.

„Es fühlt sich merkwürdig an, stimmt's?“, fragt er leise und drückt sein Gesicht an meinen Hals. „Aber es ist kein Fake. Und es ist eigentlich nie nur ein So-tun-als-ob gewesen.“

In einem wilden Farbwirbel tauchen Bilder der letzten Wochen vor meinem geistigen Auge auf, und jedes einzelne bringt einen Schwung Nostalgie mit sich, so viel *Gefühl.* Die verwirrenden ersten zwei Wochen, als er fast in jeder wachen Minute weg gewesen ist. Die Unbeholfenheit, als wir uns das erste Mal nach unserer Ankunft geliebt haben. Die neu entfachte Hitze zwischen uns in der Nacht, als ich mich als Dienstmädchen verkleidet habe. Ich bin nicht mehr in der Lage, Ansel eine Annullierung anzubieten, genauso wenig wie ich in der Lage bin, in ein paar Wochen den ganzen Weg zurück nach Hause zu schwimmen.

„Was sollen wir nur machen?“ Mir versagt die Stimme.

Er richtet sich wieder auf, mit einem Lächeln, und da ist er wieder, mein Sonnenschein-Ansel. Als wüsste er, dass es immer nur einem von uns erlaubt ist, die dunklere Seite unseres impulsiven – und wunderbaren – Abenteuers zu betrachten.

„Wir werden wahnsinnig viel Sex haben, wenn ich von der Arbeit nach Hause komme.“ Als er sich diesmal wegschiebt, spüre ich, dass er entschlossen ist zu gehen. „Dann lässt du mich wieder deine unanständige Seite sehen, ja?“

Die Steppdecke fällt mit einem Lufthauch auf mich. Dann ist er weg, und alles, was ich noch von ihm höre, ist das laute Klicken der Wohnungstür.

Madame Allard braucht eine Weile, bis sie mich fragt, ob wir ein Baby erwarten – sie ist entschlossen, ihre Gedanken um den neuen Welpen im Haus und die frischen Weintrauben im Laden an der Ecke kreisen zu lassen –, und ich brauche noch länger,

um sie davon zu überzeugen, dass wir das nicht tun. Ihre Freude über meinen schlichten Satz, „*Madame, je ne suis pas enceinte*", spornt mich so sehr an, dass ich versuchen will, mein Mittagessen auf Französisch zu bestellen.

Aber beim Anblick des wesentlich weniger zugänglichen, mürrischen Kellners mit den buschigen Augenbrauen in der nahegelegenen Brasserie überdenke ich das noch mal, und ich bestelle mein Lieblingsessen – *soupe à l'oignon* – in meinem üblichen mit Entschuldigungen glasierten Englisch.

Ich frage mich, wie viele Menschen in Ansels Leben annehmen, dass ich ihn hierher begleitet habe, weil ich schwanger bin. Auch wenn er nur drei Wochen weg war – wer weiß, was die Menschen in seinem Leben so annehmen? Und dann frage ich mich: Hat er es seiner Mutter erzählt? Seinem Vater?

Warum bringt mich die Vorstellung, genau in diesem Moment schwanger zu sein, zum Lachen, und dann fühle ich mich innen drinnen ein bisschen kribbelig? *Pleine* ist so ein wunderbares Wort. Noch wunderbarer ist die Vorstellung, voll zu sein – voll von ihm, von der Zukunft, von dieser Sache, die zwischen uns entsteht. Auch wenn kein Baby in mir heranwächst – ein aufrichtiges Gefühl tut es.

Ebenso eine glühende Hoffnung. Sofort rutscht mir das Herz in die Hose.

Aus einem Impuls heraus greife ich nach meinem Handy und schreibe ihm: *Wissen deine Eltern, dass du verheiratet bist?*

Wieso ist es mir bisher nicht in den Sinn gekommen, ihn das zu fragen?

Während des Essens warte ich vergeblich auf seine Antwort. Erst, nachdem bereits eine gute Stunde vergangen ist, ich mich mehrere Kilometer entfernt von der Wohnung befinde und ziellos durch die gebogenen Gassen wandere, surrt das Handy in meiner Tasche.

Meine Mutter weiß es, mein Vater nicht. Und dann: *Stört dich das?*

Da ich weiß, dass er auf der Arbeit ist und ich seine Aufmerksamkeit nur für einen kurzen Augenblick habe, tippe ich rasch:

Nein. Meine Eltern wissen es nicht. Mir wird nur gerade klar, wie wenig wir eigentlich darüber reden.

Lass uns später darüber reden. Aber nicht heute Abend.

Ich starre mein Handy einen Moment lang an. Wenn das mal nicht kryptisch ist. *Wieso nicht heute Abend?*

Weil du heute Abend unartig bist, nicht nett.

Ich tippe gerade eine Antwort – vor allem *Teufel, ja* und *komm so früh nach Hause wie möglich*, als mein Handy wieder wegen einer eintreffenden Nachricht surrt … diesmal von Harlow.

Bin in Kanada.

Meine Augen weiten sich, während ich nach einer anderen Erklärung suche als die, auf die sich mein Verstand sofort gierig gestürzt hat. Harlow hat keine Familie in Kanada und auch sonst nichts in Kanada zu suchen. Ich tippe meine Frage so schnell, dass ich bei nur vier Wörtern sechs Mal einen Tippfehler korrigieren muss: *Vögelst du etwa Finn???*

Sie antwortet nicht sofort, und ohne nachzudenken frage ich bei Ansel nach, ob er es bestätigen kann.

Nicht bei Lola.

Tatsächlich kommt es mir nur natürlich vor, erst Ansel zu schreiben … Verdammt, wir kennen jetzt die gleichen Leute, haben den gleichen Freundeskreis. Meine Finger zittern, als ich tippe: *Ist Harlow nach Kanada geflogen, um Finn übers Wochenende zu besuchen?*

Ansel antwortet ein paar Minuten später. Sie müssen uns zur selben Zeit geschrieben haben. *Anscheinend ist sie angekommen mit nichts weiter am Leib als ihrem Trenchcoat.*

Nickend antworte ich: *Das hört sich nach Harlow an. Wie ist sie durch die Security gekommen, ohne dass sie den ausziehen musste?*

Keine Ahnung, schreibt er. *Aber sie sollten besser nicht versuchen, unser Kostüm-Spiel zu klauen.*

Mein Blut brodelt vor Vorfreude. *Wann kommst du heute nach Hause?*

Bin bis circa 21:00 Uhr mit dem Drachen hier.

Neun Uhr? Ernüchtert tippe ich *ok*, bevor ich mein Handy wieder in meine Tasche gleiten lasse. Aber dann kommt mir ein Gedanke: Er will, dass ich unartig bin? Das soll er haben.

In letzter Zeit hat mir Ansel immer um die Abendessenszeit gesimst – wenn er noch arbeitete und ich zu Hause war. Diese Routine existiert erst seit vielleicht vier Tagen, aber irgendwie weiß ich, dass ich gegen sieben Uhr, wenn er seine abendliche Pause einlegt, mit einer SMS rechnen kann.

Also habe ich alles vorbereitet und liege wartend im Schlafzimmer, als mein Handy neben mir auf der Steppdecke surrt.

Vergiss nicht, was ich heute Abend will. Iss was. Ich werde dich lange wach halten.

Mit zitternden Händen drücke ich auf seinen Namen, um ihn anzurufen, und warte, während es einmal klingelt … zweimal …

„*Âllo?*“, nimmt er ab und korrigiert sich dann: „Mia? Ist alles in Ordnung?“

„Professor Guillaume?“, frage ich mit hoher, zögernder Stimme. „Ist es ein guter Zeitpunkt, um anzurufen? Ich weiß, dass Sie gerade keine Sprechstunde haben …“

Als Reaktion ist es still in der Leitung, doch dann räuspert er sich leise. „In der Tat, Mia“, sagt er, seine Stimme jetzt anders – nicht seine, sondern eine strenge, über die Unterbrechung verärgerte Stimme –, „war ich gerade mit etwas beschäftigt. Worum geht es denn?“

Meine Hand gleitet über meinen Oberkörper, meinen Bauchnabel und tiefer, zwischen meine gespreizten Beine. „Ich habe ein paar Fragen bezüglich dessen, was Sie mir beigebracht haben. Aber ich kann ein anderes Mal anrufen, wenn es Ihnen besser passt.“

Ich muss seine Stimme hören, mich in ihr verlieren, um den Mut aufzubringen, das hier zu tun, obwohl er es nicht erwartet. Obwohl er vielleicht nicht allein im Raum ist.

Ich kann mir geradezu vorstellen, wie er sich vorlehnt, aufmerksam auf jedes Geräusch am anderen Ende der Leitung

lauscht. „Nein, jetzt bin ich rangegangen. Raus mit der Sprache.“

Meine Hand gleitet vor und zurück, meine Finger drücken sich gegen meine Haut. Ich tue so, als wäre es seine Hand und als würde er über mir thronen, jede einzelne Regung in meinem Gesicht beobachten. „Heute während des Seminars“, beginne ich, und mein Atem stockt, als ich höre, wie er geräuschvoll ausatmet. Ich krame in meiner Erinnerung nach ein paar rudimentären Juraausdrücken aus meinem Politikseminar vor zwei Jahren. „Als Sie von der Judikative in der Politik gesprochen haben?“

„Ja?“, flüstert er, und jetzt weiß ich, dass er sich allein in seinem Büro befinden muss. Seine Stimme ist heiser geworden, drängend, und tief genug, dass ich mir vorstellen kann, welches Leuchten in seinen Augen läge, wenn er hier wäre, und wie er so tun würde, als wäre er hart und berechnend.

„Ich glaube, ich bin noch nie von einem Vortrag so gefesselt worden.“ Ich klemme das Telefon zwischen Ohr und hochgezogene Schulter, lasse meine Hand über meine Brust gleiten. Meine Brüste … Ansel liebt sie auf eine Weise, wie es noch nie jemand vor ihm getan hat. Erst unter seiner Berührung habe ich gemerkt, wie empfindsam sie sind, wie sehr sie auf jede Form der Stimulanz reagieren. „Ich habe noch nie ein Seminar so sehr genossen wie Ihres.“

„Nein?“

„Und ich kann nicht aufhören, darüber nachzudenken …“, sage ich und halte effekthaschend inne, auch weil ich ihn atmen hören kann und ich in den langsamen, tiefen Rhythmus eintauchen will. Ich spüre, dass etwas in mir sich vor Verlangen entzündet. „Ich habe gedacht, was wohl wäre, wenn Sie mich außerhalb der Uni treffen würden.“

Es dauert ein paar harte, pochende Herzschläge, bis er antwortet: „Sie wissen, dass ich das nicht tun kann, Miss Holland.“

„Können Sie das wegen der Regeln nicht? Oder weil Sie es nicht wollen?“ Meine Finger bewegen sich jetzt schneller, gleiten mühelos über die Haut, die beim Klang seiner Stimme feucht geworden ist, beim Klang seines Atems. Ich kann mir vorstel-

len, wie er hinter einem Schreibtisch sitzt, seine Hand durch den Reißverschluss hindurch seinen Schwanz packt. Bereits der Gedanke lässt mich aufkeuchen.

„Wegen der Regeln." Seine Stimme ist ein kaum noch vernehmbares Flüstern. „Und auch, weil ich es nicht wollen *kann*. Sie sind meine Studentin."

Unwillkürlich stöhne ich leise auf, weil er es *tatsächlich* will. Er will *mich*, selbst wenn er in Arbeit ertrinkt und Kilometer weit weg ist.

Wie würde es sich anfühlen, seine Studentin zu sein oder eines der Mädchen in der Métro, die ihn ansehen, ihn *wollen*? Was, wenn er wirklich mein Dozent wäre und ich jeden Tag dasitzen, seiner leisen, tiefen Stimme lauschen müsste, ohne dass ich mich bewegen, seine Aufmerksamkeit erringen, meine Hände über seine Brust und in sein dichtes Haar gleiten lassen könnte?

„Mia, Sie machen nicht gerade etwas ... Unangemessenes, oder?", fragt er, der strenge Tonfall ist zurück. Es ist das erste Mal, dass ich sein Gesicht nicht sehen kann, während wir auf diese Weise spielen, aber ich kenne ihn schon gut genug, dass ich weiß, dass er es nicht ernst meint. Er ist nie harsch zu mir, selbst dann nicht, wenn er sich ärgert. Er ist immer ausgeglichen, immer ruhig.

Mein Rücken bäumt sich von der Matratze auf, das Gefühl sammelt sich erwärmend in meinen Schenkeln, tief in meinem Bauch. „Wollen Sie mich hören?", frage ich. „Gefällt es Ihnen, sich vorzustellen, dass ich das hier in Ihrem Bett tue?"

„Sie sind *in meinem Bett*?", zischt er und klingt wütend. „Mia! *Berühren Sie sich etwa selbst?*"

Die Erregung des Spiels wirbelt durch mich hindurch, macht mich schwindelnd und beinahe high. Ich erinnere mich an die Art, wie er mich heute Morgen gemustert hat, innerlich zerrissen, weil er mich nehmen wollte, bevor er zur Arbeit ging. Ich erinnere mich daran, wie sein Mund sich auf meinem Hals angefühlt hat, als er letzte Nacht ins Bett geklettert ist, wie er mich jeden Abend gegen seine Brust zieht, in die Löffelchenstellung.

Und dann, als ich kaum vernehmbar flüstere: „Oh, oh, *Gott*“, höre ich sein abgehacktes Stöhnen am anderen Ende und löse mich vollkommen unter meiner eigenen Hand auf, tue so, als wäre es seine, und weiß, wie viel besser es sich anfühlen wird, wenn es später wirklich seine ist.

Und auch er kann sich mich dabei vorstellen, denn er hat mich das schon machen sehen.

Meine Beine zittern, und ich schreie ins Handy, reite auf der Hitzewelle, die Welle der feuchten Lust, die über meine Haut gleitet. Ich sage seinen Namen, ein paar andere Dinge, von denen ich nicht sicher bin, ob sie zusammenhängend sind, aber allein zu wissen, dass er zuhört und dass das *alles* ist, was er tun kann – er kann mich nicht berühren oder sehen oder fühlen –, verlängert meinen Orgasmus, bis ich vollkommen erledigt bin und nur noch laut keuche, meine Hand auf meine Hüfte rutscht und dann neben mich auf die Matratze.

Schließlich lächle ich ins Handy, benommen und befriedigt … erst einmal.

„Mia.“

Blinzelnd schlucke ich und flüstere: „Oh, Gott. Ich kann nicht glauben, dass ich das getan habe. Es tut mir so l…“

„Rühren Sie sich nicht von der Stelle“, grummelt er. „Ich bin bald da und kümmere mich um diese … diese *Indiskretion*.“

Ich muss eingeschlafen sein, während ich auf ihn gewartet habe. Als die Tür mit einem Schlag aufgeht und der Türgriff auf der anderen Seite der Schlafzimmerwand gegen den Putz knallt, schrecke ich auf und setze mich hin, schiebe meinen kurzen Rock die Beine hoch, reibe mir die Augen, während Ansel ins Schlafzimmer gestürmt kommt.

„Scheiße noch mal, was glaubst du eigentlich, was du da machst?“, dröhnt er.

Ich kauere mich ans Kopfteil, verwirrt und mein Herz laut pochend, während mein Verstand langsam das Adrenalin einholt, das durch meine Adern strömt. „Ich … Sie haben gesagt, ich soll mich nicht von der Stelle rühren.“

Er kommt zu mir herüber, bleibt vor dem Bett stehen und löst ungeduldig ziehend die Krawatte. „Du bist in mein *Haus* eingebrochen …"

„Die Tür stand offen …"

„… und hast dich in mein Bett gelegt."

„Ich …" Mit großen Augen sehe ich zu ihm auf. Er sieht ernsthaft wütend aus, aber dann streckt er eine Hand aus und erinnert mich daran, dass es alles nur ein Spiel ist, indem er mir sanft mit dem Daumen über die Unterlippe streicht.

„Mia, du hast heute Abend an die hundert Universitätsregeln und diverse Gesetze gebrochen. Ich könnte dich festnehmen lassen."

Ich knie mich hin, fahre mit den Händen über seine Brust. „Ich wusste nicht, wie ich sonst Ihre Aufmerksamkeit erringen sollte."

Er schließt die Augen, und seine Finger wandern zu meinem Kinn, meinen Hals hinunter und über meine nackten Schultern. Ich trage nichts am Leib außer einem Rock und einem Höschen, und er streicht über meine Brüste, bevor er seine Hände zurückzieht, sie zu harten Fäusten ballt.

„Glaubst du, ich hätte dich während der Seminare nicht bemerkt?", knurrt er. „In der ersten Reihe, dein Blick die gesamte Stunde lang auf mich gerichtet, deine Lippen so voll und rot? Und ich kann an nichts anderes denken als daran, wie sie sich an meiner Zunge anfühlen würden, meinem Hals, meinem Schwanz?"

Ich lecke mir über den Mund, beiße auf meine Unterlippe. „Ich kann es Ihnen zeigen."

Er zögert, die Augen zu Schlitzen zusammengekniffen. „Man wird mich feuern."

„Ich verspreche, dass ich es niemandem sagen werde."

Der Konflikt, der in ihm zu toben scheint, fühlt sich so echt an: Er schließt die Augen, sein Kiefer ist angespannt. Als er die Augen wieder öffnet, lehnt er sich vor. „Wenn du glaubst, das wäre eine Belohnung dafür, dass du in mein Haus eingebrochen bist …"

„Ich glaube nicht …“ Aber er sieht mir die Lüge an. Ich bekomme alles, was ich will, und mein düsteres Lächeln bringt ihm zum Knurren, bringt ihn dazu, meine Brüste wieder mit den Händen zu umfassen, gröber diesmal.

Meine Haut hebt sich seiner Berührung entgegen, und meine Muskeln und lebenswichtigen Organe verdrehen sich in mir, als ob sie ausgewrungen würden, drücken Hitze in meine Brust, in meinen Bauch, von wo sie weiter nach unten fließt, zwischen meine Beine. Ich will ihn so sehr, dass ich Ruhelosigkeit verspüre; Hektik und dieses ursprüngliche Verlangen verknoten sich in meiner Kehle. Ich vergrabe meine Hände in seinem Haar, halte ihn an mir fest und lasse ihn sich kaum einen Atemzug von meiner Haut entfernen.

Aber es ist alles umsonst. Er befreit sich einfach so aus meinem Griff und lehnt sich zurück, um mich mit einem überzeugenden Feuer im Blick anzusehen.

„Ich hatte einiges an Arbeit auf meinem Tisch, als du mich vorhin angerufen hast.“

„Es tut mir leid“, flüstere ich. In seiner Nähe zu sein, macht mich flüssig, mein Inneres glitschig und zerschmolzen.

Seine Augen schließen sich flatternd, seine Nasenflügel blähen sich auf. „Was glaubst du wohl, was es mit meiner Konzentrationsfähigkeit angestellt hat, zu wissen, dass du hier an mich denkst, diese Haut berührst, die stattdessen ich berühren könnte?“

Während er meinen Blick mit seinem fesselt, schiebt er, um seinen Standpunkt zu verdeutlichen, seine Hand grob in mein Höschen, zwei suchende Finger, die sich in mein Loch schieben, feststellen, dass ich fast zerfließe. „Wer hat dich so nass gemacht?“

Ich antworte nicht, sondern schließe die Augen, drücke mich in seine Hand, bevor ich sein Handgelenk packe, um seine Finger zu ficken, falls er sich nicht bald bewegt. Ich brenne lichterloh, überall und vor allem dort, ertrinke an dem drängenden Bedürfnis, zu kommen, dass er mich zum Kommen bringt.

Mit einem Ruck reißt er seine Finger von mir weg und schiebt sie mir in den Mund, drückt mir meinen Geschmack auf die

Zunge. Seine Hand packt mein Kinn, seine Finger umklammern meine Wangen, um meinen Mund aufzuhalten.

„Wer. Hat. Dich. So. Nass. Gemacht?"

„Sie", gelingt es mir, um seine eindringenden Finger herum zu sagen, und er nimmt sie heraus, zieht mit Zeigefinger und Daumen an meiner Unterlippe. „Ich habe heute den ganzen Tag an dich gedacht. Nicht erst, nachdem du angerufen hast." Ich starre ihm in die Augen, die so voller Wut und Lust sind, dass es mir den Atem nimmt. Sie werden weicher, als ich ihn länger ansehe, und ich spüre, wie wir beide in unseren Rollen ins Stolpern kommen. Ich will mit ihm verschmelzen, will sein warmes Gewicht über mir spüren. „Ich habe den ganzen Tag über an Sie gedacht."

Er kann an meinem Gesichtsausdruck ablesen, dass das die Wahrheit ist, und sein Blick fällt auf meine Lippen, seine Hände spreizen sich sanft um meine Hüften. „Hast du das?"

„Und die Regeln sind mir egal", sage ich ihm. „Oder dass Sie viel zu tun haben. Ich will, dass Sie das ignorieren."

Sein Unterkiefer verspannt sich.

Ich sage: „Ich will dich. Das Semester wird bald vorbei sein."

„Mia …" Ich sehe den Konflikt in seinen Augen. Spürt er es auch? Dieses Verlangen, so gigantisch groß, dass es alles andere in meiner Brust in eine winzige Ecke schiebt? *Unsere* gemeinsame Zeit ist auch bald vorbei. Wie soll ich nur in ein paar Wochen so weit weg von ihm sein?

Was werden wir nur tun?

Mein Herz dreht sich, pocht so heftig, dass es keinen sicheren Rhythmus mehr gibt. Es ist wie das Zusammenschlagen von Becken und der tiefe, schwere Puls einer Basstrommel. Ein Schlagen unterhalb meiner Rippen. Ich weiß, was dieses Gefühl ist. Er muss es wissen.

Aber ist es zu früh? Ich bin gerade mal seit einem knappen Monat hier. „Ansel … ich …"

Seine Lippen prallen auf meine, seine Zunge drückt meinen Mund auf, kostend, sich gegen meine Zähne rollend. Ich presse mich ihm entgegen, hungrig nach seinem Geschmack, nach Mann und Meer und Hitze.

„Sag es nicht", murmelt er in meinen Mund. Aus irgendeinem Grund weiß er, dass ich gerade etwas Ernstes und Intensives von mir geben wollte. Er lehnt sich zurück, sieht mir forschend in die Augen, panisch, flehend. „Ich kann heute Abend nicht die harte Tour fahren, wenn du es jetzt sagst. *D'accord?*"

Ich nicke vehement. Seine Pupillen weiten sich, ein Tropfen Tinte in das Grün, und ich kann tatsächlich erkennen, wie sein Puls sich beschleunigt.

Er gehört mir. Das tut er.

Aber für wie lange? Die sich aufdrängende Frage lässt mich verzweifeln, ich strecke die Arme nach ihm aus, brauche ihn überall in mir, tief in mir drinnen. Ich weiß, dass er mir den Atem nicht gänzlich rauben kann, aber ich schenke ihn ihm trotzdem in kleinen, regelmäßigen Stößen.

Er tritt näher an mich heran, und auch wenn er den Griff in meinem Haar nicht lockert, greife ich doch gierig nach seinem Hemd, ziehe es ihm aus der Hose. Mit zitternden Händen öffne ich einen Knopf nach dem anderen, und als sein glatter, warmer Oberkörper freigelegt ist, höre ich mich fiebrig aufstöhnen. Meine Hände gleiten hektisch über seine Haut. Wie würde es sich anfühlen, ihn so sehr zu wollen, wie ich es tue, ihn aber nicht besitzen zu können? Und dann lässt er mich nur heute Abend – für eine einzige, gefährliche Nacht – ihn berühren, ihn schmecken, ihn vögeln?

Ich würde *wild* sein. Ich würde unersättlich sein.

Er knurrt auf, als ich zu lange meine Hände über seine Brust gleiten lasse, meine Fingernägel über seine kleinen, flachen Nippel kratzen, der verführerische Flaum, der seinen Bauchnabel hinunter bis zu seinen Hosen verläuft. Ungeduldig zieht er an meinem Haar, schiebt seine Hüften vor und ächzt zustimmend, als ich rasch seinen Gürtel öffne, seinen Reißverschluss, und ihm die Hosen bis zu den Schenkeln hinunterschiebe, sodass ich seinen Schwanz befreien kann.

Oh.

Dick und warm ragt er vor mir auf; als ich nach ihm greife, ist er Stahl in meiner Hand. Ich verwende beide Hände, fahre mit

ihnen seinen Ständer hinunter, will, dass er meine Haare loslässt, damit ich mich hinunterbücken und ihn mit all dem Hunger, den ich empfinde, lutschen kann.

Er atmet hart stöhnend aus, als ich ihn mit der Faust pumpe, und beugt sich dann hinunter, um meinen Mund mit einem brutalen, beherrschenden Kuss einzufangen. Sein Mund saugt an meinem, schiebt meine Lippen auseinander, während seine Faust sich fester um mein Haar schließt. Er schiebt seine Zunge hinein, stößt sie tiefer, vögelt meinen Mund mit seinem unverkennbaren Rhythmus.

Ich werde nicht sanft sein, sagt er mir damit. Ich werde es noch nicht mal versuchen.

Erregung durchfährt mich, und ich befreie mich von seinem Griff, um ihn zu lecken, bis er kommt, doch mit einem geknurrten Fluch drückt er mich zurück auf die Matratze, beugt sich vor und hebt seine Krawatte auf, um meine Handgelenke zu fesseln und am Kopfende des Bettes festzubinden.

„Dein Körper dient meiner Lust", sagt er mit dunklen Augen zu mir. „Du bist in meinem Haus, du kleines Ding. Ich werde mir nehmen, was immer ich will."

Er befreit sich von seinen Hosen und klettert über mich, reißt mein Höschen meine Beine hinunter und schiebt mir den Rock über die Hüften. Mit seinen Händen flach auf meinen Oberschenkeln, spreizt er meine Beine, lehnt sich vor und stößt brutal in mich hinein.

Es ist eine solch enorme Erleichterung, dass ich aufschreie; ich habe mich noch nie so erfüllt von ihm gefühlt. Ich bin hungrig und befriedigt, will, dass er so für immer bleibt. Aber er bleibt nicht lange tief in mir drinnen. Er zieht sich zurück und knallt dann wieder vorwärts, packt das Kopfende, um sich abzustützen, nimmt mich mit jedem Stoß so derbe, dass meine Zähne klappern, die Luft aus meinen Lungen gestoßen wird.

Es ist wild und ungezügelt: sein Körper über meinem, meine Beine umklammern seine Taille so fest, dass ich mich frage, ob es ihm wehtut. Ich will ihm wehtun, auf eine kranke, düstere Art will ich jede Empfindung an die Oberfläche bringen, will ihn

alles zugleich spüren lassen: die Lust und den Schmerz und die Erleichterung und, ja, selbst die Liebe, die ich verspüre.

„Ich wollte heute Abend ein paar Sachen erledigen", zischt er und umklammert dabei meine Schenkel mit seinen Händen. Er pumpt hart und schnell, fickt mich so heftig, dass sich an seinen Schläfen Schweiß bildet und auf meine Brust tropft. Seine Wut ist beängstigend, erregend, perfekt. „Stattdessen muss ich nach Hause kommen und mich um eine unartige Studentin kümmern." Seine Hüften hämmern und hämmern in mich hinein, er stöhnt, sein Blick wird schwer. Seine großen Hände packen grob meine Brüste, und er streicht mit dem Daumen über meine Nippel.

„Bitte bring mich zum Kommen", flüstere ich und meine es ernst.

Ich will aufhören zu spielen.

Ich will ewig weiterspielen.

Ich will seine Anerkennung, ich will seine Wut. Ich will den harten Schlag seiner Hand über meine Brust, nur Sekunden, bevor er ihn ausführt. Er wusste es.

„Bitte", bettle ich. „Ich werde brav sein."

„Unartigen Studentinnen steht keine Lust zu. Ich werde nehmen und nehmen, und du kannst mir dabei zusehen."

Er bewegt sich hart, sodass das Bett bebt, unter uns knarrt. Wir waren noch nie so wild. Die Nachbarn müssen es hören, und ich schließe die Augen, koste das Wissen aus, dass mein Mann sexuell alles kriegt, was er braucht. Ich werde ihm alles geben.

„Sieh zu, wie ich komme", flüstert er, reißt sich von mir los und packt seinen Schwanz. Seine Hand eilt hoch und runter, und er flucht, den Blick auf mich gerichtet.

Der erste Schuss seines Spermas landet auf meiner Wange, dann auf meinem Hals, meinen Brüsten. Niemals wird es etwas Erotischeres für mich geben als das tiefe Stöhnen, dass aus ihm herausbricht, als er kommt, die Art, wie er meinen Namen knurrt, die Art, wie er mich anstarrt. Er beugt sich vor, atemlos und verschwitzt, sein Blick wandert über mein Gesicht und weiter hinunter, überprüft, wie er mich gezeichnet hat. Er klet-

tert meinen Körper hinauf, sodass seine Hüften auf einer Höhe mit meinem Gesicht sind, drückt seinen Schwanz gegen meine Lippen und befiehlt leise: „Leck ihn sauber."

Ich öffne meinen Mund, lecke um die Spitze herum und lutsche dann an der samtigen weichen Haut.

„Ansel", flüstere ich und ziehe mich leicht zurück. Ich will, dass wir jetzt wir sind. Will ihn.

Erleichterung erfüllt seine Augen, und er fährt mit dem Finger über meine Unterlippe. „Du magst das", murmelt er. „Mich zu befriedigen."

„Ja."

Er steht auf, beugt sich vor und küsst meine Stirn, während er vorsichtig meine Hände befreit. „*Attends*", flüstert er. *Warte.*

Er kehrt mit einem feuchten Handtuch zurück, wischt meine Wange ab, meinen Hals, meine Brüste. Dann wirft er das Tuch in den Wäschekorb in der Ecke und küsst mich wieder sanft.

„War das schön, *cerise*?", flüstert er und saugt an meiner Unterlippe, schiebt seine Zunge sanft in meinen Mund. Er stöhnt leise, seine Finger tanzen über die Wölbung meiner Brust. „Du warst perfekt. Ich liebe es, auf diese Weise mit dir zusammen zu sein." Sein Mund wandert über meine Wange, zu meinem Ohr. „Aber darf ich jetzt sanft sein?"

Nickend umfasse ich mit meinen Händen sein Gesicht. Er macht mich fertig mit diesem Spiel: der plötzliche Umschwung vom Befehlston zu liebevollen, bewundernden Worten. Ich schließe die Augen, lasse meine Hände in sein Haar sinken, als er sich meinen Hals hinunterküsst, an meinen Brüsten saugt, meinem Bauchnabel, und meine Beine mit den Händen auseinanderschiebt.

Von der groben Behandlung vor nur wenigen Minuten bin ich noch etwas wund, doch er ist jetzt vorsichtig, bläst einen sanften Strom Luft über mich, flüstert: „Lass mich dich sehen."

Er beugt sich herunter, küsst meine Klit, leckt langsam um sie herum. „Ist dir schon mal aufgefallen, dass ich es liebe, dich zu schmecken?"

Ich balle meine Hände um den Kopfkissenbezug herum zu Fäusten.

„Ich glaube, diese Süße ist nur für mich. Und ich tue so, als hättest du noch nie solch ein Verlangen verspürt." Er taucht einen Finger hinein, führt ihn an meine Lippen. „Für alle anderen war der Geschmack nie so seidig und süß. Sag mir, dass das stimmt."

Ich lasse ihn seinen Finger hineinschieben, lutsche daran und will, dass diese Nacht mehrere Tage lang andauert. Ich bin verrückt nach ihm, hoffe, dass er hier bei mir bleibt. Hoffe, dass er sich nicht ins Büro zurückzieht und bis in die Morgenstunden arbeitet.

„Ist er nicht perfekt?", fragt er und sieht zu, wie ich lutsche. „Ich habe noch nie den Geschmack einer Frau so sehr gemocht wie deinen." Er klettert auf mich drauf, saugt an meinen Lippen, meiner Zunge. Er ist bereits wieder hart, oder vielleicht ist er auch immer noch hart, und er reibt sich an meinem Schenkel. „Ich begehre ihn. Ich begehre dich. Ich bin zu verrückt nach dir, will dich zu sehr, glaube ich."

Ich schüttle den Kopf, will ihm sagen, dass er mich noch mehr wollen und noch verrückter nach mir sein kann, aber die Worte bleiben mir im Hals stecken, als er sich wieder meiner Muschi zuwendet, so erfahren leckt und saugt, dass ich mich vom Bett krümme, aufschreie.

„So ungefähr?", schnurrt er.

„*Ja.*" Meine Hüften stemmen sich von der Matratze, begierig auch nach seinen Fingern.

„Ich werde dein Sklave sein", flüstert er und schiebt zwei Finger in mich. „Gib mir nichts als das hier und deinen Mund und deine leisen Worte, und ich werde dein Sklave sein, *cerise*."

Keine Ahnung, wie es geschehen ist oder wann genau, aber er weiß meinen Körper zu lesen, kennt meine Anzeichen. Er stimuliert mich, zieht jede Empfindung in die Länge, intensiviert sie, lässt mich auf den Orgasmus warten, den ich seit inzwischen gefühlten Tagen ersehne. Mit seiner Zunge und seinen Lippen, seinen Fingern und seinen Worten bringt er mich wieder und

wieder an den Rand, bis ich mich schwitzend hin und her winde, darum bettle.

Und gerade als ich denke, dass er mich kommen lässt, zieht er sich wieder zurück, wischt sich mit dem Unterarm über den Mund und klettert zu mir hoch.

Ich stütze mich auf die Ellbogen, mein Blick wild. „*Ansel …*"

„Schsch, ich muss in dir sein, wenn du kommst." Rasch dreht er mich auf den Bauch, spreizt meine Beine und schiebt sich so tief in mich hinein, dass ich aufkeuche, das Kopfkissen in meinen Fäusten zusammenknülle. Sein Stöhnen vibriert durch meine Knochen, entlang meiner Haut, und ich spüre sein fortwährendes Summen, als er sich zu bewegen beginnt, seine Brust an meinen Rücken gedrückt, sein Atem heiß an meinem Ohr.

„Ich habe mich in dir verloren."

Ich keuche auf, nicke hektisch. „Ich auch."

Seine Hand schiebt sich unter mich und drückt, umkreist meine Klit. Oh ja, genau da …

Genau da …

Genau da …

Und ich gehe ab wie eine Rakete, als er seine Lippen an mein Ohr drückt und flüstert: „Was hast du gesagt, *cerise*? Ich empfinde das auch. Verdammt, Mia, ich empfinde *alles* für dich."

SIEBZEHN

Es ist ja nicht so, als würde ich nicht schon während eines Großteils meiner Zeit an Ansel denken. Aber nach letzter Nacht bin ich nicht mehr in der Lage, es auch nur für eine Sekunde zu lassen. Während ich spät nachmittags mit Simone vor dem Café sitze, bin ich versucht herauszufinden, ob ich ihn dazu bringen kann, morgen mit mir blau zu machen, oder ob ich ihn vielleicht auf der Arbeit besuchen soll, um ihm zur Abwechslung mal nicht nur am Abend zu sehen. Der ewige Tourist zu sein, fängt an, langweilig zu werden. Doch mich mit irgendetwas zu beschäftigen, ist die wesentlich bessere Alternative als den ganzen Tag zu Hause allein mit meinen Gedanken zu sein und mit der zunehmend lauter in meinem Hinterkopf tickenden Uhr, die den Countdown einläutet.

„Der heutige Tag war so *verdammt* lang", stöhnt Simone und steckt die Schlüssel in ihre Tasche, bevor sie darin herumkramt. Vermutlich sucht sie nach ihrer immer präsenten E-Zigarette. Sich in Grausimones Nähe aufzuhalten, beinhaltet einen paradoxen Trost: Sie ist so widerlich, dass ich Harlow und Lola nur noch mehr liebe, und die beiden wiederzusehen, ist das Einzige, worauf ich mich freue, wenn ich an meine Rückkehr nach Hause denke. Simone hält inne, ihre Augen leuchten auf, als sie den vertrauten schwarzen Zylinder in einer der Innentaschen findet.

„Endlich, verdammt", sagt sie und hält ihn sich an den Mund, runzelt dann aber die Stirn. „Verdammt. Tot. Verdammte Scheiße, wo sind bloß meine Marlboros?"

Noch nie im Leben habe ich mich so sehr wie ein Penner gefühlt wie jetzt, aber egal. Jedes Mal, wenn ich mich damit zu beschäftigen versuche, alles für meine Heimreise zu organisieren, schweifen meine Gedanken ab, abgelenkt durch das hübsche, glänzende Leben direkt vor meiner Nase. Das wesentlich bessere, bei dem ich so tun kann, als wäre das Geld im Überfluss vorhanden, als müsste ich nicht zur Uni gehen. Da ist es einfach, die nagende innere Stimme zum Schweigen zu bringen, die mir sagt, dass ich gefälligst auch meinen Beitrag zur Gesellschaft

leisten muss. *Nur noch für ein paar Tage*, sage ich mir ständig. Ein paar Tage noch, dann werden ich mir Gedanken darum machen.

Grausimone zieht eine zerknautschte Zigarettenpackung und ein silbernes Feuerzeug aus ihrer Tasche. Sie zündet sich eine an, stöhnt beim Inhalieren auf, als wäre die Zigarette besser als Schokokuchen und alle Orgasmen der Welt zusammen. Für einen Moment überlege ich ernsthaft, ob ich mit dem Rauchen anfangen sollte.

Sie nimmt erneut einen kräftigen Zug, die Spitze glüht in dem schwachen Licht orangefarben auf. „Also, wann fährst du noch mal? So in drei Wochen? Ich schwöre bei Gott, dein Leben möchte ich haben. Einen ganzen Sommer über nur so zum Scheiß in Paris sein."

Lächelnd sehe ich an ihr vorbei und trete einen Schritt zurück, durch den beißenden Rauch kaum noch in der Lage, ihr Gesicht auszumachen. Ich teste die Worte aus, um zu sehen, ob sie noch das gleiche Panikgefühl in mir auslösen. „Im Herbst fange ich an, Wirtschaft zu studieren." Für einen Moment schließe ich die Augen und atme. *Ja, sie tun's.*

In der ganzen Straße leuchten die Laternen auf, Lichtkegel erhellen die Bürgersteige darunter. Über Simones Schulter hinweg sehe ich eine vertraute Gestalt auftauchen: lang und schlank, schmale Hüften im Kontrast zu starken, breiten Schultern. Einen Moment lang werde ich an letzte Nacht erinnert, wie meine Hände seine schmale Taille umfassten, während er sich über mir bewegte, sein süßer Gesichtsausdruck, als er mich fragte, ob er sanft sein dürfte. Ungelogen: Ich umklammere mit den Fingern den Tisch, um mich abzustützen.

Ansel sieht kurz vor der Ecke auf und beschleunigt seinen Schritt, als er mich sieht.

„Hi", sagt er, beugt sich vor und küsst mich genüsslich auf beide Wangen. Verdammt, was liebe ich Frankreich. Blind für Simones große Augen oder ihren offenstehenden Mund, zieht er sich nur lange genug zurück, um mich anzugrinsen, bevor er mich wieder küsst, diesmal auf den Mund.

„Du hast heute früh Schluss gemacht", murmle ich in einen weiteren Kuss.

„In letzter Zeit fällt es mir ziemlich schwer, bis spät in die Abendstunden zu arbeiten", sagt er mit einem leichten Lächeln. „Warum nur?"

Grinsend zucke ich die Schultern.

„Kann ich dich zum Abendessen ausführen?", fragt er und zieht mich auf die Füße, verschränkt seine Finger mit meinen.

„Hi", sagt Simone, begleitet von dem Geräusch ihrer High Heels, die über den Bürgersteig scharren, und endlich sieht er zu ihr hinüber.

„Ich bin Ansel." Er küsst sie wie üblich auf beide Wangen, und es freut mich außerordentlich, ihren geknickten Gesichtsausdruck zu sehen, als er sich rasch wieder zurückzieht.

„Mein Ehemann", füge ich hinzu und werde von Ansel mit einem Lächeln belohnt, das jede einzelne Laterne auf der Rue Saint-Honoré mit Strom versorgen könnte. „Das ist Simone."

„Ehemann", widerholt sie und blinzelt rasch, als würde sie mich zum ersten Mal richtig wahrnehmen. Ihr Blick wandert von mir zu Ansel, dann mustert sie ihn ziemlich unverfroren. Sie ist eindeutig beeindruckt. Kopfschüttelnd hängt sie sich ihre große Tasche über die Schulter, sagt etwas von einer Party, auf die sie noch zu spät kommt, und wirft ein „gut gemacht" in meine Richtung.

„Sie ist nett." Ansel sieht ihr hinter.

„Das ist sie eigentlich nicht", erwidere ich lachend. „Aber etwas sagt mir, dass sie es von nun an sein dürfte."

Nachdem wir ein paar Blocks in entspanntem Schweigen gegangen sind, biegen wir in eine Straße ab, die selbst nach Pariser Standards stark frequentiert wird. Wie bei den meisten Restaurants in diesem Viertel ist die Fassade unseres Ziels schmal und unauffällig, gerade breit genug, um ein Nest aus vier Holztischen draußen hinzustellen. Auf einer großen blau-orangefarbenen Markise steht *Ripaille*. Es gibt cremefarbene Panele, Kreidetafeln, auf denen die Tagesangebote stehen, und hohe, schmale Fenster.

Ansel hält mir die Tür auf, und ich folge ihm nach drinnen, wo ich sofort von einem großen, spindeldürren Mann mit einem freundlichen Lächeln willkommen geheißen werde. Das Restaurant ist klein, aber gemütlich, und es duftet nach Minze, Knoblauch und etwas Dunklem, Köstlichem, das ich nicht sofort zuordnen kann. Eine Handvoll kleiner Tische und Stühle erfüllen den einzigen Raum.

„*Bonsoir. Deux d'entre vous?*", fragt der Mann und langt nach einem Stapel Speisekarten.

„*Oui*", sage ich und sehe Ansels stolzes Lächeln, sein tiefes Grübchen, das dadurch zum Vorschein kommt. Wir werden zu einem Tisch weiter hinten geführt, und Ansel wartet, bis ich sitze, bevor er sich selbst auf seinem Stuhl niederlässt. „*Merci.*"

Anscheinend habe ich die zwei einfachsten französischen Wörter fantastisch ausgesprochen, denn der Kellner nimmt an, dass ich fließend Französisch spreche, und listet die Angebote des Tages auf. Ansel fängt meinen Blick auf, und ich schüttle leicht, kaum wahrnehmbar den Kopf, absolut glücklich, einfach nur zuzuhören, weil er es mir später erläutern wird. Ansel stellt ein paar Fragen, und ich sehe stumm zu, frage mich, ob ihn sprechen zu hören, ihn gestikulieren oder, Teufel noch mal, irgendwas anderes machen zu sehen, jemals aufhört, auf der Liste der erotischsten Dinge zu stehen, die ich je erlebt habe.

Du meine Güte, mich hat's echt erwischt.

Nachdem der Kellner gegangen ist, lehnt sich Ansel über den Tisch und deutet mit seinen langen, eleganten Händen auf verschiedene Speisen, und ich muss ein paar Mal blinzeln, um mich daran zu erinnern, dass ich aufpassen sollte.

Mit Speisekarten komme ich immer besonders schwer zurecht. Es gibt ein paar hilfreiche Begriffe: *bœuf*/Rind, *poulet*/Huhn, *veau*/Kalb, *canard*/Ente, und *poisson* ist Fisch (ich schäme mich nicht zu sagen, dass ich das weiß, weil ich unzählige Male *Die kleine Meerjungfrau* gesehen habe), aber wie die Sachen zubereitet werden oder die Namen für die verschiedenen

Soßen und Gemüsesorten lauten – da brauche ich in den meisten Restaurants noch Hilfe.

„Die Spezialität des Tages ist *langoustine bisque*, das ist ein …" Er hält inne, runzelt die Stirn und sieht an die Decke. „Ähm … das ist ein Schalentier?"

Ich grinse. Gott allein weiß, warum ich seinen verwirrten Gesichtsausdruck so süß finde. „Hummer?"

„Ja, Hummer", sagt er mit einem zufriedenen Nicken. „Hummer-Bisque mit Minze, dazu eine kleine Pizza. Sehr knusprig mit Hummer und getrockneten Tomaten. Außerdem gibt es *le boeuf* –"

„Den Bisque", entscheide ich.

„Willst du die anderen nicht hören?"

„Glaubst du, es könnte etwas Besseres geben als Suppe und Pizza mit *Hummer*?" Ich halte inne, als es mir klar wird. „Es sei denn, das bedeutet, dass du mich nicht küssen kannst?"

„Kein Problem", sagt er und wedelt mit der Hand. „Ich kann dich trotzdem um den Verstand küssen."

„Dann wär's das. Bisque."

„Perfekt. Ich glaube, ich nehme den Fisch", sagt er.

Der Kellner kehrt zurück, und sowohl er als auch Ansel hören geduldig zu, während ich darauf bestehe, mein Bisque selbst zu bestellen, dazu einen Teller grünen Salat mit Vinaigrette. Mit einem Lächeln, das er nicht unterdrücken kann, bestellt Ansel sein Essen und uns beiden ein Glas Wein und lehnt sich dann zurück, einen Arm über den leeren Stuhl neben sich gelegt.

„Siehst du, du brauchst mich noch nicht mal", sagt er.

„Schön wär's. Wie würde ich sonst wissen, wie ich nach dem großen Dildo fragen kann? Ich meine, das ist echt dein Alleinstellungsmerkmal."

Ansel lacht los, seine Augen groß vor Überraschung, und seine Hände fliegen rasch zum Mund, um das Lachen abzudämpfen. Ein paar andere Gäste drehen sich zu uns um, aber niemand scheint sich über seinen Ausbruch zu ärgern.

„Du bist ein schlechter Einfluss", sagt er, sobald er sich wieder beruhigt hat, und langt nach seinem Wein.

„Ich? *Ich* habe nicht eines Morgens auf einem Zettel die Übersetzung für den Dildo hinterlassen, also, Grübchen … wer im Glashaus sitzt …"

„Aber du hast schließlich den Kostümladen gefunden", sagt er über sein Glas hinweg zu mir. „Und ich muss sagen, dafür bin ich dir unendlich dankbar."

Ich spüre, wie mein Gesicht unter seinem Blick warm wird, unter der versteckten Bedeutung hinter seinen Worten. „Stimmt", gebe ich flüsternd zu.

Unser Essen kommt, und abgesehen von einem befriedigten Ächzen oder der Äußerung meines Vorsatzes, dem Koch viele Kinder schenken zu wollen, schweigen wir überwiegend bei unserer Mahlzeit.

Die leeren Teller werden abgeräumt, und Ansel bestellt für uns einen Nachtisch zum Teilen – *petit gâteau* –, der aussieht wie eine schicke Version des Schokoladen-Lava-Kuchens, den es bei uns zu Hause gibt, warm serviert mit Pfeffer-Vanille-Eis.

„Hmm", macht Ansel, während er sich den Löffel in den Mund schiebt.

„Es ist ein bisschen obszön, dir beim Essen zuzusehen", sage ich. Summend schließt er die Augen, den Löffel weiterhin im Mund.

„Das ist mein Lieblingsnachtisch", sagt er schließlich. „Wenn auch nicht so gut wie der, den meine Mutter macht, wenn ich sie besuche."

„Ach, stimmt, deine Mutter hat ja eine Kochschule besucht, das vergesse ich immer. Ehrlich gesagt hat meine Mutter, glaube ich, bisher jeden Nachtisch gekauft. Sie ist das, was man gut und gerne als Hausfrauen-Light-Version bezeichnen kann."

„Eines Tages, wenn ich dich in Boston besuche, dann fahren wir zu ihrer Bäckerei in Bridgeport, und sie macht dir, was immer du willst."

Ich kann praktisch hören, wie die imaginären Bremsen in unseren Köpfen quietschen. Eine unübersehbare Straßensperre wurde soeben in unserem Gespräch hochgezogen, und da steht

sie nun, mit dieser widerwärtig flackernden Leuchte, und ist nicht zu übersehen.

„Du hast noch zwei Wochen hier?“, fragt er. „Drei?“

Der Satz *du könntest mich bitten, zu bleiben* poppt in meinem Kopf auf, bevor ich ihn daran hindern kann, denn nein, das ist – *nein* – wirklich die *schlechteste* Idee *überhaupt*.

Ich halte den Kopf gesenkt, den Blick auf den Teller zwischen uns gerichtet, rühre kreisend Schokoladensauce in eine Pfütze aus schmelzendem Vanilleeis. „Das Beste wird vermutlich sein, wenn ich in zwei Wochen abreise. Schließlich muss ich noch eine Wohnung finden, mich für die Seminare anmelden …“, sage ich leise. „Einen Job finden. Mir ein Leben aufbauen. Freunde finden. Entscheiden, was ich mit meinem Abschluss anstellen will. Versuchen, einen Weg zu finden, mit der Entscheidung glücklich zu sein. Die Sekunden zählen, bis du kommst, um mich zu besuchen.“

„Auch wenn du es gar nicht willst.“

„Nein“, bestätige ich ausdruckslos. „Ich will nicht die nächsten zwei Jahre an der Uni verbringen, damit ich in einem Büro arbeiten kann, das ich hasse, gemeinsam mit Leuten, die lieber irgendwo anders wären, nur nicht dort, und die vier Wände eines Sitzungssaales anstarren.“

„Was für eine äußerst fundierte Beschreibung“, erwidert er. „Aber ich glaube, bezüglich deiner Vorstellung von einer Wirtschaftsuni bist du vielleicht ein bisschen … falsch informiert. Du musst danach nicht solch ein Leben führen – wenn du es nicht selbst so wählst.“

Ich lege meinen Löffel hin und lehne mich in meinem Stuhl zurück. „Tja, ich habe halt die meiste Zeit meines Lebens in der Welt eines engagierten Geschäftsmannes verbracht, habe all seine Kollegen kennengelernt und die meisten von deren Kollegen. Und ich habe Angst, so zu werden wie die.“

In dem Augenblick kommt die Rechnung, und Ansel langt danach, wedelt meine Hand fort. Ich werfe ihm einen bösen Blick zu – Ich kann ja wohl meinen … Ehemann … zum Essen einladen –, aber er ignoriert mich und setzt unsere Unterhaltung fort.

„Nicht jeder Geschäftsmann und nicht jede Geschäftsfrau ist wie dein Vater. Ich denke nur, dass du dir vielleicht … andere Verwendungsmöglichkeiten für deinen Abschluss überlegen solltest. Du musst nicht in seine Fußstapfen treten."

Auf dem Weg nach Hause schweigen wir, und ich weiß, dass das daran liegt, dass ich nicht auf das geantwortet habe, was er gesagt hat, und er mich nicht drängen will. Ja, er hat nicht unrecht: Leute verwenden Wirtschaftsabschlüsse für alle möglichen interessanten Sachen. Das Problem ist nur, dass ich noch nicht weiß, was *meine* interessante Sache ist.

„Kann ich dich etwas fragen?", sage ich schließlich.

Er sieht mich an. „Hmh."

„Du hast den Job bei der Firma angenommen, obwohl es eigentlich nicht das ist, was du machen willst."

Nickend wartet er darauf, dass ich zu Ende rede.

„Du magst deinen Job eigentlich nicht."

„Stimmt."

„Und was ist dein Traumjob?"

„Zu unterrichten", sagt er schulterzuckend. „Ich finde, dass Körperschaftsrecht etwas Faszinierendes ist. Ich finde, dass Jura ganz im Allgemeinen faszinierend ist. Wie wir unsere Vorstellungen von Moral und Ethik in Regeln umwandeln, und was genau wir damit machen, wenn neue Technologien entstehen. Aber ich werde kein besonders guter Dozent sein, wenn ich nicht vorher praktiziert habe – nach diesem Job hier werde ich in der Lage sein, überall auf der Welt eine Universitätsstelle zu bekommen."

Ansel hält meine Hand, während wir die paar Blocks bis zu unserer Wohnung gehen, bleibt nur ein- oder zweimal stehen, um meine Finger zu seinen Lippen zu führen und sie zu küssen. Die Scheinwerfer von einem vorbeifahrenden Roller beleuchten das Gold seines Eherings, und ich spüre, wie mein Magen sich zusammenzieht, fühle das Grauen sich dort breitmachen. Es ist nicht so, dass ich nicht in Paris bleiben will – ich liebe es hier –, aber ich auch muss zugeben, dass ich die Vertrautheit von Zuhause vermisse, mit den Leuten in einer Sprache zu sprechen, die

ich verstehe, meine Freunde, das Meer … Und gleichzeitig wird mir langsam klar, dass ich ihn nicht verlassen will.

Er besteht darauf, dass wir uns noch auf einen Kaffee in das kleine Bistro an der Ecke hocken. Ich habe mich an das gewöhnt, was die Europäer Kaffee nennen – starke, kleine Portionen des köstlichsten Espressos –, und abgesehen von Ansel ist das mit Sicherheit die Sache, die ich am meisten an dieser Stadt vermissen werde.

Wir sitzen draußen, unterm Sternenhimmel, an einem kleinen Tisch. Ansel schiebt seinen Stuhl so dicht neben meinen, dass sein Arm nirgendwo sonst liegen kann als um meine Schultern.

„Willst du diese Woche ein paar Freunde von mir treffen?", fragt er.

Ich sehe ihn überrascht an. „Was?"

„Christophe und Marie, zwei meiner ältesten Freunde, geben eine Dinner Party, um Maries Beförderung zu feiern. Sie arbeitet für eine der größeren Firmen in meinem Gebäude, und ich dachte, dass du vielleicht mitkommen willst. Sie würden unheimlich gern meine Frau kennenlernen."

„Hört sich gut an." Ich nicke lächelnd. „Ich hab schon seit Längerem gehofft, ein paar deiner Freunde kennenzulernen."

„Mir ist klar, dass ich das schon längst hätte tun sollen, aber … Ich gebe zu, ich war ganz schön selbstsüchtig. Wir haben so wenig Zeit miteinander, und die wollte ich mit niemandem sonst teilen."

„Du hast viel gearbeitet", sage ich ausatmend, als er mehr oder weniger mein Gespräch mit Harlow wiedergibt.

Er langt nach meiner Hand, küsst meine Fingerknöchel, meinen Ring, bevor er seine Finger mit meinen verschränkt. „Ich will mit dir angeben."

Okay. Seine Freunde treffen. Als seine Frau vorgestellt werden. Das ist das echte Leben. Das ist, was verheiratete Paare tun. „Okay", sage ich lahm. „Hört sich nach Spaß an."

Er grinst, beugt sich vor und küsst mich auf den Mund. „Danke, Mrs Guillaume." Und wow, das Grübchen ist auch da. Ich bin hin und weg.

Die Kellnerin bleibt an unserem Tisch stehen, und ich lehne mich auf meinem Stuhl zurück, während Ansel unseren Kaffee bestellt. Ganz in der Nähe tanzt eine Gruppe junger Mädchen – um die acht oder neun Jahre alt – zur Gitarre eines Straßenmusikers. Ihr Lachen hallt von den engstehenden Häusern wider, über die Geräusche der vereinzelten Autos oder des Springbrunnes hinweg, der auf der anderen Straßenseite sprudelt.

Eine von ihnen dreht sich und stolpert, stürzt direkt vor die kleine Terrasse, auf der wir sitzen.

„Alles in Ordnung?", frage ich und steige zu ihr hinunter.

„*Oui*", sagt sie und streift sich den Dreck von ihrem karierten Kleid. Ihre Freundin kommt zu uns herüber, und ich bin mir nicht sicher, was sie sagt, der Art nach, wie sie die Arme seitlich ausstreckt und in einem tadelnden Ton mit ihr spricht, glaube ich, dass sie ihr sagt, sie hätte sich falsch gedreht.

„Hast du versucht dich zu drehen?", frage ich, aber sie antwortet nicht, sieht mich nur verwirrt an. „*Pirouette?*"

Bei diesen Worten leuchtet ihr Gesicht auf. „*Oui*", sagt sie freudig. „*Pirouette, tourner.*"

„Sich drehen", übersetzt Ansel.

Sie streckt die Arme zur Seite, dreht die Füße nach außen und dreht sich, so schnell, dass sie beinahe wieder hinfällt.

„Huh", sage ich, und wir lachen beide, als ich sie auffange. „Vielleicht, wenn du … ähm." Mich aufrichtend, klopfe ich auf meinen Bauch. „Anspannst."

Ich drehe mich zu Ansel um, der übersetzt: „*Rentre ton ventre.*" Das kleine Mädchen macht ein konzentriertes Gesicht, eins, das vermutlich bedeutet, dass sie ihre Bauchmuskeln anspannt.

Ein paar weitere Mädchen haben sich um uns versammelt, um zuzuhören, also nehme ich mir einen Moment Zeit, schiebe sie alle so in Stellung, dass sie genug Platz haben. „Vierte Position", sage ich und halte vier Finger hoch. Ich stelle meinen linken Fuß nach außen, meinen rechten ebenfalls auswärts gedreht dahinter. „Arme hoch, einen zur Seite, einen nach vorne. Gut. Jetzt *plié*? Knie beugen?" Ich zeige auf meine Augen und dann auf einen

Punkt in der Entfernung, nur halb bewusst, dass Ansel hinter mir übersetzt.

„Ihr müsst etwas fixieren. Sucht euch einen Punkt und seht dann nicht mehr zur Seite. Wenn ihr euch also dreht“ – ich richte mich wieder auf, beuge die Knie und stoße mich dann von meinen Fußballen ab, bevor ich mich drehe und bei *plié* lande. „Ihr seid zurück, wo ihr begonnen habt.“ Es ist so eine vertraute Bewegung, eine, die ich meinen Körper so lange nicht habe tun fühlen, dass ich beinahe nicht ihre Beifallrufe mitbekomme, am lautesten sind die von Ansel. Die Mädchen sind vollkommen aus dem Häuschen und wechseln sich ab, ermutigen sich gegenseitig und bitten mich um Hilfe.

Es wird spät, und irgendwann müssen die Mädchen uns verlassen. Ansel nimmt lächelnd meine Hand, und ich blicke über meine Schulter zurück, als wir weggehen. Ich könnte ihnen den ganzen Abend über zusehen.

„Das hat Spaß gemacht“, sagt er.

Immer noch lächelnd, sehe ich zu ihm hinüber. „Welcher Teil davon?“

„Dich so tanzen zu sehen.“

„Das war eine einzige Drehung, Ansel.“

„Es könnte die erotischste einzelne Sache gewesen sein, die ich je gesehen habe. *Das* solltest du tun.“

Ich seufze. „Ansel …“

„Manche Leute studieren Wirtschaft und leiten danach ein Kino oder ein Restaurant. Manche besitzen ihre eigene Bäckerei oder ein Tanzstudio.“

„Nicht du auch noch.“

Das habe ich schon mal gehört, von Lorelei, von Harlows gesamter Familie. „Ich wüsste überhaupt nicht, wie ich es anstellen sollte.“

Er schaut über seine Schulter, zurück in die Richtung, aus der wir gerade gekommen sind. „Bei allem Respekt: Da muss ich dir widersprechen.“

„Solche Sachen kosten Geld. Ich hasse es, Geld von meinem Vater anzunehmen.“

„Warum nimmst du dann Geld von deinem Vater an, wenn du es hasst?", fragt er.

Ich werfe die Frage zurück zu ihm. „Nimmst du kein Geld von *deinem* Vater?"

„Das tue ich", gibt er zu. „Aber ich habe vor langer Zeit entschieden, dass es das Einzige ist, wofür er gut ist. Und vor ein paar Jahren, als ich so alt war wie du, wollte ich nicht, dass meine Mutter das Gefühl hätte, sie müsste mich finanziell unterstützen."

„Ich habe nicht genug Geld, um ohne seine Hilfe in Boston zu studieren", erwidere ich. „Und ich schätze, auf eine gewisse Weise … Ich habe das Gefühl, als würde er mir das schulden, da ich schlussendlich tue, was er will."

„Aber wenn du tust, was *du* willst …"

„Es ist *nicht*, was ich will."

Er lehnt sich zurück, mustert mich. Ich vergöttere den verspielten Ansel, der mir ohne Grund quer durch den Raum zuzwinkert oder liebevoll zu meinen Schenkeln und meinen Brüsten spricht. Aber ich glaube, ich könnte diesen Ansel *lieben*, diesen Ansel, der wirklich das Beste für mich zu wollen scheint, der eindeutig mutig genug für uns beide zusammen ist. „Du bist verheiratet, oder?", fragt er. „Du hast einen Ehemann."

„Ja."

„Einen Ehemann, der inzwischen gut Geld verdient."

Ich zucke die Schultern, sehe zur Seite. Über Geld zu reden ist außerordentlich unangenehm.

Und so verspielt und plemplem er manchmal auch sein kann, ist seine Stimme doch die pure Ernsthaftigkeit, als er fragt: „Warum solltest du dann von deinem Vater abhängig sein, um zu tun, was *du* willst?"

Oben in unserer Wohnung folge ich ihm in die Küche und lehne mich gegen die Arbeitsplatte, während er aus dem Schrank eine Flasche holt. Dann dreht er sich um, legt mir zwei Ibuprofen-Tabletten in die offene Hand und reicht mir ein Glas Wasser. Ich starre auf meine Hände und dann hoch zu ihm.

„Das solltest du immer so machen“, sagt er mit einem leichten Achselzucken. „Nach zwei Gläsern Wein solltest du immer Ibuprofen mit einem großen Glas Wasser nehmen. Du bist ein Fliegengewicht.“

Erneut fällt mir auf, wie aufmerksam er ist und wie es ihm gelingt, Dinge wahrzunehmen, wenn ich denke, dass er überhaupt nicht aufpasst. Er steht da, sieht zu, wie ich die Tabletten schlucke, und stellt das leere Glas neben mich auf den Tresen.

Mit jeder Sekunde, die vorbeitickt, in der wir uns nicht küssen oder berühren, fürchte ich, das die unbefangene, entspannte Art, die wir heute Abend miteinander haben, sich in Luft auflöst und er sich zu seinem Schreibtisch umdreht, während ich mal wieder allein ins Schlafzimmer gehe.

Aber heute Abend, während wir uns in dem gedämpften Licht anstarren, das von der einzelnen Lampe über dem Herd ausgeht, scheint die Energie zwischen uns sich nur noch mehr elektrisch aufzuladen. Das fühlt sich echt an.

Er kratzt sich an der Wange, neigt dann das Kinn in meine Richtung. „Du bist die allerschönste Frau, die ich je gesehen habe.“

Mein Magen dreht sich. „Ich weiß nicht, ob ich glauben soll, dass ich …“

„Bleib“, unterbricht er mich mit einem angespannten Flüstern. „Ich fürchte mich vor dem Tag, an dem du gehst. Ich verliere fast den Verstand, wenn ich daran denke.“

Ich schließe die Augen. Das ist zur Hälfte das, was ich hören wollte, und zur Hälfte das, was ich am meisten zu hören befürchtet habe. Ich ziehe meine Unterlippe zwischen meine Zähne, unterdrücke ein Lächeln, als ich wieder zu ihm aufsehe. „Ich dachte, du hättest mir gerade gesagt, dass ich zur Uni gehen soll, um eines Tages mein eigenes Geschäft aufzuziehen.“

„Vielleicht meine ich, dass du warten solltest, bis ich mit dem Fall hier fertig bin. Dann können wir zusammen gehen. Zusammen leben. Ich arbeite, du studierst.“

„Wie sollte ich bloß bis zum Frühjahr hierbleiben? Was würde ich tun?“ Es ist wunderbar gewesen, aber ich kann mir

nicht vorstellen, weitere neun Monate faul wie ein Tourist rumzuhängen.

„Du kannst einen Job finden oder du kannst einfach recherchieren, was alles wichtig ist, um ein Tanzstudio zu eröffnen. Wir gehen zusammen von hier weg. Und du kannst die Uni um ein Jahr verschieben."

Wenn möglich, ist das noch verrückter, als überhaupt hierhergekommen zu sein. Zu bleiben bedeutet, dass es kein Ende für *uns* gibt – keine Annullierung, keine vorgetäuschte Ehe –, es bedeutet einen vollkommen neuen Weg, der vor uns aufleuchtet.

„Ich glaube nicht, dass ich hierbleiben und so viel allein sein kann ..."

Er verzieht das Gesicht, fährt sich mit der Hand durchs Haar. „Wenn du jetzt anfangen willst, dann geh, und ich komme im Frühjahr hinterher. Ich habe nur ... *Ist* es das, was du willst?"

Ich schüttle den Kopf, aber ich kann in seinen Augen erkennen, dass er meine Geste richtig als *Ich weiß es nicht* interpretiert hat.

In meinen ersten Wochen hier habe ich mich gleichzeitig vollkommen frei gefühlt und auch ein bisschen wie ein Schmarotzer. Aber Ansel hat mich nicht nur hierher eingeladen, weil er großzügig sein oder mir einen Sommer daheim ersparen wollte oder weil er mich davor bewahren wollte, dass ich mich wegen des Studiums fertigmache. Er hat es aus den genannten Gründen getan *und* weil er mich begehrte.

„Mia?"

„Mmm?"

„Ich mag dich", sagt er flüsternd, und aufgrund des leichten Zitterns seiner Stimme glaube ich zu wissen, was er wirklich meint. Ich spüre die Worte wie warmen Atem an meinem Hals, aber er ist nicht näher gekommen. Er berührt mich noch nicht mal. Er stützt sich auf die Arbeitsplatte hinter ihm, lehnt sich mit seiner Hüfte an. Dieses nackte Geständnis ist aus ein paar Schritten Entfernung irgendwie noch intimer, ohne die Sicherheit von Küssen oder an den Hals gedrückten Gesichtern. „Ich will nicht, dass du ohne mich gehst. Eine Frau gehört zu ihrem

Mann, und er gehört zu ihr. Ich war sehr selbstsüchtig dir gegenüber, als ich dich gebeten habe, hierherzukommen, bin es, wenn ich dich bitte, mit der Abreise zu warten, bis es gut für meine Karriere ist – aber so ist es."

So ist es.

Ich löse den Blick von ihm und sehe auf meine nackten Füße, lasse das schwere Trommeln meines Herzens für einen Moment meine Sinne in Besitz nehmen. Ich bin erleichtert, verängstigt … aber vor allem bin ich euphorisch. Letztens hat er gesagt, dass er seine Rolle nicht spielen könne, wenn ich es laut ausspräche, und vielleicht ist es wieder die gleiche Angst, dass wir die Unbeschwertheit nicht bewahren können, nicht in ein paar Wochen loslassen können, wenn einer von uns *Liebe* sagt.

„Glaubst du, du könntest mich jemals …", beginnt er nach ein paar Momenten des Schweigens, seine Lippen andeutungsweise zu einem Lächeln verzogen, „… mögen?"

Meine Brust zieht sich bei dem deutlichen Ausdruck von Verletzlichkeit in seinem Gesicht zusammen. Ich nicke, schlucke etwas hinunter, das sich wie eine Bowlingkugel in meinem Hals anfühlt, bevor ich sage: „Ich mag dich bereits."

Seine Augen flammen erleichtert auf, und die Worte purzeln in einem langen, ungeordneten Schwall heraus. „Ich kaufe dir einen neuen Ring. Wir machen das alles noch mal. Wir können eine neue Wohnung finden, mit Erinnerungen, die nur unsere sind …"

Ich lache, schluchze zugleich unerwartet auf. „Ich *mag* diese Wohnung. Ich mag meinen Goldring, ich mag meine bruchstückhaften Erinnerungen an unsere Hochzeit. Ich brauche nichts Neues."

Er legt den Kopf schief und lächelt mich an, sein Grübchen flirtet schamlos mit mir, und das ist fast zu viel für mich. Ich strecke eine Hand aus, hake einen Finger durch eine Gürtelschlaufe seiner Hose und ziehe daran. „Komm her."

Mit zwei Schritten ist Ansel bei mir, drückt seinen Körper der Länge nach so kräftig an meinen, dass ich das Kinn heben muss, um zu ihm aufzusehen.

„Genug geredet, also?", fragt er und lässt seine Hände um meine Taille gleiten, packt mich.

„Ja."

„Was möchtest du jetzt gerne tun?" Sein Blick wirkt zugleich amüsiert und heißhungrig.

Ich schiebe eine Hand zwischen uns und umschließe ihn durch seine Jeans hindurch, will spüren, wie er unter meiner Berührung zu Leben erwacht.

Aber er ist bereits hart, und er keucht auf, als ich mich gegen ihn drücke, schließt unwillkürlich die Augen. Seine Hände gleiten über meine Brust, meine Schultern und höher, umfassen meinen Hals.

Das Streichen seines Daumens über meine Unterlippe ist wie ein Trigger: Eine Wärme breitet sich in mir aus und verwandelt sich beinahe augenblicklich in einen so heftigen Hunger, dass mir die Beine weich werden. Ich öffne den Mund, lecke über seinen Daumen, bis er ihn hineinschiebt und mir mit verschleiertem Blick beim Lutschen zusieht. In meiner Handfläche wird er zuckend noch größer.

Er lenkt mich nach rechts, schiebt mich rückwärts aus der Küche, bleibt aber nach ein paar Schritten stehen und umfasst mein Gesicht, um mich zu küssen: „Sagst du es noch mal?"

Ich sehe ihm fragend in die Augen, bis ich begreife. „Dass ich dich mag?"

Er nickt und lächelt, schließt die Augen, als er mit der Zungenspitze über meine Lippen leckt. „Dass du mich *magst.*" Ansel sieht mich durch den Vorhang seiner Haare an, die ihm über die Stirn fallen, neigt meinen Kopf mit einer Hand an meiner Wange nach hinten. „Lass mich deinen Hals sehen. Zeig mir alles von dieser hinreißenden Haut."

Ich biege den Hals nach hinten, und seine Fingerspitzen fahren über mein Schlüsselbein, fest, aber sanft.

Er zieht mich zuerst aus, ohne besondere Eile. Aber kaum ist meine Haut entblößt in der kühlen Luft der Wohnung und der Hitze seiner Aufmerksamkeit, ziehe ich schon an seinem Hemd, fummle an seinem Gürtel herum. Ich will meine Hände

gleichzeitig auf jedem Zentimeter von ihm haben, doch sie werden immer wieder von der glatten Fläche seiner Brust angezogen. Alles, was für mich sexy bedeutet, finde ich hier. Die glatte, warme Haut. Das heftige Trommeln seines Herzens. Das harte Zucken seiner Bauchmuskeln, wenn ich mit meinen kurzen Fingernägeln über seine Rippen kratze. Die Linie weichen Flaums, die meine Hände immer weiter nach unten lockt.

Selbst in der kleinen Wohnung scheint das Schlafzimmer zu weit weg zu sein. Seine Finger wandern über meinen Oberkörper, berühren kurz meine Brüste, als wäre das nicht absichtlich geschehen. Über meinen Bauch und tiefer, vorbei an der Stelle, wo ich erwartet habe, dass er zwei Finger hineinschiebt und mit mir spielt. Stattdessen gleiten sie sanft meine Schenkel hinunter, den Blick auf mein Gesicht gerichtet, während seine Fingerspitzen auf meiner Narbe verweilen, auf einem Stück Haut, das weder vollkommen empfindsam ist noch vollkommen taub.

„Es ist vielleicht merkwürdig, dass ich deine Narbe so sehr liebe."

Ich muss mich daran erinnern, zu atmen.

„Du dachtest, es wäre das Erste gewesen, was ich bemerkt habe, aber das war es nicht. Ich habe sie anfangs überhaupt nicht beachtet, erst mitten in der Nacht, als du dich endlich aufs Bett gelegt hast und ich dich von deinen Zehen bis zu deiner Hüfte geküsst habe. Vielleicht hasst du sie, aber ich tue das nicht. Du hast sie dir *erworben*. Ich habe Ehrfurcht vor dir."

Er drückt sich leicht von mir ab, sodass er sich hinknien kann, und seine Finger werden durch seine Lippen und seine Zunge ersetzt, hungrig und nass an meiner Haut. Ich öffne unwillkürlich den Mund, und meine Augen schließen sich flatternd. Ohne diese Narbe würde ich nicht hier sein. Vielleicht wäre ich Ansel nie begegnet.

Seine Stimme ist rau an meinem Schenkel. „Für mich bist du perfekt."

Er zieht mich mit sich auf den Boden, mein Rücken an seiner Brust, meine Beine reiten auf seinen. In dem dunklen Fenster auf der anderen Seite des Wohnzimmers kann ich unser Spiegel-

bild sehen, kann sehen, wie ich mich über seinen Oberschenkeln spreize.

Sanft streichelt er mich, seine Finger gleiten an meinem Schamhügel hoch und runter, tun neckend so, als würden sie gleich in mich eindringen. An meinem Hals saugt sein Mund, er leckt mich, bis er an meinem Kinn angekommen ist, und ich drehe den Kopf so, dass er meine Lippen küssen kann, seine Zunge schlüpft hinein und dreht sich um meine. Dann schiebt er seinen Mittelfinger in mich, und ich schreie auf, aber er streichelt mich langsam weiter, als wolle er jeden Zentimeter von mir ertasten.

Er lässt meine Lippe los, die seine Zähne umfasst hatten, und fragt: *„Est-ce bon?"*

Ist es gut? Solch schwache Worte für etwas, dass ich unter Garantie brauche. Das Wort *gut* fühlt sich so leer an, so schlicht, wie Farbe, die vom Papier gebleicht ist.

Bevor mir bewusst wird, dass ich etwas sage, erfüllt meine Stimme den Raum. „Mehr. *Bitte."*

Ansel streicht mit seiner anderen Hand meinen Körper hinauf bis zu meinem Mund, schiebt zwei Finger hinein, gegen meine Zunge, und zieht sie nass wieder heraus. Er lässt sie über meinen Nippel gleiten, macht im selben Rhythmus kreisende Bewegungen wie seine andere Hand zwischen meinen Beinen. Die Welt verengt sich auf diese zwei Punkte der Empfindung – auf die Spitze meiner Brust und seine Finger auf meiner Klit – und schrumpft dann noch mehr, bis ich nur noch die Kreise spüre und nass und warm und das Echo seiner Worte auf meiner Haut. *„Oh, Mia."*

Ich bin zuvor schon hilflos gewesen: unter einem Wagen festgeklemmt, unter dem harten Kommando eines Trainers, verbrannt von der hitzigen Verachtung meines Vaters. Aber nie wie jetzt. Diese Art von Hilflosigkeit ist befreiend. So fühlt es sich also an, wenn alle Nervenenden an die Oberfläche kommen und man in Gefühlen ertrinkt. So fühlt es sich an, von jemandem berührt zu werden, dem ich mit dem Körper und mit dem Herzen vertraue.

Aber ich will ihn in mir spüren, wenn ich mich auflöse, und mein Orgasmus kündigt sich bereits an. Ich hebe meine Hüften, halte ihn fest und lasse mich auf seine Erektion nieder, während wir beide ein zittriges Stöhnen von uns geben.

Für ein paar Sekunden rühren wir uns nicht, während sich mein Körper an seinen anpasst.

Ich schiebe mich vor und hoch. Hoch und runter. Wieder und wieder, und ich schließe die Augen erst, als seine zitternde Stimme – *Nur … bitte … schneller … schneller … Mia* – wegbricht und er seine Hände über meinen Oberkörper gleiten lässt, zu meinem Hals. Sein Daumen streichelt die zarte Haut an der Vertiefung in meiner Kehle.

Es sollte nicht so leicht sein, mich wieder zu diesem Punkt zu bringen, aber als Ansel eine Hand auf meinen Schenkel fallen lässt und ihn zwischen meinen Beinen bewegt, seine breiten Fingerspitzen zu kreisen beginnen, seine leise, heisere Sex-Stimme mir sagt, wie gut es sich anfühlt … Da kann ich meinen Körper nicht daran hindern, sich ihm hinzugeben.

„*C'est ça, c'est ça.*" Er muss es mir nicht übersetzen. *Das ist es*, hat er gesagt. Das ist er, der mich auf perfekte Weise berührt, und mein Körper, der genau so reagiert, wie er es erwartet hat.

Ich weiß nicht, auf welche Empfindung ich mich konzentrieren soll; es ist unmöglich, alles gleichzeitig zu spüren. Seine Finger bohren sich in meine Hüften, sein schwerer Schwanz reibt mich von innen, das Gefühl, wie sein Mund so perfekt an meinem Hals *saugt, saugt, saugt*, bis zu dieser kleinen Aufwallung von Schmerz, als er mir einen Knutschfleck macht.

Ich fühle mich, als würde er vollkommen Besitz von mir ergreifen: meinen Blick mit den Dingen ausfüllen, die er tut, in meine Brust greifen und mein Herz so hart und schnell schlagen lassen, dass es in gleichem Maße beängstigend und erregend ist.

Er schiebt sich unter mir hoch, sodass ich auf meine Hände und Füße komme, und bei der neuen Tiefe und dem Anblick im Fenster, wie er mich von hinten umarmt, stöhnen wir beide laut auf. Seine Hände umklammern meine Hüften, sein Kopf fällt nach hinten, und seine Augen sind geschlossen, als er sich zu

bewegen beginnt. Er sieht aus wie die reinste Wonne, ein Bild der Hingabe. Jeder einzelne Muskel in seinem Oberkörper ist angespannt und in Schweiß gebadet, aber es gelingt ihm, noch entspannter zu wirken, als ich ihn je gesehen habe, gemächlich in mich hineinstoßend.

„Härter", sage ich ihm, meine Stimme leise und schwer vor Verlangen.

Er öffnet die Augen, und ein dunkles Lächeln breitet sich auf seinem Gesicht aus. Seine Finger tiefer um das Fleisch an meinen Hüften bohrend, pumpt er brutal in mich hinein, hält kurz inne und nimmt dann wieder einen durch und durch bestrafenden Rhythmus auf.

„Härter."

Er packt meine Hüften, dreht sie und keucht vor Anstrengung, während er tief hineinstößt, mich an einem Ort trifft, von dem ich nie gewusst habe, dass er existiert, und mich erneut aufschreien lässt, so plötzlich und überwältigend von einem Orgasmus ergriffen, dass ich meine Arme nicht mehr gebrauchen zu können scheine. Ich falle auf die Ellbogen, während mich Ansel an den Hüften hält, rhythmisch an mir rüttelt. Seine Stimme kommt in harten, tiefen Ächzern hervor.

„Mia", keucht er, erstarrt hinter mir und bebt, als er kommt.

Ich kollabiere, mit weichen Knochen, und er fängt mich auf, birgt meinen Kopf an seiner Brust. Mit meinem Ohr an ihn gepresst, kann ich das heftige, lebendige Pochen seines Herzens hören.

Ansel rollt mich auf den Rücken, schiebt sich vorsichtig wieder in mich, wie er es immer tut, selbst wenn wir fertig sind, und betrachtet mein Gesicht mit klarem, ernstem Blick.

„Hat es sich gut angefühlt?", fragt er leise.

Ich nicke.

„Magst du mich?"

„Das tue ich."

Unsere Hüften bewegen sich langsam vor und zurück, versuchen, den Moment zu bewahren.

ACHTZEHN

Um wie viel Uhr ist also diese Party?", murmle ich in mein Kissen. Ansel ruht schwer auf mir, seine Brust liegt auf meinem Rücken, der Stoff seines Anzugs drückt sich gegen meine nackte Haut, und sein Haar kitzelt mich seitlich im Gesicht. Ich beginne zu lachen, versuche mühsam, mich zu befreien, aber das ermutigt ihn nur. „Hey. Du bist so schwer. Hast du Steine in den Taschen. Runter von mir."

„Aber du bist so warm", winselt er. „Und weich. Und du riechst so gut. Nach Frau und Sex und mir." Er umfasst mich an der Taille, kitzelt mich ohne Unterlass, bis er mich auf den Rücken dreht, und da ist er, thront über mir, sein Daumen zeichnet meinen Mund nach. „Die Party beginnt um sieben", sagt er, seine Augen moosgrün und mit bedeutungsschwangerem Blick, der mir sagt, dass er lieber seinen Anzug ausziehen würde, als das Bett zu verlassen. „Ich hole dich hier ab, dann gehen wir zusammen hin. Und ich verspreche, dass ich mich nicht verspäten werde."

Er lehnt sich herunter und küsst mich, gibt einen Laut von sich, der irgendwo zwischen Zufriedenheit und sehnsuchtsvollem Verlangen ist, und ich weiß, dass er sich selbst ermahnt, sich nicht davon hinreißen zu lassen, dass, so gut das hier auch ist, es später noch Zeit dafür gibt. *Nach* der Arbeit.

Ich schiebe meine Hand unter sein Jackett und ziehe sein Hemd aus dem Bund seiner Hose, suche hartnäckig nach Haut.

„Ich kann dich denken hören", sage ich und wiederhole damit den Satz, den er mir gegenüber mindestens ein Dutzend Mal verwendet hat. „Fragst du dich, wie viel Zeit du noch hast?"

Stöhnend lässt er seinen Kopf gegen meinen Hals fallen. „Kaum zu glauben, dass ich früher einfach aufgestanden bin und praktisch schon aus der Tür war, bevor der Wecker aufgehört hat zu klingeln. Jetzt will ich morgens nie los."

Ich fahre ihm mit der Hand durchs Haar, kratze leicht seine Kopfhaut. Er versucht, den Großteil seines Gewichts von mir

zu nehmen, aber ich kann spüren, wie er sich mit jeder Sekunde mehr entspannt.

„Je ne veux pas quitter", wiederholt er, seine Stimme jetzt etwas rau. *„Et je ne veux pas que tu quittes."*

Und ich will nicht, dass du gehst.

Ich sehe blinzelnd zur Decke, möchte am liebsten diesen Moment bis ins kleinste Detail genau in meine Erinnerung einbrennen.

„Ich kann es nicht abwarten, heute Abend mit dir anzugeben", sagt er, jetzt fröhlicher, drückt sich hoch auf die Ellbogen und sieht zu mir herunter. „Kann es kaum abwarten, allen zu erzählen, wie ich dich dazu gebracht habe, mir einen Antrag zu machen. Wir ignorieren einfach das ärgerliche Detail, dass du mich bald verlässt."

„Versteck meinen Pass, und ich muss bleiben."

„Glaubst du, daran hätte ich nicht schon gedacht? Wunder dich nicht, wenn du eines Tages nach Hause kommst und er nicht mehr da ist." Er beugt sich vor, küsst mich, und lehnt sich dann wieder zurück. „Okay, das kommt ein bisschen gruselig rüber. Er befindet sich da, wo er hingehört: in der obersten Schublade der Kommode."

Lachend scheuche ich ihn davon. „Geh arbeiten."

Stöhnend rollt er sich rücklings aufs Bett. „Wenn ich nicht ein Treffen mit einem Klienten hätte, mit dem ich schon seit Monaten sprechen will, dann würde ich anrufen und mich krank melden."

Ich stütze mein Kinn auf seine Brust, sehe zu ihm hinauf. „Ein wichtiger Klient?"

„Sehr wichtig. Was heute passiert, könnte den entscheidenden Unterschied machen, ob dieser Fall in den nächsten sechs Wochen beendet wird oder sich noch über Monate hinzieht."

„Dann solltest du jetzt los."

„Ich weiß", sagt er ausatmend.

„Und ich werde um sieben Uhr hier auf dich warten." Damit ist der Satz noch nicht beendet, und er dreht sich zu mir um, lächelt wieder. „Und du wirst dich nicht verspäten."

Er setzt sich auf, nimmt mein Gesicht in seine Hände und küsst mich innig, Zunge und Zähne, Finger, die meinen Körper hinuntergleiten, um meine Nippel zu streifen.

Abrupt steht er auf, gibt neben dem Bett die urkomischste Version eines Roboters ab, die die Welt je gesehen hat, und blökt in einer Automatensprache: „Ich werde mich nicht verspäten."

„Hast du das gerade gemacht, damit ich glaube, du bist selbst dann noch bewundernswert, wenn du heute Abend zu spät kommst?"

„Ich werde mich *nicht* verspäten!" Aber er macht trotzdem wieder einen auf Roboter, sein hellbraunes Haar fällt ihm in die Stirn, und dann tanzt er mit dem Moonwalk aus dem Zimmer.

„Der schlechteste Tänzer aller Zeiten!", rufe ich ihm hinterher. Aber das ist so was von gelogen. Er hat Rhythmusgefühl und fühlt sich auf eine Weise wohl in seiner Haut, wie man es nicht lehren kann. Einem wahren Tänzer schaut man gerne zu, egal, ob er tanzt oder nicht – und ich könnte Ansel stundenlang zusehen.

Er lacht, ruft: „Bleib anständig, Frau!", und dann schließt sich die Tür klickend hinter ihm.

Aber natürlich verspätet er sich.

Um neunzehn Uhr dreißig stürmt Ansel wie ein Wirbelwind in die Wohnung, reißt sich seine Bürokleidung vom Leib, zieht eine Jeans und ein lässiges Hemd an, küsst mich kurz auf dem Weg in die Küche, um eine Flasche Wein zu holen, und nimmt dann meine Hand, führt mich aus der Wohnung und zum Fahrstuhl.

„Hi", sagt er außer Atem und presst mich gegen die Wand der Kabine, drückt auf den Knopf für das Erdgeschoss.

„Hi." Ich bekomme kaum dieses eine Wort heraus, da küsst er mich bereits, hungrig und suchend, lutscht an meiner Unterlippe, meinem Kinn, meinem Hals.

„Sag mir, ob du wirklich ganz unbedingt meine Freunde kennenlernen willst, ansonsten bringe ich dich wieder nach oben, um dich auszuziehen und zu ficken, bist du heiser bist."

Lachend schiebe ich ihn ein wenig von mir und küsse ihn noch einmal fest auf den Mund, bevor ich sage: „Ich möchte deine Freunde kennenlernen. Du kannst mich später ausziehen."

„Dann erzähl mir was von Madame Allard, denn das ist die einzige Chance, dass ich meine Erektion rasch wieder loswerde."

Das Haus von Marie und Christophe liegt nur ein paar Straßen entfernt von der Metrostation, und als es in Sicht kommt, bleibe ich abrupt stehen, starre es an. Ansels Wohnung gelingt es, gleichzeitig klein und luftig zu sein. Es gibt daran nichts Übertriebenes oder Angeberisches: Es ist ein älteres Gebäude und so lässig und gemütlich wie er. *Dieser* Ort ... ist das nicht.

Die Fassade ist aus Stein, und auch, wenn sie alt aussieht – und sich problemlos in die Umgebung einfügt –, ist sie eindeutig saniert worden, und das für nicht wenig Geld. Die Wohnungen im Erdgeschoss sind alle von breiten Stufen umgeben und mit roten Türen und Türklopfern aus glänzendem Messing ausgestattet. Im ersten Stock gibt es noch mehr Türen und abgerundete Fenster, die zu einzelnen Balkonen führen. In dem großen, offenen sehe ich die prunkvollen Eisengeländer im zweiten und dritten Stockwerk, die mit kleinen Metallblüten und verschnörkelten Weinreben verziert sind.

Bäume säumen die verkehrsreiche Straße, und in ihrem angenehmen Schatten brauche ich einen Moment, um mich zu sammeln und mich auf einen Raum voller Fremder und Gespräche vorzubereiten, die ich vermutlich nicht verstehe. Ansel legt mir eine Hand auf den Rücken und flüstert: „Bereit?"

Vor ein paar Wochen noch hätte mich allein die Vorstellung, das zu tun – ohne Lola oder Harlow, die das Gespräch übernähmen, falls ich Ansel in der Menge verlieren und verstummen würde –, zum Lachen gebracht. Ich weiß nicht, wie es oben sein wird, aber wenn das dröhnende Gelächter, das aus dem Fenster schallt, ein Indikator ist, dann ist die Party bereits im vollen Gange, selbst so früh am Abend. Ich kann einfach nur hoffen, dass da oben alle so nett sind, wie Ansel es versprochen

hat. Plötzlich entdecke ich uns im Fenster und zucke leicht zusammen. Eigentlich sehe ich mich jeden Morgen im Spiegel an, aber hier ist es irgendwie anders. Mein Haar ist länger, mein Fransen fallen seitlich hinab, anstatt einen geraden Pony über meiner Stirn zu bilden. Ich habe ein bisschen zugenommen und fühle mich weniger jungenhaft, mehr wie eine Frau. Mein Rock kommt aus einem kleinen Laden in der Nähe von Montmartre, mein Gesicht ist nackt, abgesehen von ein ganz klein bisschen Make-up, leuchtet aber trotzdem. Es ist irgendwie stimmig, dass ich anders aussehe: Ich *fühle* mich anders. Neben mir ragt Ansel empor, sein Arm beschützend um meine Taille gelegt, und ich sehe sein Spiegelbild, als er sich zu mir hinunterbeugt, um meine Aufmerksamkeit zu erlangen. „Hey."

„Ich hab mir gerade dieses süße Pärchen angesehen." Ich nicke zum Fenster hinüber.

Nachdem er uns eine Weile lang stumm gemustert hat, drückt er mir einen zärtlichen Kuss auf den Mund. „Komm, *cerise*."

Marie öffnet uns die Tür mit einem glücklichen Aufschrei und zieht uns ins Gedränge, küsst mich auf die Wangen, bevor sie mich an Christophe übergibt, der mich mit offenen Armen empfängt.

„Es ist Ansels Mia!", ruft er allen auf Englisch zu, und ein Raum voller Leute dreht sich um und sieht mich mit großen, neugierigen Augen an, während Ansel Marie die Flasche Wein überreicht.

„Hi." Ich hebe die Hand, winke dürftig, schmiege mich gegen Ansel, als er seinen Arm wieder um meine Taille legt.

„Wir sind so froh, dass wir dich endlich kennenlernen", sagt Marie. „Du bist noch hübscher als auf dem Foto." Ich mache große Augen, und Marie lacht, hakt sich bei mir unter und zieht mich weiter in die Wohnung, weg von meinem Ehemann, der sofort von seinen Freunden umringt wird. Er hebt das Kinn, beobachtet, wie Marie mich den Flur hinunterführt.

„Alles in Ordnung", sage ich zu ihm, auch wenn das nur zum Teil stimmt. Ich hatte nicht erwartet, Sekunden, nachdem wir durch die Tür sind, von ihm getrennt zu werden.

Die Wohnung ist genauso raffiniert eingerichtet, wie ich es mir von der Straße her vorgestellt habe. Die Wände sind mit mattgoldenen Damasttapeten bedeckt, und von dort, wo ich stehe, kann ich zwei Marmorkamine sehen, beide von einem zarten Rahmen eingefasst. Die Regale bersten vor Büchern über, und an einer Wand sind schmale, wunderschöne Vasen nebeneinander aufgereiht; auf der gegenüberliegenden Seite beherrschen bodentiefe Fenster, die auf einen üppigen Hof hinausgehen, den Raum. Trotz der vielen *Dinge* hat die Wohnung ihren Charme und ist groß genug, dass es selbst mit den vielen Leuten, die hier herumlaufen, noch genügend Platz gibt, um etwas Privatsphäre um sich herum zu haben.

Wir kommen an einer kleinen Bibliothek vorbei, schlendern einen Flur entlang, in dem ein paar Gäste stehen, die etwas trinken und sich unterhalten und die alle zu verstummen scheinen, als ich an ihnen vorbeigehe – vielleicht bin ich ja paranoid, aber das glaube ich nicht –, bis wir in einer großen, strahlend weißen Küche ankommen.

„Ich werde dich gleich wieder zurückbringen, aber sie sind wie Wölfe. Erfreut, ihn zu sehen, erfreut, dich kennenzulernen. Lass sie sich erst nur auf ihn stürzen.“ Sie gießt mir großzügig ein Glas Wein ein, legt dann lachend meine Hand darum. „Wie sagt man … ‚im Glas liegt die Kraft‘?“

„Flüssiger Mut?“, mutmaße ich.

„Ja!“ Sie schnippt mit den Fingern und küsst wieder meine Wange. „Es gibt hier eine Menge nette Leute, und sie lieben alle deinen Mann, also werden sie dich auch lieben. Sieh dich um, ich werde dich gleich allen vorstellen!“

Sie trabt davon, als es wieder an der Tür klingelt, und nachdem ich kurz abgewartet habe, ob Ansel in die Küche kommt – er tut es nicht –, drehe ich mich zu den hohen, schmalen Küchenfenstern um, von denen aus man einen beeindruckenden Blick auf Montmartre hat.

„Ich wette, dieser Blick verliert nie seinen Reiz.“

Als ich mich umdrehe, sehe ich eine wunderschöne rothaarige Frau, die aus den Balkontüren neben den Fenstern sieht. Sie ist

vielleicht ein paar Jahre älter als ich, und sie hat einen starken Akzent, sodass ich einen Moment brauche, um mir zu übersetzen, was sie gesagt hat.

„Er ist großartig", stimme ich ihr zu.

„Bist du Amerikanerin?" Als ich nicke, fragt sie: „Lebst du hier? Oder bist du nur zu Besuch?"

„Ich lebe hier", antworte ich, und zögere dann. „Nun … derzeit jedenfalls. Es ist ein bisschen kompliziert."

„Und du bist verheiratet", sagt sie und zeigt auf meinen Ring.

„Das bin ich." Abwesend drehe ich an meinem Goldring. Wenn sie Christophes lautstarke Ankündigung nicht gehört hat, als wir vor nur fünf Minuten gekommen sind, dann ist es schon etwas merkwürdig, dass als Erstes zu mir zu sagen.

„Wie heißt er?"

„Ansel", sage ich. „Ansel Guillaume."

„Ich kenne ihn!", ruft sie aus und lächelt breit. „Ich kenne ihn seit vielen Jahren." Sich konspirativ zu mir hinüberlehnend, fügt sie hinzu: „Sehr attraktiv und äußerst charmant."

Stolz mischt sich mit Unwohlsein in meiner Brust. Die Frau scheint ganz nett zu sein, aber auch ein bisschen zudringlich. Es kommt mir vor, als hätten wir einen sanfteren Eingang ins Gespräch übersprungen.

„Also, bist du Studentin? Oder wegen der Arbeit hier?", fragt sie und nippt an ihrem Rotwein.

„Ich bin nur den Sommer über hier", erkläre ich und entspanne mich ein bisschen. Meine Schüchternheit kann auch wie Arroganz wirken, denke ich mir. Vielleicht interpretieren die Leute ihre Intensität oft genauso fälschlicherweise als Aggression. „Im Herbst beginne ich mit der Uni."

„Dann reist du schon bald wieder ab", sagt sie stirnrunzelnd.

„Ja … bin noch dabei, über den richtigen Zeitpunkt nachzudenken."

„Und was ist mit deinem Mann? Er hat einen wichtigen Job, nicht wahr? Er kann nicht einfach Paris verlassen und mit dir mitgehen?" Ihr Gesichtsausdruck zeigt nichts als höfliches Interesse, aber ihr Strom an Fragen drängt mich in die Ecke. Als

ich eine Weile lang nicht antworte, hakt sie nach. „Habt ihr über all das nicht geredet?"

„Ähm ...", setze ich an, aber ich habe keine Ahnung, was ich antworten soll. Ihre blauen Augen sind weit aufgerissen und sehen mich durchdringend an, und dahinter sehe ich jetzt etwas Größeres lauern. Schmerz. Unterdrückte Wut. Ich blicke an ihr vorbei und sehe, dass inzwischen noch mehr Leute in der Küche stehen, und sie alle beobachten uns: fasziniert, die Augen mitleidig weit aufgerissen, als ob sie einem Autounfall in Zeitlupe zusehen würden.

Ich drehe mich beklommen wieder zu ihr um, werde misstrauisch. „Entschuldige ... Ich glaube, ich habe deinen Namen nicht verstanden."

„Ich habe ihn dir nicht gesagt", erwidert sie und legt den Kopf leicht schief. „Vielleicht hab ich dich ja etwas in die Irre geführt, als ich so getan habe, als würde ich deine Situation nicht gut kennen. Weißt du, ich kenne Ansel sehr, *sehr* gut."

Mit einem Mal verstehe ich.

„Bist du *Minuit*?"

Ihr Lächeln wirkt beschwingt, aber auf eine beängstigend niederträchtige Art. „Minuit! Ja, hundertprozentig, ich bin *Minuit*."

„Ich hab angenommen, du hättest schwarzes Haar. Warum, weiß ich nicht", murmle ich, mehr zu mir selbst als zu irgendjemandem sonst. Ich habe das Gefühl, auf einer Wippe zu sitzen: Ich bin mir noch nicht sicher, ob ich bei diesem Gespräch wieder auf meinen Füßen landen werde. Am liebsten würde ich mich umdrehen und verzweifelt nach Ansel oder Marie Ausschau halten, aber Minuit beobachtet mich wie ein Habicht. Sie scheint sich an meinem Unwohlsein zu ergötzen.

Irgendwo hinter mir höre ich Ansels tiefes Lachen vom Flur her auf uns zukommen, höre ihn ein paar Strophen dieses verrückten französischen Rap-Songs singen, den er in den letzten Wochen immer morgens beim Rasieren anmacht.

„Ich s-s-ollte gehen", sage ich und stelle mein Glas auf einen Tisch in der Nähe. Ich will zu Ansel. Ich will ihn beiseiteziehen

und von diesem Gespräch erzählen. Ich will, dass er mich nach Hause bringt und ihren hinterhältigen Gesichtsausdruck aus meiner Erinnerung löscht.

Aber Minuit greift nach meinem Arm, hält mich auf.

„Erzähl mal, wie gefällt dir meine Wohnung, Mia? Mein Bett? Mein Verlobter?"

Mein Herz bleibt buchstäblich stehen, mir verschwimmt alles vor den Augen. „Dein Verlobter?"

„Wir waren kurz davor zu heiraten, doch dann bist du aufgetaucht. Stell dir vor, wie verwundert ich war, als er mit einer Ehefrau aus dem Urlaub zurückgekommen ist."

„Ich …", flüstere ich und sehe mich im Raum um, als ob mir irgendjemand zu Hilfe eilen könnte. Ein paar Leute sehen weiter mitleidig zu, aber niemand scheint mutig genug zu sein, um sich einzumischen.

„Weißt du, er *nannte* mich nur Minuit", sagt sie, und ihr rotes Haar gleitet über ihre Schulter, als sie sich vorbeugt, „weil ich nie einschlafen konnte. Wir haben ein neues Bett für unsere schöne Wohnung gekauft. Wir haben alles ausprobiert, um mich müde zu machen." Den Kopf schief gelegt fragt sie: „Wie schläfst *du* in unserem schicken neuen Bett in unserer schönen Wohnung?"

Ich öffne meinen Mund und schließe ihn dann wieder, schüttle den Kopf. Mein Puls rast, meine Haut ist schwitzig und gerötet.

Ich kaufe dir einen neuen Ring. Wir machen das alles noch mal. Wir können eine neue Wohnung finden, mit Erinnerungen, die nur unsere sind …

Ich muss hier raus.

„Wir waren sechs Jahre lang zusammen. Kannst du dir überhaupt vorstellen, wie lange das ist? Vor sechs Jahren warst du noch ein Kind."

Ihr Akzent ist so stark, und ich hänge immer mehr hinterher, klammere mich an einzelnen Worten fest, um irgendetwas zu verstehen. Aber *sechs Jahre* verstehe ich. Ansel nannte es „zu lange", doch selbst in meinen wildesten Träumen hätte ich mir nicht vorgestellt, dass es sich um so einen bedeutsamen Lebensabschnitt für sie beide gehandelt hat. Oder dass sie heiraten woll-

ten. Ich weiß noch nicht mal, wann sie sich getrennt haben – ich bin davon ausgegangen, dass sie sich gleich nach seiner Rückkehr nach Paris vor fast einem Jahr getrennt haben –, aber die Ringe unter ihren Augen und die Art, wie ihre Hand an ihrem Glas zittert, sagt mir, dass ich damit falsch lag.

Mein Herz scheint zu zerreißen, Stück für Stück.

Ich höre, wie Ansel die Küche betritt, höre ihn rufen: „*J'ai acheté du vin!*", während er der kleinen Menge, die sich inzwischen versammelt hat, zwei offene Flaschen hinhält. Aber als er quer durch den Raum meinem Blick begegnet und dann die Frau neben mir sieht, fällt ihm alles aus dem Gesicht.

Sie beugt sich dichter zu mir vor, flüstert mir direkt ins Ohr: „Vor sechs Jahren warst du noch nicht von einem Laster überfahren worden, oder?"

Mein Kopf fährt herum, zurück zu ihr, und ich starre in ihre blauen Augen, die so voller Wut sind, dass es mir den Atem nimmt. „Was?"

„Er erzählt mir alles. Du bist nur ein klitzekleiner Augenblick", zischt sie und kneift Daumen und Mittelfinger zusammen. „Hast du eine Ahnung, wie häufig er verrückte Sachen macht? Das mit dir war seine dümmste spontane Idee, und er hat keine Ahnung, wie er den Fehler wiedergutmachen soll. Mein Geschmack war noch frisch auf seinem Mund, als er dich in deinem runtergekommenen Hotel gesehen hat."

Am liebsten würde ich kotzen. Das Einzige, was ich weiß, ist, dass ich mich *bewegen* muss, doch bevor ich auch nur einen Schritt machen kann, steht Ansel schon neben mir, umfasst mit seiner Hand fest meinen Arm.

„*Perry*", zischt er die Frau an. „*Arrete. C'est ma femme. C'est Mia. Qu'est-ce que tu fais là?*"

Perry?

Warte. *Perry?*

Ich sehe blinzelnd zu Boden, als alles plötzlich Sinn macht. Seine besten Freunde, zu viert. Ansel, Oliver, Finn und Perry. Nicht noch ein Mann … eine Frau.

Eine Frau, mit der er sechs Jahre lang zusammen war.

Wir vier, den ganzen Tag zusammen … Ich glaube, ich werde nie jemanden auf diese Weise kennenlernen wie diese drei … Diese Beziehungen gehören zu den besten und … den kompliziertesten meines Lebens … Wir haben gemeinsam unsere Familien vermisst, wir haben einander getröstet, wir haben die stolzesten Augenblicke unseres Lebens miteinander gefeiert.

Ich spüre, wie mein Gesicht heiß wird, mein Mund sich zu einem Keuchen öffnet. Wie viele Male hat Ansel zugelassen, dass ich annahm, Perry wäre ein weiterer Mann, ein Freund? Ich habe ihm alles von mir erzählt, über mein Leben und meine Ängste und meine Beziehungen, und er hat nur in vagen Sätzen über Minuit und ihre „zu lange" Beziehung gesprochen.

Perry sieht begeistert aus, wie eine Löwin, die eine Gazelle gefangen hat. Sie legt ihren Arm um seinen Bizeps, aber er schüttelt sie ab, streckt stattdessen seine Hand wieder nach mir aus.

„Mia."

Ich befreie mich aus seinem Griff. „Ich denke, ich sollte jetzt besser gehen."

Es gibt eine Million Dinge, die ich sagen könnte – eine Million andere Dinge, die jemand wie Harlow oder Lola jetzt sagen würde –, aber ausnahmsweise bin ich froh, dass ich ihnen keine Stimme verleihen muss.

Er ruft hinter mir her, aber ich renne bereits ins Treppenhaus, laufe die enge Spirale hinunter. Hinter mir trommeln seine Füße auf dem Holz, mein Name hallt am Geländer hinab.

„Mia!"

Mein Verstand weigert sich zu begreifen, was gerade auf der Party geschehen ist. Zwei gegenpolige Magneten drücken sich auseinander.

Der Bürgersteig ist leer, bucklig und voller Risse, als ich die Rue la Bruyère entlanglaufe, am Saint-George um die Ecke biege. Komisch – inzwischen kennen ich mich hier so gut aus, dass ich richtig lossprinten kann.

Zwischen zwei Gebäuden schnappe ich nach Luft. Ich glaube, er sucht in der anderen Richtung nach mir; ich höre ihn nicht mehr.

Es gibt zu viel Dinge, die ich mir jetzt überlegen muss: wie schnell ich mein Zeug zusammenpacken, wann ich losfliegen kann, und warum er mich heute Abend von einer Frau hat überrumpeln lassen, die er heiraten wollte, bevor er mich kennenlernte. Keine Ahnung, warum er das vor mir geheim gehalten hat; aber ich spüre, wie die die Panik sich in mir ausbreitet. Als hätte ich Scherben in der Lunge, die mir das Atmen unmöglich machen.

Das Schild an dem Gebäude erinnert mich daran, wie alt die Stadt ist. Das Haus wurde 1742 erbaut. Es ist älter als jede Liebesaffäre in diesem Land. Unsere ist vielleicht die jüngste, auch wenn es sich immer angefühlt hat, als würden wir da weitermachen, wo unsere Seelen aufgehört haben, an einem Strang, der viel weiter reichte.

Ich weiß jetzt, dass ich ihn liebe, dass das, was wir haben, echt ist, und dass ich ihn bereits von der ersten Sekunde an geliebt habe, damals, als ich ihn quer durch den Raum erblickte und er mein Glück genauso genoss wie ich. Denn was immer Lola und Harlow diesbezüglich sagen, *ich* bin was das betrifft gläubig.

Ja, es ist möglich, sich so schnell zu verlieben.

NEUNZEHN

Ungefähr zwei Blocks von unserer Wohnung entfernt weiß ich, dass er mir folgt, mit genügend Abstand, um mir etwas Raum zu lassen, aber mir dicht genug auf den Fersen, um zu wissen, wo ich bin. Oben im schmalen Hausflur, als ich mit meinen Schlüsseln rumhantiere, stürmt er atemlos durch die Tür zum Treppenhaus. Zumindest war er schlau genug, mich den Fahrstuhl allein nehmen zu lassen.

Die Wohnung ist jetzt dunkel, die Sonne steht nicht mehr am Himmel, aber ich mache kein Licht an. Stattdessen lehne ich mich an den Türrahmen zum Schlafzimmer und starre auf den Boden. Er bleibt vor der Küche stehen, direkt mir gegenüber, aber mit einem Meter Abstand. Langsam normalisiert sich seine Atmung. Ich muss ihn noch nicht mal richtig ansehen, um zu wissen, dass er sich beschissen fühlt. Aus dem Augenwinkel erkenne ich seine zusammengesackte Haltung, die Art, wie er mich anstarrt.

„Rede mit mir", flüstert er schließlich. „Das fühlt sich grauenhaft an, Mia. Unser erster Streit, und ich weiß nicht, wie ich es wiedergutmachen soll."

Ich schüttle den Kopf, sehe auf meine Füße hinunter. Ich hab nicht den blassesten Schimmer, wo ich anfangen soll. Das hier ist so viel mehr als ein erster Streit. Ein erster Streit könnte losgetreten werden, wenn er den Klodeckel oben lässt oder mein neues Seidenkleid zu heiß wäscht. Er hat mich bezüglich Perry, bezüglich einer Verlobten im Dunkeln gelassen, und das für *zwei Monate* – und ich weiß noch nicht mal, warum.

Ich versinke fast vor Scham. Wir scheinen beide so unglaublich naiv gewesen zu sein, weil wir gedacht haben, dass diese Ehe irgendetwas anderes als ein Witz sein könnte. Die ganze Sache ist für ihn bloß ein riesiges Trostpflaster. Sechs Jahre mit ihr, und dann heiratet er spontan eine Fremde? Das grenzt ja schon an Komik. „Ich will einfach nur nach Hause fliegen. Morgen, denke ich", sage ich dumpf. „Ich wollte ja eh bald gehen."

Ich dachte, er würde sich gegen die Wand lehnen, aber be-

merke, dass er das nicht getan hat, weil er jetzt dagegen zu fallen scheint. „Tu das nicht", haucht er. „Mia, nein. Du kannst nicht wegen *dem* hier früher abreisen. *Rede* mit mir."

Meine Wut flammt auf, erneuert durch den leicht ungläubigen Ton in seiner Stimme. „Natürlich *kann* ich wegen dem abreisen! Wie konntest du mich nur dieser Situation aussetzen? Ich war ja vollkommen ahnungslos!"

„Ich wusste nicht, dass sie da sein würde", insistiert er. „Maria und Christophe waren schon lange vor ihrer Zeit meine Freunde, sie kennt sie kaum. Ich weiß nicht, warum sie da war!"

„Vielleicht, weil du *verlobt* warst? Ich weiß nicht mal, wo ich anfangen soll. Du hast mich angelogen, Ansel. Wie lange wolltest du mich noch glauben lassen, dass Perry ein Kerl ist? Wie oft haben wir von *ihm* gesprochen? Warum hast du es mir nicht gleich beim ersten Mal in Vegas gesagt, als ich dich gefragt habe, wo ‚er' ist?"

Er kommt vorsichtig einen Schritt auf mich zu, streckt seine Hände vor sich aus, als würde er sich einem verletzten Tier nähern. „Als du das erste Mal von Perry als einem ‚ihn' gesprochen hast, haben wir dich alle nicht korrigiert, weil wir in einer *Bar* waren. Ich hatte keine Ahnung, dass wir ein paar Stunden später betrunken und verheiratet sein würden …"

„Ich bin seit *Wochen* hier. Du hättest mir gleich nach unserer Ankunft sagen sollen, dass deine Verlobte in der Nähe wohnt, und oh, übrigens, sie ist Perry, das vierte Mitglied in unser superengen Gang, und *sie ist kein Kerl*!" Ich drücke mir meine zitternde Hand an die Stirn, erinnere mich an die Nacht, als jemand vor der Tür stand, während wir schliefen, erinnere mich, wie durcheinander Ansel gewesen ist, als er zurück ins Bett kam, wie ich ihn gefragt habe, wer es gewesen ist, und er gesagt hat, es sei Perry gewesen, aber mich erneut nicht korrigierte, als ich von Perry als einem ‚ihm' sprach. „Oh mein Gott, diese Nacht, als jemand vor der Tür stand? Du bist aus dem Zimmer gegangen, um mit der Frau zu sprechen, die du demnächst heiraten wolltest, aber *ups*, stattdessen hast du mich geheiratet! Kein Wunder, dass sie so verdammt sauer ist!"

Während ich das sage, redet er flehend auf mich ein –, „Nein“ und „Mia“ und „Warte“ –, bis es ihm schließlich gelingt, mich zu unterbrechen. „Das stimmt so nicht. Nach Vegas wusste ich nicht, wie ich es dir sagen soll! Musste ich überhaupt so früh eine so große Sache daraus machen? Sie war nicht mehr meine Freundin! Aber dann rief sie an, und sie kam vorbei …“

„Verlobte“, korrigiere ich, „*nicht* Freundin.“

„Mia, nein. Wir haben Schluss ge…“

„Hast du dich mit ihr getroffen? Abgesehen von der besagten Nacht?“

Er sieht mich ängstlich an. „Wir haben zwei Mal zu Mittag gegessen.“

Dafür würde ich ihm am liebsten eine runterhauen. Vor allem, da ich zu gerne mal während eines Arbeitstages mittags mit ihm essen gegangen wäre, und es nie konnte.

„Ich weiß, Mia“, sagt er, als er meinen Gesichtsausdruck sieht. „Ich weiß. Es tut mir leid. Ich hatte nur gehofft, wenn wir von Angesicht zu Angesicht miteinander sprächen, würde sie aufhören, anzurufen, und …“

„Und hat sie das?“

Er zögert. „Nein.“

Er zieht sein Handy aus seiner Tasche. „Du kannst ihre Nachrichten lesen, wenn du willst. Du kannst die Mailbox abhören.“

Ich raufe mir die Haare. Am liebsten würde ich ihn laut anschreien, aber ich bin mir nicht sicher, ob ich den Mund wieder öffnen kann, ohne dabei in Tränen auszubrechen. Das Letzte, was ich will, ist ihre Stimme noch mal hören.

„An dem Abend, als wir Sünder und Teufel gespielt haben, wollte ich dir alles erzählen. Aber ich wusste nicht, wie, und dann waren wir schon woanders. Danach schien es irgendwie unmöglich zu sein.“

„Es ist nicht unmöglich, es ist ganz einfach. Du korrigierst mich nur bei einem der hundert Male, wo ich mich geirrt habe, und sagst: ‚Nein, Mia, Perry ist ein *Mädel* und ich war mit ihr *verdammte sechs Jahre* lang zusammen, und oh, übrigens? Ich

wollte sie eigentlich heiraten.‘ Stattdessen erzählst du mir von *Minuit* und führst mich absichtlich in die Irre.“

Ich starre ihn mit offenem Mund an, mein Magen im Sturzflug. Endlich: die Wahrheit. Er hat einfach gehofft, sich damit nicht auseinandersetzen zu müssen. „Du glaubst, das macht es okay? Dass du gelogen hast, indem du einfach nicht über sie geredet hast? Dass es *okay* wäre, weil ich sie nie kennenlernen würde?“

Doch er schüttelt bereits den Kopf. „So meine ich das nicht! Wir brauchten bessere Wurzeln“, sagt er und zeigt hektisch zwischen uns, schließt auf der Suche nach den richtigen Worten die Augen. Selbst jetzt schlägt mein Herz für ihn und wie er seine Fähigkeit, flüssig Englisch zu sprechen, zu verlieren scheint, wenn er aufgebracht ist. Er holt tief Luft, und als er die Augen öffnet und weiterspricht, ist seine Stimme etwas ruhiger. „Du und ich, wir befanden uns in einer heiklen Situation, als du hergekommen bist. Es war von uns beiden impulsiv, das zu tun. Die Arbeit ist gerade die Hölle für mich, aber ich wollte Zeit mit dir verbringen. Und dann wurde es mehr als Spaß und Abenteuer zwischen uns. Es war“ – er zögert, und seine Stimme stock ein wenig – „es war *echt*. Wir brauchten noch mehr Zeit, nur wir zwei. Ich wollte nicht, dass etwas mit uns in der Wohnung war, besonders nicht sie.“

Und sobald er das gesagt hat, scheinen die Worte wie ein Echo zu ihm zurückzuhallen, und sein Gesicht wird etwas länger.

„Sie hat hier gewohnt“, erinnere ich ihn. „Selbst als du mir von Minuit erzählt hast, hast du nicht gesagt, dass ihr zusammengewohnt habt, dass ihr verlobt wart, dass ihr so viele Jahre zusammen gewesen seid. Dass du Sex in diesem Bett hattest. Wenn du mir nach meiner Ankunft von ihr erzählt hättest – die ganze Geschichte –, wäre das noch nicht mal ein Problem gewesen. Aber heute Abend war ich die einzige Person in dieser Wohnung, die keine Ahnung hatte, was abging: ich, deine Frau.“

Ich drehe mich um, gehe ins Schlafzimmer, um ins Bett zu klettern, doch dann fällt mir ein, dass es das Bett ist, das sie zusammen gekauft haben, das Bett für ihre schöne Wohnung, in der Hoffnung, dass Perry besser darin schlafen würde. Stöhnend drehe ich mich wieder um – und laufe direkt in Ansels Arme.

Als ich versuche, mich an ihm vorbeizuschieben, hält er mich auf, hält mich mit zitternden Händen an den Schultern fest. „Bitte geh nicht fort."

Ich fühle mich, als würde ein Tornado in meinem Kopf herumwirbeln, aber wie immer, auch wenn ich so wütend auf ihn bin, dass ich schreien könnte, ist es dermaßen beruhigend, seinen Körper nah zu spüren und seine Hände, die an meinen Armen hoch- und runtergleiten, dass es beginnt, Ordnung ins Chaos zu bringen. Sein Blick wird weicher, und er sieht auf meinen Mund hinunter. „Wir müssen weiter darüber reden."

Aber als ich versuche, etwas zu sagen, kommen die Worte nur würgend, verkrüppelt heraus. „D-d-d-d." Ich schließe die Augen, versuche es erneut. „D-d-d-d-u …"

Fuck!

Als ich meine Augen öffne, bin ich nicht sicher, welche Reaktion ich in seinem Gesicht sehen werde, denn er hat mich noch nie richtig stottern gesehen, und es passiert ja auch kaum noch.

Seine Augen weiten sich, und sein Gesicht verzieht sich schmerzverzerrt, als ob er mich zerbrochen hätte. „Scheiße, Mia."

„N-n-nicht."

„Mia …" Stöhnend drückt er sein Gesicht an meinen Hals.

Ich schiebe ihn weg, weil ich in diesem Moment so ziemlich alles andere will als sein Mitleid. Die Wut lässt meine Worte schärfer herauskommen, und mit jedem Wort, das ich hervorbringe, entspannt sich meine Zunge mehr. „D-du warst s-o lange mit ihr zusammen. Ich … heute Abend habe *ich* mich gefühlt wie die andere Frau, weißt du? Gestern habe ich mich das erste Mal wie deine Frau gefühlt. Aber heute Abend hab ich mich gefühlt, als hätte ich dich *ihr* geklaut."

„*Nein*", sagt er. Erleichterung überschwemmt sein Gesicht, als er mir das Haar aus dem Gesicht schiebt, sodass er meine Wange küssen kann. „Natürlich hatten wir es schon beendet, bevor ich dich kennengelernt habe."

Scheiße. Ich muss es fragen. „Aber wie lange, bevor du gegangen bist?"

Sein Gesicht wird lang, und ich habe das Gefühl, ich kann jede Sekunde vorbeiticken hören, während er mit der Antwort zögert.

„Ansel."

„Ein paar Tage."

Mein Herz sinkt, und ich schließe die Augen, unfähig, ihn anzusehen. „Sie ist ausgezogen, während du weg warst, nicht wahr?"

Wieder ein Zögern. „Ja."

„Du hast mit deiner Freundin nach sechs Jahren Schluss gemacht, nur ein paar Tage, bevor du mich geheiratet hast."

„Nun, eigentlich waren wir schon drei Wochen lang getrennt, als ich dich kennengelernt habe. Vor Vegas bin ich mit dem Fahrrad quer durch die Staaten gefahren", erinnert er mich. „Aber es hat sich angefühlt, als wäre es schon viel früher zu Ende gegangen. Wir wussten beide, dass es vorbei war. Sie klammert sich an etwas fest, dass es nicht mehr gibt." Er umfasst meine Wange und wartet, bis ich zu ihm aufsehe. „Ich habe nach nichts Ausschau gehalten, Mia, aber genau deshalb vertraue ich dem, was ich für dich fühle. Ich habe noch nie jemanden so sehr gewollt, wie ich dich will. Es ist anders als alles, was ich je gekannt habe."

Als ich dazu nichts sage, fragt er: „Kann ich es dir jetzt erzählen? Alles?"

Ich versuche erst gar nicht, laut zu antworten. Auf der einen Seite scheint es ein bisschen spät zu sein für eine vollständige Enthüllung. Auf der anderen Seite will ein kranker Teil von mir alles wissen.

„Biken und Bauen begann im Mai und ging bis Ende September", beginnt er. „Finn, Olls, Perry und ich freundeten uns noch während der Orientierungsphase an. Es war diese Art Erfahrung, okay, wo alle zusammengeworfen werden, und manche Freundschaften haben Bestand, und andere nicht? Und unsere hatten Bestand."

Er hält inne, lässt seine Finger meinen Arm hinunterwandern.

„Aber es gab nicht sofort eine Affäre zwischen mir und Perry, nichts Sexuelles. *Sie* wollte es, zumindest bekräftigen Oliver

und Finn immer, dass sie von Anfang an etwas von mir wollte. Ich denke, als ich zu bemerken begann, was sie meinten, war es vielleicht Juli? Und im August empfand ich so viel Zuneigung und Freundschaft für die drei, dass ich ihr alles gegeben hätte." Er lehnt sich zurück, damit er mich in dem schwachen Mondlicht ansehen kann, und sagt: „Selbst Sex. Wir sind nur zweimal während der Tour miteinander ins Bett gegangen. Irgendeines Abends im August, als wir ziemlich betrunken waren. Und dann, ein paar Wochen später – nachdem es verdammt schwierig und angespannt zwischen uns gewesen ist –, waren wir am letzten Abend der Exkursion noch mal zusammen."

Mein Magen verdreht sich in einer merkwürdigen Kombination aus Erleichterung und Schmerz, und ich schließe die Augen, schiebe gewaltsam das Bild von seinen Händen auf ihrem Körper weg, seinem Mund auf ihrem.

„Danach ist Perry hierher zurückgekehrt, und ich bin nach Nashville an die Uni gegangen. Wir waren zusammen, ohne jemals groß darüber zu reden. Sie ist davon ausgegangen, dass wir es wären, und ich wollte ihr das schenken. Wir haben uns vielleicht zwei Mal im Jahr gesehen, und alles andere, was ich dir erzählt habe, entsprach der Wahrheit. Sie hat mich auf der Reise gut kennengelernt, das mit Sicherheit. Aber ich war *zweiundzwanzig*. Ich war damals nicht derselbe Mann, der ich jetzt bin, und wir haben uns rasch voneinander entfernt."

Er senkt die Stimme, der Schmerz ist zu hören. „Und was die Liebesgeschichte angeht, es war nie sonderlich leidenschaftlich, Mia. Es war …" Er flucht, wischt sich mit der Hand übers Gesicht. „Wie in … wie nennst du es?" Er sieht mich an, und ich blicke zur Seite, unfähig, der anbetungswürdigen Art zu widerstehen, mit der er seine Lippen nach vorne schiebt, auf der Suche nach den richtigen Worten. „*Cendrillon?* Das Märchen mit der Stiefmutter?"

„Cinderella?", mutmaße ich.

Er schnalzt nickend und fährt fort: „Wie in Cinderella. Ich glaube, wir wollten beide, dass der gläserne Schuh passt. Verstehst du?"

„Ja."

„Sie war diejenige, die ich betrogen habe, zweimal. Es ist meine größte Schuld, Mia. Mir wurde klar, dass ich nicht mehr weitermachen konnte, dass ich genau das getan hatte, was ich geschworen hatte, nicht zu tun. Nicht zu sein wie mein Vater, okay? Ich rief an, um endlich das Richtige zu tun und die Sache mit ihr zu beenden, und" – er hält inne, holt tief Luft – „Perry konnte es nicht abwarten mir zu erzählen, dass sie einen Design-Job in Nizza abgelehnt hatte, damit wir endlich zusammen in Paris leben konnten."

Ich sehe blinzelnd zur Seite, weigere mich, Mitleid mit ihm zu empfinden.

„Also habe ich …" Er verstummt, sucht nach dem richtigen Wort, und ich helfe ihm dabei überaus gern.

„Du hast gekniffen."

Er nickt. „Okay, ja. Und das war wirklich nicht fair ihr gegenüber. Ich hätte es beenden sollen."

„Wir wussten beide, dass ich hierherkomme, um vor meinen Problemen zu flüchten. Aber die ganze Zeit über hast du so getan, als wärst du so eine Art Wohltäter, obwohl *du* ebenfalls geflüchtet bist. Du hast mich dafür benutzt, um dich nicht mit ihr auseinandersetzen zu müssen. Du bist impulsiv und tust Sachen, ohne groß nachzudenken, und *ta-da-daa*, da hast du mich geheiratet. Du hast dir selbst eingeredet, dass du dich verantwortungsvoll verhältst oder dass du das Richtige tust, indem du mich mit hierherbringst, aber in Wirklichkeit hast du nur versuchst, deine Fehler mit Perry wettzumachen. *Ich* bin deine Art, es wettzumachen. *Ich* bin dein Beweis, dass du nicht wie dein Vater bist."

„*Non*", entgegnet er vehement, seine Stimme scharf wie ein Messer. „Ich habe mich in dich geflüchtet, ja. Aber nicht, weil ich dich dafür benutzt habe, mir selbst etwas zu beweisen, oder um einen Fehler wiedergutzumachen. Ich hätte dir kein Flugticket kaufen müssen; ich hätte dich nicht im Zoo aufspüren müssen. Ich *weiß*, dass ich nicht wie mein Vater bin; aus diesem Grund war ich ja so enttäuscht von mir selbst und wie ich Perry

behandelt habe. Ich habe mich in dich geflüchtet, weil ich mich in dich *verliebt* habe."

Ich lasse diese Worte im Raum widerhallen, bis sie von dem Klang der Hupen und Motorräder und Lastwagen, die noch spätabends das Kopfsteinpflaster der schmalen Straße hinunterpoltern, verdrängt werden. Mein Herz sagt mir, dass ich ihm vertrauen soll, dass er nicht absichtlich und aus schändlichen Gründen solche Sachen vor mir verborgen hat, und dass es wirklich einfach nur schwierig und unangenehm war, den richtigen Zeitpunkt zu finden.

Aber mein Verstand sagt mir, dass das Blödsinn ist und dass er, wenn er Vertrauen zwischen uns aufbauen wollte, mir gegenüber nicht ihren Spitznamen verwandt hätte, dass er mir gesagt hätte, was sie ihm bedeutete und dass sie *hier* zusammengewohnt hatten, und statt einer seiner engsten Freunde seine Exverlobte ist. Ich würde ihm am liebsten wegschubsen, weil er mir an unserem sichersten Ort Informationen vorenthalten hat: während des Rollenspiels und der Ehrlichkeit, die es uns geschenkt hat.

Was mich stört, ist nicht, dass er eine Vergangenheit hat. Mich stört, dass er mich darüber im Dunkeln gelassen hat, mich von dem Rest seines Lebens ferngehalten hat, vorhatte, mich so lange anzulügen, bis wir eine imaginierte Wegmarke erreicht hätten, an der er ehrlich zu mir sein könnte. Und mal ehrlich, ob es absichtlich war oder nicht, spielt eigentlich keine Rolle. Vielleicht hat er auch gedacht, das mit uns würde eh nicht länger halten als für einen Sommer.

„Hast du richtige Leidenschaft für mich empfunden? Glaubst du, es ist wirklich Liebe?", fragt er leise. „Ich mache mir plötzlich Sorgen, ich könnte das kaputt gemacht haben."

Nachdem ich kaum ein- und ausgeatmet habe, nicke ich, aber auf gewisse Weise befürchte ich, dass ich beide Fragen beantwortet haben könnte. Die Leidenschaft, die ich für ihn empfinde, ist so intensiv, dass sie mich jetzt in seine Arme zieht, auch wenn ich unglaublich wütend bin. Meine Haut scheint vor Wärme zu vibrieren, wenn ich so nahe bei ihm bin; sein Geruch ist überwältigend. Aber ich befürchte auch, dass er es kaputt gemacht hat.

„Ich habe so was noch nie empfunden", sagt er in mein Haar. „Eine Liebe wie diese."

Aber meine Gedanken drehen sich weiter um dieselbe Frage, denselben düsteren Betrug. „Ansel?"

„Hmm?" Seine Lippen berühren meine Schläfe.

„Wie konntest du ihr von meinem Unfall erzählen? Wie konntest du nur glauben, dass es in Ordnung wäre, ihr das anzuvertrauen?"

Ansel erstarrt neben mir. „Das habe ich nicht."

„Sie wusste es", erwidere ich und werde wieder wütend. „Ansel, sie wusste, dass ich angefahren worden bin. Sie wusste von meinem Bein."

„Nicht von mir", beharrt er. „Mia, ich schwöre es dir. Wenn sie irgendwas über dich erfahren hat – abgesehen von deinem Namen und dass du meine Frau bist –, dann von Oliver oder Finn. Sie sind noch immer befreundet. Das Ganze ist für alle echt schräg gewesen." Er sieht mir forschend in die Augen, senkt die Stimme, als er sagt: „Ich weiß nicht, warum sie dich angesprochen hat. Ich weiß nicht, warum sie heute Abend auf dich zugekommen ist. Sie weiß, dass ich niemals damit einverstanden wäre, dass sie so was tut."

„Du hast am Telefon mit ihr gesprochen", erinnere ich ihn. „Sie ist mitten in der Nacht hier aufgekreuzt. Du hast dich zum Mittagessen mit ihr getroffen, während du zu beschäftigt warst, um zum Frühstücken bei mir zu bleiben. Vielleicht glaubt sie nicht, dass das zwischen euch wirklich zu Ende ist."

Er braucht ein paar Sekunden, bevor er antwortet, legt aber seine Hand besitzergreifend auf mein Brustbein, streicht mit seinem Daumen über die Vertiefung an meiner Kehle. „Sie weiß, dass es zu Ende ist. Aber ich kann nicht gerade behaupten, dass es eine leichte Trennung gewesen ist. Es war nicht leicht für sie zu wissen, dass du hier mit mir bist."

In seiner Stimme ist etwas Weiches, womit ich gerade nicht umgehen kann, ein Mitgefühl mit ihr und was sie durchmacht, das mich fast kirre macht. Irgendwo in meinem vernunftbegabten Gehirn bin ich froh, dass es ihn kümmert, wie das alles für sie

ist; es bedeutet, dass er kein totaler Arsch ist. Es bedeutet, dass er ein guter Kerl ist. Aber mal im Ernst, er hat solchen Mist gebaut, dass ich nicht die Energie habe, ihn zu bewundern – dafür bin ich viel zu sehr damit beschäftigt, mich aufzuregen.

„Na, ich würde mir nicht zu große Sorgen machen, ich bin mir ziemlich sicher, dass sie heute Abend die Oberhand gehabt hat." Ich schiebe ihn weg, als er die Arme nach mir ausstreckt.

„Mia, das ist nicht …"

„Hör einfach auf."

Als ich weggehen will, packt er meinen Arm und wirbelt mich herum, drückt meinen Rücken gegen die Wand und starrt mich mit einem so intensiven Blick an, dass ich überall Gänsehaut bekomme. „Ich will auch nicht, dass es schwer für dich ist", sagt er mit einer absichtlich geduldigen Stimme, „und ich weiß, dass die Art, wie ich damit umgegangen bin, vollkommen falsch war."

Ich schließe die Augen, presse meine Lippen aufeinander, um das Kribbeln zu unterdrücken, das ich bei seiner festen Berührung empfinde. Ich möchte ihn schubsen, an den Haaren ziehen, sein Gewicht spüren, während er mich niederdrückt.

„Ich bin *dir* aus der Wohnung gefolgt", erinnert er mich und beugt sich vor, um mein Kinn zu küssen. „Ich weiß, dass es nicht mehr meine Aufgabe ist, dafür zu sorgen, dass es ihr gut geht. Aber wenn das, was sie für mich empfindet, auch nur ein Bruchteil dessen ist, was ich für dich empfinde, dann will ich achtsam mit ihrem Herzen umgehen. Weil ich mir nicht vorstellen kann, was ich tun würde, wenn du mich verlassen würdest."

Es scheint unmöglich zu sein, dass allein ein paar Worte mir das Gefühl geben können, als würde meine Brust einsinken.

Er leckt mein Ohrläppchen, murmelt: „Es würde ein Wrack aus mir machen. Ich muss wissen, dass du jetzt okay bist."

Seine Hände berühren meinen Körper auf eine angespannte, verzweifelte Weise. Vielleicht, um mich abzulenken, vielleicht, um sich selbst zu bestätigen. Er berührt meinen Oberkörper, meine Schenkel, zerknüllt meinen Rock in seiner Faust, bevor er ihn hoch über meine Hüften schiebt.

„Ansel …“, warne ich, aber selbst als ich meinen Kopf von seinem Mund wegdrehe, hebe ich mein Becken doch seiner Berührung entgegen. Meine Hände ballen sich an meinen Seiten zu Fäusten, ich will mehr, will es rauer. Brauche Bestätigung.

„Bist du okay?“, fragt er und küsst mein Ohr.

Ich drehe mich nicht mehr weg, als er wieder mein Kinn küsst, und auch nicht, als er sich weiter nach oben bewegt, mit großen Augen und vorsichtig, als er meinen Mund küsst. Aber als seine Hand sich zwischen meinen Beinen bewegt und er knurrt: „Ich werde dich so nass machen“, während seine Finger sich unter mein Höschen schieben, drücke ich seinen Arm entschlossen weg.

„Du kannst das hier nicht mit Sex ungeschehen machen.“

Er zieht sich zurück, seine Augen groß vor Verwirrung. „Was?“

Ich fasse es nicht. „Denkst du, du kannst mich beruhigen, indem du mich zum *Orgasmus* bringst?“

Er sieht verdattert aus, wirkt zum ersten Mal fast ein bisschen wütend. „Wenn es dich beruhigt, wenn es dafür sorgt, dass es dir besser geht, wen zum Teufel interessiert es dann, *wie es geschieht*?“ Seine Wangen werden rot. „Ist das nicht das, was wir die ganze Zeit machen? Wie wir einen Weg finden, verheiratet zu sein, *intim* miteinander zu sein, selbst wenn alles angsterregend oder neu oder einfach zu verdammt surreal ist, um damit klarzukommen?“

Das wirft mich um, denn er hat recht. Das ist genau, was wir getan haben, und ich *möchte* ja aus diesem Moment herausgezogen werden. Ablenkung, Bewältigung, sich durchlavieren – was immer es ist, ich will es. Ich will aufhören, über all das zu reden. Ich will, dass er alle Zweifel aus meinem Kopf drängt und mir den Teil von ihm zeigt, den ich erst jetzt zu sehen bekomme. „Na schön, lenk mich ab“, fordere ich ihn heraus, die Zähne aufeinandergepresst. „Mal sehen, ob du mich vergessen lassen kannst, wie wütend ich bin.“

Es dauert einen Moment, bis er begriffen hat, was ich gesagt habe, aber dann lehnt er sich wieder vor, fährt mit seinen Zäh-

nen über mein Kinn, und ich atme durch die Nase aus, bevor mein Kopf nach hinten gegen die Wand fällt und ich nachgebe. Seine Hände kehren an meine Taille zurück, rauer jetzt, reißen mein Hemd hoch, über meinen Kopf, bevor er den Rock meine Hüften hinunterschiebt, bis er einen Haufen auf dem Boden bildet.

Aber selbst als er mich mit seiner Hand umschließt, zischend zwischen den Zähnen einatmet und flüstert: „*Tu es parfaite*", kann ich seine Berührung mit nicht der geringsten Zärtlichkeit erwidern. Ich fühle mich strafend und selbstsüchtig und bin noch immer so wütend. Die Kombination lockt einen harten, erstickenden Laut aus meinem Mund, und seine Hände, die gerade mein Höschen zur Seite gezogen haben, halten inne.

„Sei wütend", sagt er mit rauer Stimme. „*Zeig* mir, wie Wut aussieht."

Es dauert eine Sekunde, bevor die Worte aus mir herauspurzeln, aber dann hören sie sich nicht nach mir an. „Halt's Maul."

Ich lasse die Frau frei, die wüten kann, die bestrafen kann, ich stoße ihm hart gegen die Brust, beide Handflächen flach gegen seine Brustmuskeln, und er stolpert rückwärts, den Mund leicht geöffnet und die Augen groß vor Erregung. Ich schubse ihn erneut, und seine Kniekehlen stoßen gegen den Bettrahmen, und er klettert rückwärts hinauf, krabbelt hoch zum Kopfende und sieht zu, wie ich ihm folge, auf ihn klettere, bis meine Hüften auf der Höhe seines Gesichts sind und ich nach unten greifen und eine Handvoll seines Haars packen kann.

„Ich bin *nicht* okay", sage ich ihm und halte ihn zurück, als er versucht, sich vorzuschieben, mich zu küssen, zu lecken, vielleicht sogar zu beißen.

„Ich weiß", sagt er, sein Blick dunkel und drängend. „Ich *weiß*."

Ich senke meine Hüften hinab und höre, wie ein primitiver Schrei sich aus meiner Kehle löst, als sein offener Mund meine Klit berührt und er saugt, seine Arme hebt und sie zu einem engen Band um meine Hüften schließt. Er ist wild und hungrig, gibt ein tiefes, flehendes Knurren von sich und ein befriedigtes

Stöhnen, als ich beginne, mich gegen ihn zu stoßen und ihn zu reiten, meine Faust in seinem Haar.

Sein Mund ist zugleich sanft und stark, aber er lässt mich alles kontrollieren – die Geschwindigkeit und den Druck, und es ist so gut, aber *Gott, ich will dich so tief in mir, dass ich dich in meinem Hals spüren kann*.

Ansel lacht, und mir wird klar, dass ich das laut ausgesprochen habe. Verunsicherung überschwemmt mich hitzig, und ich ziehe mich beschämt zurück. Verletzbar.

„Nein", flüstert er. „Nein, nein. *Viens par ici.*" *Komm her.*

Ich lasse ihn sich darum bemühen, seine Finger lockend und seine weichen, flehenden Laute, bis er schließlich meine Hüften wieder hinunterzieht und mich mit zwei Fingern in mein Fleisch gedrückt auffordert, erneut meiner Lust hinterherzujagen, ihm dieses seltsame Spiel zu schenken, bei dem ich ihm gebe, was er braucht, indem ich auf seinem Gesicht reite.

Ich bin überall empfindsam – an meinem Hals und meine Arme entlang, fühle mich sensibel, gereizt, überhitzt. Aber dort wo er mich leckt, ist die Empfindsamkeit beinahe unerträglich, denn es ist so gut, es ist beinahe unmöglich, dass ich schon dermaßen kurz davor sein kann, so schnell …

So schnell …

So verdammt schnell …

Aber das bin ich.

Die obere Hälfte meines Körpers fällt nach vorne, meine Finger umklammern knöchelweiß das Kopfbrett, und ich komme, schreie, drücke mich so fest in seinen Mund, dass ich nicht weiß, wie er überhaupt atmen kann, aber er spielt vollkommen verrückt unter mir – *noch immer*. Seine Hände umklammern meine Hüften und lassen nicht zu, dass ich mich auch nur eine Sekunde lang zurückziehe, so lange, bis meine Muskeln sich entspannen und er an seinen Lippen spürt, wie mein Orgasmus abebbt.

Ich fühle mich zu gleichen Teilen zerstört wie bewundert, als ich mit weichen Gliedern auf die Matratze falle. Ich spüre seine Angst und seine Liebe und seine Panik, und endlich lasse ich das Schluchzen zu, das ich in meiner Kehle für gefühlte Stunden

zurückgehalten habe. Urplötzlich weiß ich, dass wir uns beide einer Sache sicher sind: Ich bin dabei, zu gehen.

Er nähert sich meinem Ohr, und seine Stimme ist so abgehackt, dass ich ihn kaum verstehe, als er fragt: „Hast du je das Gefühl gehabt, als würde sich dein Herz in der Brust verdrehen, und jemand hält es in seiner Faust umschlossen, drückt zu?"

„Ja", flüstere ich und schließe die Augen. Ich kann ihn so nicht sehen, die Traurigkeit, die ich mit Sicherheit in seinem Gesicht erblicken würde.

„Mia? Mia, es tut mir so leid."

„Ich weiß."

„Sag mir, dass du mich noch magst."

Aber das kann ich nicht. Meine Wut funktioniert nicht so. Anstatt auf meine Artwort zu warten, beugt er sich vor, um mein Ohr zu küssen, meine Schulter, flüstert Worte in meinen Nacken, die ich nicht verstehe.

Langsam kommen wir wieder zu Atem, und sein Mund findet seinen Weg zu meinem. Er küsst mich eine Ewigkeit lang so, und ich lasse ihn – das ist die einzige Möglichkeit, wie ich ihm sagen kann, dass ich ihn liebe, auch wenn ich Lebewohl sagen muss.

Es scheint gegen all meine Instinkte zu gehen, dass ich als Erste das Bett verlasse und mich im Dunkeln anziehe, während er schläft. So leise, wie ich kann, ziehe ich meine Klamotten aus der Kommode und stopfe sie in meinen Koffer. Mein Reisepass ist genau dort, wo er gesagt hatte, dass er liegen würde – in der obersten Schublade der Kommode –, und bei diesem Anblick zerreißt beinahe das letzte Fädchen, das mich noch zusammenhält. Die meisten meiner Kosmetiksachen lasse ich zurück; sie einzupacken würde zu viel Lärm verursachen, und ich will ihn nicht wecken. Mit Sicherheit werde ich meine schicke neue Gesichtscreme vermissen, aber ich glaube, ich wäre nicht in der Lage, von ihm wegzugehen, wenn er wach wäre, mir stumm dabei zusehen würde, und vor allem nicht, wenn er versuchen würde, es mir auszureden.

Plötzlich ist da ein kleiner Anflug von Zögern, auf das ich hören sollte – vielleicht eine Botschaft, dass ich mir nicht so

sicher bin, ob dies hier wirklich die beste Idee ist, die ich je gehabt habe –, aber ich tue es nicht. Während ich packe und mich anziehe und auf dem Schreibtisch im Wohnzimmer nach einem Blatt Papier und einem Stift suche, schaue ich nicht zu ihm hinüber. Er ist noch immer überwiegend angezogen und auf dem Laken ausgestreckt.

Denn wenn ich erst zurück ins Schlafzimmer gehe und ihn mir tatsächlich ansehe, dann kann ich mir nicht vorstellen, wieder wegzusehen. Erst jetzt wird mir klar, dass ich mir nicht genügend Zeit dafür genommen habe, zu genießen, wie unglaublich heiß er letzte Nacht aussah. Das dunkelblaue Hemd – figurbetont geschnitten, um sich seiner breiten Brust und dem Schwung seiner Taille anzupassen – ist direkt unter der Kehle aufgeknöpft, und meine Zunge fühlt sich belegt an vor Verlangen, mich hinunterzubeugen und an meinen Lieblingsstellen zu saugen: vom Hals zur Brust, von der Brust zur Schulter. Seine Jeans sind abgetragen und einfach genau richtig an den besten, vertrauten Stellen ausgeblichen: am Schenkel, über dem geknöpften Hosenschlitz. Er hat sich vor dem Einschlafen noch nicht mal seinen geliebten braunen Gürtel ausgezogen – er baumelt einfach offen rum, seine Hose ist aufgeknöpft und hängt tief auf seinen Hüften – und plötzlich juckt es mich in den Fingern, das Leder aus den Schlaufen zu ziehen, seine Haut noch ein einziges Mal zu sehen und zu berühren und zu schmecken.

Vermutlich kann ich es nicht, aber es *fühlt sich an*, als würde ich an seinem Hals sehen, wie sein Puls sich beschleunigt. Ich stelle mir den warmen Geschmack seines Nackens an meiner Zunge vor, weiß, wie sich seine verschlafenen Hände in mein Haar weben würden, während ich ihm die Boxershorts die Hüften hinunterschieben würde. Ich kenne sogar die verzweifelte Erleichterung, die ich in seinen Augen sähe, wenn ich ihn jetzt wecken würde – nicht um mich zu verabschieden, sondern um noch einmal Liebe zu machen. Um ihm mit Worten zu vergeben. Bestimmt würde echter Versöhnungssex mit Ansel sich so gut anfühlen, dass ich vergessen würde, solange er mich berührte, dass es jemals irgendeine Distanz zwischen uns gegeben hat.

Und jetzt, wo ich hier bin und versuche, leise zu sein und zu gehen, ohne ihn zu wecken, wird mir erst richtig klar, dass ich ihn nicht mehr berühren kann, kein letztes Mal. Ich kämpfe gegen einen harten, schweren Kloß in meinem Hals an, schlucke ihn wieder hinunter; ein Schluchzen würde vermutlich in einem scharfen Aufzischen hervorkommen, wie Dampf, der aus einem Teekessel hervorschießt. Der Schmerz ist wie eine Faust in meinem Magen, und er haut wieder und wieder auf mich ein, bis ich zurückhauen will.

Ich bin ein Idiot.

Aber verdammt. Das ist er auch.

Es dauert so viele schmerzhafte Sekunden, bis ich den Blick von der Stelle wenden kann, wo er liegt, und wieder hinuntersehe auf den Stift und den Zettel in meiner Hand.

Was zum Teufel soll ich nur schreiben? Vermutlich ist es kein Lebewohl. Wenn ich ihn auch nur ein bisschen kenne – und das tue ich, egal wie es sich gestern angefühlt hat –, dann weiß ich, dass er den Rest von dem hier nicht in Telefonanrufen und E-Mails aushandeln wird. Ich werde ihn wiedersehen. Aber ich gehe, während er schläft, und dank seines Jobs werde ich ihn monatelang nicht zu sehen bekommen. Ach, das ist sowieso nicht gerade der richtige Moment für eine Bis-bald-Nachricht.

Also entscheide ich mich für die einfachste und ehrlichste Variante, selbst wenn mein Herz sich in meiner Brust zu einem Knoten zu verdrehen scheint, während ich es schreibe.

Dies ist kein „nie“. Es ist nur ein „nicht jetzt“.
Alles Gute
Mia

Ich muss wirklich erst meinen eigenen Mist klären, bevor ich ihm die Schuld geben kann, weil er seinen in die unsichtbare Kiste gestopft und sie unter das unsichtbare Bett geschoben hat.

Aber Scheiße, was wünschte ich, es könnte *jetzt, ja, für immer* sein.

ZWANZIG

Es ist noch dunkel, als ich auf den Bürgersteig trete. Die Eingangstür schwingt hinter mir zu. Ein Taxi wartet, die Scheinwerfer sind ausgeschaltet, während es am Bordstein steht, seine Umrisse werden von dem künstlichen gelben Licht der Straßenlampe darüber erhellt. Der Fahrer wirft mir über seine Zeitschrift hinweg einen säuerlichen Blick zu. Die Falten in seinem Gesicht formen einen Ausdruck ständiger Abscheu.

Mir wird plötzlich bewusst, wie ich aussehen muss – das Haar vollkommen wirr und das Make-up von letzter Nacht noch verschmiert um meine Augen, dazu dunkle Jeans, Sweater –, wie eine Kriminelle, die sich durch die Schatten davonschleicht. Der Ausdruck „vom Tatort flüchten“ drängt sich mir ins Gedächtnis, und ich hasse es, wie passend er zu sein scheint.

Der Taxifahrer steigt aus und wartet hinter dem Wagen auf mich, den Kofferraum hat er bereits geöffnet. Eine glimmende Zigarette hängt aus seinem nach unten verzogenen Mundwinkel.

„Amerikanerin?“, fragt er, sein Akzent so dick wie die Rauchwolke, die mit jeder Silbe seinen Mund verlässt.

Der Ärger nagt an mir, aber ich nicke nur, ohne mich groß damit aufzuhalten, woher er das weiß oder warum, denn die Antwort kenne ich bereits: Ich falle auf wie ein bunter Hund.

Entweder ist ihm das Ausbleiben meiner Antwort nicht aufgefallen, oder es ist ihm egal, denn er nimmt meinen Koffer, hebt ihn ohne Anstrengung hoch und deponiert ihn im Wagen.

Es ist derselbe Koffer, mit dem ich hier angekommen bin, derselbe, den ich nach ein paar Tagen versteckt habe, weil er zu neu und fehl am Platz in Ansels warmer und gemütlicher Wohnung aussah. Zumindest habe ich es damals mir selbst gegenüber so begründet, als ich ihn in der Abstellkammer neben dem Schlafzimmer verstaute, wo er mich nicht täglich daran erinnern würde, dass ich nur vorübergehend hier weilte, oder

dass mein Platz in Ansels Leben so wie der Sommer nur ein Zwischenspiel war.

Ich öffne meine Tür und schließe sie so leise wie möglich, nachdem ich ins Taxi geklettert bin. Ich weiß genau, wie deutlich die Geräusche oben durch die offenen Fenster dringen, und ich will mir auf keinen Fall erlauben, emporzusehen, oder mir vorstellen, wie er in der leeren Wohnung aufwacht und hört, wie unten auf der Straße die Tür eines Taxis zugeschlagen wird.

Der Fahrer lässt sich in seinen Sitz fallen, sieht mich im Rückspiegel erwartungsvoll an. „Flughafen“, sage ich und wende rasch den Blick ab.

Ich bin mir noch nicht mal sicher, was ich empfinde, als er den ersten Gang einlegt und losfährt. Ist es Traurigkeit? Ja. *Sorge, Wut, Panik, Verletztheit, Schuldgefühle?* Alles gleichzeitig. Habe ich einen Fehler gemacht? Ist diese ganze *Sache* eine total falsche Entscheidung nach der anderen gewesen? Ich hätte ja eh abreisen müssen, sage ich mir, nur tue ich es jetzt ein bisschen früher als geplant. Und selbst wenn ich es nicht müsste, ist es doch nur richtig. Ich will doch nur etwas Raum, etwas Luft, etwas Weitsicht und etwas Klarheit gewinnen … richtig?

Fast muss ich lachen, weil ich alles andere als Klarheit verspüre.

Ich schwanke so heftig zwischen *gestern Abend war keine große Sache* und *gestern Abend war das absolute Ende*, zwischen *Abreisen ist die richtige Entscheidung* und *dreh um, du begehst einen riesigen Fehler!*, dass ich anfange, jeden meiner Gedanken in Frage zu stellen. Auf einem Dreizehn-Stunden-Flug allein und in meinem eigenen Kopf gefangen zu sein – das wird die absolute Folter.

Das Taxi fährt schnell durch die leeren Straßen, und mein Magen dreht sich ziemlich ähnlich wie an dem ersten Morgen hier, aber diesmal aus einem vollkommen anderen Grund. Ein Teil von mir würde es geradezu begrüßen, wenn ich mich übergeben müsste, würde es dem ständigen drückenden Schmerz vorziehen, den ich seit gestern Abend verspüre. Zumindest weiß ich, dass das Spucken vorbeigeht, und ich könnte meine

Augen schließen und so tun, als würde die Welt sich nicht drehen, als gäbe es kein Loch in meiner Brust, an den Rändern rau und ausgefranst.

Die Stadt fliegt verschwommen als Stein- und Asphaltwüste an mir vorbei, die Fabriksilhouetten tauchen vor demselben Horizont auf wie die Gebäude, die seit Hunderten von Jahren dort stehen. Ich drücke meine Stirn gegen die Scheibe und versuche, jeden Moment dieses ersten Morgens mit Ansel zu verdrängen. Wie nett und aufmerksam er gewesen ist, und wie sehr ich mir Sorgen gemacht habe, dass ich alles kaputt machen würde und es vorbei wäre, bevor es überhaupt begonnen hatte.

Die Sonne ist noch nicht aufgegangen, aber ich kann schon Bäume und Rasenflächen erkennen, schlammige Kleckse von Grün, die an die Schnellstraße angrenzen und die Flächen miteinander verbinden. Auf umheimliche Weise fühle ich mich plötzlich so, als würde ich mich rückwärts in der Zeit bewegen und alles auslöschen.

Schließlich ziehe ich mein Handy hervor und öffne die App der Fluggesellschaft, logge mich ein und suche nach freien Flügen. Meine Entscheidung zu gehen erscheint mir in dem grellen Licht des Bildschirms, das die Dunkelheit durchschneidet und sich in meinem Fenster spiegelt, noch eklatanter zu sein.

Ich zögere bei den Ankunftsorten und lache beinahe laut auf bei meinem imaginären Dilemma von Alternativen, denn ich weiß, dass ich bereits entschieden habe, was ich tun werde.

Der erste Flieger des Tages startet bereits in gut einer Stunde, und irgendwie scheint es schlichtweg zu einfach zu sein, eine Auswahl zu treffen und meinen Rückflug mit nicht mehr als einem Schluckauf zu buchen.

Als ich fertig bin, stelle ich mein Handy aus und stecke es weg, sehe hinaus in die verschlafene Stadt, wie sie langsam auf der anderen Seite meines Fensters erwacht.

Seitdem ich die Wohnung verlassen habe, sind keine Nachrichten eingegangen, also vermute ich, dass Ansel noch schläft, und wenn ich die Augen schließe, kann ich ihn vor mir sehen, sein Körper auf der Matratze ausgestreckt, die Jeans, die niedrig

auf seinen Hüften hängen. Ich erinnere mich daran, wie seine Haut in dem matten Licht aussah, als ich meine Sachen zusammengepackt habe, wie die Schatten ihn wie mit Kohlestift zu zeichnen schienen. Ich bringe es nicht über mich, mir vorzustellen, wie er aufwacht und feststellt, dass ich gegangen bin.

Das Taxi bleibt an der Bordsteinkante stehen, und ich werfe einen Blick auf den angezeigten Preis. Meine Finger zittern, als ich mein Portemonnaie herausziehe und das Geld abzähle. Die großen, bunten Scheine sehen immer noch fremd in meiner Hand aus, sodass ich aus einem Impuls heraus das ganze Bündel zusammenfalte und es dem Fahrer in die offene Hand drücke.

Im Flieger gibt es keine Anrufe, keine E-Mails und auch kein Internet – nichts, um mich von den Bildern und Worten abzulenken, die mit theatralischer – und nervenzerfetzender – Langsamkeit durch mich hindurch ihre Kreise ziehen: Perrys Gesichtsausdruck, der sich langsam von freundlich zu kalkulierend verwandelte, dann von kalkulierend zu wütend. Ihre Stimme, als sie mich fragte, wie mir ihr Bett gefiele, ihr *fiancé*. Das Geräusch von Schritten, Ansel, unsere hinausgeschmetterten Worte und das Gefühl, als würde Blut meinen Kopf erfüllen, mein Puls bei jedem Geräusch davongaloppieren.

Abgesehen von den wenigen Stunden Schlaf, die ich doch irgendwie ergattere, beherrscht dieser Soundtrack den gesamten Flug, und wenn es überhaupt möglich ist, dann fühle ich mich noch schlechter, als wir endlich landen.

Wie im Nebel wandere ich zum Zoll und zur Gepäckannahme, wo mein riesiger Koffer in dem sich drehenden Karussell auf mich wartet. Er sieht nicht mehr neu aus, ist an ein paar Stellen angeschlagen, als ob er hin und her geworfen wurde und dann gegen das sich bewegende Transportband geschlagen ist; er sieht ziemlich genau so aus, wie ich mich fühle.

In einem Coffee Shop in der Nähe öffne ich meinen Laptop und suche den Ordner heraus, den ich den ganzen Sommer über missachtet habe. Er heißt einfach nur „Boston".

Dieser Ordner enthält alle Informationen, die ich für die Uni brauche, alle E-Mails mit Daten, Terminen und Lageplänen, die

in den letzten Wochen eingetroffen sind – ignoriert, aber sicher an einem Ort aufgehoben, damit ich, wie ich es mir selbst versprochen habe, mich später damit beschäftigen kann.

Anscheinend ist heute später.

Mit der Energie, die mir eine Tasse Kaffee geschenkt hat, und der zunehmenden Erregung, dank des Gefühls, endlich die richtige Entscheidung getroffen zu haben, logge ich mich im Portal der Boston University für MBA-Studenten ein.

Ich lehne meine finanzielle Unterstützung ab.

Ich sage meinen Studienplatz ab.

Ich treffe endlich die Entscheidung, die ich vor Jahren hätte treffen sollen.

Und dann rufe ich meinen früheren akademischen Berater an und mache mich darauf gefasst, vor ihm zu Kreuze zu kriechen.

Ich starre auf den „Zu Vermieten"-Teil in der Zeitung. Ein Teil des Deals, weshalb ich zugestimmt habe an der Uni Wirtschaft zu studieren, war, dass mein Vater die Miete für meine Wohnung übernehmen würde. Aber nach dem, was ich gerade getan habe, glaube ich nicht, dass er mich unterstützen wird, selbst wenn es sich von meinem Standpunkt aus wie ein guter Kompromiss anfühlt. Ich weiß, dass er vermutlich eher etwas mit seinen bloßen Händen kaputt machen wird, als mir auch nur einen Penny zu geben. Ich kann mich eh nicht dazu überreden, wieder unter seiner Fuchtel zu leben. Die Zeit in Paris hat meine Rücklagen ziemlich schrumpfen lassen, aber einem raschen Blick in die Zeitung zufolge gibt es trotzdem ein paar Wohnungen, die ich mir leisten kann … Vor allem, wenn ich relativ bald einen Job finde.

Ich bin immer noch nicht bereit, mein Handy anzumachen und mich dem zu stellen, was mich mit Sicherheit erwartet: ein Haufen an verpassten Anrufen und Textnachrichten von Ansel oder – *noch schlimmer* – kein einziges Lebenszeichen von ihm. Also benutze ich ein öffentliches Telefon vor dem 7-11, der sich ein paar Schritte vom Coffee Shop entfernt befindet.

Zuerst rufe ich Harlow an.

„Hallo?", sagt sie, eindeutig misstrauisch, weil sie die Nummer nicht kennt. Ich habe sie so sehr vermisst, dass ich spüre, wie mir sofort Tränen in die Augen treten.

„Hey", sage ich mit vom Heimweh belegter Stimme.

„Oh mein Gott, Mia! Wo zum Teufel steckst du?" Es ist einen Moment lang still, und ich stelle mir vor, wie sie das Handy von ihrem Ohr weghält und noch einmal einen Blick auf die Nummer wirft. „Heiliger Bimbam, bist du etwa hier?"

Mühsam unterdrücke ich ein Schluchzen. „Ich bin vor ein paar Stunden gelandet."

„Du bist zurück?", schreit sie.

„Ich bin in San Diego, ja."

„Warum bist du dann noch nicht bei mir?"

„Ich muss erst ein paar Sachen regeln." Wie zum Beispiel mein Leben. In Frankreich habe ich mein Ziel in der Ferne entdeckt. Jetzt darf ich es nicht mehr aus den Augen lassen.

„Regeln? Mia, was ist mit Boston?"

„Hör mal, das erkläre ich dir später, aber könntest du vielleicht für mich mit deinem Dad sprechen?" Ich hole zitternd Luft. „Wegen meiner Annullierung." Und da ist es, das Wort, das mir die ganze Zeit im Kopf herumgespukt ist. Ätzend, es laut auszusprechen.

„Oh. Also ist es den Bach runtergegangen."

„Ach, es ist dermaßen kompliziert. Nur, sprich bitte für mich mit deinem Dad, okay? Ich muss mich um ein paar Dinge kümmern, aber ich rufe dich wieder an."

„Bitte komm her."

Meinen Handrücken gegen die Schläfe gepresst, bringe ich hervor: „Ich komme morgen zu dir. Heute muss ich einen klaren Kopf bewahren."

Nach einer langen Pause sagt sie: „Ich sorge dafür, dass Dad heute Abend seinen Anwalt anruft, und geb dir dann Bescheid, was er meint."

„Danke."

„Brauchst du sonst noch was?"

Schluckend zwinge ich mich zu sagen: „Ich glaube nicht. Werde mir ein paar Wohnungen ansehen. Nachdem ich in ein Motel eingecheckt und mich kurz hingelegt habe."

„Wohnungen? *Motel?* Mia, zieh einfach zu *mir*. Ich habe eine riesige Wohnung, und ich würde ehrlich an der Frequenz meiner sexuellen Aktivitäten arbeiten, wenn das bedeutet, dass ich dich dann als Mitbewohnerin bekomme."

Ihre Wohnung wäre ideal, in La Jolla und perfekt zwischen Strand und Campus gelegen, aber jetzt, nachdem sich mein Plan formiert hat, ist er unumstößlich. „Ich weiß, dass ich mich wie eine Psychopathin anhöre, Harlow, aber ich verspreche, ich werde dir später erklären, warum ich es auf diese Weise machen will."

Nach einem langen Schweigen kann ich ihre Einwilligung spüren, und für Harlows Verhältnisse ging das erstaunlich leicht. Ich muss mich so entschlossen anhören, wie ich mich fühle. „Okay. Hab dich lieb, Süße."

„Hab dich auch lieb."

Harlow schickt mir eine E-Mail mit einer kurzen Liste von Wohnungen, die ich mir ansehen soll, mit ihren Gedanken und Kommentaren zu jeder einzelnen. Ich bin mir sicher, dass sie die Maklerin ihrer Eltern angerufen und sie gebeten hat, für sie Objekte herauszusuchen, die exakten Vorgaben bezüglich Sicherheit, Größe und Preis entsprechen. Aber auch wenn sie eigentlich gar nicht weiß, wo ich wohnen möchte, bin ich so dankbar für Harlows Bemühungen, dass ich beinahe losheule.

Die erste Wohnung, die ich mir ansehe, ist nett und definitiv in meiner Preisklasse, aber zu weit weg von der Uni. Die zweite ist so nah, dass ich zu Fuß gehen könnte, liegt aber direkt über einem chinesischen Restaurant. Mehr als eine Stunde lang diskutiere ich mit mir, bis ich beschließe, dass ich auf keinen Fall ertragen kann, vierundzwanzig Stunden am Tag nach Kung Pao zu riechen.

Die dritte ist eine kleine möblierte Wohnung über einer Garage in einer ruhigen Wohngegend und zwei Blocks von einer Bushaltestelle entfernt, dessen Linie direkt zum Campus führt.

Und das ist wirklich ein Glück, denn nachdem ich nach meiner Rückkehr die Parkgebühr für Langzeitparken bezahlt habe, werde ich mir definitiv keine Parkerlaubnis auf dem Campus leisten können. Ich bin erleichtert, dass diese Wohnung erst heute Morgen annonciert wurde, denn sie wird unter Garantie schnell weggehen. Harlow ist eine Göttin.

Die Straße ist von Bäumen gesäumt, und ich parke vor dem breiten gelben Haus. Auf beiden Seiten des gepflasterten Gehwegs wächst Gras, und die Vordertür ist in dunklem Grün gestrichen. Wer immer hier wohnt, hat einen grünen Daumen, denn der Rasen ist makellos, die Blumenbeete sind üppig.

Es erinnert mich an den Jardin des Plantes und den Tag, den ich dort mit Ansel verbracht habe, wie ich die Namen für alles auf Französisch gelernt – und gleich wieder vergessen – habe, wie wir stundenlang dort entlanggeschlendert sind, mit meiner Hand in seiner und dem Versprechen einer Zukunft, in der ich alles mit ihm anstellen kann, was ich will.

Die Besitzerin des Hauses, Julianne, führt mich in die Wohnung, die meinen Wunschvorstellungen so nahe kommt, wie es nur möglich ist. Sie ist klein, aber warm und gemütlich, mit beigefarbenen Wänden und reinweißen Zierleisten. Ein cremefarbenes Sofa befindet sich in der Mitte des einzigen Hauptraums. Von einer Seite geht eine kleine Küche ab mit einem Fenster hinaus zu dem gemeinsamen Garten hinten. Der offene Grundriss erinnert mich so sehr an Ansels Wohnung, dass ich für einen schmerzhaften Moment die Augen schließen und tief durchatmen muss.

„Ein Schlafzimmer“, sagt sie und geht durch den Raum, um das Licht anzuknipsen.

Ich folge ihr und schaue hinein. Ein großes Bett nimmt fast das ganze Zimmer ein, ein paar Bücherregale hängen darüber.

„Das Badezimmer ist hier. Ich bin meistens schon vor Sonnenaufgang weg, Sie können also hinten parken.“

„Danke“, sage ich zu ihr.

„Nicht dafür. Die Schränke sind klein, der Wasserdruck ist schrecklich, und ich verspreche Ihnen, dass die Teenager-Jungs,

die sich um den Rasen kümmern, absolute Schweine sein werden, wenn sie Sie sehen … aber es ist nett und ruhig, und es gibt eine Waschmaschine und einen Trockner in der Garage, die sie jederzeit nutzen können", sagt sie.

„Es ist perfekt", sage ich, während ich mich umsehe. „Eine Waschmaschine und ein Trockner hören sich himmlisch an, und mit schweinischen Teenagern kann ich ganz sicher umgehen."

„Ja-ha!", sagt sie und lächelt breiter, und für einen kleinen, verzweifelten Herzschlag stelle ich mir vor, hier zu wohnen, den Bus zur Uni zu nehmen, beginne, mir mein Leben in dem niedlichen Studio über ihrer Garage auszumalen. Ich will ihr sagen, *bitte, lassen Sie mich sofort einziehen.*

Aber natürlich ist sie vernünftig, und mit einem leicht entschuldigenden Blick bittet sie mich, das Formular mit den Angaben zu meiner Person auszufüllen. „Ich bin sicher, dass alles in Ordnung geht", sagt sie zwinkernd.

Es fühlt sich surreal an, wieder in meiner Heimatstadt zu sein und in ein Motel einzuchecken. Meine Mutter würde mich umbringen. Harlow will mich umbringen. Aber selbst in dem schwachen Licht und mit der Kakophonie des Freeway 5 direkt vor meinem Fenster, ist es genau das, was ich brauche. Ich überprüfe meinen Kontostand zum ungefähr fünften Mal seit der Landung. Wenn ich mich zusammenreiße, könnte ich es bis zum Unibeginn schaffen, und bis dahin werde ich – dank meinem früheren Berater, dem Mann, der mir einen Zugang zu dem MBA-Programm verschafft hat, das mich einmal vehement an der USCD gelockt hat – ein kleines, nur selten vergebenes Stipendium erhalten, um über die Runden zu kommen. Aber auch wenn die Miete für das Apartment annehmbar ist, dürfte es immer noch recht eng werden. Bei der Vorstellung, meinen Vater nach Geld fragen zu müssen, dreht sich mir der Magen um. Ich habe seit über einem Monat nicht mehr mit ihm gesprochen.

„Du bist verheiratet, oder? Du hast einen Ehemann?", hat Ansel gesagt, und – *Gott* –, dieser Abend kommt mir ewig weit weg vor. Mich in die Decke verkriechend, die nach Bleichmit-

tel und Zigarettenqualm riecht, statt nach Sommergras und Kornähren, bemühe ich mich, durchzuatmen und um acht Uhr abends in einem dunklen Motelzimmer nicht vollkommen den Verstand zu verlieren.

Mein vernachlässigtes Handy fühlt sich plötzlich schwer in meiner Tasche an, und ich ziehe es heraus, lasse meinen Finger über dem Knopf schweben, bevor ich es schließlich anstelle.

Es dauert ein paar Sekunden, bis es hochgefahren ist, aber dann sehe ich, dass ich zwölf entgangene Anrufe von Ansel habe, sechs Nachrichten auf meiner Mailbox und noch mehr Textnachrichten.

Wo bist du? lautet die erste.

Du bist gegangen, stimmt's? Dein Koffer ist weg.

Du hast nicht alles mitgenommen.

Ich stelle mir vor, wie er wach wird, feststellt, dass ich weg bin, und dann von Zimmer zu Zimmer geht, sieht, welche Dinge ich beschlossen habe, mitzunehmen, und welche ich zurückgelassen habe.

Dein Ring ist nicht hier, hast du ihn mitgenommen? Ruf mich bitte an.

Ich lösche den Rest der SMS, aber nicht die Voicemails, weil ein Teil von mir insgeheim weiß, dass ich sie mir später anhören will, wenn ich allein bin und ihn vermisse.

Also, wenn ich ihn *noch mehr* vermisse.

Ich bin mir nicht mal sicher, was ich ihm antworten soll.

Mir wird jetzt klar, dass Ansel nicht die Antwort auf meine Probleme sein kann. Ja, er hat Mist gebaut, als er mir nicht die Wahrheit über Perry und ihre gemeinsame Vergangenheit gesagt hat, aber ich bin mir ziemlich sicher, dass das mehr daran liegt, dass er ein dummer Junge ist, als dass er mich im Dunkeln lassen wollte. Aus diesem Grund lernt man jemanden eigentlich erst kennen, bevor man ihn heiratet …

Und die Wahrheit ist, dass seine Lüge für mich auch ganz bequem war: Ich habe mich in Paris versteckt, habe ihn und die Tausende von Kilometern zwischen Frankreich und den Staaten dazu benutzt, den Dingen aus dem Weg zu gehen, die mir in

meinem Leben Schwierigkeiten machen: mein Dad, mein Bein, meine Unfähigkeit, mir eine neue Zukunft für mich selbst zu erschaffen, unabhängig von der, die ich verloren habe. Vielleicht ist Perry ja eine echte Schlampe, aber in einer Sache hat sie recht: Der Einzige, der sich in dieser Beziehung vorwärts bewegt hat, ist Ansel. Ich hingegen war zufrieden damit, einfach nur dazusitzen und abzuwarten, während er nach draußen ging und die Welt eroberte.

Ich drehe mich auf den Rücken, und anstatt Ansel zu antworten, schreibe ich eine Sammelnachricht an meine Mädels.

Ich glaube, ich hab einen Platz zum Wohnen gefunden. Danke, dass du mir die Liste geschickt hast, H. Ich versuche wirklich, jetzt nicht die Nerven zu verlieren.

Lass uns zu deinem Motel kommen, antwortet Harlow. *Wir werden verrückt, weil wir nicht wissen, was zum Teufel da abgeht.*

Morgen, verspreche ich ihnen.

Kopf hoch, schreibt Lola. *Das Leben besteht nicht nur aus diesen kleinen schrecklichen, sondern auch aus vielen großartigen Momenten.*

Ich liebe dich, antworte ich. Denn sie hat recht. Dieses war der großartigste Sommer, den ich je gehabt habe.

EINUNDZWANZIG

Julianne ist wirklich eine Göttin, denn sie ruft bereits kurz vor acht Uhr morgens an. Wegen der Zeitverschiebung bin ich schon seit fünf Uhr wach und tigere wie eine Verrückte in meinem kleinen Motelzimmer herum, bete, dass alles gut gehen wird und ich nicht einen weiteren Tag mit Wohnungssuche verbringen muss.

„Hallo?", sage ich, das Handy bebt in meiner zitternden Hand.

Beinahe kann ich das Lächeln in ihrer Stimme hören. „Bereit, einzuziehen?"

Ich schenke ihr mein dankbarstes – und enthusiastischstes – „Ja", lege auf und sehe mich lachend in dem winzigen Zimmer um. Ich bin bereit, in eine Wohnung einzuziehen, die nur zehn Minuten von meinem Elternhaus entfernt ist, und ich habe so gut wie nichts mitzunehmen.

Aber bevor ich gehen kann, muss ich noch einen Anruf tätigen. So sehr mein Vater sich immer geweigert hat, meine Leidenschaft fürs Tanzen anzuerkennen oder zumindest gütig damit umzugehen, gibt es doch eine Person, die bei jedem einzelnen Vortanzen dabei war, die mich zu jeder Trainingsstunde gefahren hat, zu jeder Aufführung, und die mir meine Kostüme genäht hat. Sie hat mich geschminkt, als ich noch klein war, hat mir dann nur noch dabei zugesehen, als ich größer und eigensinniger wurde. Sie hat während meiner Solos geweint und ist aufgestanden, um mich zu bejubeln.

Geschockt begreife ich jetzt erst, dass meine Mutter sich all die Jahre, in denen ich getanzt habe, bewusst gegen meinen Vater aufgelehnt hat. Und das hat sie getan, weil ich unbedingt tanzen wollte. Sie war da, als ich einen Monat lang im Krankenhauszimmer lag, und als ich deprimiert und wie innerlich tot entlassen wurde, fuhr sie mich zu meinem Studentenwohnheim an der UCSD.

Ich war nicht die Einzige, die nach meinem Unfall einen Traum beerdigen musste. Wenn also irgendjemand die Ent-

scheidung verstehen würde, die ich gerade treffe, dann meine Mutter.

Sie klingt erschrocken, als sie rangeht. „Mia?“

„Hi, Mom.“ Ich kneife die Augen zusammen, überwältigt von einem Gefühl, das ich vermutlich nicht sonderlich gut in Worte bringen könnte. In meiner Familie spricht man nicht über Gefühle, und ich habe es nur unter Androhung von Folter bei Harlow gelernt. Aber vielleicht hätte ich schon längst äußern sollen, dass mir klar ist, wie stark meine Mutter während meiner Kindheit war und was sie alles für mich getan hat, damit ich meinen Traum verfolgen konnte. „Ich bin zurück.“ Nach einem kurzen Zögern füge ich hinzu: „Ich werde nicht nach Boston gehen.“

Meine Mutter weint immer sehr leise, sie macht *alles* sehr leise. Aber ich kenne den Rhythmus ihrer winzigen japsenden Atemzüge so gut, wie ich ihr Parfum kenne.

Ich gebe ihr meine neue Adresse, sage ihr, dass ich heute in die Wohnung einziehe und dass ich ihr alles erzählen werde, wenn sie mich besuchen kommt.

Weder brauche ich irgendwelche Sachen noch Geld. Ich brauche nur irgendwie meine *Mom*.

Zu sagen, dass ich meiner Mutter ähnle, wäre eine Untertreibung. Wenn wir in den vergangenen Jahren zusammen unterwegs waren, ist es mir immer so vorgekommen, als würden die Leute denken, ich wäre eine Marty-McFly-Version von ihr, die aus den achtziger Jahren in die Gegenwart gereist ist. Wir sind gleich groß, haben die gleichen haselnussbraunen Augen, olivfarbene Haut und dunkles, glattes Haar. Aber als meine Mutter aus ihrem riesigen Lexus steigt und ich sie das erste Mal seit über einem Monat sehe, habe ich das Gefühl, als würde ich mein Abbild in einer Art Zerrspiegel sehen. Sie sieht genau so aus wie immer – und das bedeutet, nicht gerade blühend. Sie hat resigniert, sich mit ihrem Leben abgefunden – und das könnte auch mir passieren. Dad wollte nie, dass sie einem Beruf nachgeht. Er hat sich nie sonderlich für ihre Hobbys interessiert: Gärt-

nern, Töpfern, ökologisches Leben. Sie liebt meinen Vater, aber sie hat sich mit einer Beziehung arrangiert, die ihr nicht sonderlich viel gibt.

Als ich sie in meine Arme schließe, fühlt sie sich winzig an, aber als ich sie loslasse und mit einem besorgten oder zögernden Gesichtsausdruck rechne – *sie sollte sich nicht mit dem Feind einlassen, David wird so was von fuchsteufelswild werden!* –, sehe ich nur ein dickes Grinsen.

„Du siehst großartig aus", sagt sie und hebt meine Arme hoch, um mich richtig betrachten zu können.

Das … okay, das überrascht mich ein wenig. Ich habe mich unter der träge tröpfelnden Moteldusche gewaschen, trage kein Make-up und würde vermutlich vulgäre sexuelle Handlungen als Gegenleistung für den Zugang zu einer Waschmaschine bieten. Meine äußere Erscheinung stelle ich mir als Mischung aus Obdachlosem und Zombie vor. „Danke?"

„Gott sei Dank gehst du nicht nach Boston."

Und dann dreht sie sich um und öffnet den Kofferraum ihres SUVs und hebt mit überraschender Leichtigkeit eine riesige Kiste heraus. „Ich habe dir deine Bücher mitgebracht und den Rest deiner Anziehsachen. Wenn dein Vater sich beruhigt hat, kannst du vorbeikommen und alles holen, was noch fehlt." Sie starrt einen Moment lang in mein überraschtes Gesicht, bevor sie in Richtung Wagen nickt. „Schnapp dir eine Kiste und zeig mir dein neues Heim."

Mit jedem Schritt, den wir zu meiner kleinen Wohnung über der Garage hochsteigen, trifft mich eine weitere Erkenntnis direkt in die Magengrube.

Meine Mom braucht genauso sehr einen Sinn im Leben wie wir alle.

Dieser Sinn bin bisher immer ich gewesen.

Ansel hatte genauso sehr Angst, sich seiner Vergangenheit zu stellen, wie ich hinsichtlich meiner Zukunft.

Ich drücke die Wohnungstür auf, wobei mir fast die riesige Kiste aus den Armen und auf den Boden fällt, doch irgendwie schaffe ich es bis zu dem Tisch im Wohn-Ess-Zimmer. Mom

stellt die Kiste mit meinen Anziehsachen auf der Couch ab und sieht sich um. „Es ist klein, aber nett, Lollipop."

Ich glaube, so hat sie mich nicht mehr seit meinem fünfzehnten Geburtstag genannt. „Hmh, irgendwie liebe ich es auch schon."

„Ich kann dir ein paar Fotografien aus Lanas Studio mitbringen, wenn du etwas Kunst an den Wänden willst?"

Das Blut vibriert in meinen Adern. Deshalb bin ich zurückgekehrt. Meine Familie. Meine Freunde. Ein Leben hier, das ich mir aufbauen will. „Okay."

Ohne weitere Umschweife setzt sie sich hin und sieht mir ins Gesicht. „Also."

„Also."

Ihr Blick fällt auf meine linke Hand, die bewegungslos an meiner Seite hängt, und erst jetzt fällt mir auf, dass ich noch immer meinen Ehering trage. Sie sieht kein bisschen überrascht aus. „Wie war Paris?"

Also hole ich tief Luft, setze mich neben sie auf die Couch und lasse in einem einzigen langen Wortschwall alles raus. Ich erzähle ihr von der Suite in Vegas, wie ich das Gefühl gehabt habe, dass es auf bestimmte Weise mein letztes Abendmahl sei, die letzte fröhliche Zeit, die ich haben würde, bis ich an einem gewissen Punkt aus diesem Traum erwachen und auf magische Weise feststellen würde, dass ich genau wie mein Vater sein wollte. Ich erzähle ihr, wie ich Ansel kennengelernt habe, erzählen ihr von dem Sonnenschein in *ihm*, und wie ich geradezu das Gefühl gehabt habe, als würde ich in dieser Nacht ihm gegenüber eine Beichte ablegen. Alle Last von mir laden. Mich befreien.

Ich erzähle ihr von der Hochzeit. Auch wenn ich den Sex-Teil hundertprozentig auslasse.

Ich erzähle ihr, wie ich meinem Leben entflohen bin, nach Paris, erzähle, wie großartig, wie perfekt diese Stadt ist und wie es sich anfangs angefühlt hat, aufzuwachen und festzustellen, dass ich mit einem vollkommen Fremden verheiratet war. Aber auch, dass dieses Gefühl vorbeiging und dass danach eine

Beziehung begann, von der ich mir nicht sicher bin, ob ich sie wirklich aufgeben will.

Erneut überspringe ich jedes Detail, was den Sex angeht.

Es ist schwer, die Perry-Geschichte zu erklären, denn ihr muss von Anfang klar sein, dass ich aus diesem Grund gegangen bin. Deswegen fühle ich mich, als ich zu dem Teil mit der Party komme und wie ich von dem *Biest* in die Ecke getrieben worden bin, beinahe wie eine Idiotin, weil ich das alles nicht schon viel früher gerafft habe.

Aber Mom empfindet das nicht so. Sie japst trotzdem auf, und es ist diese winzige Reaktion, die den Damm zum brechen und die Tränen zum Fließen bringt; die ganze Zeit über habe ich mich gefragt, was für ein Trottel ich eigentlich bin. Bin ich ein kleiner Trottel, der hätte bleiben sollen, um mit dem heißesten Mann der Welt alles durchzudiskutieren? Oder bin ich ein Riesentrottel, weil ich wegen etwas gegangen bin, dass jede andere als unwichtiges Problem angesehen hätte?

Das Problem, wenn du dich im Auge des Orkans befindest, ist, dass du kein Gespür dafür hast, wie groß er eigentlich ist.

„Süße", sagt meine Mutter, und dann nichts weiter. Es spielt keine Rolle. Dieses Wort enthält eine Million andere, enthält alles Mitgefühl und den Beschützerinstinkt einer wütenden Mamabärin. Aber auch: Sorge um Ansel, da ich ihn ziemlich treffend beschrieben habe, glaube ich. Er ist gut und er ist liebevoll. Und er *mag* mich.

„Süße", wiederholt sie leise.

Eine weitere Erkenntnis trifft mich: Ich bin nicht wortkarg, weil ich stottere. Ich bin wortkarg, weil ich meiner Mutter ähnle.

„Okay, also." Ich ziehe meine Knie an die Brust. „Da ist noch mehr. Weswegen ich hier bin und nicht in Boston." Ich erzähle ihr, wie ich gemeinsam mit Ansel durch die Stadt gewandert bin, wie wir über die Uni gesprochen haben und mein Leben und was ich damit anstellen will. Ich erzähle ihr, dass er derjenige gewesen ist – auch wenn er es nicht weiß –, der mich davon überzeugt hat, nach Hause zurückzukehren, um abends in meinem alten Tanzstudio zu unterrichten und tagsüber hier zur Uni zu gehen,

damit ich mich darauf vorbereiten kann, irgendwann mein eigenes Geschäft aufzuziehen. Ich versichere ihr, dass Professor Chatterjee bereits zugestimmt hat, mich in das MBA-Programm an der UCSD aufzunehmen, meinem alten Department.

Mom lehnt sich zurück und mustert mich einen Augenblick lang. „Wann bist du so erwachsen geworden, Lollipop?“

„Als ich *ihm* begegnet bin.“ Argh. Ein Stich in die Eingeweide. Und Mom sieht das. Sie legt ihre Hand auf meine Hand über meinem Knie.

„Er hört sich … gut an.“

„Er *ist* gut“, flüstere ich. „Abgesehen von dem Geheimnis mit dem *Biest* ist er der Wahnsinn.“ Ich zögere und füge dann hinzu: „Wird Dad mich jetzt für immer meiden?“

„Dein Vater ist schwierig, das weiß ich, aber er ist auch klug. Er wollte, dass du deinen MBA machst, damit du Optionen hast, nicht damit du genau so wirst wie er. Die Sache ist die, mein Liebling: Du musstest es nie für das nutzen, was er wollte. Selbst er weiß das, egal wie viel Druck er dir macht, damit du seinem Weg folgst.“

Meine Mutter steht auf und geht zur Tür, bleibt einen Moment stehen, während ich zu begreifen versuche, dass ich meinen Vater nicht sonderlich gut kenne. „Hilf mir, die letzten Kisten hochzubringen, dann fahre ich nach Hause. Und nächste Woche kommst du zum Essen, ja? Jetzt hast du erst mal andere Sachen zu klären.“

Ich habe Lola und Harlow versprochen, dass sie vorbeikommen können, sobald ich eingezogen bin, aber nach dem ich die Kisten ausgepackt habe, bin ich vollkommen erschöpft und will nur noch schlafen.

Im Bett halte ich mein Handy so fest umklammert, dass ich spüren kann, wie meine Handfläche rutschig wird, und ich kämpfe dagegen an, alle Nachrichten von Ansel, die regelmäßig bei mir eintreffen, zum hundertsten Mal zu lesen. Die SMS, die angekommen ist, nachdem ich ausgepackt habe, lautet: *Wenn ich zu dir käme, würdest du dich mit mir treffen?*

Ich lache, denn trotz allem ist es ja nicht so, dass ich einfach beschließen kann, ihn nicht mehr zu lieben; ich würde mich niemals weigern, ihn zu treffen. Ich bringe es ja noch nicht mal über mich, meinen Ehering abzunehmen.

Auf mein Handy sehend, öffne ich das Textfeld und antworte zum ersten Mal, seit ich ihn schlafend in seiner Wohnung zurückgelassen habe. *Ich bin in San Diego, gesund und munter. Natürlich würde ich dich treffen, aber komm nicht, bevor der Fall es zulässt. Du hast zu hart daran gearbeitet.* Ich lese noch einmal, was ich geschrieben habe, und füge hinzu: *Ich laufe ja nicht weg.*

Außer zurück in die Staaten, während du schlafend daliegst, denke ich.

Er antwortet noch im selben Augenblick. *Endlich! Mia, warum bist du gegangen, ohne mich zu wecken? Ich bin hier Amok gelaufen.*

Und dann noch eine SMS: *Ich kann nicht schlafen. Ich vermisse dich.*

Ich schließe die Augen. Es war mir nicht klar gewesen, wie sehr ich das hören musste. Das Gefühl ist wie ein Zerren in meiner Brust – als hätte jemand ein Seil um meine Lungenflügel geschlungen und zöge nun die Enden zusammen.

Mein Verstand rät mir, ich solle nur „Danke“ erwidern, aber stattdessen tippe ich rasch *Ich dich auch* und lege dann mein Handy weg, bevor ich noch mehr verrate.

Ich vermisse ihn so sehr, dass ich das Gefühl habe, als würde ich in einem Korsett stecken, unfähig, genügend Sauerstoff zu kriegen.

Erst am nächsten Morgen sehe ich erneut auf mein Handy, und stelle fest, dass ich drei Nachrichten von ihm verpasst habe.

Ich liebe dich.

Und dann: *Bitte sag mir, dass ich es nicht vermasselt habe.*

Und dann: *Bitte, Mia. Sag etwas.*

Da breche ich zum zweiten Mal zusammen, denn an der Uhrzeit erkenne ich, dass er sie von seinem Büro aus geschrieben hat,

während der *Arbeit*. Ich sehe geradezu vor mir, wie er auf sein Handy gestarrt hat, unfähig, sich zu konzentrieren oder irgendetwas erledigt zu bekommen, bis ich geantwortet habe. Aber das habe ich nicht getan.

Ich krümme mich in Embryonalstellung zusammen und schlafe wieder ein, fahre runter, als wäre mir der Stecker gezogen worden.

Nur ungefähr eine Stunde später öffne ich die Tür und stürme in ein Gewirr von Armen und Haaren.

„Jetzt hör schon auf, sie dermaßen in Beschlag zu nehmen", höre ich eine Stimme hinter Harlows Schulter, und ich spüre ein zweites Paar Arme.

Man würde nie meinen, dass wir weniger als zwei Monate voneinander getrennt waren, so wie ich an Lolas Schulter zu schluchzen beginne und mich an den beiden festhalte, als ob sie davongerissen werden könnten.

„Ich habe euch dermaßen vermisst", sage ich. „Ihr dürft nie wieder gehen. Es wird etwas eng werden, aber wir bekommen das schon hin. Ich war in Europa, ich kenne mich jetzt mit solchen Dingen aus."

Lachend und weinend stolpern wir in mein winziges Wohnzimmer, und ich schließe die Tür hinter uns.

Als ich mich umdrehe, bemerke ich, dass mich Harlow mustert.

„Was?", frage ich und sehe auf meine Yoga-Caprihose und mein T-Shirt hinab. Mir ist klar, dass ich so nicht gerade auf den roten Teppich gehen kann, aber trotzdem kommt mir ihr kritischer Blick etwas übertrieben vor. „Entspann dich, Clinton Kelly. Ich hab Kisten ausgepackt und dann geschlafen."

„Du siehst anders aus", sagt sie.

„Anders?"

„Ja. Heißer. Das Eheleben hat dir gutgetan."

Ich verdrehe die Augen. „Schätze, du meinst meine kleinen Rettungsringe. Das liegt daran, dass ich eine ungesunde Beziehung mit *pain au chocolat* eingegangen bin."

„*Nein*“, sagt sie und kommt näher, um mein Gesicht zu betrachten. „Du siehst … weicher aus? Aber auf eine gute Art. Weiblich. Und mir gefällt dein Haar, so etwas länger.“

„Und die Bräune“, fügt Lola hinzu und lässt sich auf die Couch fallen. „Du siehst wirklich gut aus. Dein Vorbau übrigens auch.“

Lachend quetsche ich mich neben sie. „Das passiert, wenn du arbeitslos und mit einer Patisserie um die Ecke in Frankreich lebst.“

Wir verfallen alle in Schweigen, und nach einer gefühlten Ewigkeit der Stille wird mir klar, dass *ich* ausgesprochen habe, dass ich in Frankreich *gewesen* und jetzt *zurück* bin.

„Ich komme mir schrecklich vor, weil ich auf diese Weise verduftet bin.“

Lola erdolcht mich fast mit ihrem Blick. „Das bist du *nicht*.“

„Vielleicht änderst du ja deine Meinung, wenn ich es erkläre.“

Harlow hat schon die Hand gehoben. „Nicht nötig. Wir wissen bereits, was geschehen ist, auch wenn wir das nicht dir zu verdanken haben, du verschwiegenes Arschloch.“

Natürlich haben sie schon die ganze Geschichte gehört. Oder besser, Harlow hat es von Finn gehört, der es von Oliver gehört hat, der das große Glück gehabt hat, Ansel anzurufen, gerade mal eine Stunde, nachdem der aufgewacht war und festgestellt hat, dass seine Frau mit all ihren Sachen verschwunden ist. Für einen Haufen Kerle sind sie echt verdammte Tratschtanten.

Mithilfe der einfachen Codewörter, die wir in den letzten zwanzig Jahren entwickelt haben, bringen wir uns gegenseitig auf den neusten Stand, und ich merke, dass es mir jetzt, beim zweiten Mal, viel leichter fällt, alles auszuspucken.

„Er hat Scheiße gebaut“, versichert mir Harlow, sobald ich zu dem Part komme, wo wir gemeinsam zu der Party gegangen sind. „Alle wissen das. Anscheinend haben ihm Finn und Oliver seit Wochen gesagt, dass er dir die Situation erklären soll. Perry ruft ihn die ganze Zeit über an, nervt ständig Oliver und Finn, um pausenlos darüber zu reden. Ihre Trennung scheint niemanden außer sie selbst überrascht zu haben, und sogar das ist an-

scheinend fraglich. Ich schätze, Ansel hat befürchtet, es könnte dich verschrecken. Er zählt die Tage, bis er wieder hierherkommen kann. Nach allem, was ich gehört habe, ist er bis über beide Ohren verliebt in dich."

„Aber wir stimmen alle zu, dass er es dir hätte erzählen sollen", meint Lola. „Hört sich so an, als wärest du davon total überrascht worden."

„Ja", sage ich. „Gleich beim ersten Mal, dass er mich auf eine Party mitnimmt, spricht mich diese *nette* Frau an … und dann verändert sich ihr Gesicht plötzlich, und sie verwandelt sich in einen rachsüchtigen Dämon."

Ich lehne meinen Kopf an Lolas Schulter an. „Ich wusste ja, dass er eine lange Beziehung hinter sich hatte, deshalb verstehe ich nicht, warum es für ihn so schwierig war, mir zu erzählen, dass es sich um Perry handelte, dass er mit ihr zusammengelebt hat und dass sie sogar verlobt gewesen sind. Vielleicht wäre es ein bisschen merkwürdig gewesen, okay – aber dadurch, dass er ein solches Geheimnis daraus gemacht hat, wurde es noch viel merkwürdiger. Außerdem: sechs Jahre mit jemandem zusammen sein, den du nicht richtig liebst? Das hört sich krank an."

Lola schweigt erst, dann sagt sie: „Ich weiß."

Auch wenn es mich nervt, verspüre ich einen kleinen Stich, weil es mir treulos vorkommt, dass ich Ansel auf diese Weise kritisiere. Während seiner Kindheit hat er die merkwürdige, vereinnahmende und von Untreue geprägte Beziehung seiner Eltern miterleben müssen. Ich bin mir sicher, dass Loyalität und Treue ihm mehr bedeuten als romantische Liebe, oder zumindest glaubte er bislang, dass sie es täten. Deshalb frage ich mich, wie sehr es in seiner Zeit mit Perry im Grunde darum ging, sich zu beweisen, dass er nicht so unstet war wie sein Vater. Mit Sicherheit hat der Umstand, dass er mit mir verheiratet geblieben ist, zumindest zu einem gewissen Teil auch damit zu tun – unabhängig davon, dass er es anfangs auch getan hat, weil ich darauf bestand. Jetzt muss ich entscheiden: Komme ich damit klar, dass er sich sowohl etwas beweisen muss *und* dass er mich liebt?

„Wie geht es ihm?", fragt Harlow.

Ich zucke die Schultern und spiele mit Lolas Haaren. „Gut", sage ich. „Er arbeitet viel."

„Danach habe ich nicht gefragt."

„Also, durch dieses ganze Telefonspiel wisst ihr vermutlich mehr als ich." Um abzulenken frage ich: „Wie geht es Finn?"

Harlow zuckt die Achseln. „Keine Ahnung. Gut, schätze ich."

„Was heißt das, du weißt es nicht? Hast du ihn nicht gerade erst getroffen?"

Sie lacht und macht kleine Anführungszeichen in der Luft, als sie leise das Wort ‚getroffen' wiederholt. „Ich kann dir versichern, dass ich nicht wegen Finns beeindruckender Persönlichkeit *oder* seinen kommunikativen Fähigkeiten nach Kanada geflogen bin."

„Also bist du wegen dem Sex hin."

„Richtig."

„Und, war er gut genug, um noch mal hinzufliegen?"

„Ich weiß es nicht. Wenn ich ehrlich bin, dann *mag* ich ihn noch nicht mal sonderlich. Er ist eindeutig hübscher, wenn er nicht redet."

„Du bist echt ein merkwürdiges Huhn."

„Gefällt mir, dass du so tust, als würde dich das wundern. Finn und ich. Auf keinen Fall."

„Okay, Mia, genügend abgelenkt", sagt Lola leise. „Was wird als Nächstes passieren?"

Seufzend antworte ich ihr ehrlich: „Keine Ahnung. Ich meine, das ist, was ich eigentlich tun sollte, oder? Studieren? Herausfinden, was ich mit meinem Leben anstellen will? Unverantwortlich war es, erst mal nach Paris zu gehen. Erwachsen war es, zurückzukehren. Warum kommt es mir also vor, als würde alles verkehrt herum verlaufen?"

„Oh, ich weiß nicht", sagt Harlow brummend. „Vielleicht, weil es sich so anhört, als wärt ihr beide dabei gewesen, gemeinsam einen neuen Plan zu entwickeln?"

Ich nicke. *Das stimmt.* „Ich hab mich so sicher mit ihm gefühlt. Als ob mein Verstand es nicht immer wusste, aber dafür

mein Körper? Ich kannte zwar seine Lieblingsfarbe nicht und wusste nicht, was er mit zehn Jahren werden wollte, aber nichts davon war von Bedeutung. Und all die dummen Dinge, die ich über Luke wusste, die gigantische Liste von Sachen in meinem Kopf, von der ich dachte, dass sie dafür sorgte, dass wir zusammenpassten … Es kommt mir so lächerlich vor, wenn ich es mit meinen Gefühlen für Ansel vergleiche."

„Wenn du diese eine Sache während deiner Zeit mit ihm ungeschehen machen könntest, wärst du dann noch mit ihm zusammen?"

Darüber muss ich nicht groß nachdenken. „Mit Sicherheit."

„Hör mal, ich hab mitbekommen, wie du das Wichtigste in deinem Leben verloren hast, und es gab nichts, das ich oder jemand anderes tun konnte, um es zu ändern. Wir konnten die Zeit nicht zurückdrehen. Wir konnten dein Bein nicht wieder heile machen. Wir konnten nicht dafür sorgen, dass du wieder tanzen konntest", sagt sie mit ungewohnt zittriger Stimme. „Aber ich kann dir raten, dass du dich jetzt nicht wie ein Idiot benehmen sollst. Liebe ist verdammt schwer zu finden, Mia. Vergeude sie nicht wegen ein paar dummen Linien auf der Landkarte."

„Bitte hör auf, dich so logisch anzuhören", sage ich. „Mein Leben ist verwirrend genug, ohne dass du es noch schlimmer machst."

„Und da ich dich nur ein kleines bisschen kenne, bin ich mir sicher, dass du selbst schon zu diesem Ergebnis gekommen bist. Du brauchst nur jemand Klügeren, der es als Erster ausspricht. Ich will aber auch nichts kleinreden! Was er getan hat, das war absolut beschissen. Ich spiele hier nur den Anwalt des Teufels."

Ich schließe die Augen, zucke mit den Schultern.

„Wir sprechen also von dem großen L-Wort, oder?"

„Lesben?", frage ich trocken.

Sie starrt mich wütend an. Wenn Harlow im *Jetzt-reden-wir-mal-ernsthaft-über-Gefühle*-Modus ist, sollte man sich besser nicht mit ihr anlegen. „Was ich *meine*", sagt sie, ohne auf mich einzugehen, „ist, dass es nicht nur darum geht, den süßen versauten Franzosen zu vögeln."

„Es ging eigentlich nie nur darum, den Franzosen zu vögeln“, erwidere ich. „Schätze, das hat dich damals so fertig gemacht.“

„Denn es geht um eine *große* Sache“, sagt sie und gibt mir ein High Five, als wir lachend rufen: „Das hast *du* jetzt gesagt!“

Aber dann macht sie wieder ein ernstes Gesicht. „Weißt du, selbst als Luke dich verlassen hast, wusste ich, dass du damit klarklommen würdest. Ich hab damals zu Lola gesagt: ‚Es ist jetzt hart, aber gib ihr ein paar Wochen. Sie steht wieder auf.‘ Das hier ist … anders.“

„Es ist beinahe zum Lachen, wie anders das ist.“

„Du bist also … was?“ Da ich offensichtlich keine Ahnung habe, was sie mich fragen will, fährt sie fort: „Du hast mich gebeten, dass ich mit meinem Dad über die Annullierung spreche, aber willst du wirklich eine? Redet ihr beide überhaupt noch miteinander? Und zuck ja nicht wieder die Schultern, oder ich springe über diese Couch und hau dich.“

Ich verziehe das Gesicht. „Wir schreiben uns SMS.“

„Bist du noch in der Highschool?“, fragt Harlow und schlägt mir auf die Hand. „Warum rufst du ihn nicht an?“

Lachend sage ich ihnen: „Ich bin noch nicht bereit, seine Stimme zu hören, weil ich doch gerade erst dabei bin, hier wieder anzukommen. Wenn er nur meinen Namen sagen würde, säße ich vermutlich im nächsten Flieger nach Paris.“

Ich setze mich auf und drehe mich so, dass ich sie beide ansehen kann, dann füge ich hinzu: „Abgesehen davon ist Ansel gerade dabei, die Karriereleiter hochzuklettern, und ich war wie ein Hamster im Rad. Ich muss erst mein Leben auf die Reihe kriegen, damit er, wenn er jemals hierherkommt, nicht das Gefühl hat, als müsste er sich um mich kümmern.“

Als ich den Mund wieder zumache und zu ihnen aufsehe, starren sie mich noch immer an, mit vollkommen neutralem Gesichtsausdruck. „Ich musste erwachsen werden, und Ansel, der Idiot, hat mich in gewisser Weise aus dem Nest geschubst. Wegen ihm freue ich mich so, wieder hier zu sein und zur Uni zu gehen. Ich wünschte nur, ich wäre nicht aus Wut abgehauen.“

„Sei nicht so hart zu dir selbst", sagt Lola. „Ich bin *so* froh, dass du da bist."

„Gott, das bin ich auch", sagt Harlow. „Deine Anrufe um kurz nach halb Nacht haben mir echt viel Schlaf geraubt."

„Ha ha ha." Ich werfe ein Kissen nach ihr.

„Und was ist mit einem Job? Du weißt, dass mein Dad dich anheuern würde, um in einem seiner Büros rumzusitzen und hübsch auszusehen. Hast du Bock, den Sommer über ein paar leitende Angestellte mittleren Alters um den Verstand zu bringen?"

„Ehrlich gesagt hab ich schon einen Job."

„Das ist ja toll!" Lola packt meine Hand.

Schon immer die Skeptischere der beiden, sieht Harlow mich weiter prüfend an. „Wo?"

„In meinem alten Tanzstudio", erwidere ich. Und das ist alles, was ich sagen muss, denn keine Sekunde später sitzen Lola und Harlow praktisch auf meinem Schoß.

„Soooo stolz auf dich", flüstert Lola, die Arme fest um meine Schultern geschlungen.

„Wir haben es vermisst, dich tanzen zu sehen. Scheiße, ich glaube, ich heule gleich", fügt Harlow hinzu.

Ich lache, versuche halbherzig, die beiden wegzuschieben. „Es wird nicht wie früher sein, Mädels. Ich werde …"

„Für uns wird es das", sagt Lola und lehnt sich so weit zurück, dass sie mir in die Augen sehen kann.

„Okay, okay", sagt Harlow und steht auf. „Genug von diesem ganzen Gefühlskram. Wir holen uns jetzt was zu essen, und dann gehen wir shoppen."

„Macht ihr beide das mal. Ich will gleich ins Studio, um ein bisschen mit Tina zu sprechen. Ich muss noch duschen."

Lola und Harlow werfen sich einen Blick zu. „Na schön, aber wenn du fertig bist, gehen wir aus, aber so richtig. Die Drinks gehen auf mich. Ein kleines Willkommensfest für unsere Süße."

Mein Handy vibriert auf dem Tisch, und Harlow greift danach, schiebt mich mit ihren langen, starken Armen weg. „Oh, und Mia?"

„Ja?", sage ich und versuche, an ihr vorbeizukommen.

„Geh ans verdammte Telefon, wenn er anruft, oder ruf ihn selbst an. Du hast dreiundvierzig Voice-Mails, von den SMS ganz zu schweigen. Es muss nicht heute sein, es muss noch nicht mal morgen sein, aber hör auf, dich so feige zu verhalten. Du kannst zur Uni und zur Arbeit gehen und so tun, als wärst du nicht verheiratet, aber du kannst uns nicht weismachen, dass du nicht total verliebt in diesen Kerl bist."

Die Fahrt zum Studio am Nachmittag ist wirklich komisch. Ich hatte erwartet, nervös zu sein und eine gewisse Nostalgie zu empfinden, aber kaum bin ich unterwegs, merke ich, dass ich die Strecke zwar schon hunderte Male gefahren bin, dass mich meine Mutter aber immer begleitet hat. Noch nie habe ich auf dieser Strecke selbst hinterm Steuer gesessen.

Dieser Gedanke fühlt sich schicksalhaft an – ich übernehme fortan die Kontrolle über meinen Weg, nachdem ich mich so lange passiv verhalten habe.

Direkt hinter der wuseligen Kreuzung von Linda Vista und Morena taucht das unscheinbare Einkaufszentrum auf, und nachdem ich geparkt habe, brauche ich ein paar Minuten, um zu verarbeiten, wie anders es aussieht. Es gibt einen schicken neuen Frozen-Joghurt-Shop und einen Subway. Der große Laden, der früher ein Chinarestaurant war, ist jetzt ein Karate-Studio. Aber mitten im Zentrum der Ladenreihe und mit einem neuen Schild, einer neuen glatten Steinfassade, ist Tinas Studio. Ich versuche, den harten Kloß in meinem Hals hinunterzuschlucken, das nervöse Kribbeln meines Magens zu unterdrücken. Ich bin so glücklich, wieder hier zu sein – egal, wie anders alles aussieht –, und trotzdem auch ein bisschen traurig, weil dieser Ort nie wieder das sein wird, was er einmal für mich gewesen ist.

Mir ist schwindlig vor lauter Emotionen: Erleichterung, Traurigkeit und *zu viel von allem!*

Doch in diesem Moment will ich nicht Mom oder Harlow oder Lola als Unterstützung. Ich will Ansel.

Ich krame in meiner Tasche nach dem Handy. Die heiße Luft draußen scheint sich wie eine Wand gegen mich zu drücken, aber ich ignoriere das, meine Hände zittern, als ich meine PIN eingebe und Ansels Bild in meiner Favoriten-Liste suche.

Ich atme so heftig, dass ich mir ernsthaft Sorgen mache, ich könnte gerade eine Art Asthmaanfall erleiden, während ich die Worte tippe, von denen ich weiß, dass er sie sich erhofft, die Worte, die ich schon an dem Tag, als ich gegangen bin, hätte schreiben sollen – *Ich mag dich* – und drücke auf Senden. *Es tut mir leid, dass ich auf diese Weise abgereist bin,* füge ich eilig hinzu. *Ich will, dass wir zusammen sind. Ich weiß, dass es bei dir spät ist, aber kann ich dich anrufen? Ich rufe dich jetzt an.*

Gott, mein Herz pocht so heftig, dass ich das Blut in meinen Ohren rauschen hören kann. Meine Hände zittern, und ich muss einen Moment innehalten, mich gegen meinen Wagen lehnen, um mich zu sammeln. Als ich schließlich bereit bin, öffne ich wieder meine Kontaktliste und drücke auf seinen Namen. Es dauert eine Sekunde, bis die Verbindung steht, bis ein Tuten zu hören ist.

Es klingelt und klingelt, und schließlich geht die Mailbox dran. Ich lege auf, ohne eine Nachricht zu hinterlassen. Ich weiß, dass es dort mitten in der Nacht ist, aber wenn sein Telefon an ist – was es eindeutig ist – und er mit mir sprechen wollte, dann würde er drangehen. Ich schiebe den Anflug von Unwohlsein beiseite und schließe die Augen, versuche, Trost darin zu finden, dass es sich gut anfühlt, vor mir selbst und ihm gegenüber zuzugeben, dass ich nicht bereit bin, es zu beenden.

Als ich die Tür zum Studio aufziehe, sehe ich Tina dort stehen, und ich erkennen an ihrem Gesichtsausdruck – der Kiefer angespannt, die Augen voller Tränen –, dass sie mich bereits beobachtet, seitdem ich aus dem Wagen ausgestiegen bin.

Sie sieht älter aus, wie erwartet, aber genauso elegant und zart wie immer, mit ihrem grauen, fest zu einem Knoten zurückgebundenen Haar, das Gesicht bar jeglicher Schminke, abgesehen von dem für sie typischen kirschroten Lipgloss. Selbst ihre

Kleidung ist die gleiche: ein enges schwarzes Tanktop, schwarze Yogahosen, Ballerinas. Eine Million Erinnerungen sind mit dieser Frau verbunden. Tina umarmt mich und ich spüre, dass sie zittert, als sie ihren Körper gegen meinen drückt.

„Geht es dir gut?"

„Bin auf dem Weg dorthin."

Sie lehnt sich zurück, mustert mich, die blauen Augen weit aufgerissen. „Dann erzähl mal."

Ich habe Tina seit vier Jahren nicht mehr gesehen, also kann ich nur annehmen, dass sie „erzähl mal *alles*" meint. Anfangs, nach dem ich aus dem Krankenhaus entlassen worden war, kam sie mich mindestens einmal pro Woche daheim besuchen. Aber ich begann, Ausreden zu erfinden, warum ich das Haus verlassen musste oder blieb oben in meinem Zimmer hinter verschlossener Tür. Irgendwann stellte sie ihre Besuche ein.

Trotzdem weiß ich, dass ich mich dafür nicht entschuldigen muss. Stattdessen gebe ich ihr eine extrem gekürzte Zusammenfassung meiner letzten vier Jahre, die mit Vegas, Ansel und meinem neuem Plan endet. Die Geschichte lässt sich jedes Mal leichter erzählen, ungelogen.

Ich will diesen Job so unbedingt. Sie muss wissen, dass es mir gut geht – es geht mir *wirklich* gut –, weshalb ich darauf achte, dass ich mich stark und gelassen anhöre. Ich bin stolz, dass meine Stimme nicht ein einziges Mal zittert.

Sie lächelt, als ich fertig bin, und meint: „Dich hier dabeizuhaben, kommt mir wie ein Traum vor."

„Dito."

„Lass uns eine Probestunde machen, bevor wir tiefer einsteigen. Ich will sichergehen, dass du dich an unsere Philosophie erinnerst, und dass auch deine Füße sich daran erinnern, was sie zu tun haben."

Am Telefon hatte sie ein informelles Bewerbungsgespräch erwähnt, aber keine richtige Unterrichtsstunde, weshalb mein Herz sofort zu rasen beginnt, ein Schnellfeuer hämmert gegen mein Brustbein.

Das schaffst du, Mia. Du hast das gelebt und geatmet.

Wir gehen den schmalen Flur entlang, an dem größeren Tanzraum vorbei, der für ihre Jugend-Klasse reserviert ist, bis zu dem kleinen Raum am Ende, der für Einzelunterricht und ihre Anfängerklasse genutzt wird. Ich lächle still vor mich hin, weil ich mit einer Reihe von kleinen Mädchen rechne, die mich in ihren schwarzen Trikots, ihren pinkfarbenen Strumpfhosen und kleinen Slippers erwarten.

Alle Köpfe drehen sich zu uns um, als die Tür aufgeht. Ich atme scharf aus.

Sechs Mädchen reihen sich in dem Unterrichtsraum auf, je drei auf beiden Seiten des großen Manns in der Mitte, die strahlend grünen Augen voller Hoffnung und Schalk, als sie meinem Blick begegnen.

Ansel!

Ansel?

Was zum …?

Wenn er hier ist, dann war er bereits vor einer halben Stunde hier, als ich angerufen habe. Hat er gesehen, dass ich angerufen habe? Hat er meine SMS gelesen?

Er trägt ein enganliegendes schwarzes Unterhemd, das sich an seine Brustmuskeln schmiegt, und kohlegraue Anzughosen. Seine Füße sind nackt, seine Schultern nach hinten gezogen wie bei den Mädchen neben ihm, von denen einige sich heimlich Blicke zuwerfen und sich kaum ein Kichern verkneifen können.

Lola und Harlow haben ihn hierhergeschickt, dessen bin ich mir sicher.

Ich öffne den Mund, um etwas zu sagen, werde aber sofort von Tina unterbrochen, die mit einem wissenden Lächeln an mir vorbeirauscht, das Kinn in die Luft gereckt, während sie zu der Klasse sagt: „Mädchen, das ist Mademoiselle Holland, und …“

„Eigentlich Madame Guillaume“, korrigiere ich leise und drehe mich unwillkürlich zu Ansel um, als ich ihn einen Laut der Überraschung von sich geben höre.

Tinas Lächeln ist strahlend. „Verzeihung. Madame Guillaume ist eine neue Lehrerin hier. Sie wird euch bei den Dehnübungen

und den ersten Positionen begleiten. Mädchen, bitte begrüßt eure neue Lehrerin."

Sechs hohe Stimmchen und eine tiefe Stimme singen gemeinsam: „Hallo, Madame Guillaume."

Ich beiße mir auf die Unterlippe, unterdrücke ein Lachen. Dann sehe ich ihm wieder in die Augen, und in der Sekunde weiß ich, dass er meine SMS erhalten hat und seine eigene Erregung zurückhält – darüber, hier zu sein, darüber, zu hören, wie ich mich als seine Frau vorstelle. Er sieht müde aus, aber erleichtert, und mit diesem einen Blick führen wir eine vollständige Unterhaltung. Es kostet mich all meine Kraft, nicht zu ihm zu gehen und mich von diesen langen, starken Armen umfangen zu lassen.

Aber als ob sie meine Gedanken gelesen hätte, räuspert sich Tina vielsagend, und ich blinzle, richte mich noch etwas mehr auf und erwidere: „Hallo, Mädchen. Und Monsieur Guillaume."

Hier und da ist Kichern zu hören, das aber unter Tinas strafendem Blick rasch wieder eingestellt wird. „Wir haben heute einen Gast, wie ihr sicher schon bemerkt habt. Monsieur Guillaume überlegt, ob er sich an unserer Ballettschule anmelden soll. Bitte benehmt euch vorbildlich und zeigt ihm, wie wir uns auf der Bühne betragen."

Zu meiner großen Belustigung sieht Ansel so aus, als wäre er bereit, in die Welt einer kleinen Ballerina einzutauchen. Tina tritt zurück an die Wand, und ich kenne sie gut genug, um inzwischen zu wissen, dass das hier überhaupt kein Test ist; es ging nur um eine Überraschung für mich. Ich könnte alles lachend abtun und ihnen sagen, dass sie sich dehnen sollen, während ich mit Ansel rede. Aber er scheint bereit zu sein, mitzumachen, und ich will Tina zeigen, dass ich es kann, selbst mit der größten, herrlichsten Ablenkung der Welt direkt vor meinen Augen.

„Lasst uns mit ein paar Dehnübungen beginnen." Ich stelle etwas leise Musik an und gebe den Mädchen ein Zeichen, es mir nachzumachen: setze mich auf den Boden mit den Beinen vor mir ausgestreckt. Ich beuge mich vor, strecke die Arme aus, bis meine Hände die Fußspitzen erreichen, sage ihnen: „Wenn es

wehtut, dann beugt ein bisschen die Knie. Wer zählt für mich bis fünfzehn?"

Alle sind schüchtern. Alle, außer Ansel – natürlich. Also beginnt er leise, auf Französisch zu zählen, „*Un … deux … trois …*", während die Mädchen ihn anstarren und auf dem Boden herumzappeln.

Wir machen weiter mit den Übungen: die Stangendehnung an der niedrigsten Ballett-Barre, der Jazz-Spagat, der die Mädchen zum Kreischen und Kippeln bringt. Wir üben ein paar Pirouetten – ich werde mein Lebtag heimlich über die Erinnerung daran lachen, wie Ansel eine Pirouette macht –, und ich zeige ihnen die Grätschdehnung, bei denen ich mein Bein flach gegen die Wand drücke. (Möglicherweise mache ich das nur für Ansel, aber das werde ich nie zugeben.) Die Mädchen versuchen es, kichern noch mehr, und ein paar von ihnen werden mutig genug, um Ansel zu zeigen, was er tun soll: wie er seine Arme heben soll und dann einige ihrer ausgedachten Sprünge und Drehungen.

Als es zu laut und chaotisch wird, tritt Tina hervor, klatscht in die Hände und umarmt mich. „Von hier an übernehme ich. Schätze, du musst dich jetzt um etwas anderes kümmern. Ich erwarte dich Montag um fünf."

„Ich hab dich so was von lieb", sage ich und schlinge die Arme um sie.

„Ich hab dich auch lieb, Süße", erwidert sie. „Und jetzt geh und sag es *ihm*."

Ansel und ich schlüpfen aus dem Raum und tapsen wortlos den Flur zurück. Mein Herz pocht so hart, dass mir mit jedem Schlag die Sicht mehr verschwimmt. Ich kann seine Wärme hinter mir spüren, aber wir bleiben beide stumm. Vermutlich ist uns noch schwindlig zumute. Außerhalb des Tanzraums, nach der großen Überraschung, bin ich erst mal so überwältigt, dass ich überhaupt nicht weiß, wo ich anfangen soll.

Eine heiße Brise umfängt uns, als wir die Eingangstür aufdrücken, und Ansel sieht mich prüfend an, wartet auf ein Stichwort. „*Cerise …*", beginnt er und holt dann zitternd Luft. Als er mir

wieder in die Augen sieht, spüre ich das Gewicht jedes vorbeitickenden Moments des Schweigens. Sein Kiefer spannt sich an, während wir uns einfach nur anstarren, und als er schluckt, flackert das Grübchen auf seiner Wange auf.

„Hi", sage ich, atemlos, knapp.

Er tritt einen Schritt die Bordsteinkante hinunter, scheint aber immer noch über mir zu thronen. „Du hast mich angerufen, kurz bevor du angekommen bist."

„Ich hab vom Parkplatz aus angerufen. Es war heftig, wieder hier zu sein ... Du bist nicht drangegangen."

„Im Tanzraum sind keine Handys erlaubt", erwidert er mit einem zärtlichen Lächeln. „Aber ich hab gesehen, wie der Bildschirm beim Anruf aufgeleuchtet ist."

„Bist du direkt von der Arbeit gekommen?", frage ich und deute mit dem Kinn auf seine Anzugshosen.

Er nickt. Seine Bartstoppeln sind mindestens einen Tag alt. Die Vorstellung, dass er sich direkt von der Arbeit zum Flughafen aufgemacht hat – *zu mir* –, sich kaum genügend Zeit genommen hat, um ein paar Sachen in eine Tasche zu werfen, reicht aus, um meine Knie weich werden zu lassen.

„Bitte sei nicht wütend. Lola hat mich angerufen, um mir zu sagen, dass du hier bist. Ich war bereits auf dem Weg, um euch drei zum Abendessen zu treffen. Außerdem hat Harlow angedeutet, dass sie mir beide Beine und alle weiteren hervorstehenden Gliedmaßen brechen würde, wenn ich dich nicht so behandeln würde, wie du es verdienst."

„Ich bin nicht wütend." Ich schüttle den Kopf, um wieder einen klaren Gedanken fassen zu können. „Ich ... ich kann einfach nicht glauben, dass du tatsächlich hier bist."

„Hast du gedacht, ich würde in Paris bleiben und es irgendwann in geraumer Zukunft klären wollen? Ich könnte nicht so lange von dir getrennt sein."

„Also ... Da bin ich froh."

Ich spüre, dass er mich fragen will, *Warum bist du dann so abgereist? Warum hast du dich nicht wenigstens von mir verabschiedet?* Aber er tut es nicht. Und ich gebe ihm dafür ernstlich

ein paar Punkte. Denn obwohl meine Ankunft in Frankreich und mein Abflug beides Bauchentscheidungen waren, war beides Mal er der Grund dafür: einmal voller Euphorie, einmal mit gebrochenem Herzen. Zumindest scheint er das zu wissen. Er mustert mich, und sein Blick bleibt an meinen Beinen hängen, die durch meine transparenten Strumpfhosen und unter meinem kurzen Tanzkleid sichtbar sind.

„Du siehst wunderschön aus", sagt er. „Ehrlich gesagt siehst du so schön aus, dass mir ein wenig die Worte fehlen."

Ich bin so erleichtert, dass ich einen Satz auf ihn zumache. Er schmiegt sich an mich, und sein Gesicht ist an meinem Hals, seine Arme scheinen lang genug zu sein, dass sie sich mehrfach um meine Taille wickeln. Ich kann seinen Atem auf meiner Haut spüren, kann ihn zittern spüren, und als ich sage, „das fühlt sich gut an", nickt er einfach nur. Die Zeit scheint stillzustehen.

Sein Mund findet meinen Hals, mein Kinn, und er saugt und knabbert, sein Atem warm und pfefferminzig, und flüstert etwas auf Französisch; ein paar Worte, die ich nicht übersetzen kann – ich muss es aber auch nicht. Ich höre *Liebe* und *Leben* und *mein* und *entschuldige* und dann umfassen seine Hände mein Gesicht, und sein Mund ist auf meinem, seine Augen sind weit aufgerissen, seine Finger zittern an meiner Wange. Es ist ein züchtiger Kuss – keine Zunge, nicht tief –, aber die Art, wie ich an ihm bebe, scheint ihm zu versprechen, dass es noch so viel mehr gibt, denn er lehnt sich zurück, einen triumphierenden Ausdruck im Gesicht.

„Also, lass uns gehen", sagt er, und sein Grübchen wird tiefer. „Lass mich deinen Mädels danken."

Ich verzehre mich nach ihm, danach, dass wir allein miteinander sind, aber irgendwie bin ich tatsächlich noch begeisterter davon, ihn zusammen mit meinen Freundinnen bei mir zu haben, einfach so. Also packe ich seinen Arm und schleife ihn zu meinem Wagen.

Ansel zieht sich wieder sein Anzughemd an, während er von dem Flug erzählt, dem merkwürdigen Gefühl, direkt nach der

Arbeit aufzubrechen, bei Sonnenaufgang hier anzukommen und den ganzen Tag darauf zu warten, mich zu sehen … All die kleinen Details, die das größere *Was jetzt* einrahmen.

Während der Fahrt werfe ich ihm heimlich Blicke zu. Mit dem dunkler werdenden Himmel hinter ihm sieht er einfach nur großartig und schick aus in seinem lavendelfarbenen Hemd und den schmalen dunklen Hosen. Aber auch wenn ich offensichtlich gerade vom Ballettunterricht komme, werde ich mich nicht groß umziehen. Wenn wir jetzt zu meiner Wohnung fahren, würden wir mit Sicherheit dort bleiben, und ich muss meine Mädels sehen, um ihnen zu danken und, noch wichtiger, damit *er* ihnen danken kann.

Also schlüpfe ich nur in bequemere Schuhe, die ich immer im Kofferraum habe, und fahre ihn direkt zur Bar Dynamite, wo ich mit Harlow und Lola verabredet bin, ziehe ihn durch die Menge, im Gesicht ein breites Grinsen, weil mein *Mensch* bei mir ist, mein Ehemann, mein Ansel. Sie sitzen in einer halbrunden Nische, und Lola sieht mich noch vor Harlow. Und, *verdammt*, ihre Augen füllen sich sofort mit Tränen.

„Nein." Ich zeige lachend auf sie. Denn trotz ihrer harten Schale ist sie so ein *Weichei*. „Damit fangen wir erst gar nicht an."

Sie lacht, schüttelt den Kopf und wischt die Tränen weg, und was folgt ist ein absolut merkwürdiges, diffuses Gemisch an Begrüßungen. Meine liebsten Menschen und mein Ehemann umarmen sich, als wären sie die besten Freunde und hätten sich nur eine Zeit lang nicht gesehen.

Aber auf gewisse Weise stimmt das auch. Ich liebe ihn, also tun sie es auch. Ich liebe sie, also tut er es auch. Er zieht zwei Tafeln Schokolade aus der Innentasche seines Jacketts, das er über dem Arm trägt und reicht sie Lola und Harlow. „Dafür, dass ihr mir geholfen habt. Ich hab sie nur am Flughafen gekauft, ihr braucht also nicht so viel Freude zu heucheln."

Sie nehmen sie beide entgegen, und Harlow sieht auf ihre Schokolade, dann wieder zu ihm. „Wenn *sie* dich heute Nacht nicht vögelt, dann tu ich es."

Sein Erröten, sein Grübchen, sein leises Lachen und die Art, wie er seine Zähne wieder in die Unterlippe presst ... Ich bin erledigt. Verdammt, das bringt mich noch um.

„Kein Problem“, sage ich zu ihr, werfe sein Jackett auf den Sitz und ziehe ihn, mit einem breiten Grinsen und weit aufgerissenen Augen, hinter mir her auf die Tanzfläche. Es ist mir ehrlich gesagt vollkommen egal, welcher Song gerade läuft. Ansel wird den ganzen Abend und die ganze Nacht über an meiner Seite bleiben. Ich lasse mich von ihm umarmen und drücke mich an ihn.

„Tanzen wir wieder?“

„Wir werden noch viel mehr tanzen“, sage ich ihm. „Vielleicht hast du ja bemerkt, dass ich deinem Rat gefolgt bin.“

„Ich bin so stolz auf dich“, flüstert er. Seine Stirn liegt auf meiner, bis er sich zurücklehnt, um mir in die Augen zu sehen. „Du hast gerade angedeutet, dass du mich heute Nacht vögelst.“ Sein Grinsen wird breiter, während seine Hände sich um meine Taille schlingen.

„Spiel deine Karten richtig aus.“

„Meine Karten hab ich vergessen.“ Sein Lächeln schrumpft theatralisch ein. „Aber ich habe meinen Penis mitgebracht.“

„Ich werde versuchen, ihn diesmal nicht zu brechen.“

„Dabei denke ich, du solltest dein Möglichstes geben.“

Der Bass dröhnt über die Tanzfläche, und wir haben diesen spielerischen Schlagabtausch einander beinahe zugeschrien, doch dann ändert sich die Stimmung, kühlt sich etwas ab, und eine gewisse Schwere macht sich breit. Wir sind immer beim Flirten am besten gewesen, beim Vögeln, aber um uns ernsthaft zu öffnen, mussten wir immer so tun, als wären wir jemand anderes.

„Sprich mit mir“, flüstert er vorgebeugt in mein Ohr. „Erzähl mir, was an dem Morgen, an dem du abgereist bist, passiert ist.“

„Ich hatte irgendwie das Gefühl, als müsste ich vorwärts gehen und mich dem stellen, was als Nächstes kommt“, flüstere ich, aber er beugt sich noch immer vor, und ich weiß, dass er mich verstanden hat. „Es wär ätzend von dir, mir nicht von

Perry zu erzählen, aber es hat mir genau den Schubs gegeben, den ich brauchte."

„Es tut mir leid, *cerise*."

Mein Brustkorb zieht sich zusammen, als er mich bei meinem Kosenamen nennt, und ich fahre ihm mit der Hand über den Oberkörper. „Wenn wir es ernsthaft miteinander versuchen wollen, dann muss ich wissen, dass du mit mir über alles redest."

„Das werde ich. Versprochen."

„Es tut mir leid, dass ich auf diese Weise gegangen bin."

Sein Grübchen blitzt kurz auf. „Zeig mir, dass du noch immer meinen Ring trägst, und dir ist vergeben."

Ich hebe meine linke Hand, und er starrt sie einen Moment lang an, bevor er den goldenen Ring küsst.

Wir schaukeln ein bisschen, bewegen uns nicht viel, während um uns herum die Leute auf der Tanzfläche rumhüpfen und -zappeln. Ich lehne meinen Kopf an seine Brust und schließe die Augen, atme jedes Quäntchen von ihm ein. „Egal, das liegt jetzt hinter uns. Heute Abend bist du dran, draufloszuquatschen."

Mit einem leichten Lächeln kommt er näher, küsst erst meine rechte Wange, dann meine linke. Und dann berühren seine Lippen meine für ein paar lange, perfekte Sekunden. „Meine Lieblingsfarbe ist grün", sagt er an meinem Mund, und ich kichere. Seine Hände fahren an meinen Seiten hinunter, seine Arme schließen sich um meine Taille, als er sich vorbeugt, sich meinen Hals hinaufküsst. „Ich habe mir den Arm gebrochen, als ich mit sieben versucht habe, Skateboard zu fahren. Ich liebe den Frühling, hasse den Winter. Mein bester Freund in meiner Kindheit hieß Auguste, und seine ältere Schwester hieß Catherine. Von ihr habe ich meinen ersten Kuss bekommen als ich elf war und sie zwölf, bei meinem Vater in der Speisekammer."

Meine Finger gleiten über seine Brust, seinen Hals hinauf, und verhaken sich in seinem Nacken.

„Mein größtes Trauma war, als meine Mutter in die Staaten gegangen ist, aber ansonsten – und auch wenn mein Vater ein Tyrann ist – war meine Kindheit ziemlich nett. In der Schule

war ich miserabel in Mathe. Mit vierzehn habe ich meine Unschuld an ein Mädchen namens Marie verloren.“ Er küsst mich auf die Wange. „Die letzte Frau, mit der ich Sex hatte, war meine Ehefrau, Mia Rose Guillaume.“ Er küsst mich auf die Nasenspitze.

„Mein Lieblingsessen ist Brot – ich weiß, das hört sich schrecklich langweilig an. Und ich mag kein Trockenobst.“

Ich lache, ziehe ihn – endlich – für einen richtigen Kuss an mich heran, und ... *oh. mein. Gott.*

Sein Mund ist warm, bereits mit meinem vertraut, und seine Lippen sind zugleich sanft und befehlend. Ich spüre, dass er sein Verlangen danach, mich zu berühren, zu kosten und zu vögeln, kaum noch zurückhalten kann, und seine Hände gleiten hinunter, über meinen Hintern, ziehen meine Hüften an ihn heran. Seine Zunge hat meine kaum berührt, da stöhnen wir beide auf, trennen uns, atmen heftig.

„Ich bin mir nicht sicher, ob ich je eine Frau mit dem Mund zum Orgasmus gebracht habe“, gesteht er. „Ich liebe es, dich dort zu küssen. Und ich liebe deinen Hintern, er ist perfekt.“ Bei diesen Worten spüre ich, wie sein Schwanz an meinem Bauch zuckt, während seine Hände meinen Hintern drücken. „Ich mag jede Art Sex mit dir, aber am liebsten bin ich über dir ... Die Art, wie du dich unter mir bewegst und nach mir greifst, macht die Missionarsstellung richtig dreckig.“

Heilige Scheiße. Ich winde mich in seinen Armen. „Ansel.“

„Ich weiß genau, wie du dich anhörst, wenn du kommst; du könntest mir nie etwas vormachen.“ Er lächelt, fügt hinzu: „Zumindest nicht noch mal.“

„Erzähl mir was Alltägliches“, bitte ich ihn. „Das hier bringt mich um.“

„Ich töte nicht gerne Spinnen, weil ich sie großartig finde, aber ich würde es für dich tun, wenn du Angst vor ihnen hast. Ich bin nicht gerne Beifahrer, weil ich lieber selbst hinterm Steuer sitze.“ Er küsst sich bis zu meinem Ohr hinauf, flüstert: „Wir können in San Diego leben, aber ich will zumindest die Sommer in Frankreich verbringen.“

Mein Brustkorb schmerzt beinahe bei der Heftigkeit jedes Herzschlags. „Okay."

Er lächelt, und ich berühre sein Grübchen mit der Fingerspitze. „Und, ziehst du wirklich hierher?"

„Ich denke, im Februar", sagt er mit einem Schulterzucken. Als ob es so einfach wäre. Als ob die Sache schon beschlossen wäre.

Ich bin erleichtert, und ich bin hin- und hergerissen. Es macht mich verrückt vor Glück, dass sich das so leicht geklärt hat, aber es ist erst Juli. Februar ist noch so weit weg. „Bis dahin scheint es noch Ewigkeiten hin zu sein."

„Aber ich besuche dich im September, Oktober. November. Dezember. Januar …"

„Wie lange bleibst du?" *Warum habe ich das bisher nicht gefragt?* Plötzlich fürchte ich mich vor seiner Antwort.

„Bis morgen Abend." Mir wird schwer ums Herz, und ich fühle mich plötzlich leer. „Ich kann am Montag blau machen", sagt er, „aber ich muss am Dienstag für die erste Runde der Anhörung da sein."

Die Zeit reicht nicht, ich ziehe ihn bereits durch die Menge, zurück zum Tisch.

„Mädels …"

„Ich weiß, Süße", sagt Harlow und nickt bereits. „Ihr habt zwölf Stunden. Und ich weiß nicht, was ihr hier überhaupt noch macht. Geht."

Also wussten sie nicht nur, dass er kommen würde, sondern auch, wann er wieder abreisen würde. Sie haben es alles schon besprochen. Grundgütiger, was liebe ich meine Freundinnen.

Ich gebe Harlow einen Kuss, gebe Lola einen Kuss, dann bahne ich Ansel und mir einen Weg zum Ausgang.

Irgendwie schaffen wir es mit Klamotten am Leib zurück in meine Wohnung. Ich bete, dass wir Julianne nicht wecken, während wir knutschend die Auffahrt hinaufstolpern und dann gegen die Garage knallen, wo Ansel seine Hände über mein Kleid gleiten lässt und unter mein Höschen, mich anbettelt, dass er

mich berühren darf. Seine Finger sind warm und fordernd, schieben die dünne Spitze beiseite und gleiten vor und zurück über meine Haut.

„Du fühlst dich irgendwie unwirklich an", flüstert er. „Ich brauche dich nackt. Ich muss dich sehen."

„Dann bring mich nach oben."

Wir stolpern und fallen die Holztreppe zu meiner Wohnung hinauf, prallen gegen die Tür, als er meinen Hals küsst, mit den Händen hungrig meinen Hintern packt, mich an sich zieht.

„Ansel", lache ich und drücke schwach gegen seine Brust, damit ich in meiner Tasche nach den Schlüsseln suchen kann.

Als wir drinnen sind, mache ich das Licht nicht an, weil ich keine Lust habe, meine Hände lange genug von seinem Körper zu nehmen, um den Schalter zu suchen. Ich höre, wie meine Schlüssel zu Boden fallen, dann meine Tasche und sein Mantel, und schließlich gibt es hier im Dunkeln nur noch uns zwei. In meinen Schuhen bin ich beinahe groß genug, um ihn zu küssen, aber sobald ich sie von mir kicke, muss er sich hinunterbeugen, und er schlingt seine Arme um meine Taille, um mich zu seinem Mund zu heben.

„Mir gefällt dein Zuhause", murmelt Ansel und lächelt, während er mich küsst.

Nickend ziehe ich sein Hemd aus dem Hosenbund. „Willst du eine Führung?"

Er lacht, als ich gefrustet bin, weil meine Finger im Dunkeln so lange ergebnislos an seinem Hemd rumfummeln. Was sollen die vielen verdammten Knöpfe?

„Die Führung beinhaltet das Bett, ja?", sagt er und klopft mir auf die Finger, öffnet rasch die letzten Knöpfe und befreit sich endlich von seinem Hemd.

„Und den Tisch. Und die Couch", sage ich, abgelenkt von den Kilometern an glatter, perfekter Haut, die sich plötzlich vor mir erstrecken. „Vielleicht der Fußboden. Und die Dusche."

Es ist ein paar Tage her, seit ich ihn berührt habe, aber es fühlt sich mindestens wie ein Jahr an, und meine Handflächen gleiten über seine Brust, die Nägel schaben über die straffen Li-

nien seines Bauchs. Der Laut, den er von sich gibt, als ich mich vorlehne und sein Brustbein küsse, gleicht einer Mischung aus einem Knurren und einem Stöhnen nach mehr.

Er schiebt mir das Kleid von den Schultern, die Arme hinunter, bis meine Hände seitlich gefangen sind. „Lass uns mit dem Schlafzimmer anfangen. Die Führung können wir später machen."

„Irgendwie werden wir die zwölf Stunden schon rumkriegen", sage ich. Er nimmt meine Unterlippe zwischen die Zähne, und ich wimmere auf. Ich habe ihn so sehr vermisst, dass es sich anfühlt, als wäre das Seil um meinen Brustkorb zerrissen, und ich kann endlich wieder tief durchatmen.

Das Bett ist das größte Möbelstück in der Wohnung, und selbst im Dunkeln findet er es mit Leichtigkeit.

Er führt uns zur Matratze, wobei er mich die ganze Zeit über küsst, setzt sich und zieht mich zwischen seine geöffneten Beine. Seine Hände gleiten über die Haut an meinen Schenkeln, hoch und runter, bis seine Finger bei dem Saum meines Höschens angelangt sind. Die Straßenlaterne vor der Einfahrt wirft einen schwachen Lichtkegel auf die Wand, und ich kann Ansels Gesicht erkennen, seine Schultern. Seine Hose steht offen, und sein Schwanz ist bereits hart, die Spitze lugt oben aus den Boxershorts hervor, der Ständer ist flach gegen seinen Bauch gedrückt.

Er zieht mich nach vorne, und ich spüre die Hitze seines Mundes auf meinem Hals. „Zwölf Stunden reichen bei Weitem nicht aus", presst er hervor. Er leckt eine Linie zwischen meinen Brüsten, saugt durch die Spitze meines BHs an meinem Nippel. Ich versuche, meine Hände zu befreien, und er hat Erbarmen mit mir, schiebt mein Kleid vollständig meinen Körper hinunter, lässt es zu einem Häufchen um meine Füße fallen.

Endlich in der Lage, mich zu bewegen, schiebe ich meine Finger in sein Haar, und es ist genau, wie ich es in Erinnerung habe – seine Laute, sein Geruch, die Art, wie mir glühend heiß wird, als er an der Haut unter meinem Schlüsselbein saugt –, wie konnte ich nur glauben, dass ich auch nur einen Tag ohne all das leben könnte?

„Der soll runter", sagt Ansel und langt hinter mich, um die kleinen Verschlüsse meines BHs zu öffnen. Seine Hände gleiten an den Trägern vorbei, über meine Schultern, meine Brüste hinunter; er umfasst sie liebevoll. Dann lehnt er sich vor, streichelt die eine und küsst die andere.

Er gibt kleine anerkennende Laute von sich und lässt eine Hand zu meinem Hintern wandern. „Und dieses hier. Zieh das aus." Sein Mund umschließt einen Nippel, seine Zunge flattert über die Spitze.

Das ist der Augenblick, an dem ich mich bisher in eine andere Person verwandeln musste, um meinen Verstand mit Kostümen und Illusionen zu beruhigen. Aber in genau diesem Moment will ich keine andere Person sein als ich selbst.

„Du auch", sage ich. „Hose runter." Mit unterdrückter Gier sehe ich zu, wie er aufsteht und den Rest seiner Klamotten zu Boden schiebt.

Ansel ermuntert mich nicht weiter, bewegt sich nur Richtung Kopfende, und wartet ab, bis ich meine Finger unter die Spitze gleiten lasse und das Höschen über meine Hüften schiebe. Wortlos greift er nach sich selbst, umfasst seinen Schaft und streicht langsam hinauf.

Ich klettere auf das Bett, throne über ihm. Meine Schenkel umschließen seine Hüften. Er lässt seinen Schwanz los, und der richtet sich auf, prallt hart gegen seinen Bauch; Ansels Augen sind weit aufgerissen und konzentrieren sich auf den verschwindenden Raum zwischen uns. Ungeduldig packt er meine Hüften, zieht mich hoch, positioniert mich über ihm.

Sein Kiefer ist angespannt, sein Hals nach hinten in das Kissen gebogen, und er bringt knurrend hervor: „*Berühr* mich."

Ich fahre mit den Händen über seine Brust und tiefer hinunter, meine Finger gleiten über seinen Schwanz, umschließen seine Hoden, seine Hüfte. Es fühlt sich schmutzig an, so über ihm zu sein. Ich bin nackt und seinen Blicken ausgeliefert, exponiert, ich kann mein Gesicht nicht an seinem Hals verbergen und unter dem Gewicht und dem Trost seines Körpers verschwinden.

Das ist neu für uns. Ihn hier in meiner Wohnung und in meinem Bett zu sehen, sein wirres Haar mitten auf meinem Kissen. Seine Augen sind glasig, seine punschfarbenen Lippen rot von meinen Küssen, und es macht mich auf eine Weise besitzergreifend, wie ich es noch nie zuvor erlebt habe.

„Du bist so warm", sagt er und greift nach meinen Beinen. „So bereit." Seine Finger gleiten über meine Haut, erkunden alles, bevor er seinen Schwanz packt und ihn an mir reibt. Ich kann den Blick nicht von seinem Gesicht wenden, wie er sich so intensiv auf die Stelle konzentriert, wo unsere Körper sich berühren, und es ist, als ob er die Luft mit einem einzigen Keuchen aus dem Raum gesaugt hätte.

Er schiebt sich vorwärts, schiebt sachte seine Hüften nach oben, näher, näher, bis er endlich da ist, sich beinahe hineindrückt. Ich lasse mich langsam auf ihn sinken, atme heftig und schnell und bin unfähig, meine Augen zu schließen, weil sein Gesichtsausdruck so unwirklich ist: die Lider fest zusammengepresst, der Mund geöffnet, die Wangen fleckig und rot, als er unter mir stöhnt. Überwältigt.

Es ist zu voll, zu viel, und ich gebe meinem Körper einen Moment, sich an das Gefühl von ihm so tief in mir zu gewöhnen. Aber das ist nicht, was ich will, ich *will* nicht ruhig sein; ich will sein mächtiges Gleiten spüren und wie seine rauen Hände immer gieriger werden. Ich will ihn die ganze Nacht lang spüren.

Ich beginne, sanft auf ihm zu reiten, gebe mich seinen Reaktionen hin, so wie er sich mir hinzugeben scheint. Seine Hände packen meine Hüften, halten mich, überlassen mir aber die Führung, und endlich öffnet er die Augen, sieht mir ins Gesicht und lächelt, zeigt mir die reine Essenz von Ansel: strahlende Augen, verspieltes Grübchen und sein süßer, dreckiger Mund. „Leg eine kleine Show für mich hin, *cerise*. Unterwerfe mich."

Mit einem Grinsen hebe ich meinen Körper und gleite wieder hinunter, dann ein bisschen schneller und noch ein bisschen schneller, fasziniert von der winzigen Falte zwischen seinen Augenbrauen, während er konzentriert mein Gesicht beobachtet. Er verlagert seine Hüften, befriedigt, als ich aufkeuche, langt

zwischen uns, um mich zu berühren, zu streicheln, zu reiben, und spornt mich leise flüsternd an, ihn schneller und gröber zu reiten.

„Lass mich hören, wie sehr du mich ficken willst“, knurrt er und stößt sich in mich hinein. „Lass meine kleine Wilde raus.“

Er betrachtet mich mit aufmerksamem Entzücken, als ich zu kommen beginne und raunt: „Oh, *Mia*, das ist es“.

Ich stütze meine Hände auf seine Brust, starre seinen geöffneten Mund an, und bettle: „Bitte, oh, bitte“, spüre, wie mein Kopf beginnt, nach hinten zu fallen, als die Lust weiter nach oben klettert. „Ich komme gleich, ich *komme*.“

Er nickt, lächelt leicht und drückt seine Finger fester gegen mich, sieht zu, wie ich in Empfindung zerfalle, mich auf ihm aufbäume und letztendlich die Augen schließe, überwältigt von der Intensität, wie geblendet von der Erlösung, die mich durchströmt, als ich mich auf seine Brust fallen lasse.

Die Welt kippt, ich spüre die weichen Laken an meinem Rücken und dann seine Hand zwischen meinen Beinen, wie sie mich berührt, bevor sie ihn wieder hineinführt, und dann bewegt er sich auf mir – lange, sichere Stöße –, seine Brust an meine gedrückt. Er ist warm und sein Mund wandert über meinen Hals, meinen Mund, wo er lutscht und schmeckt, leise Flüche knurrt, Worte wie *nass* und *komme* und *süße nasse Haut* und *tiefer, so tief, so tief*.

Ich fahre mit den Händen über seinen Rücken, packe seinen Hintern und genieße die Anspannung seiner Muskeln unter meinen Händen, während er sich bewegt, in mich hineinkrümmt und sich noch heftiger bewegt, als ich meine Beine weiter spreize, meine Fingernägel in seine Haut bohre und mich unter ihm aufbäume, spüre, wie ein weiterer Orgasmus Gestalt annimmt.

Als er das Tempo beschleunigt, stöhne ich seinen Namen. Er sieht in mein Gesicht, stößt ein leises „Ja. *Fuck*“ hervor.

Auf seiner Stirn sind Schweißperlen. Er starrt meine Brüste, meine Lippen, an. Und dann drückt er seinen Körper so weit von mir fort, dass er sehen kann, wie er sich in mir bewegt. Er

ist nass von mir und so hart am ganzen Körper – die Muskeln angespannt und kurz davor, zu zerreißen, bereit zu explodieren. Diese Stellung ist schon immer unsere beste gewesen, wegen der Reibung, weil er so exakt in mich passt. Ansel lässt die Hüften kreisen, sieht zwischen unsere Körper und dann in mein Gesicht, wieder hinunter und wieder hoch, atmet scharf die Luft aus, als ich flüstere: „*Oh.*"

Er stöhnt erleichtert auf, als ich meinen Kopf in das Kissen drücke, wild unter ihm zappel, und mit einem scharfen Aufschrei komme.

„Ich bin kurz davor", knurrt er, beugt den Kopf nach hinten und schließt die Augen. „Oh, Gott, Mia."

Er kollabiert auf mir, seine Hüften bewegen sich so hart und tief in mir, dass wir beinahe gegen das Betthaupt stoßen, seine Hände ballen sich neben mir zu Fäusten, umklammern das Kissen. Er schreit auf, als er kommt; das Geräusch hallt von der Decke wider, von den stummen, noch weißen Wänden.

Meine Sinne kehren einer nach dem anderen zurück: zuerst das Gefühl von ihm in mir, das Gewicht seines Körpers, heiß und feucht vor Schweiß. Mein eigener Körper ist empfindsam und weich, bleiern vor Lust.

Ich höre seine schwere Atmung an meinem Ohr, das leise „Ich liebe dich".

Danach kann ich das Salz auf seiner Haut schmecken und riechen, als ich seinen Hals küsse und beginne, die Form seiner Schultern über mir zu erkennen, als er sich wieder zu bewegen beginnt, sich ganz seinen Empfindungen hingibt.

Er streicht mir das Haar aus dem Gesicht und sieht zu mir hinunter. „Ich möchte so tun als ob."

„So tun als ob?"

„Ja."

Er drückt sich hoch, um sich über mir aufzurichten, und ich fahre mit den Händen über seine nass glänzende Brust, berühre ihn dort, wo er in mir verschwindet. Ein Schauer läuft mir über den Rücken, und ich spüre die Hitze seines Blicks, die drückende Last seiner Aufmerksamkeit, als er mein Gesicht mus-

tert, meinen Ausdruck zu entziffern versucht. „So tun als ob was?", frage ich.

„Dass es bereits sechs Monate später ist." Seine Finger kämmen mein Haar, streichen die feuchten Strähnen aus meiner Stirn. „Und ich hier wohne. Ich will so tun, als wäre ich fertig mit dem Fall und wir würden zusammen leben. Für immer."

„Okay." Ich ziehe sein Gesicht an meines heran.

„Und vielleicht besitzt du ein Showgirl-Kostüm und hast gelernt zu jonglieren." Er küsst mich und zieht sich dann zurück, seine Augenbrauen in einem Ausdruck gespielter Ernsthaftigkeit zusammengezogen. „Du hast doch keine Höhenangst, oder?"

„*Das* ist deine Fantasie?"

Er legt den Kopf schief, sein Lächeln leicht verschmitzt. „Mit Sicherheit ist es eine davon."

„Und die anderen?", frage ich. Ich würde alles für ihn tragen, aber ich weiß, dass ich für ihn ich selbst sein kann, einfach so. Ich will, dass jede unserer Nächte voller Liebe ist, so wie diese.

Zum hundertsten Mal frage ich mich, ob die Worte, die ich nicht ausgesprochen habe, auf meine Stirn geschrieben stehen, denn sein Lächeln wird breiter, erreicht seine Augen auf diese Art, die mir den Atem direkt aus den Lungen reißt. „Ich schätze, da wirst du dich überraschen lassen müssen."

– ENDE –

DANKSAGUNG

Ein Buch zu beenden, ist ein merkwürdiges Gefühl … Da wir das jetzt schon ein paarmal getan haben, erkennen wir es wieder. Wir sind froh, etwas fertiggestellt zu haben, dem wir unseren Namen geben … und sind irgendwie nie bereit, es wirklich zu beenden.

Wie immer gilt unser Dank unserer Agentin Holly Root, die zu unseren Lieblingsmenschen gehört. Du kapierst uns einfach. Du lachst über unsere dreckigen Witze, verdrehst die Augen an den richtigen Stellen und überraschst uns immer wieder mal mit deinen eigenen Schweinereien. Der Tag, an dem wir Teil des *#TeamRoot* geworden sind, gehört noch immer zu unseren besten, und wir bewundern total, welches Gleichgewicht du in den letzten Jahren gefunden hast. *Du bist eine Inspiration.* Danke, Ninja.

Wir sagen es in jedem Buch, und wir werden es erneut sagen: Unser Lektor, Adam Wilson, ist der Kapitän dieses verrückten Schiffes, und das Lachen, in das wir ausbrechen, wenn wir seine Kommentare lesen, ist vermutlich das einzige Bauchmuskeltraining, das wir im Jahr machen. (Keine Sorge, das ist kein so trauriger Umstand – er ist wirklich witzig.) Vergiss nicht, wozu du uns die Erlaubnis gegeben hast. *Wir* haben es ganz sicher nicht vergessen.

Alles Liebe für Jen Bergstrom, Louise Burke und Carolyn Reidy, dass sie das xx-Chromosom rocken und der Welt zeigen, wie man es macht. Ihr hört unseren Ideen zu, macht etwas Druck, wenn nötig, und unterstützt uns unermüdlich. Wir können uns keinen besseren Verlag als GalleryBooks vorstellen und sind so stolz, zur S&S-Familie zu gehören.

Unser Dank geht auch an unsere Presse- und Öffentlichkeitsfrauen Kristin Dwyer und Mary McCue. Wann machen wir es noch mal? (Wir werden hier nicht zu viel schreiben, sonst werden wir noch total wehmütig. *Ihr habt so tolle Arbeit geleistet, Mädels.*)

Cupcakes für Liz Psaltis, Lisa Litwack, John Vairo, Jean Anne

Rose, Ellen Chan, Lauren McKenna, Stephanie DeLuca, Ed Schlesinger (dafür, dass er einfach nur Ed ist), Abby Zidle und alle andere, die wir bei unserer Eroberung des zwölften Stocks vom Simon & Schuster-Gebäude umarmt haben. Sup, Trey. LOL Y U SO AWSUM?

Ein Buch zu schreiben ist schwer, aber ein gutes Buch zu schreiben wäre unmöglich ohne unsere fantastischen Vorableser: Tonya & Erin, wir schulden euch beiden einen leicht bekleideten Hotelpagen und ein lebenslanges Abo für Harry and David's Fruit of the Month Club (aka Lo's Traumgeschenk). Danke für eure Ehrlichkeit, auf ewig. Danke an Monica Murphy und Katy Evans, dass ihr gelesen, geliebt und aufgezeigt habt, was funktioniert und was nicht. Danke Nina und Alice für Dezember und jeden Tag danach.

Lauren Suero, du stellst unsere Welt auf den Kopf. Danke für alles, was du tust, Drew.

Danke an alle Blogger für eure Liebe und euren Enthusiasmus. Ein Buch zu schreiben ist nur ein Schritt, ihm raus in die Welt zu helfen, ein anderer. Wir sind euch allen so dankbar.

An euch, die ihr unsere Bücher gelesen habt, zu unseren Signierstunden kommt, uns eure Tattoos zeigt, uns umarmt, euren Freunden empfehlt, unsere Bücher zu lesen, uns tweetet, auf uns einschlagt, uns anschreit, auf Facebook postet, eure TMI teilt, Besprechungen hinterlasst, uns dreckige Witze/Fotos/Videos schickt und uns einfach Teil eures Lebens sein lasst – das größte, wärmste, aufrichtigste Dankeschön, das es je geben hat.

Kiddos, ihr schenkt uns einen Grund, zu tun, was wir tun, und uns am Ende des Tages von diesen Büchern loszureißen ist ein Leichtes, weil wir dann *eure* Gesichter zu sehen bekommen. Dr. Mr Shoes und Blondie, Danke für Hunderte, Millionen Dinge jeden Tag, die viel zu persönlich sind, um sie öffentlich zu teilen.

Christina, es könnte nur eine für mich geben.

Lo, erinnerst du dich an den Tag in Paris, als wir diese Idee hatten? So müde ich auch war, ich wünschte, wir könnten es alles noch mal machen. Und ich verspreche, dir diesmal nicht den Stinkefinger zu zeigen. Ich liebe dich mehr, als es sich in Worten ausdrücken lässt, danke, dass du meine andere Hälfte bist.

Christina Lauren
Beautiful Player
Band-Nr. 25864
9,99 € (D)
ISBN: 978-3-95649-214-3
eBook: 978-3-95649-212-9
384 Seiten

Christina Lauren
Beautiful Stranger
Band-Nr. 25815
9,99 € (D)
ISBN: 978-3-95649-109-2
eBook: 978-3-95649-477-2
304 Seiten

Christina Lauren
Beautiful Bastard
Band-Nr. 25777
8,99 € (D)
ISBN: 978-3-95649-054-5
eBook: 978-3-95649-476-5
304 Seiten

Deutsche Erstveröffentlichung

Logan Belle

Club Burlesque:
Blue Angel

Der jungen Juristin Mallory ist die Burlesque-Show, zu der ihr Freund Alec sie eingeladen hat, ziemlich fremd. Doch dann wird sie geradezu süchtig nach der aufregend dekadenten Burlesque-Szene …

Band-Nr. 35065

9,99 € (D)

ISBN: 978-3-95649-099-6

304 Seiten

Logan Belle

Club Burlesque:
Fallen Angel

Die heimlichen Auftritte im „Blue Angel“ sind prickelnde Höhepunkte im Leben von Mallory. Doch es kommen ihr Zweifel, ob die erotisch aufgeheizte Atmosphäre im Burlesque-Club ihrer Beziehung mit Alec gut tut …

Band-Nr. 35068

9,99 € (D)

ISBN: 978-3-95649-194-8

304 Seiten

Deutsche Erstveröffentlichung

Der Preis dieses Bandes versteht sich einschließlich
der gesetzlichen Mehrwertsteuer.

Umwelthinweis:
Dieses Buch wurde auf chlor- und säurefreiem Papier gedruckt.